KB113570

겨울뿐인 미래

겨울뿐인 미래

얼어붙은 세상에서 살아남는 법

소피 크로켓 장편소설 · 김경숙 옮김

| Sallim YA Novels |

살림Friends

J.E.B.S. 마거릿 힐드를 추모하며

Contents

'그들이 바람을 심었으니 회오리바람을 거두리라.'

_호세아서 8장 7절

스노우도니아
Snowdonia

"암흑의 계절, 겨울. 세상의 광활한 지역을 따라서 폭풍의 물결이 일어난다. 드넓게 펼쳐진 초원의 작은 새들은 모두 슬픔에 잠긴다. 까마귀들만 빼고서. 까마귀들은 혹독한 겨울 속에서, 난폭하고 어둡고 암울하고 희뿌연 겨울의 아우성 속에서, 시뻘건 피를 먹이로 삼으며 살아간다. 개들은 뼈를 아작 낼 정도로 포악해진다. 하지만 어둡고 암울한 날들이 지나고 나면 불 위에 쇠솥을 얹을 날이 온다."

_작자 미상, 11세기 아일랜드

1

집 뒤편의 언덕 위, 나는 몸을 웅크리고 앉아 있다. 틈만 나면 찾아오던 곳이지만 오늘은 느낌이 다르다. 나는 가만히 앉아서 기다린다. 언덕 아래를 주시하면서.

저 아래, 집 근처에는 어떤 움직임도 없다.

눈 덮인 골짜기는 무척 황량하고 을씨년스러워 보인다. 꽁꽁 얼어붙은 강 옆에는 칙칙한 모습의 우리 집만 덩그러니 서 있을 뿐이다. 이제 나는 뭘 해야 할까? 모두 떠나고 아무도 없는데…….

하지만 나에게는 개 한 마리가 남아 있다. 내가 머리에 쓰고 있는 '울프' 말이다.

울프는 내가 뭘 해야 할지 말해 줄 것이다. 날 도와줄 것이다.

집 안이 텅 빈 것 같지, 울프?

'윌로, 넌 그냥 조용히 바위틈에 앉아 있어.'

늘 그랬듯이 울프는 이치에 맞는 말을 했다.

지금쯤이면 집 안을 따뜻하게 해 주던 벽난로의 장작불이 꺼졌을 것이다. 벽난로에 장작을 넣을 사람이 없으니까. 모두가 떠나 버렸고, 나는 온종일 언덕에 앉아 사태를 파악하기 위해 머리를 쥐어짜는 중이었으니까. 눈 위에 찍힌 발자국들이, 모두 떠났다는 증거다. 전부 떠나 버렸다. 한 명도 빠짐없이.

아빠도 떠났다.

매그다도 떠났다.

나머지 사람들도 떠났다.

하지만 왜 떠났는지 모르겠다.

말해 줘, 울프. 난 어떻게 해야 해?

* * *

울프를 발견한 건 어느 겨울이었다. 울프는 키 작은 허브나무들이 우거진 곳에서 싸늘하게 죽어 있었다. 커다랗고 까만 늙은 개였다. 피부병 때문에 드문드문 털이 빠져서 거죽이 얼룩딜룩했다. 하지만 한때는 라이녹스를 어슬렁거리던 야생 개 떼의 리더였다. 무리를 이끌던 울프의 모습을 이 언덕에서 수도 없이 봤다.

나는 울프의 머리뼈를 집 뒤편 바위 위에 얹어 두었다. 그랬더니 여름 내내 빗물에 씻기고 햇볕에 바래서 머리뼈가 하얗게 변했다. 이빨은 강인한 턱뼈에 그대로 붙어 있었다. 그런데 어찌된 일인지 어느 날 그 턱뼈가 내게 말을 걸었다.

그 순간 나는 울프의 주인이 바로 '나'라는 사실을 알았다. 나는 울프의 머리뼈를 모자 위에 덮어씌우고 떨어지지 않도록 바느질로 고정시켰다. 그리고 울프가 앞을 볼 수 있도록 눈이 있던 자리에 돌멩이 두 개를 끼워 넣었다. 울프의 털가죽을 손질하는 건 아빠에게 도와 달라고 부탁했다. 아빠는 '쓸모없는 가죽'이라고 하면서 거절했다. 그래서 거의 애걸하다시피 매달렸고 아빠는 마지못해 도와주었다. 나는 얼룩덜룩하고 볼품없는 그 가죽을 내 코트에 꿰매어 붙였다. 그날부터 울프는 나를 따뜻하게 해 주었고 내가 뭘 해야 하는지도 가르쳐 주었다.

가끔은 사냥하러 가기 전에 울프를 판가드에 있는 비밀 동굴에 데려가기도 했다. 그렇게 하면 나의 내면에 자리한 개의 힘이 강해졌다. 개의 교활함, 예리한 귀와 냉철한 눈, 산에 대한 노련함과 수많은 지식들. 나는 그것들을 내 비밀 동굴에 담았다. 그리고 나의 내면에도 담았다. 그게 바로 내가 엄청나게 많은 토끼를 잡을 수 있었던 비결이랄까?

아빠는 이런 말을 했다.

"윌로, 넌 스파르타 군인처럼 강하단다. 만약 널 눈밭에서 억지로 끌고 나왔다면 아직까지도 꽥꽥거리며 괴성을 지르고 있었을 거야."

그러면서 아빠는 우리가 에스키모나 마찬가지라고 했다. 나는 아빠의 얘기를 믿을 수밖에 없었다. 아빠는 옛날에 태어났으니까. 에스키모에 대해 잘 알고 있을 테니까.

옛날 물건들로 가득한 아빠의 상자에는 책 한 권이 들어 있었다. 어느 날 아빠는 그 책을 꺼내 내게 보여 주었다. 그 책에는 에스키모의 사진이 여러 장 실려 있었는데 생김새가 우리와 다르고 좀 우스꽝스러웠다.

불가에 둘러앉아 이야기를 주고받는 '담화 시간'이면 마을 어른들은 아이들에게 옛날이야기를 들려주곤 했다. 모든 것이 완전히 꽁꽁 얼어 버리기 전이었던 옛날의 일들을 말이다. 그때는 집집마다 트럭이나 승용차가 있었고 전기나 물이, 심지어 뜨거운 물이 벽에서 나왔다고 한다.

그 이야기는 담화 시간의 '단골손님'이었다.

하지만 말 그대로, 옛날은 옛날일 뿐이다. 바다가 제 기능을 하던 세상, 눈이 내리고 또 내리고 끝없이 내려서 멈출 줄 모르는 세상이 오기 전의 시절이었다. 어른들은 옛날 일을 떠올리는 것을 좋아했다. 아이들이 그때를 잊지 않도록 옛날이야기를 계속 해 주는 거겠지만, 내 생각에는 오히려 어른들 자신이 그때 일을 잊지 않으려고 계속 되풀이하는 것 같다.

가끔씩 나는 울프의 머리뼈 모자를 쓰고 한 귀퉁이에 앉아 옛날이야기를 들었다. 나야 이미 수도 없이 들어서 익히 아는 이야기였지만 왠지 울프도 그 얘기를 듣고 싶어 할 것 같았기 때문이다. 우리는 맨 앞자리에 앉아 눈을 초롱초롱 뜨고 있는 꼬마들과 함께 이야기를 들었다. 그 꼬마들은 마치 빨간 목구멍을 보이며 주둥이를 짝짝 벌려 뭘 주든 덥석덥석 받아먹는 아기 새 같았다.

나는 현실적인 어른들의 이야기에만 관심이 있었다. 예를 들어 전력 공급선 옆 산적들의 소굴 얘기나 도시에서 발생한 사건의 이야기를 들려줄 때에는 저절로 귀가 쫑긋 세워졌다. 오히려 그런 이야기가, 노쇠한 할아버지들이 침을 튀기며 쏟아 내는 더운물 목욕 얘기나 음식에 대한 따분한 이야기 꾸러미보다 훨씬 재미있었다. 담화 시간에 누가 굳이 그런 옛날이야기를 듣고 싶어 할까? 지겹도록 옛날이야기를 늘어놓는 어른이 다들 집에 한둘씩 있는 마당에.

하지만 아빠는 괜찮았다. 아빠도 다른 사람들처럼 그 따분한 옛날이야기를 엄청나게 늘어놓기는 했다. 하지만 나는 다른 사람들에게 쓴 모든 시간보다 조금 더 많은 시간을 아빠에게 할애했다. 아빠는 아빠니까.

가끔씩 아빠는 두 팔로 나를 감싸 안고 나를 얼마나 사랑하는지 마구 표현했다. 그럴 때면 뭔가 색다른 기분이 들었다. 아빠가 그런 낯간지러운 얘기를 쏟아 내는 건 큰 문제가 아니었다. 머릿속으로 강한 바람이 휘몰아쳐 들어오는 듯하면서 뭔가 뜨거운 감정이 생기는 게 문제였다. 그런 감정이 들면 나도 모르게 울고 싶어졌다. 하지만 울음을 터뜨리는 건 싫었기 때문에 그럴 때마다 "아빠, 그만요."라고 말했다. 그러면 아빠는 늘 나를 놓아주었다.

하지만 아까 말했듯이 아빠는 아빠였고, 어른들 가르침처럼 아빠란 존경해야 하는 대상이다. 엄마는 내가 기저귀를 차던 어린 시절에 돌아가셨다. 눈이 엄청나게 내리고 입김마저 얼어 버리는 계절에는 흔한 일이었다. 지금은 새엄마 매그다가 아빠와 함께 지낸다. 매그다는 어린애들을 돌보고 있는데 나는 그 일이 눈곱만큼도 부럽지 않다. 내가 그 꼬맹이들을 돌보게 된다면 화를 못 참고 엉덩이를 팡팡 때려 줄 것 같다.

팡, 팡, 팡.

하지만 아마 나도 어렸을 때는 그 녀석들처럼 성가시게 굴었을 것이다. 매그다는 어린 나를 잘 보살펴 주었고, 좋은 엄마였다. 가끔 아빠처럼 두 팔로 나를 감싸 안기도 했지만 아빠보다는 나았다. 매그다는 아무도 보고 있지 않을 때 조심히 안아 주었으니까. 정말 현명하지 않은가? 덕분에 나는 늘 태연한 표정을 유지했고, 다른 아이들에게 놀림받을 일도 생기지 않았다.

'다른 애들'이 우는 모습을 보면 나라도 두고두고 놀림거리로 삼을 것이다. 친구들에게 인기 없는 사람이 되어도 뭐, 상관없다. 나는 토끼를 많이 잡으니까. 그러면 아무도 나를 놀리지 못한다.

하지만 지금은 그런 배부른 얘기를 할 때가 아니다. 집 안은 장작불이 꺼져서 이제 따뜻하지 않겠지만 나는 거기서라도 오늘 밤을 보내야 한다. 밖에서 밤을 보내면 얼어 죽을 게 뻔하니까. 울프가 겁을 먹는다고 해도 어쩔 수 없다.

나는 썰매에 실은 땔나무 더미를 한 번 다독인 뒤 울프에게 속삭였다.

"걱정일랑 던져 버려."

그리고 바위틈에서 고개를 내밀었다. 세상은 여전히 조용했다. 아까 그대로였다.

아빠는 집 주변의 나무들이 제멋대로 자라도록 그냥 내버려 두었다. 사방으로 뻗어 나간 나뭇가지는 거의 문 앞까지 덮었다. 여기 언덕 위에 올라와야 집의 모습이 보일 정도였다. 하지만 튼튼한 회색 돌벽이 집을 잘 지탱해 주었다. 그 벽을 쌓는 데에는 아주 오랜 시간이 걸렸을 것 같다. 차곡차곡 굉장히 깔끔하게 쌓여 있으니까. 게다가 창문 둘레는 전부 정사각형 모양의 돌이었다. 옛날 사람들은 꽤나 똑똑했던 것 같다.

매그다는 거의 한 달에 한 번씩 화를 냈다. 그 나뭇가지들이 바람에 흔들리면서 자꾸 벽을 두드려 댔기 때문이다. 마을 회의에서 의논을 했지만 그 나무들은 집을 숨겨 주는 셈이니 가지를 베어 내면 안 된다고 결론을 내렸다. 농장주 지레인트 외에는 누구도 우리가 있는 곳을 알 필요가 없었고, 여기서 거의 3년 동안 문제없이 지내왔기 때문이다. 결국 매그다는 입을 다물 수밖에 없었다.

그런데 만약 아이들이 갑자기 똑똑해져서 다락방에 몰래 숨어 있는 거라면 나는 어떻게 해야 할까? 부디 그런 일이 없길 바라지만, 정말 그런 일이 생긴다면 그 꼬맹이들은 나를 보자마자 내 다리에 매달려서 울어 댈 게 뻔하다. 생각만 해도 끔찍하다.

그때 갑자기 명치를 한 대 세게 맞은 기분이 들었다. 맙소사, 나 혼자 남겨졌다니.

하지만 지금은 그런 나약한 생각을 하고 있을 때가 아니다. 예전에 그렇게 나약한 남자애를 본 적이 있다. 바르무스에서 열린 마을 회의 때였다. 남자애는 여자애가 보는 앞에서 울음을 터뜨렸고, 살짝 울었는데도 불구하고 소문이 퍼져서 놀림을 받았다. 끊임없이 나불대는 여자애들 때문이었다.

그렇다고 내가 여자애들을 많이 의식하는 건 아니다. 사실 별로 관심이 없다. 매그다는 내가 크면 관심이 생길 거라고 말했다. 그러면서 "윌로에게 꼭 필요한 것은 여자야."라고 말했다. 매그다는 대체 무슨 말을 하는 건지…… 마치 내가 뭔가를 놓치고 있다는 듯 말하는데, 나는 팔다리도 완전히 멀쩡하고 치아도 빠진 것 하나 없이 고스란히 붙어 있다. 모자란 게 없는 내게 다른 뭔가가 왜 필요한지 모르겠다. 더구나 여자애라면 더더욱 필요할 이유가 없다.

매그다, 내게 필요한 건 '총'이라구요. 나는 그렇게 말하고 싶었다. 사실 칼은 하나 가지고 있다. 아빠가 작년에 농장주 지레인트에게서 구해 준 것이다. 나를 지키기 위한, 오직 나만을 위한 칼이었다. 나는 그 칼로 덫을 만들어 토끼를 아주 많이 잡았다.

하지만 총은 아직 가져 본 적이 없다.

사실 지레인트는 내게 총을 구해 줄 수 없다. 지레인트는 농장주일 뿐이다. 내 말은, 지레인트가 가죽이나 사슴에 대해서는 훤하게 알고 있지만 시민증 없는 이탈자에게 총을 구해 줄 수완까지

부릴 수는 없다는 뜻이다. 물론 지레인트는 총을 한 자루 가지고 있다. 지레인트는 시민증이 있으니까. 나와 앨리스에게 그 총을 만져 보게 해 준 적도 있다. 그런데 총을 살 수 있는 허가증이 있다면 얼마든지 더 구입할 수 있는 거 아닌가?

총 생각을 하니 기분이 좋아졌다. 지금은 이 언덕 위에 홀로 웅크리고 있는 신세지만 언젠가는 나도 총 한 자루를 꼭 가질 테다. 사실 어디서 구할지도 이미 생각해 두었다. 아무도 모르는, 오직 나만 아는 길을 따라 판가드의 반대편으로 넘어가면 전력 공급선이 지나는 도로가 나온다. 그리고 거기에 산적 소굴이 있고, 산적들은 총을 가지고 있다. 여름이 되어 산적들이 소굴로 돌아오면 총을 손에 넣을 기회가 생긴다. 그들이 도시에서 돌아왔을 때 나는 눈 속에 잠복하면서 적당한 기회를 엿보다가 총을 훔칠 것이다. 나는 그쪽 지리를 꿰고 있어서 어둠 속에서도 돌아다닐 수 있다. 여우처럼 조용히. 그들은 내가 거기에 있는지 꿈에도 모를 것이다. 총이 없어진 걸 알 때까지는.

나는 그 계획이 마음에 들었다. 산적들로부터 훔쳐 내기. 그 계획을 생각할 때면 혼자 속으로 싱긋 웃었다.

하지만 내 계획을 아는 사람은 아무도 없다. 누구에게도 말하지 않았다. 어차피 아빠는 총을 구하러 갈 시간도 없고, 내가 산적 소굴에 대해 말하면 보나마나 화를 낼 게 뻔하다. 아빠는 그들이 굶주린 들개라도 되는 것처럼 아주 두려워하는 것 같다. 하지만 두려워할 것 없다. 산적은 전력 공급선 주변에서 멀리 벗어나지 않으니까 좀 떨어진 곳에 조용히 숨어서 그들이 외출하기만을 기다리면 된다. 겨우 양모를 누덕누덕 기운 코트를 입은 그들이 총을 찾아 오랫동안 산을 헤맬 가능성도 없다.

하긴 아빠가 뭘 알까? 아빠는 몸을 꽁꽁 얼려 버릴 만큼 차가운 바람을 맞으며 쭈그리고 앉아서 점점 무뎌져 가는 손가락으로 토끼 덫에 철사를 묶어 본 적도 없을 텐데. 그렇게 겨울 내내 판가드에 올라 눈 속에서 덫을 놓는 것보다, 가만히 앉아 있다가 총으로 개를 쏘아 잡는 편이 훨씬 나을 것이다. 물론 내가 제일 잘하는 게 토끼 덫을 놓는 일이긴 하지만.

나는 누가 가르쳐 주지 않았는데도 그 요령을 터득했다. 아빠는 내가 산에서 태어났기 때문이라고 했다. 그리고 다른 건 아는 게 없어서 그렇다고 했다. 뭐, 아빠 말이 옳을 것이다. 하지만 나는 평생을 이 산속에서 지내며 늙고 싶지 않다. 아빠는 허가증 받기만을 꿈꾸며 당신의 생애를 낭비했다. 그 꿈이 깨지면 화를 낼 것이다. 하지만 아빠가 허가증을 받는 날은 오지 않을 것이다. 나는 알고 있다. 나는 알고 있는데 아빠는 모르고 있다.

그건 지레인트도 알고 있다. 허가증을 갖고 있으니 당연히 알 것이다. 지레인트는 사슴 농장 운영 허가증 덕분에 도시로 내려가서 물건을 팔 수 있고 총이든 뭐든 살 수 있다. 정부는 전력 공급선에서 전기를 끌어다가 지레인트에게 공급해 주기도 했고, 지레인트의 농장 주위에 큰 울타리를 쳐서 산적들이 접근하지 못하게 해 주었다.

아빠는 우리가 허가증을 못 받은 건 옳지 않다고 했다. 우리는 시민증조차 없다. 그래서 우리가 잡아서 손질한 동물 가죽도 직접 팔 수가 없다. 그 사실이 아빠를 화나게 했다. 하지만 지레인트가 주기적으로 찾아와서 우리 가죽을 사 주었다. 내가 봐도 우리에게는 지레인트가 필요하다. 우리는 결코 허가증을 받을 수 없을 테니까. 그건 확실하다.

아빠가 불만을 표시할 때면 지레인트는 맵시 좋게 조랑말 등에 앉아 웃으며 이렇게 말했다.

"싫으면 도로로 내려가서 트럭을 타고 도시로 가게, 로빈. 그럼 자네가 좋아하는 것처럼 합법 운운해 가며 잘살 수 있을 걸세."

지레인트도 농담 삼아 그렇게 말했지만 아빠 역시 우리를 데리고 도시로 갈 생각이 없었다. 도시로 가면 판자촌의 춥고 더러운 천막집에서 지내야 하고, 돌아다니며 사냥을 하거나 덫을 놓을 수도 없다. 그건 얼토당토않은 일이다. 우리가 산을 버리고 도시로 가는 일은 없을 것이다. 시민증을 못 갖게 되더라도. 지레인트가 아빠에게 한 말이 진담이었을지라도.

* * *

"어디 쓸 만한 게 좀 있나 볼까, 로빈?"

지레인트는 말에서 내리며 아주 인색하게 말했다.

"우린 귀리와 소금이 필요하고, 가죽 손질할 때 쓸 백반도 더 필요하네. 그리고 윌로가 칼을 하나 갖고 싶어 한다네."

아빠는 그렇게 말하면서 낑낑대며 들고 온 내 토끼 가죽 꾸러미와 매그다가 만든 설피(*눈에 빠지지 않도록 신발 바닥에 대는 넓적한 덧신 — 이하 *표시 옮긴이 주) 꾸러미를 건네주었다.

"그리고 애들이 쓸 연필도 좀 필요해요."

매그다가 덧붙였다. 매그다는 항상 자신만의 필요 물품 목록을 가지고 있었다.

"가죽은 100위안, 설피는 10위안 주지."

지레인트가 가격을 불렀다.

"110위안? 우린 돈이 더 많이 필요하네."

"시민증이 없잖나, 로빈. 이걸 파는 일이 생각만큼 녹록하지가 않다네. 나로선 110위안이 최선일세. 대신 아들놈한테 칼 한 자루를 갖다 주지. 진짜 중국제 칼이 하나 있으니까. 거기다 매그다의 연필도 얹어 줌세. 나도 애쓰고 있는 걸세. 그 이상은 힘드네."

아빠는 집으로 들어가서 그동안 간직하고 있던 개가죽들 중 한 점을 가지고 나왔다. 원래 아빠는 그 가죽을 팔지 않을 생각이었다. 새 부츠를 만들려면 필요했기 때문이다.

아빠는 매그다에게 물었다.

"이것도 같이 넘기면 어떨까?"

매그다가 고개를 끄덕였다.

지레인트는 모피에 대해 모르는 것이 없었다. 이 털가죽은 척 봐도 늑대 혈통이 섞인 개의 가죽이었다. 지레인트는 짤막한 손가락으로 가죽을 만져 보았다.

"2위안 주겠네."

아빠는 마뜩찮은 표정을 지었다. 하지만 아빠가 뭘 더 할 수 있을까? 받아들이는 수밖에.

지레인트는 자신의 짐을 풀어 아빠에게 사슴 가죽을 건넸다.

"이 가죽을 손질해 주면 150위안 주겠네."

지레인트는 조랑말 안장에 묶은 귀리 자루도 풀어서 매그다에게 넘겨주었다. 그리고 앨리스가 보냈다며 비누도 하나 주었다.

그때 아빠의 표정이 조금 어두워졌다. 하지만 아무 말도 하지 않았다. 개가죽 값은 터무니없이 싸게 불렀지만 귀리를 주었으니 지레인트가 '지독하게' 나쁜 사람은 아닌 것 같았다. 앨리스가 지레인트의 아기를 임신하자 자신의 농장으로 데려가 함께 살기 시작한 뒤부터는, 지레인트도 우리에게 그리 빡빡하게 굴지 않았다.

아빠가 툭 던지듯 말했다.

"아들놈 칼은 잊지 말게. 이 녀석이 그 특등급 토끼 가죽을 구하려고 얼어 죽을 뻔했으니까."

* * *

그렇게 해서 나는 칼을 갖게 되었다. 수없이 많은 날을 바람 부는 판가드에 쭈그리고 앉아 토끼 덫을 놓았으니 충분히 그 칼을 가질 자격이 있었다.

지레인트가 돌아가자 아빠의 어둡던 얼굴에 먹구름이 더 끼었다. 내가 울프의 머리뼈를 뒤집어쓰고 다니기 시작했을 때나 내가 도통 말을 하려 들지 않았을 때 불만스러워했던 것처럼.

내가 그렇게 행동한 것은 개를 잡으려면 울프의 머리뼈를 꼭 써야 하고 사람들과 대화를 나누면 안 되기 때문이었는데 아빠는 그걸 몰랐다. 나는 토끼를 잡을 때처럼 기운이 필요했다. 오히려 그때보다 더 강해져야 했다. 어떤 면에서 개는 토끼보다 더 똑똑하니까.

아빠의 표정이 어두워진 것은 앨리스 때문일 것이다. 그때 앨리스는 겨우 열네 살이었고, 그 나이의 임신은 너무 뜻밖이었으니까.

임신과 결혼은 나이가 어느 정도 찼을 때 하도록, 어른들이 마을 회의에서 만장일치로 결정했었다. 그런데 앨리스가 열네 살에 지레인트의 아기를 임신한 것이다. 지레인트는 반백의 노인네다. 하지만 왜 아빠 표정이 어두워졌는지 솔직히 잘 모르겠다. 우리는 귀리를 얻었고 비누도 생겼다. 비누는 매그다가 무척 좋아하는 물건이었다. 매그다는 아빠의 허리에 두 팔을 감으며 말했다.

"귀리가 생겼잖아요, 로빈."

하지만 아빠는 매그다의 팔을 풀어 버렸다. 그때 나는 아빠의 눈에 눈물이 고인 것을 얼핏 보았다. 확실하지는 않다. 그런 아빠의 모습에 당황해서 얼굴이 벌겋게 달아오른 채 얼른 언덕 쪽으로 걸어갔기 때문이다. 나는 상대를 존중할 줄 아는 사람이었고, 아빠는 존중의 대상이었으며 내가 방금 본 것을 애써 잊고 싶었기 때문에 그렇게 할 수밖에 없었다.

나는 산적에게서가 아니라 지레인트에게서 총을 훔치게 될지도 모르겠다. 어쩌면 그게 더 쉬울 것이다. 지레인트는 늙었고 겨울 내내 산에서 지내다 보면 곧 자신의 죽은 선조들처럼 수척해질 것이다. 그리고 한겨울에는 훔칠 만한 물건도 별로 없으니까 다른 도둑이 총을 훔쳐간 거라고 생각할 것이다.

그런데 내가 왜 그런 일을 떠올리고 있을까? 지금 내 눈앞에는 더 중요한 일이 있다. 첫째, 나는 눈 속에 계속 앉아 있어서 무척 추웠다. 둘째, 계획을 세워야 한다. 그런데 이런 시점에 다른 것들을 떠올리다니.

'그런 생각을 할 때가 아니야.'

뭐라고?

울프가 말을 걸어 주어서 기뻤다. 울프는 늑대 혈통이 섞여 있는 개가 분명했다. 아주 현명한 개니까.

'그런 생각을 할 때가 아니야. 지금 집 안에는 아무도 없어. 넌 외톨이야, 윌로. 총이고 뭐고 다 집어치우고 지금 일어나는 일에 대해서 생각해야 해. 음식이라든가, 잠잘 곳이라든가, 앞으로 해야 할 일에 대해 말이야. 만약 사람들이 너 혼자 두고 모두 떠난 게 맞다면 말이지.'

그것 봐. 울프가 날 도와줄 줄 알았다니까.

2

울프는 집으로 내려가는 건 신중히 생각해 봐야 한다고 했다. 하지만 집 말고는 잘 곳이 없었기 때문에 내게는 선택의 여지가 없었다. 나는 바위틈에서 최소한의 움직임과 소리만으로 살며시 기어 나왔다.

집 앞의 길에는 쌓인 눈 위에 여러 자국이 남아 있었다. 그 자국들에 대해 울프한테 물어보고 싶었지만 그냥 관뒀다. 개는 개일 뿐, 개가 그런 걸 알 리가 없었다.

남아 있는 자국이 넓게 퍼져 있는 것으로 보아 뭔가 아주 큰 것이 여기로 지나간 게 분명했다. 아침에 강의 얼음을 깨고 돌아오다가 어떤 냄새를 맡았다. 그건 트럭이 내뿜는 냄새였다. 집으로 가지 않고 곧장 언덕에 숨은 이유가 거기에 있었다. 집 쪽에서 매그다가 엄청나게 화를 내며 고함을 지르는 소리가 들렸다.

우리 마을에서 트럭 냄새를 맡아 본 적은 한 번도 없었다. 분명 산적들의 트럭은 아니었다. 왜냐하면 A. 지금은 겨울이기 때문이다. B. 산적들은 트럭이 없기 때문이다. 오직 도시의 정부만이 눈 위를 달리는 트럭을 소유하고 있다. 하지만 그들이 전력 공급선에서 멀리 떨어진 여기까지 와서 대체 뭘 하고 있었던 것일까? 알 수 없는 노릇이다.

우리는 잘못한 게 아무것도 없다. 시민증 없이 지레인트에게 가죽을 판 거 외에는. 가죽은 정부에게도 필요하고 도시에 사는 시민들에게도 필요한 물건이다. 우리 같은 이탈자가 산속에서 꽁꽁 언 손을 호호 불면서 토끼잡이 덫을 놓느라 낑낑대지 않으면, 그들을 따뜻하게 해 줄 장갑이나 부츠를 만들 가죽이 어디서 날까? 우리는 산적이 아니다. 우리는 여기 산에서 스스로를 돌보는 사람일 뿐이다.

아빠는 우리가 희망의 횃불이라고 했다. 아빠가 무슨 생각으로 그런 말을 한 건지 전혀 모르겠다. 무슨 말을 하고 싶었던 걸까? 희망의 횃불이니, 정부 트럭이니 하는 것 때문에 기분이 뒤숭숭한 이 시점에서 썰매는 눈치도 없이 자꾸 내 다리를 찰싹찰싹 때려 댔다. 하지만 그게 다 내가 썰매를 끌고 언덕을 조심스레 내려오는 일에 집중하지 않아서인데 누구를 탓할까? 썰매는 아침 내내 모은 땔나무 때문에 꽤나 무거웠다. 내가 썰매의 밧줄을 놓으면 금세 저 혼자 미끄러져 내려가 버릴 것이다.

* * *

염소 우리는 열려 있었다. 나는 우리 안으로 고개를 들이밀고 낌새를 살폈다. 염소는 모두 사라지고 텅 비어 있었다. 양손을 뻗어 우리 문을 닫았다. 열리지 않게 꽉 닫았다. 이제 집 안을 살펴보러 가야 할 차례다.

내 예상대로 벽난로 장작불은 꺼져 있었다. 집이 차갑게 식은 것으로 보아 아침에 꺼진 모양이었다. 추웠다. 그리고 어두웠다.

돌바닥에는 문에 긁힌 자국이 있었다. 나는 안으로 들어가서 숨을 죽인 채 가만히 서 있었지만 내 숨소리가 너무 크게 느껴져서 숨을 더 죽이려고 애써 보았다. 별 효과는 없었다. 나는 입김을 내뿜으며 가만히 서서 반 시간 정도 기다렸다. 독수리의 출현에 대비하는 토끼처럼.

"누구 있어요?"

집 안은 칠흑같이 어두웠다. 귀를 쫑긋 세웠다. 만약 위층에 나를 기다리는 누군가가 있다면 분명 마룻바닥이 삐걱거리는 소리가 들릴 것이다. 하지만 들려오는 건 낡은 집이 겨울바람에 흔들리며 내는 삐걱거림뿐이었다. 그리고 아무 대답도 들려오지 않았다.

손으로 벽을 더듬으며 안쪽으로 걸어갔다. 차가운 회반죽벽에 울퉁불퉁 튀어나온 몽우리들이 만져졌다. 뜬금없이 '나중에 손을 보면 손바닥이 하얗겠구나.' 하는 생각이 들었다. 옷을 걸어 두는 못에는 여전히 코트들이 걸려 있었다. 털이 정말 부드러웠다. 잠깐, 다들 이 날씨에 코트도 없이 나갔단 말인가? 사람들은 아무도 없는데 왜 코트는 아직 여기 있는지 이해할 수 없었다.

집에 오롯이 혼자 있으니 묘한 기분이 들었다. 집은 너무도 깜깜했고, 나는 현관 쪽으로 뒷걸음질 치고 싶었고, 아무도 없다는 사실이 너무 싫었다.

하지만 울프가 말했듯이 지금은 그런 생각을 할 때가 아니었다.

부엌으로 갔다. 익숙한 냄새가 어둠 속에서 배어 나왔다. 나는 부싯깃(*부시를 칠 때 불똥이 박혀서 불이 붙도록 부싯돌에 대는 물건. 부시와 부싯돌을 쳐서 불이 일어나게 하는 쇳조각.)이 들어 있는 상자를 찾으려고 선반을 더듬었다. 내가 따로 갖고 있는 것은 없었기 때문이다. 그런데 갑자기 상자가 툭 바닥으로 떨어졌다. 나는 소스라치게 놀라서 한참 동안 가만히 서 있었다. 하지만 어둠 속에서 튀어나오는 사람은 아무도 없었다. 이제 이 집이 안전하다는 게 확실해졌다.

울프는 지나치리만치 나를 걱정했다. 개는 불을 피운다거나 하는 일을 못하기 때문에 사람보다 조심성이 많았다. 그게 울프의 머리뼈를 뒤집어썼을 때 생기는 유일한 문제점이었다. 가끔 울프의 영혼이 내 안에 직통으로 들어와서 내가 누구인지 잊어버릴 때가 있다. 아빠도 꼭 그런 말을 했다. 내게 집에서 좀 지내라고 할 때나 매그다와 함께 책을 읽게 할 때였다.

"아빠, 난 읽을 만큼 읽었고 어떤 책이든 다 읽을 수 있어요."

나는 그렇게 대꾸했다. 어릴 때는 하루 종일 매그다와 책을 읽거나 놀면서 지냈으니까. 이제 클 만큼 커서 토끼도 잡고 땔나무도 모으러 다녀야 하는데, 책 읽기가 대체 뭣에 필요하다는 걸까?

아빠는 읽기를 배워야 하는 이유는 사람이기 때문이라고 했다. 사람이기 때문에 개처럼 생각하면서 하루 종일 산에서 지내면 안 된다고 했다. 아빠가 내 비밀 장소를 아는 것 같지는 않았다. 그곳은 내가 동물 머리뼈를 모아 두고 내면의 기운을 얻는 나만의 장소였다. 하지만 아빠가 나를 좀 수상쩍어 하는 것 같기는 했다. 내 말은, 아빠는 내가 울프의 머리뼈를 쓰고 다니는 걸 말리지 않았지만 그렇다고 썩 좋아한 것도 아니었다는 뜻이다. 그건 나도 잘 알고 있었다.

한 번은 그것 때문에 아빠가 나를 세게 밀친 적이 있었다. 울프의 머리뼈가 구석으로 휙 날아갔다.

"넌 개가 아니야, 윌로! 빌어먹을 개뼈다귀는 치워 버려!"

아빠는 엄청나게 화가 나 있었다. 다행히 울프의 머리뼈는 부서지지 않았지만 그 순간 아빠를 미워하는 마음이 내 안에서 강렬하게 솟구쳤다. 그런데 다음 날이 되니 그 마음이 사라져 버렸다. 아빠를 미워할 수는 없는 법이다. 아빠니까. 미워해 봤자 곧 내가 만든 걸 보여 주며 칭찬을 받고 싶어질 게 분명했다. 가령 큰 토끼를 잡거나 장갑 한 켤레를 깔끔하게 바느질하게 되면 곧장 아빠에게 달려가 내가 한 일을 알려 주고 싶어 안달이 날 것이다. 아빠가 때린 일은 아무런 문제가 되지 않았다.

아빠는 생각하는 게 좀 남달랐다. 모든 것은 변하기 마련이고, 모든 것이 지금보다 나아져서 예전처럼 될 거라고 생각했다. 사람들은 강추위와 폭설이 인간 때문이라고 생각했지만 아빠는 달랐다.

"바다가 제 기능을 멈추었기 때문에 눈이 계속 내리는 거란다. 지구는 세상 사람 모두를 합친 것보다 강하고 제 스스로 하고 싶은 일을 할 뿐이지. 사람은 그저 배워야 할 뿐이고. 옛날처럼."

그러고 나면 아빠는 자연스럽게 희망의 횃불에 대한 얘기로 넘어갔다.

아빠의 책에는 그림이 하나 있었다. 나는 그 그림이 정말 마음에 들었다. '브루글'이라는 사람이 그린 아주 오래된 그림인데 제목이 '눈 속의 사냥꾼들'이었다. 개들을 데리고 마을을 지나가는 사냥꾼들 모습이 특히 마음에 들었다. 그림 아래쪽에 보이는 호수는 완전히 얼어붙었고, 하늘은 온통 푸른색인 걸로 보아 굉장히 추운 날이 분명했다. 나뭇가지에는 까마귀도 앉아 있었다.

내가 가장 좋아하는 것은 바로 개였다. 개들은 짐을 끌고 있었다. 코가 길고 비쩍 마른 개들이 킁킁거리며 사람 뒤를 따르고 있었다. 사냥꾼들이 잡은 건 여우뿐이었다. 여우는 살이 별로 없다. 고기보다는 털을 얻기 위한 사냥이 분명했다. 그런데 아빠가 아니라고 했다.

"매서운 추위의 겨울이 오랫동안 이어져서 여우만 잡히는 거란다. 이 그림은 그림 한 부분, 한 부분이 뭔가를 말해 주고 있어. 옛날이야기가 그런 것처럼. 그래서 그림 속의 죽은 여우는 토끼가 없을 만큼 사냥하기 힘든 계절이라서 그다지 성공적인 사냥을 하지 못했다는 걸 알려 주는 거란다. 이 그림은 아주 오랜 옛날 지금처럼 추웠던 시절에 그려진 거지. 그때는 100년 이상 눈이 내려서 사람들이 모두 배를 곯았고 수많은 사람이 죽었어. 지금과 다를 바 없었지. 단지 그때는 사람 수가 적었고, 극복해 낼 방법을 조금 더 알고 있을 뿐이었어. 그리고 도시로 가서 살 필요도 없었어. 따뜻해지기는커녕 더 추워지기만 하는데, 기후가 곧 따뜻해질 거라고 거짓말을 하는 정부도 없었어. 우린 그림 속 사냥꾼과 비슷해. 사람들이 우리를 이탈자라고 부르더라도 우리는 상황이 나아질 때까지 희망의 횃불이 되어야 한단다."

정말 그림 하나하나마다 이유를 담고 있을까? 그때 내 눈을 사로잡은 것은 굶주린 까마귀였다. 눈길을 걷는 사람들을 나무에 앉아서 가만히 내려다보고 있는 까마귀. 까마귀는 사냥꾼의 어깨에 얹혀 흔들리고 있는 죽은 여우를 보는 게 분명했다. 그러면서 이런 생각을 하고 있을 것이다.

'사냥꾼 양반, 그 죽은 여우는 내가 갖고 싶은데.'

까마귀는 마을 사람들은 안중에도 없었다. 마을 사람들은 얼음판이나 꽁꽁 언 호수의 물레방아 옆에서 스케이트를 탔고, 어떤 여자는 집 앞에 커다란 모닥불을 피웠다. 까마귀는 오로지 먹잇감만 생각하고 있었다.

나는 마음속으로 그런 생각을 했지만 아빠에게는 아무 말도 하지 않았다. 아빠는 그 그림이 언젠가 모든 것이 다시 제자리로 돌아올 거라는 걸 말한다고 생각하니까. 눈은 녹을 것이고 사람들은 옛날처럼 지내게 될 거라고 생각하니까. 나는 그런 건 잘 모르겠다. 하지만 그 그림은 알 것 같았다. 그리고 그 그림이 정말 마음에 들었다.

* * *

벽난로 불길은 금세 활활 잘 타올랐다. 불빛이 사방으로 부드럽게 퍼지면서 방 전체가 평소처럼 친근해졌다. 그리고 따뜻해졌다. 아, 따뜻해서 정말 좋았다. 나는 오늘 몹시 추위에 떨었고, 지금도 온몸이 벌벌 떨렸다. 치아도 딱딱 부딪쳤고, 두 손도 덜덜 떨렸고, 다리도 후들거렸다. 하루 종일 눈 쌓인 언덕에 앉아 있었으니 그럴 만도 했다.

밝고 따뜻한 건 예전과 똑같은데 지금 여기에는 아무도 없었다.

지금이라면 꼬맹이들이 소리를 지르고 날뛰어도 언짢아하지 않을 텐데, 절대로. 예전에 어떻게 여겼든 지금은 그렇게 생각되지 않았다. 정말이지 지금 당장 한 녀석이라도 내 다리에 매달려 떼를 써 준다면, 누군가 어떻게 된 일인지 내게 얘기라도 해 준다면, 그냥 같이 있어 주기라도 한다면, 정말 좋을 텐데.

잠시 그런 생각들로 마음이 어수선했다.

나는 문으로 가서 골짜기를 향해 소리를 질렀다. 하지만 어둠이 내 목소리를 삼켜 버렸다. 밖은 눈이 펑펑 쏟아지고 있었다. 바람이 없어서 조용하고 부드럽게 떨어져 내리는 커다란 눈송이가 둥글고 폭신해 보였다. 하나, 또 하나, 뒤이어 줄줄이, 끊임없이, 결코 멈추지 않을 것처럼, 눈송이는 쏟아지고 또 쏟아져서 언덕에서 집까지 이어진 내 발자국을 덮었다. 트럭의 바퀴자국도 덮었다. 눈이 순식간에 수북이 쌓여서 이제는 트럭이 어느 방향으로 갔는지도 알 수 없었다.

넓고 컴컴한 하늘에서 눈이 내리는 걸 쳐다보고 있는데 갑자기 뭔가가 울컥하며 목구멍까지 차올랐다. 당장 마음을 추스르지 않으면 목이 멜 것 같았다. 나는 어둠 속에서 공포를 느꼈다. 어둠만이 내 주위를 감싸고 있었다.

그때 울프가 입을 열었다.

'오늘 밤엔 집 안에 있으니까 괜찮을 거야. 지금은 다 괜찮아. 폭설이 내리고 있더라도 넌 최선을 다하기만 하면 돼.'

그래서 나는 코트 몇 벌을 가져와서 벽난로 앞에 깔고 누웠다. 원래 벽난로 앞은 잠을 자거나 얘기를 나누는 장소였다. 그리고 지금 나는 더 이상 피곤할 수 없을 정도로 지쳐 있었다. 때로는 잠이 최고인 법이다. 내일은 더 나은 하루가 될 것이다.

그래, 내일은 더 나은 하루가 될 거야.

확실해.

3

코트를 둘둘 말고 자다가 잠에서 깼다. 정말 따뜻하고 기분이 좋았다.

그때 어제 일어났던 일이 기억났다.

매일같이 울려 퍼지던 매그다의 고함 소리가 들리지 않았다. 집에는 아무도 없었다. 아무도 돌아오지 않았다.

나는 벌떡 일어나 앉았다. 장담컨대 번개보다 빨랐을 것이다. 마음이 무거웠다. 이렇게 무거운 마음으로 잠이 깬 적은 없었다. 앨리스가 지레인트의 농장으로 떠나던 날도 이 정도는 아니었다.

그때보다 마음이 열 배는 더 무거웠다.

벽난로의 불이 거의 꺼져 가고 있었다. 나는 코트 몇 개를 온몸에 둘둘 말고 바닥에 앉았다. 넋 놓고 불을 바라보았다. 아니, 사실은 불이 아니라 불 너머를 보고 있었다. 공기 속으로 흩어지는 내 입김도 보였고, 창문의 널빤지 틈으로 들어오는 가느다란 빛도 보였다. 새로운 하루가 밝았다.

지레인트의 모습이 떠올랐다. 조랑말을 탄 채 아빠를 비웃는 모습이었다. 어쩐 일인지 지레인트의 짧고 때 묻은 손가락들이 굉장히 커 보였다. 내 머릿속의 지레인트는 신체 중에서 손가락이 가장 컸다.

어쩌면 산을 넘어 지레인트의 집으로 가야 할 것이다. 가죽을 팔러.

'넌 꿈을 꾸고 있어, 윌로.'

다시 울프였다.

내가 생각하기에도 내 머릿속 지레인트의 모습은 옳지 않은 것 같았다. 지레인트의 집에 갔을 때 나를 두 팔 벌려 환영해 주리라는 확신도 없었다. 갑자기 불길한 생각이 뇌리를 스쳤다. 이 모든 일이 혹시 지레인트와 상관있는 건 아닐까? 모든 사람이 사라졌으니 말이다. 어쩌면 아빠가 시민증 없이 여기서 살고 있다는 사실을 지레인트가 정부에 신고했을지도 모른다. 아니면 시민증보다 훨씬 더 심각한 다른 일이 있었던 걸까?

아빠는 해가 될 일은 결코 하지 않는다고 했다.

"희망의 햇불이 되려면 부정적인 생각은 떨쳐 버리고 긍정적으로 생각해야 해."

아빠는 그렇게 말했다.

아빠는 가죽을 손질하면서 패트릭과 얘기를 나눌 때 항상 그런 얘기를 했다. 때로는 내게 하는 말인 것 같기도 했지만 나는 들리지 않는 것처럼 행동했다. 가죽 긁는 일에만 온 신경을 집중하는 것처럼 여기도록 내 일을 더 열심히 했다. 내가 듣고 있는 줄 알면 대답하기 힘든 따분한 질문을 마구 쏟아 낼 게 분명하니까.

패트릭은 거의 대꾸를 하지 않았다. 하지만 줄곧 이야기에 귀를 기울였다. 패트릭은 아빠와 가죽 손질을 하면서 보낸 시간만큼 그리고 아빠가 끝없이 늘어놓는 고리타분한 얘기들의 양만큼 아빠의 머릿속을 훤히 들여다보고 있었을 것이다.

패트릭이 우리와 함께 지내게 된 지는 얼마 되지 않았다. 패트릭은 어느 봄날 불쑥 나타나서 우리 집에서 지내게 해 달라고 사정했다. 무릎을 꿇고 거의 애걸하다시피 했다. 그때 패트릭은 지독스레 야위어 있었고 따뜻한 옷도 걸치지 않은 차림새였다. 이제 막 산에 올라온 사람 같았다. 패트릭은 와일파 지역에 있는 발전소에서 일하다가 도망쳐 나왔고, 이리저리 산속을 헤매다가 여기서 숨어 지내는 우리를 발견했다고 했다. 패트릭은 정말 운이 좋았다. 그런 몰골로 라이녹스에서 며칠만 더 지냈다면 잠이 들었다가 다시는 깨어나지 못했을 것이다.

패트릭은 또 다른 면에서도 운이 좋았다. 그중 으뜸은 봄에 여기 온 점이었다. 만약 패트릭이 와일파에서 겨울에 도망을 나왔다면 분명히 얼어 죽었을 것이다. 그리고 세상이 온통 눈으로 덮여 있을 때 여기 도착했다면 우리는 패트릭을 받아 주지 않았을 것이다.

그건 어림도 없는 일이다.

몇 해 전 겨울에 일어난 그 사건 이후로는 단 한 번도 허락되지 않은 일이다.

그 겨울, 도시를 떠나 여기로 올라온 어느 가족이 울며불며 사정을 했다. 감자 한 알이 아쉬운 혹독한 겨울이었지만 우리는 그 부부와 아기를 받아 주었다. 그런데 그 부부는 우리가 준 음식을 맛있게 먹더니 이내 죽고 말았다. 부부가 죽자 매그다는 그 집 아기를 산비탈에 놔두고 온 것 같았다. 다음 날 아침 눈 위에 발자국이 찍혀 있었기 때문이다. 하지만 나는 아무 말도 하지 않았다. 어차피 아기는 거의 굶어 죽기 직전이었고 온몸이 염증으로 빨갛게 뒤덮여 있는 데다 엄마가 죽은 후로는 계속 울어 대기만 했으니까. 그리고 우리에게는 우유 같은 것이 전혀 없었기 때문이다. 특히 겨울에는 그런 걸 구할 수가 없었다. 아무것도 해 줄 수 없는 아픈 아기와 함께 있으면 울음소리 때문에 미칠 것 같은 심정이 된다. 단언컨대 그건 사실이다.

아무튼, 어른들은 그 일이 생긴 후부터 더 이상 자선을 베풀지 않기로 결정했다. 겨울에는 절대로! 여기서 지내고 싶으면 여름 내내 일을 해서 자신의 몫을 마련해야 했다. 그런데 패트릭은 봄에 왔고, 군살 하나 없는 근육질의 팔로 일도 할 수 있었다.

처음에 아빠는 발전소에 대한 것과 판자촌에서 벌어지는 문제점에 대해 질문을 퍼부었다. 하지만 패트릭은 자신의 과거 생활에 대해 별로 입을 열지 않았다. 그게 패트릭에 대해 알아야 할 첫 번째 사항이었다. 패트릭의 동상 걸린 손과 얼굴 흉터들을 보면 그가 그렇게 행동할 만하다는 생각이 들었다. 패트릭은 그때의 일을 완전히 잊고 싶을 것이다. 패트릭은 그저 묵묵히 땔나무를 옮기고 덫을 놓고 가죽 다듬는 일에만 마음을 쏟을 게 뻔했다. 아빠의 질문 공세는 그걸로 끝이었다.

그렇다고 패트릭이 귀도 닫고 있는 것은 아니었다. 패트릭은 아빠의 얘기를 귀담아 들어 주었다. 아빠는 정부가 사람들을 계속해서 눈뜬장님으로 만들고 있다고 했다. 춥고 좁은 움막에서 살게 하고, 시민증 없이는 한 발짝도 움직일 수 없게 하고, 본인이 원하지 않아도 발전소나 석탄 광산으로 보내 버린다고 했다. 고작 여분의 장갑이나 장작 한 개비를 더 얻을 만큼의 돈을 주면서. 내 생각에, 그때 아빠는 패트릭의 공감을 얻으려고 했던 것 같다.

한 번은 패트릭이 이런 말을 했다.

"엄청난 재난들 때문에 사람들이 수없이 많이 죽게 되니까, 정부는 유례없이 심하게 통제했고 사람들은 거기에 불만을 품기 시작한 거죠."

아빠가 맞장구를 쳤다.

"맞아. 그게 다 사람들이 두려움을 느끼게 되었기 때문이야. 그 두려움이 불만을 품게 한 거지. 사람들은 자신이 이런 혹독한 기후를 만들었다고 죄책감을 느꼈어. 그런데 사람들이 겁을 먹고, 죄책감을 느끼고, 불만에 가득 차서 화를 내고, 눈 더미에서 빠져

나오느라 바쁜 동안 정부는 자신만의 계획을 세웠던 거지. 그래서 돈, 음식, 약, 트럭 열쇠, 전력 공급선, 전기를 모두 정부의 소유로 만들어 버렸어. 마치 원래부터 정부의 것이었다는 듯 말이야."

아빠는 또 이렇게 말했다.

"어쨌든 일어날 일이었지. 우리는 다르게 사는 법을 배워야 할 뿐이야. 기름 같은 것은 문제되지 않는다는 걸 알아야 해. 특히 이젠 인구도 예전만큼 많지 않잖아. 우리는 정부를 잊어버리고 다르게 사는 법을 배워야 할 뿐이야. 그래서 눈이 그치면, 결국 우리 모두 잘 지내게 되는 거지."

이것이 앞서 말했던 그 그림을 아빠가 간직하고 있는 이유였다. 아빠는 그런 얘기들을 책에서 읽은 것 같았다. 하지만 그건 아빠의 생각일 뿐이니까 남에게 피해를 줄 것 같지는 않았다. 그런데 패트릭은 이렇게 말했다.

"그런 생각을 품은 사람을 찾으러 머지않아 사람들이 여기로 들이닥칠 겁니다. 만약 우리가 이곳에서 우리만의 방식으로 삶을 잘 꾸려 나갈 수 있게 되면 더 많은 사람들이 판자촌을 떠나 여기로 오게 될 테고, 정부는 결코 그걸 반기지 않을 거니까요. 눈곱만큼도 좋아하지 않을 겁니다."

우리는 잘못한 게 전혀 없었지만, 만약 지레인트 같은 사람이 우리 아빠가 그렇게 생각하는 걸 알고 정부에 알렸다면 정부에서는 분명 우리를 찾으려고 큰 트럭을 보냈을 것이다. 그리고 패트릭이 꼬집은 것처럼, 집을 가리고 숨겨 주는 나뭇가지들은 그저 무용지물이 되었을 것이다.

나는 지금 바닥에 앉아서 추위에 떨고 있다. 지레인트가 우리를 밀고했을지 모른다는 불길한 생각 따위는 계속 해 봤자 좋을 게 없다. 다시 지레인트의 짧고 때 낀 손이 떠올랐다. 그리고 앨리스가 지레인트의 아기를 임신한 것도 기억났다. 앨리스는 겨우 열네 살이었다. 아빠도 늘 이런 기분으로 지냈을 것이다.

조만간 지레인트의 농장에 찾아가서 쥐도 새도 모르게 지레인트의 방으로 들어가 우리를 밀고한 것에 대해 따져야겠다. 지레인트는 아빠가 어디 있는지 이실직고할 수밖에 없을 것이다. 나는 무릎걸음으로 벽난로에 다가가 나무를 뒤적였다. 금세 불이 살아났다. 못에 걸어 둔 옷을 입었다. 옷이 얼거나 축축해지기는커녕 따뜻하고 부드러웠다. 벽난로 가까이 박힌 못에 걸어 둔 덕분이었다. 다시 바닥에 깔린 코트 속으로 기어 들어가고 싶은 마음이 굴뚝같았지만 오늘은 그럴 수 없었다. 오늘은 다른 사람들이 모두 사라지고 내가 대장이 된 날이다. 내가 대장이 된 첫 번째 날이었다.

벽난로 선반에 있던 초에 불을 붙여 부엌으로 갔다. 부엌은 예전 모습 그대로였다. 식품 저장실 문 앞은 바닥돌이 반질반질하게 닳아 있었다. 벽 옆의 커다란 나무 식탁과 긴 의자는 마치 누군가 방금 식사를 끝내고 일어난 것처럼 의자가 튀어나오고 흐트러져 있었다. 그릇과 컵들도 식탁에 그대로 놓여 있었다. 마치 한창 아침 식사를 하고 있는 것처럼. 쌍둥이가 태어났을 때 아빠가 직접 깎아 만든 작은 숟가락 하나는 부러진 채 바닥에 뒹굴고 있었다. 분명 무슨 일이 일어난 게 틀림없었다. 정부 트럭이 와서 식사 중인 사람들을 집에서 끌어 낸 것이 분명했다.

식품 저장실 문을 열었다. 매그다의 목소리가 들리는 듯했다.

"아무리 배가 고파도 거긴 들어가면 안 돼, 월로."

하지만 지금은 아무도 나를 꾸짖지 않았다. 식품 저장실에서는 평소 그대로의 냄새가 났다. 천장에 매달아 둔 자루 속 양파, 통에 담아 둔 가염 버터, 허브와 감자. 거기에 운이 좋으면 두어 마리의 토끼까지 있을 것이다.

얼핏 보기로는 정부 사람들은 식품 저장실에는 손을 대지 않은 것 같았다. 헛간의 염소만 가져간 모양이었다. 귀리와 소금을 담은 큰 자루들도 그대로 있었다. 염소와 사람 외에는 아무것도 손대지 않았다. 그리고 사람들은 코트도 못 입은 채 끌려갔다.

어쩌면 어제 매그다가 그렇게 화를 내고 소리친 이유가 그 때문일 것이다. 이런 날씨에 코트도 없이 나간다는 건 말도 안 되는 일이었다. 하지만 고함 소리는 잠깐 들리고 금세 조용해졌다. 나는 언덕 위에 숨어 있었기 때문에 매그다의 고함 소리만 들었을 뿐 아무것도 볼 수 없었다.

* * *

언젠가 그들에게 잘못이 없다고 밝혀지면 트럭이 모두를 여기로 데려다줄까?

　바로 그때 심장이 멎을 만큼 무서운 일이 일어났다. 나는 식품 저장실 입구에 선 채 아빠와 사람들이 코트도 없이 떠난 일을 걱정하면서 창문 널빤지 틈으로 새어 들어오는 빛을 바라보고 있었다.

　그런데 밖에 뭔가가 있었다. 창틈으로 들어오던 가느다란 빛이 잠깐 동안 그림자 때문에 사라졌다가 다시 나타났다. 그림자가 창문 앞을 지나간 것이다. 아주 빠르고 조용하게.

　나는 촛불을 껐다. 숨을 죽였다.

　누군가가 밖에 있었다.

　심장이 마구 뛰기 시작했다. 피가 머리로 거세게 솟구쳤다.

　'숨어. 어둡고 안전한 곳으로. 빨리 움직여야 해. 밖에 있는 게 누구든 곧 집 안으로 들어올 거야.'

　역시 울프는 뭘 해야 하는지 알고 있었다.

　부엌 위층에 있는 작업실은 지금 어두울 것이다. 나는 재빨리 작업실 문으로 들어갔다. 창밖의 그림자가 집 안으로 들어올지 안 들어올지 알 수 없는 일이었다.

　그리고 아직은 무엇의 그림자인지도 모르는 상황이었다.

　아마 손에 큼직한 막대기를 들고 집 주위로 슬금슬금 다가온 배고픈 산적일 것이다. 집 안에 내가 있는 걸 눈치챌지도 모른다. 그런 일을 방지하기 위해 아빠가 창문들을 온통 널빤지로 막아 버린 거였는데.

나는 엄청난 두려움 속으로 빠져들었다. 땅이 갑자기 사라져 버려서 끝없이 아래로 추락하는 느낌이었다. 얼음처럼 차갑고 어두운 바닷속으로 한없이 빨려들고 있었다.

'계단을 올라가, 윌로.'

울프가 도와주러 왔다. 얼음 같은 어둠 속으로 추락하고 있지만 붙잡아 줄 손 하나 없는 나에게.

그때 문손잡이를 돌리는 소리가 들렸다.

딸깍.

4

나는 숨을 멈추었다. 왔구나. 현관문이 열렸다.

발소리가 집 안으로 들어왔다.

문틈으로 바깥을 엿보았다. 벽난로에 아직 불씨가 남아 있는 것이 보였다. 들어온 사람이 누구든, 집 안에 사람이 있다는 사실을 알게 될 것이다. 어쩌면 내 냄새를 맡고 나를 찾아서 이쪽으로 올지도 모른다. 그런데 나는 이제 겨우 계단 두 개를 올랐을 뿐이다.

뱃속이 뒤집어지는 기분이었지만 어떤 소리도 내지 말아야 할 상황이었다.

발소리가 반대편 쪽으로 걸어갔다. 뭔가 긁는 소리와 쿵쿵거리는 소리가 났다. 같은 자리에서 우당탕 하는 소리도 들렸다.

나는 살금살금 뒷걸음질로 계단 몇 개를 올라갔다. 목구멍에서 피 맛 같은 짠맛이 느껴졌다.

지금이야. 그렇지, 울프?

'그래. 네 긴 다리로 되도록 빨리 올라가. 될 수 있는 한 빨리.'

작업실에는 한쪽 편에 긴 탁자가 놓여 있었고 그 옆에 가죽을 담아 두는 커다란 금속 통 두 개가 있었다. 어슴푸레하게나마 물건들의 윤곽이 보였다. 하지만 모든 것이 보이지는 않았다. 문득 '이러다가 이 방에서 꼼짝없이 잡히는 게 아닌가.' 하는 생각이 들어서 작업실 천장에 있는 다락방으로 올라가야겠다고 마음먹었다. 하지만 심장이 너무 크게 쿵쾅거리고 빠르게 뛰어서 발이 움직여지지 않았다.

나는 온 힘을 다해 의자 위로 올라갔다. 제발 천장에 손이 닿기를. 내가 우리 집에서 가장 키가 큰 사람이었던 적이 한 번도 없었는데. 다행히 생각만큼 천장이 높지 않았다. 내가 해낼 줄 알았다니까! 나는 손을 뻗어서 뚜껑을 밀어 올려 옆으로 치운 뒤 힘껏 매달렸다.

팔이 빠질 것 같았다. 그때 아래층에서 소리가 들렸다. 그 사람은 벌써 부엌까지 왔는데 나는 아직 두 팔에 의지한 채 공중에 매달려 있었다. 호흡이 가빠졌다.

아래층의 낯선 사람이 내쉬는 숨소리도 들렸다.

머릿속에 그 사람이 부엌을 둘러보는 모습이 그려졌다. 한쪽으로 걸어갔다가 방향을 틀어 반대쪽으로 걸어갔다. 벽난로의 불씨와 바닥의 코트가 수상쩍어지면서 집 안에 누군가 있다는 걸 눈치 챈 것이 분명했다.

장담하건데 그 소름끼치는 생각 덕분에 내 팔에 초능력이 생겼 다. 나는 두 팔에 힘을 주고 바람같이 몸을 끌어 올려서, 쥐구멍으로 쥐꼬리가 미끄러져 들어가듯 다락방으로 올라갔다. 그리고 소리가 나지 않도록 최대한 조심하면서 뚜껑을 덮었다. 다락방 바닥에 얼굴을 대고 엎드리니 내 숨소리가 더 크게 들렸다. 누군지는 몰라도 그는 아직 부엌에서 서성이고 있었다. 그러다가 발소리가 멈췄다. 그리고 소리가 들렸다.

딸깍.

작업실 문손잡이를 돌리는 소리였다. 문이 열렸다.

발소리가 계단을 올라왔다. 발소리는 삐걱거리는 소리 따위 신 경 쓰지 않고 거침없이 계단을 밟으며 2초 만에 작업실에 올라섰 다. 이제 그 사람은 내 바로 밑에 있었다. 숨소리가 들릴 정도로 가까이 있었다. 그는 가만히 서서 수상한 낌새는 없는지 주위를 살폈다. 부싯깃 치는 소리가 들렸다.

칙!

다락방 뚜껑문 틈으로 촛불의 흐릿한 불빛이 새어 들어왔다.

그런데…… 이 목소리는? 분명 어디선가 들어 본 목소리였다. 어쩐지 지레인트의 목소리와 많이 비슷했다.

그는 산적처럼 물건을 뒤졌다.

하지만 나를 찾아내지는 못할 것이다. 숨소리도 컸고 퉁탕퉁탕 물건을 주워 담는 소리도 너무 컸으니까. 그는 숨을 헐떡거리면서 급하게 물건을 훔치고 있었다. 아빠의 물건들을. 아빠는 그 물건들을 구하느라 거의 평생이 걸렸다. 쉽사리 구하기 힘든 연장들이었다. 그런데 지레인트는 그 모든 걸 한순간에 훔치고 있었다.

'난 떠나지 않았어요, 지레인트. 난 아직 여기 있어요. 바로 당신 머리 위에서 당신의 짧고 때 낀 손가락이 우리 아빠의 물건들을 뒤지고 있는 소리를 듣고 있다고요.'

나는 분노가 치밀어 올랐다.

'당신은 지금 우유가 담긴 깨끗한 그릇에 그 때 낀 손을 담그고 있잖아요. 그러면 어떻게 되는지 알아요? 알게 될 거예요. 당신도 애들처럼 금방 배우게 될 거예요.'

매그다는 이렇게 말했었다.

"더러운 손을 우유에 넣으면 안 돼, 윌로. 그러면 쌍둥이 동생이 아프게 될 거야. 그리고 넌 회초리를 맞게 된단다."

누구든 그 정도는 즉시 배울 것이다.

'그러니까 지레인트, 난 당신에게 회초리를 휘두를 거예요. 당신을 가만두지 않을 거예요.'

나는 눈을 질끈 감았다. 그가 무엇을 하고 있을지 생각하지 않으려고 안간힘을 썼다. 그렇게 하지 않으면, 이제 겁날 것 없는 내가 화를 억누르지 못하고 당장이라도 뛰어 내려갈 것 같았기 때문이다.

'저 농장주는 총을 갖고 있고 너보다 두 배는 덩치가 커. 넌 그냥 어두운 곳에 숨어서 꼼짝 않고 있어야 해. 저 사람은 나중에도 얼마든지 혼내 줄 수 있어. 그 일은 저 사람이 가고 난 후에 생각하도록 해.'

때마침 울프가 돌아왔다. 그래서 나는 마음속으로 나만의 기도문을 읊었다. 판가드에 있는 내 비밀 동굴에서 할 때와는 달랐다. 지금은 조용히 읊어야 했다. 마음속으로 읊어야 했다.

큰 토끼야, 작은 토끼야.
동그라미 안으로 들어오렴.
언덕과 바위 근처에서
개가 이야기를 들려준단다.
그리고 높게 쌓인 눈을 파서……

툭! 빛이 사라진 걸 보니 지레인트가 초를 떨어뜨린 모양이다.

……몸을 깊이 파묻으렴.
바람이나 독수리를 피해야 하기 때문이란다.
내 덫과 올가미 걱정은 하지 않아도 된단다.

지레인트는 이제 창문의 널빤지를 잡아 뜯고 있었다.

큰 토끼야, 작은 토끼야.

동그라미 안으로 들어오렴.

언덕과 바위 근처에서

개가 이야기를 들려준단다.

뭔가가 떨어졌다. 뭉툭한 손이 바닥을 더듬는 소리가 들렸다.

지레인트는 우유에 손을 집어넣고 있었다. 하지만 나는 기도문에 집중하려고 애썼다. 그리고 기도했다. 내가 미쳐서 저 아래로 뛰어 내려가지 않게 해 달라고.

정말로 효과가 있었다.

5

처마 밑으로 빛이 엷게 새어 들어왔다. 뱃속은 물과 음식을 달라고 아우성이었다. 아침이었다. 추위에 곱은 손은 감각이 없었다. 그래도 운 좋게 코트를 입고 있어서, 얼어 죽기 딱 좋은 날씨에 이 추운 다락방에서 지금껏 버틴 셈이었다.

'이제 곧 아래로 내려가야겠어, 울프. 실은 어제 지레인트가 집에서 나가는 소리를 들었거든. 만약을 대비해 아직 여기 웅크리고 있었던 거야.'

나는 다락방 뚜껑문을 조금씩 천천히 열었다. 열린 틈으로 고개를 내밀어 아래를 내려다보았다. 마치 창문으로 들어온 회오리바람이 작업실을 온통 휘저어 난장판을 만들어 놓은 것 같았다. 하지만 바람 같은 건 없었다. 아빠의 상자에서 쏟아진 내용물들이 방바닥과 의자 밑에 뒹굴었다. 아빠 책의 찢어진 낱장들이 어지럽게 흩어져 있었다. 종이 위에는 아빠의 글씨가 깨알같이 적혀 있었다. 나는 다락방에서 작업실로 뛰어내렸다. 그리고 삐걱거리는 계단을 아주 천천히 내려갔다. 부엌으로 이어진 문은 열려 있었다. 잠깐 동안 서서 귀를 쫑긋 세우고 기다렸다. 다시 텅 빈 부엌을 지나 거실 쪽으로 갔다.

집은 조용했다. 지레인트는 떠난 게 분명했다.

현관문을 열었다.

계단에 눈이 수북이 쌓여 있었다. 밤새 눈이 거세게 내린 모양이었다. 구름 사이로 질척한 회색의 빛이 비추고 있었다. 눈 위에는 어떤 발자국도 남아 있지 않았다.

이제 플랜 B를 세워야 했다. 집을 떠나야 했으니까. 첫 계획의 대안으로 쓸 플랜 B를 세워야 한다는 생각만 머릿속에 가득했다. 겨울 내내 이 집에서 혼자 사는 건 꿈일 뿐이라는 울프의 조언은 굳이 필요 없었다. 적어도 지금은.

예전에도 플랜 B에 대한 생각을 많이 했다. 그런데 이해되지 않는 부분이 있었다. 플랜 B라는 것 자체가 이상하게 들렸다. 계획이라는 건 원래 계속 생각하면서 바꿔 가는 거였다. 다시 말해, 토끼를 잡을 계획을 세울 때는 그냥 매번 같은 자리에 쭈그리고 앉아서 덫을 놓는 게 아니다. 토끼가 어느 길로 뛰어다닐지 따져 보고 그 흔적을 찾아서 덫을 놓는 것이다.

나는 지레인트의 농장으로 갈 것이다. 아빠와 다른 사람들에게 무슨 일이 생긴 건지 그 반백의 노인네로 하여금 실토하게 만들 것이다. 밤에 몰래 숨어들어 그를 침대에 묶어 버릴 것이다. 앨리스에게 지레인트는 쥐새끼처럼 비열한 밀고자라고 말해 버릴 것이다.

마음이 자꾸 앞서갔다. 어둠이 내려와 세상이 꽁꽁 얼어붙기 전에 떠나야 했다. 눈이 계속 내려 내 발자국을 덮을 시간과 내가 산에서 잠잘 곳을 찾을 시간이 필요했다. 울프의 말대로 나는 조심해야 할 것이다. 지레인트는 총을 갖고 있으니까.

식품 저장실로 가서 먹을 것을 찾아 먹고 물을 벌컥벌컥 마셨다. 목이 너무 말랐다. 그리고 헛간으로 가서 화로와 텐트를 챙겨서 썰매에 묶었다. 예전 같았으면 화로에 감히 손댈 생각도 하지 못했을 것이다. 아빠한테 야단맞을 게 뻔하니까. 화로는 우리가 여행을 떠날 때마다 항상 챙겨 가는 물건이었는데 사람들이 버려진 트럭의 금속판을 떼 내어 만든 것이다. 아빠의 허락 없이 이렇게 내 짐에 챙겨 넣을 수 있는 현실이 참 이상하고 낯설었다. 분명 이게 얼마나 가치 있는 물건인 줄 아냐고 한참 설교를 들었을 텐데. 아빠는 분명 이해해 주실 것이다.

2층에 있는 아빠의 방으로 올라갔다. 매그다의 선반에 있는 부싯깃 주머니를 챙겼다. 까맣게 그을린 작은 부싯깃 조각들을 만들 때는 한바탕 난리 법석이 났다. 매그다는 별의별 물건을 다 만들 줄 알았다. 대부분 자신을 위한 물건이긴 했지만. 매그다는 옛날에 폴란드라고 부르던 지역에서 살았던 할머니한테 그런 걸 배웠다고 했다. 그 할머니는 100세라는 연세에도 불구하고 매년 감자 농사를 아주 크게 지었고, 해마다 수확한 감자를 자루에 담아서 저장 창고에 매달아 두었다. 매그다의 엄마는 편지에 항상 이렇게 썼다.

'할머니한테 감자 자루 좀 그만 옮기시라고 해 주렴. 돈은 우리가 보낼 테니까.'

하지만 할머니는 매그다에게 이렇게 말했다.

"난 배곯는 게 어떤 건지 안단다. 난 죽는 날까지 감자를 심을 거야."

매그다는 "할머니가 옳았어, 그렇지?" 하고 말했었다.

선반에는 매그다의 책이 꽂혀 있었다. 그중 몇 권은 엄청나게 재미있는 책이다. 양이 앓을 수 있는 모든 종류의 병을 설명한 책이 있었는데, 양을 키울 때 꼬리 아래와 털 속, 귀 뒤를 잘 챙겨 보지 않으면 그곳에 구더기가 생긴다고 했다. 나 참, 그냥 가만히 서 있는 것만으로도 구더기 질병에 걸리다니, 양은 파리가 들끓는 커다란 똥덩어리가 분명했다. 또 양들은 절벽에서 떨어지거나 눈 덮인 고랑에서 새끼를 낳거나 그 밖의 다른 문제들도 일으킨다고 나와 있었다.

양에 대한 책이 재미있기는 해도 『로빈 후드와 은 화살』 앞에서는 명함을 내밀지 못할 것이다. 나는 부싯깃과 함께 그 책도 선반에서 꺼냈다. 우리는 모두 그 책으로 글을 배웠다.

갑자기 심장이 툭 떨어지는 것 같았다. 아빠 침대에서 나는 냄새와 널빤지 틈으로 들어온 한 줄기 빛 때문이었다. 그냥 평소의 아침 같았다. 하지만 이불을 덮은 채 코를 고는 아빠도, 그 옆에서 나를 보며 웃는 매그다도, 지금은 없었다. 내가 몰래 이 방에 들어와서 이불 속으로 들어가려고 할 때마다 매그다는 그 소리에 잠이 깨곤 했는데.

나는 집의 포근함이 느껴지는 이 방을 아주 슬프게 바라보았다.

* * *

썰매에 짐 싣기를 끝냈다. 텐트와 화로, 덫으로 쓸 철사, 집에 있던 털 코트 두 벌, 염소 가죽 깔개, 연장들, 장작 몇 개비, 모두 썰매에 싣고 커다란 가죽으로 덮어 끈으로 꽉 묶었다. 폭설이 쏟아지고 바람이 거세질 경우를 대비해야 했다. 그리고 식품 저장실에서 들고 갈 수 있을 만큼의 음식을 가방에 담았다.

거실로 나왔다. 울프가 빨리 떠나야 한다며 재촉했다.

나는 잠깐 제자리에 서 있었다. 오래된 집이라 이런저런 냄새가 배어 있었다. 나무 냄새, 연기 냄새, 사람 냄새. 예전에는 미처 몰랐던 사실이다.

작별 인사를 건넬 사람 하나 없었다. 현관문을 닫으며 나는 엄청난 외로움을 느꼈다. 웃자란 나무들 사이로, 휘날리는 눈발을 맞으며 높이 쌓인 눈을 밟고 걸어갔다. 집이 점점 멀어졌다. 한 발 한 발 내디딜 때마다 눈이 나를 삼켜 버리는 것만 같았다. 정말로 그랬다. 하지만 나는 한 걸음씩 발을 내디뎠다. 터벅터벅, 터벅터벅. 울프의 말이 옳았다. 땅이 나를 삼켜 버리지 못하게 맞서 싸워야 했다.

산길이 시작되는 곳에서 뒤를 돌아보았다. 바람 때문에 눈보라가 심해져서 아무것도 보이지 않았다. 강과 집, 내가 집이라 불렀던 다른 모든 것을 뒤로 하고 오직 무거운 썰매를 끄는 밧줄 하나에 몸을 의지한 채 앞으로 나아가야 했다. 눈물은 더 이상 없었다. 엄마가 눈 속에서 죽지 않고 지금 내 옆에서 날 안아 주었으면 좋겠다는 생각도 이제 뇌리에서 사라졌다.

장담하건대 누구든 이런 바람 속에서는 그런 생각을 떨쳐 버리게 될 것이다.

울프가 말했다.

기다려, 때가 올 거야.

눈에는 눈, 이에는 이야.

6

썰매가 이토록 무거운 거였나? 마치 죽은 염소를 끌고 언덕을 넘어가는 기분이었다. 정말 그랬다. 물건들이 썰매에서 미끄러져 내릴 때마다 걸음을 멈추고 다시 짐을 제자리에 묶었다.

눈은 인정사정없이 내렸고, 바람은 라이녹스 봉우리들 너머에서 잔인하고 험악하게 불어왔다. 움직이지 않는 모든 것을 순식간에 영영 파묻어 버릴 기세였다. 이제 내게는 집이 없었다. 언제 쓰일지도 모를 썰매 위의 물건들이 내가 가진 전부였다. 그 사실을 잊지 말아야 했다.

어떤 면에서는 내가 남극 탐험가 스콧이 된 것 같았다. 스콧은 옛날에 살았던 위대한 탐험가다. 아빠 책에서 읽은 적이 있었다.

스콧도 남극을 발견하기 위해서 아주 커다란 썰매에 나처럼 물건을 가득 싣고 오랫동안 눈 속을 걸어갔다. 하지만 스콧은 돌아오지 못했다.

사람들에게 그 사실이 알려진 건 스콧이 남긴 일기 덕분이었다. 스콧은 남극을 발견하기 위해 미친 듯이 도전했고 하루하루를 기록했다. 스콧은 눈 속에 갇혔을 때에도, 죽어 가면서도 일기를 적었다. 자신이 곧 죽는다는 사실을 알고 '최후의 기록'이라는 제목을 달기도 했다. 그리고 그건 정말 최후의 기록이 되었다. 그런데 '최후의 기록'을 쓰려면 맨 정신으로는 힘들 것 같다. 곧 죽는다는 사실을 아니까 정신이 좀 이상해져야 쓸 수 있을 것이다.

재미있는 건, 스콧은 그렇게 크고 무거운 썰매를 끌고 그 머나먼 눈길을 걸어갈 필요가 없었다는 점이다. 그런데도 그렇게 한 것은 단지 스콧이 그렇게 하고 싶었기 때문이다. 왜 그는 벽난로가 활활 타는 따뜻한 집에서 그냥 편하게 머물러 있지 못했을까? 그 생각이 자꾸만 떠올랐다.

이런 생각을 하느라 산의 변덕스러운 날씨가 독수리가 덮치는 것만큼 빠르게 변하리라는 사실을 깜빡 잊었다. 분명 칼날보다 날카로운 발톱으로 순식간에 덮칠 것이다. 대비하고 있지 않으면 생각할 틈도 없이 엄청난 곤경에 처할 것이다. 그걸 대비해야만 했다. 나는 산적과는 달리 몰아치는 눈보라에 발목을 잡힐 사람이 아니니까. 게다가 최후의 기록 같은 걸 쓸 계획도 없었다. 아빠는 늘 노트에 뭔가를 휘갈겨 놓았다. 그게 무슨 소용이 있는지 모르겠다.

바람이 거세게 몰아쳤다. 좀 전에 내린 눈을 쓸어 반대편 산비탈로 날려 버리고 있었다. 커다란 솜이불이 날아가는 것 같았다. 바람에 코트가 날려 솔기가 찢어졌다. 멀리 경사가 완만한 언덕 꼭대기에는 폭풍이 일어나 골짜기와 바위들의 모습이 눈안개 속으로 사라졌다. 텐트를 쳐야 할 때였다. 그렇지 않으면 폭풍 속에서 얼어 죽을 것이다. 한시도 지체할 수 없었다.

잠시 장갑을 벗고 텐트를 꺼냈다. 바람에 손이 떨어져 나갈 것 같았다. 썰매 덮개가 돌풍 때문에 미친 듯이 펄럭였다. 덮개를 붙잡고 썰매의 방향도 돌려놓느라 젖 먹던 힘까지 내야 했다. 하지만 마침내 텐트를 완성했다. 나는 화로와 한 아름의 장작을 안고 힘겹게 텐트 안으로 들어갔다.

텐트 안은 고요했다. 바람이 들어오지 않았다. 주의해야 할 점은 이랬다. A. 부싯깃과 부시를 잊지 말 것. B. 그걸 마른 상태로 잘 보관할 것. 춥고 축축한 곳에서는 마른 부시와 부싯깃이 없으면 결코 불을 피울 수 없다. 정말 불이 안 붙는다. 불을 못 피우면 얼어 죽는 것은 시간문제다.

그건 울프가 절대 생각해 낼 수 없는 일 중 하나였다. 개들은 험악한 날씨 속에서 그저 꼬리를 흔들며 밤새 눈구덩이를 파기만 할 테니까. 앞서 말한 것처럼 개는 불을 피울 수 없다. 개는 개일 뿐이다.

지레인트도 이 눈을 헤치며 돌아갔으리라는 생각이 들었다. 부디 그의 주머니에 부싯돌이 없었기를. 화로까지 없었기를.

거센 눈보라가 앞으로 며칠 동안 이어질 것 같았다. 그냥 그런 기분이 들었다. 하지만 내게는 텐트와 썰매와 음식이 있었고, 조금씩 쓴다면 땔감도 넉넉했다. 따뜻한 염소 가죽 깔개도 가지고 있었다.

하지만 텐트는 생각만큼 튼튼하지 않았다. 돌풍이 휘몰아칠 때마다 텐트 앞부분이 쓰러져서 그때마다 밖으로 나가서 고쳐야 했다. 말처럼 쉬운 일이 아니었다. 깔개를 뒤집어쓰고 벌벌 떨면서 간신히 텐트 밖으로 나가면 바람에 날려 갈 뻔하기도 하고 눈에 파묻힐 뻔하기도 했다. 추위가 삼켜 버릴 듯 덮치면 깜짝 놀라 숨이 멎을 뻔하기도 했다. 추위와 눈보라가 얼마나 무서운 건지 명심하고 또 명심해야 했다.

돌풍에 쓸려 온 엄청난 눈이 나를 덮쳤다. 눈을 찌르고 코트를 떠밀고, 정말 대놓고 싸움을 걸며 괴롭혔다. 나는 바람과 눈에게 고래고래 고함을 질렀다. 그리고 나 자신에게도 텐트를 좀 잘 치지, 왜 이 따위로 쳤냐고 소리를 질렀다. 어떨 때에는 화를 내지 않으면 오히려 밟히거나 빨려 들어가거나 그냥 간단히 떠밀려 가버리게 될 수도 있다. 그럴 때는 큰 소리로 화를 내는 게 나았다.

그런데 잠시 뒤 바람이 불어 텐트 주변에 눈이 잔뜩 쌓였다. 평화의 시대가 찾아왔다. 이제 바람은 윙윙거리며 지나갈 뿐 텐트를 쓰러뜨리지 못했다. 나는 먹을 것을 꺼내 뱃속을 달랜 후 모피 코트 속에 몸을 눕혔다. 갑자기 웃음이 터져 나오려고 했다. 확실한 이유는 모르겠지만 다시 그 스콧이라는 탐험가가 떠올랐다. 스콧이 친구들과 감행했던 터무니없는 남극행 여정, 정말 웃기지 않은가? 그 정도로 남극에 미쳐 있었으니 다시 돌아오지 못한 것은 어찌 보면 당연한 일이다.

내 안에서 그런 웃음이 계속 샘솟는다면 며칠간은 기분 좋게 지낼 수 있을 것 같았다. 아직은 눈이 나를 집어삼키지 않을 것이다. 안전하게 텐트에 틀어박혀 며칠 지내면 생각할 시간도 많이 확보하게 될 것이다. 지금은 이 폭풍이 끝나면 뭘 해야 할지, 어디로 갈지 등을 곰곰이 생각해야 할 시간이었다.

7

미친 듯이 몰아치던 눈보라가 잦아들면서 나는 단잠을 잤다. 잠에서 깨어나 텐트 밖으로 고개를 내밀었다. 폭풍이 지나가며 하늘을 말갛게 씻어 놓았고 새로 쌓인 눈은 과자 위에 하얀 설탕을 뿌려 놓은 것처럼 뽀얗게 반짝반짝 빛났다.

판가드의 반대편으로 트로스피니드 호수가 보였다. 계곡을 넘어가면 지레인트의 농장이 있을 것이다. 거기가 바로 내 목적지다. 하지만 우선 판가드에 있는 내 비밀 장소로 가야 했다. 기운을 얻고 나만의 기도문을 읊기 위해. 내 안의 개를 강인하게 만들기 위해.

판가드로 가려면 산길을 지나 아래로 내려가야 했다. 날씨가 다시 사나워져도 그곳까지 나를 순식간에 따라잡지는 못할 것이다. 나는 다시 짐을 썰매에 묶은 후 밧줄을 오른쪽 어깨에서 왼쪽 옆구리 쪽으로 내렸다. 조금씩 허기가 지기 시작했다. 설피의 끈을 묶고 밧줄의 무게에 기대면서 바위 사이의 내리막길로 썰매를 끌고 갔다. 밤사이 쌓인 눈에 깊은 자국이 났다.

문제는 살을 에는 바람 때문에 자칫 방심하다가 온몸이 얼어 버릴지도 모른다는 점이었다. 그러고 보면 나는 참 운이 좋았다. 꽁꽁 얼어붙어 산꼭대기의 돌처럼 되지는 않았으니까. 그런데 그런 생각을 하니 다시 기분이 가라앉았다. 눈보라 속에 남겨 두고 온 안전하고 아늑한 우리 집이 생각났다.

* * *

그런 생각을 하면서 산길을 걷고 있는데 눈 속에 파묻힌 낡은 집이 보였다.

좋은 집은 아니었다. 그저 널빤지로 가려진 창문이 두 개 있었고 한쪽 끝에 돌로 지은 작은 헛간이 있었다. 나는 평소에 하던 대로 큰 소리로 인기척을 냈다. 큰 소리를 내지 않고 집 앞으로 달려갔다가 뜻밖의 일로 소스라치게 놀랄지도 모르기 때문이다.

누군가가 내 고함 소리를 들은 것 같았다. 한 소녀가 문을 빼꼼히 열고 나왔다. 소녀의 빨간 입술이 눈에 들어왔다. 입술이 가장 크게 보였다. 입술 외의 부분은 너무 깡마르고 야위었다. 피부색이 겨울 하늘의 푸른빛과 같은 색이었다. 눈 위에 떨어진 핏방울처럼 붉디붉은 입술의 소녀가 나를 바라보았다.

나는 그 집에 누가 있을 거라고는 기대하지 않았다. 왜냐하면 지금까지 추운 겨울에 보았던 그 어느 집보다 허름해 보였기 때문이다. 굴뚝에서 연기도 나지 않는 집에서 사람이 살고 있다고 기대하긴 어려운 법이다. 소녀는 작은 천 조각으로 발을 감쌌고 너덜너덜한 누더기 옷을 입고 있었다.

나를 바라보는 소녀에게 가까이 갔다. 소녀의 얼굴에 두려워하는 기색이 역력했다. 내가 머리에 쓰고 있던 울프의 머리뼈 탓이었다. 소녀는 아마 울프의 이빨을 보고는 나를 늑대 인간쯤으로 여기고 자기를 잡으러 온 줄로 착각했을 것이다. 그런 생각 정도는 누구나 하니까. 사람은 어떤 것에서든 무서움을 느낄 수 있다. 나도 그랬던 적이 있기 때문에 별로 이상하다는 생각은 들지 않았다. 소녀는 눈 깜짝할 새에 집 안으로 쏙 들어가서 문을 닫아 버렸다.

"너희 아빠는 안 계시니?"

나는 소녀가 무서워할까 봐 부드러운 말투로 소리쳤다. 하지만 대답이 없었다. 나는 또 외쳤다.

"아니면 엄마는? 아빠든 엄마든 상관없어."

여전히 대답이 없었다. 나는 곧장 문으로 다가갔다.

"난 개가 아니야. 이건 그냥 개의 머리뼈야. 너한테 아무 해도 입히지 않아. 난 그냥 어딜 가다가 잠시 들렀는데, 혹시 엄마나 아빠가 계시면 내 썰매에 있는 물건을 먹을 것과 바꿨으면 해서."

내가 왜 그렇게 말했을까? 소녀의 몰골로 미루어 보아 그녀의 엄마나 아빠가 내게 줄 게 있을 리 만무한데. 나는 주위를 돌아보았다. 울프가 나를 지적했다. 내 썰매에 좋은 물건이 있다고 외친 건 바보 같은 짓이었다고 했다. 나는 그 집 앞에서 이내 떠나지 못했다. 무거운 썰매의 방향을 급히 틀려고 하니 쉽지가 않았다.

"아빠는 여기 없어요."

소녀의 목소리였다. 소녀는 문을 닫은 채 대답했다.

"아빠는 여기 없어요."

나는 썰매 밧줄을 내려놓고 다시 주위를 돌아보았다.

"뭐? 아빠가 없다고?"

"아빠는 나갔어요."

"그럼 난 가던 길을 계속 가야겠어. 밖에 서서 기다리기엔 너무 추우니까, 알았지?"

"혹시 먹을 것 좀 있어요?"

나는 무슨 말을 해야 할지 몰랐다. 누가 듣고 있는지도 알 수 없었고, 이 이상한 장소에 있는 것이 왠지 초조해지기 시작했다. 나는 어쩐지 그 누더기를 입은 깡마른 소녀가 이제 막 도시에서 떠나온 것 같다는 생각이 들었다. 판가드의 이쪽 지역에 누군가 살고 있다는 얘기는 한 번도 들은 적이 없었다. 마을 어른들이라면 누군가 이렇게 가까이 접근하는 걸 모를 리 없었다. 그건 확실했다.

그때 나는 허리띠에서 칼을 꺼내 들었다. 아주 천천히, 아무도 눈치채지 못하게. 바람이 휘잉 불어서 그 집의 마당으로 눈이 쓸려 왔다. 나는 시치미를 뚝 떼고 아무것도 모르는 것처럼 소녀에게 말했다.

"먹을 거는 하나도 없어."

나는 그렇게 말하고 집 옆의 헛간 쪽으로 갔다. 지금은 부서져서 엉망이지만 한때는 아주 튼튼한 창고였으리라. 하지만 그건 아주 오래전 일이었을 테고, 지금은 벽 곳곳에 돌이 빠져나가서 구멍이 휑 뚫렸고 지붕도 수리를 하지 않아 엉망이었다.

헛간 앞쪽에는 창문이었을 법한 구멍이 나지막이 뚫려 있었는데 구멍의 아랫부분까지 눈이 쌓여 있었다. 나는 벽에 등을 대고 서서 손에 쥔 칼을 꽉 움켜잡았다. 지레인트가 준 그 칼은 길고 날카로운 칼날이 곧게 뻗어 있었고, 중국제 금속으로 만들어서 칼을 갈기도 쉬웠다. 지금은 헛간 안에서 뭐가 튀어나올지 모르는 위태로운 상황이었지만 그나마 칼을 아주 잘 갈아 두었다는 점이 위안이 되었다. 소녀는 혼자가 아닐 수도 있었다. 소녀의 아빠 혹은 그누군가가 날 잡으려고 기다리고 있을지도 모를 일이었다. 춥고 배고픈 사람은 그다지 착하지 않다. 내 두 눈으로 똑똑히 본 적이 있었기 때문에 확신할 수 있다.

지금 헛간 안을 들여다봐야 했지만 마음만 굴뚝같은 상황이었다. 갑자기 내가 브루글의 그림 속에 들어가 있는 기분이었다. 그림 안에 있는 모든 것에 이유가 있었던 그 그림.

"나랑 동생에게 줄 음식이 좀 있어요?"

문틈으로 소녀의 외침이 들렸다. 하지만 나는 아무 대답도 하지 않고 그냥 헛간에 기댄 채 창문 틈으로 안을 들여다보았다. 어두웠다. 가장자리 쪽 바닥은 벌어진 문틈으로 날려 들어간 눈이 소복이 쌓여 있었다. 춥고 어두웠다.

그때 뭔가가 보였다. 구석에 뭔가가……. 사람이었다. 뼈만 앙상하게 남은 다리가 누더기 같은 이불 바깥으로 툭 튀어나와 있었다. 발가락은 온통 까맸다. 사람 시체였다.

누더기를 입은 시체가 이불 밑에 누워 있었다.

헛간 바닥에.

아무렇게나.

팔은 차렷 자세를 했고 손가락은 이불 밖으로 나와 있었다. 보아 하니, 죽은 시체를 그냥 바닥에 던져 놓은 것 같았다.

나는 고개를 돌려 다시 벽에 기댔다. 마치 북을 치듯 심장이 쿵쾅거렸다. 소녀의 목소리가 들려왔다.

"먹을 것이 있어요? 아주 조금만이라도."

나는 여전히 벽에 기대어 서 있었다.

"아빠는 어디 갔어?"

"아줌마가 음식을 구하러 나간 다음에 나갔어요. 이틀 전이었어요. 아빠가 음식을 구해 돌아와서 따뜻하게 불을 피워 주길 기다리고 있어요. 먹을 것 좀 있어요? 제 동생 토미와 제가 먹을 음식, 조금만 있으면 돼요. 부탁해요."

문이 열리는 소리가 들리더니 소녀의 머리가 쑥 나왔다. 소녀는 집 앞을 쭉 훑어보다가 헛간 벽에 기댄 나를 발견했다. 소녀 옆에는 작은 아이가 소녀의 다리를 꼭 붙잡고 서 있었다. 남자아이였다. 다섯 살도 안 되어 보이는 그 아이는 누나와 똑같이 얼굴이 하얗고 눈 밑이 푸르죽죽했다. 바람이 불어 소녀의 다리에 눈이 날려 오자 아이는 뼈만 앙상한 작은 손을 문 밖으로 내밀었다.

"먹을 거요."

아이는 목소리가 아주 작았다.

그들은 둘만 있는 게 확실했다. 그리고 헛간에 죽어서 누워 있는 시체와 피부색이 같았다. 소녀의 아빠는 돌아오지 않을 것이다.

이 두 아이는 그냥 여기서 죽게 될 것이다.

"먹을 거요."

아이가 한 번 더 말했다.

나는 더 이상 참을 수가 없었다. 여기는 잘못된 곳이다. 나는 그걸 깨달았다.

'네 음식을 폭풍 속에 던져 버리는 거나 마찬가지야. 다른 이의 병든 강아지에게 네 젖을 먹이고 싶지는 않을 거야. 밤이 되기 전에 판가드의 비밀 장소에 도착해야 해.'

울프는 내게 천천히 또박또박 말했다. 울프의 말이 이치에 맞았다.

"먹을 거요."

아이가 또 말했다.

"좀 있다가 돌아올게."

"가지 말아요."

소녀가 말했다.

"좀 있다가 돌아올게."

나는 썰매의 밧줄을 집어 들었다.

굶주린 남매가 내 뒤통수에 대고 소리쳤다. 텅 빈 눈빛과 가냘
픈 목소리로. 하지만 나는 뒤돌아보지 않았다. 나는 돌아오지 않
을 생각이었다. 여기서 멀리 떠나는 일이 급선무였다.

'눈에는 눈, 이에는 이야.'

눈 위에서 썩고 있는 시체로부터, 음식을 애걸하는 굶주린 남매
로부터, 나는 멀리 떨어져야 했다. 밧줄을 당겨 썰매를 끌면서. 되
도록 빨리.

8

썰매가 자꾸만 발목에 부딪쳐서 점점 화
가 치밀어 올랐고, 땀이 온몸을 적시기 시작했다. 이렇게 산행을
하고 있을 때 땀에 젖으면 고드름처럼 되고 만다.

나는 눈 더미에 대고 고래고래 소리를 질렀다. 눈에 화풀이를
한다고 도움될 건 없었다. 땀만 더 나고 얼굴만 벌겋게 달아오
를 뿐이다. 가끔 그렇게 화가 나면 '이렇게 하면 화가 풀리겠지.'
하면서 온갖 수단으로 자신을 달래 보지만 별 소용이 없을 때가
있다.

마치 내 안에 미친개가 있는 것 같았다. 미친개가 불 위를 걷는
것처럼 내 몸 속에서 날뛰고, 입에 거품을 물면서 짖어 대어 도저
히 멈추게 할 방법이 없는 듯했다. 다시 그 아이들에게 돌아가지

않는 한.

하지만 그런 기분이 들게 만드는 개가 '울프'라는 생각은 들지 않았다. 울프는 똑똑했고, 입에 거품을 물고 다니는 병에 걸리지도 않았고, 산에서 완전히 미치지도 않았으니까. 당연히 아니었다. 울프는 현명한 개들이 그렇듯 몸을 한껏 웅크린 채 폭풍을 무릅쓰고 나아갈 그런 개였다.

분명히 울프는 아주 현명한 개였다. 추위와 굶주림에 휑해진 눈으로 내게 먹을 것을 애걸하던 아이들로부터 빨리 떠나라고 재촉했다. 울프가 옳았다. 그들은 '짐'이 될 뿐이다.

지금 아이들에게 돌아가라고 말하고 있는 개는 미친개였다. 나를 하늘과 땅과 썰매에 대고 소리 지르게 만드는 것도, 걷잡을 수 없는 화를 끓어오르게 하는 것도, 모두 내 안에서 미쳐 날뛰는 미친개 때문이었다.

나는 지금 판가드에 있는 비밀 장소로 가야 한다. 하지만 내 머리뼈를 울리며 자꾸만 나를 괴롭히는 소리가 있다. 그 소리는 내게 침을 뱉었고 내 눈에 눈뭉치를 쑤셔 넣었다. 그리고 뜨거운 석탄 위에서 미치광이처럼 소리 지르며 날뛰고 있다. 나는 그 소리를 듣고 싶지 않았다.

나는 썰매만으로도 충분히 무거웠다. 나도 엄청나게 배가 고팠다. 그런데 미친개에게 보이는 것은 그 소녀와 소녀의 붉은 입술뿐이었다.

'다른 이의 병든 강아지에게 네 젖을 먹이고 싶지는 않을 거야.

네 음식들을 폭풍 속에 던져 버리는 거나 마찬가지야.'

현명한 개, 울프의 차분한 소리가 다시 들리자 나는 뛸 듯이 기뻤다. 만약 하늘에 대고 계속 화를 내며 소리를 질렀다면 그 소리를 듣지 못했을 것이다. 울프가 잘 해냈다. 내가 뭘 해야 할지 이제 말해 줄 것이다. 어쩌면 이미 그 미친개의 꼬리를 물어서 벌러덩 나자빠지게 해 버렸는지도 모른다. 미친개는 자신보다 더 크고 강한 개한테 공격받은 것처럼 잔뜩 웅크리고 있을 것이다. 개들은 그런 낌새를 금세 알아채니까.

내가 개에 대해 그렇게 많이 알게 된 건 대부분 직접 개의 행동을 보고 배운 덕분이다. 여름이 되어 눈이 녹으면 가끔 언덕의 오르막길에 기대앉아서 여름 캠프를 벌이는 개 떼를 지켜보고는 했다. 그럴 때면 바람을 안고 앉아야 했고 그 자리에서 움직이지 않고 조용히 있어야 했다. 한 번은 바위 뒤에 딱 달라붙어서 하루 종일 개들을 지켜보기도 했다. 개의 습성과 생활을 모르면 덫을 놓기가 매우 어렵기 때문에 개의 행동을 잘 파악해 두고 싶었다.

가끔은 개들을 지켜보면서 나도 개가 되고 싶다는 생각을 하기도 했다. 개 무리에는 늘 남에게 물리고 상처 입은 개가 한 마리씩 있었다. 그런 개는 먹이를 먹을 때도 가장 안 좋은 곳을 먹었다. 나는 그런 나약한 개는 되고 싶지 않았다. 그 개가 어느 날 크고 똑똑하고 강하게 자라서 다른 개들을 꼼짝 못하게 만든다면 모르겠지만. 그렇게 될 수 있다면 그 나약하기 짝이 없는 개가 되어도 괜찮았다. 나약한 개는 꽤 흥미로운 캐릭터인 경우가 많았기 때문이다. 나약한 개들은 항상 교묘한 수법을 찾게 되어 결국 아주 영리해질 가능성이 높았다.

나는 나약한 개를 잡으려고 덫을 놓은 적은 없었다. 상처가 난 개가죽은 싫었다. 사실 그 이유 때문에 그런 건 아니었지만 좋은 핑곗거리이긴 했다. 아니, 정말이지 앞으로도 나약한 개를 잡으려고 덫을 놓지는 않을 것이다. 어느 날 그 개가 벌떡 일어나서 무리의 다른 개들에게 뭔가를 보여 주려면 작은 기회라도 놓칠 수 없었고 일단 살아남아야 했으니까.

총이 있어서 개를 쉽게 잡을 수 있으면 좋겠다는 생각을 자주 했다. 지레인트가 앨리스와 내게 총을 만져 보게 해 주었을 때 나는 아주 강렬한 느낌을 받았다. 이게 내 총이 되면 움직이는 어떤 것이든 쏘아 버릴 수 있겠다는 느낌이었다. 원하는 것은 모두 쏠 수 있을 것이다. 손쉽게, 탕 탕 탕. 그때는 엄청나게 많은 개가죽을 얻게 될 것이다.

아빠에게 그 느낌에 대해 물어보았다. 아빠는 아주 크게 웃으며 패트릭에게 그 얘기를 해 주었다. 패트릭도 배꼽이 빠지도록 웃었다. 그래서 그건 졸지에 아주 우스운 일이 되어 버리고 말았다. 왜 그런지는 아직도 모르겠지만.

그때 아빠는 옛날에 있었던 일을 이야기해 주었다. '교훈을 주는 이야기'라고 했다. 전혀 교훈 같지 않은, 꽤 재미있는 이야기였다. 이야기는 오랜 옛날 바다가 제 기능을 하던 때로 거슬러 올라갔다. 그때는 배로 바다를 건너 아메리카 대륙까지 갈 수 있었다. 아직 강추위가 닥치기 전이었기 때문이다. 지금은 아메리카 대륙도 절반 가까운 지역이 눈으로 덮여 버렸다. 하지만 더 이상 아메리카 대륙에 신경을 쓰는 사람은 없다고 패트릭이 말했다. 요즘은 모든 사람들이 '동양'을 바라본다고 했다.

아무튼 그렇게 되기 전인 그 시절에는 수많은 사람들이 배를 타고 아메리카 대륙으로 갔다. 아메리카에는 아름다운 언덕, 강, 숲이 많았고 그에 비해 살고 있는 사람의 수가 아주 적었기 때문이다. 아메리카로 옮겨 간 사람들은 풀이 무성한 들판과 들판을 뒤덮고 있는 큰 동물들을 모두 차지했다. 이 동물은 따뜻한 털이 두툼하게 자라는 들소였다. 어쨌든 이들이 바다를 건너가기 전에 이미 아메리카 대륙에 살던 사람들, 즉 인디언은 들소를 노리며 창과 활을 들고 바위 뒤에 앉아 있었다. 인디언은 '구름 잡는 추장', '개 사나이 족장'처럼 이름을 우스꽝스럽게 지었다. 나는 그 얘기에 무척 관심이 갔다. 인디언은 들소를 따라 이동했다. 그들의 집인 원뿔형 천막은 쉽게 옮길 수 있기 때문이다. 인디언은 들판을 가로질러 가서 때때로 들소를 한 마리씩 죽였다. 그리고 가족들에게 필요한 옷과 천막집을 만들고 고기도 먹었다. 수많은 들소로 둘러싸인 인디언들은 정말 운이 좋았다.

하지만 바다를 건너간 사람들은 총을 갖고 있었다. 총을 가진 사람들은 태양 아래서 풀을 뜯는 들소를 보자 대단한 흥미를 느꼈다. 그들은 들소를 잡기 위해서 바위 뒤에 앉아 있을 필요도 없었고, 원형 천막에서 살 필요도 없었다. 그냥 쏘면 되었다. 그들은 쏘고, 쏘고, 또 쏘았다. 아빠는 그들에게 그건 그냥 놀이나 다름없었다고 했다.

그러던 어느 날 아침, 사람들이 일어나 보니 죽어서 태양 아래에 썩고 있는 소가 온 들판에 가득했다. 그건 끝을 의미했다. 더 이상의 고기도, 더 이상의 가죽도, 더 이상의 모피도 없다는 뜻이었다. 이제 더 이상 들소는 없었다.

"아메리카 사람들은 지금 그 들소들이 모두 살아 있기를 바라고 있지."

패트릭이 말했다.

아무튼 아빠의 이야기는 그렇게 끝났다. 아빠는 이렇게 덧붙였다.

"그게 총의 진실이야."

나는 그 이야기가 교훈을 준다고 생각했다. 교훈은 내가 원하는 뭔가가 결국 그릇된 것이라고 말해 주는 거니까. 하지만 나는 아직도 총이 갖고 싶다. 다만 총을 갖게 되면 조심해야 하고 미치지 않도록 정신을 차려야 한다는 걸 이제는 알았다.

만약 내 안의 미친개에게 총이 있다면 뭐든 무턱대고 쏘아 버릴 것이다. 눈도, 바람도, 미친개 자신조차도. 하지만 이제 그 미친개는 잠이 든 모양이었다.

* * *

나는 판가드 근처까지 가야 한다. 산의 서쪽 부분으로 올라왔으니 이쯤이면 반지 모양으로 바위들이 늘어선 '링오브스톤즈'가 나올 것이다. 매그다는 링오브스톤즈가 가시 왕관처럼 생겼다고 했다. 하지만 가시로 왕관을 만드는 사람은 없다. 특히 소녀들은. 소녀들은 여름에 핀 꽃으로 꽃 왕관을 만들었다. 적어도 바르무스 마을 회의에서는 그러고들 있었다. 매그다도 참, 가끔씩 그렇게 터무니없는 얘기를 한다니까.

아빠는 그 돌로 만든 예술 작품이 굉장히 오래전에 만들어진 거라고 했다. 글이 생기고 책이 나왔을 때보다 더 오래전에, 왕관이란 게 생기기 훨씬 전부터 있었다고 했다. 커다란 돌들이 이빨처럼 쑥쑥 솟아 올라와서 동그란 반지 모양을 이루고 있었다. 워낙 오래전에 만든 거라서 그걸 만든 사람들은 이름조차 없었을 거라고 했다.

동쪽 하늘이 꽤 어두워졌다. 불을 피우고 잠잘 곳을 찾아야 했다. 차를 끓여 마시지 않으면 땀에 젖은 몸이 나도 모르는 사이에 얼어 버릴 것이다. 그 산길의 낡은 집에 있던 아이들보다 더 꽁꽁 얼어 버릴 것이다.

그래도 나는 늘 운이 좋았다. 지금 당장은 길도 잃고, 밤은 다가오고, 여러 문제에 맞닥뜨렸지만 멀리 위쪽의 산비탈에서 어떤 형상을 발견했기 때문이다.

부러진 풍력발전기였다. 날개도 반쯤 붙은 채 아치 모양으로 산등성이에 누워 있었다. 걸음을 멈추고 어깨에서 밧줄을 내렸다.

허리를 곧게 펴고 주위를 둘러보았다. 잔뜩 쌓인 눈 속에 파묻혀서 뚜렷하게 보이지는 않았지만, 어쩌다 보니 나는 지금 풍력발전기를 잔뜩 세워 놓은 풍력발전소 한가운데에 서 있었다. 북쪽에는 파손된 탑들이 있었고 산등성이에는 부러진 풍력발전기가 누워 있었다.

그 풍력발전기는, 특히 날개가 붙어 있는 풍력발전기라서 그런지 모양이 정말 특이했다. 커다랗고 매끈한 게 꼭 방금 하늘에서 떨어진 날개 부러진 새 같았다.

그 산등성이로 오르는 마지막 길은 오늘 하루 중 가장 힘든 길이었다. 언덕도 무척 가파르고 눈도 꽤나 높이 쌓여 있었다.

풍력발전기는 안이 비어 있었다. 물론 오래전에 산적들이 몽땅 털어갔을 것이다. 하지만 그게 오히려 좋았다. 안에 들어갈 수 있기 때문이다. 그러니 나는 얼마나 운이 좋으냐 말이다. 풍력발전기는 내 썰매가 들어갈 만큼 컸고, 아직 해가 지지 않아서 입구에 쌓인 눈을 어렵지 않게 치울 수 있었다. 나는 안으로 들어가서 불을 피웠다. 거의 집만큼이나 아늑하고 좋았다.

기분이 좋았다. 풍력발전기는 바람에 쓰러지거나, 개들이 공격해 올 걱정 같은 걸 할 필요가 없었다. 오늘 밤은 플랜 B에 대해 좀 더 고민해 볼 시간이 생길 것 같았다. 나는 따뜻한 잠자리를 준비하고 그 안에 쏙 들어갔다. 머리 위로 풍력발전기의 안쪽 벽이 있었는데 손을 뻗으면 글을 쓸 수 있을 정도로 가까웠다. 나는 불이 꺼질 때까지 여기저기 살펴보았다. 까만 글씨로 '뉴 비스타 에

너지'라고 적혀 있었다.

그 글을 보니 아빠나 어른들이 항상 얘기했던 옛날 일이 떠올랐다. 어른들 말씀은 이랬다. 풍력발전소는 옛날에 전기를 만들기 위해 만들어졌지만 기후가 추워지자 날개가 돌지 않아서 작동하지 않게 되었다. 사람들은 정부가 풍력발전소를 만든 건 잘한 일이라고 생각했는데, 풍력발전기가 작동을 멈춰 무용지물이 되자 산꼭대기로 올라가 풍력발전기들을 모조리 깨부수어 버렸다. 그때 패트릭은 정부가 와일파에 있는 것과 같은 원자력발전소를 더 많이 건설했어야 했다고 말했다. 그건 좀 이상하게 들렸다. 패트릭은 거기서 도망 나왔지 않은가? 그러자 아빠가 말했다.

"어쩌면 자네가 옳을 거야. 그랬으면 안펙(ANPEC)이 모든 돈과 권력을 손에 넣는 일은 생기지 않았을 테니까."

하지만 아빠가 패트릭의 말에 완전히 동의한 건 아니었다. 아빠는 우리가 스스로를 돌봐야 한다고 말했다. 지금 아빠가 여기에 있다면 얼마나 좋을까? 그러면 그 모든 것에 대해 질문을 퍼부을 수 있을 텐데. 아빠는 늘 모든 질문에 대답을 척척 해 주곤 했는데.

그때 갑자기 끔찍한 기분이 들었다. 마치 내가 트로스피니드 호수 한가운데에 던져진 돌이 된 것 같았다. 나는 어두운 물속으로 천천히 가라앉고 있는데 아무도 그 사실을 모르는 상황에 처한 기분이었다. 돌은 일단 수면 아래로 내려가면 결국 바닥에 가라앉아서 다시는 물 위로 올라오지 못하게 된다. 생각만 해도 끔찍했다.

나는 어두운 풍력발전기 속에 혼자 외롭게 누워서 내가 호수 바닥으로 가라앉는 돌이라고 생각하며 몹시 극심한 공포에 사로잡혔다.

9

미친개가 다시 내 머릿속으로 스르르 들어왔다.

새벽 4시쯤 된 것 같았다. 세상 모든 것이 생각보다 훨씬 나빠 보이는 시간이었다.

나는 불을 뒤적였다. 울프에게 말을 걸어야 했는데, 나를 뚫어져라 바라보는 울프의 눈구멍에 끼워진 회색 돌이 차갑고 생기 없어 보였다. 나는 울프의 머리뼈를 쓰다듬었다. 그리고 물었다.

'왜 미친개의 꼬리를 물지 않았지? 왜 미친개를 입 다물게 만들지 못한 거야?'

'난 피곤해, 월로. 좀 쉬게 해 줘.'

'하지만 난 네가 필요해.'

'말했지, 좀 쉽게 해 달라고.'

미친개는 내가 하루 중 가장 나쁜 시간에 잠이 깬 걸 알고 아주 신이 났다. 기쁨에 겨워 거의 춤을 추다시피 했다.

'말해 줘, 울프. 난 어떻게 하지?'

하지만 울프는 눈을 감은 채 계속 잘 뿐이었다. 이러다 미친개가 나를 죽이고 말 것 같았다.

미친개는 그 굶주린 남매를 다시 떠올리게 했다. 미친개는 엄마도, 아빠도 없이 추위와 굶주림에 허덕이는 남매를 저대로 남겨두지 말라고 내게 짖어 댔다. 미친개는 지금이 여름이고 음식이 넘쳐 나는 줄 아는 모양이다. 내 소맷부리를 잡아당기며 계속 짖어 댈 것이 뻔했다. 정말이지 멈추지 않을 기세였다.

미친개가 말했다.

'아기 토끼 일을 잊지 마.'

예전에 덫을 확인하러 갔다가 토끼 밑에 웅크린 아기 토끼를 발견한 적이 있었다. 어렸지만 눈도 떴고 입도 씰룩거릴 줄 알았다. 아기 토끼는 실크처럼 보드랍고 엷은 분홍빛 귀를 축 늘어뜨리고 맥없이 앉아 있었다. 엄마 토끼는 올가미에 목이 꽉 조여서 쓰러져 있었다. 엄마 토끼의 코에서 흐른 피가 하얀 눈을 적시고 있었다. 바로 그 부분이, 붉은 입술의 소녀를 보았을 때 떠오른 장면이었다. 아기 토끼는 내가 다가가 손을 뻗자 완전히 겁을 먹고 납작하게 엎드려 벌벌 떨었다.

그 뒤로 한동안은 덫을 놓지 않았다.

아기 토끼는 판가드의 비밀 장소에서 키웠지만 너무 어려서 결국엔 죽고 말았다. 아기 토끼의 조그만 머리뼈는 막대기에 끼워 보관하지 않았다. 그냥 산에 묻어 주었다. 그리고 아무에게도 말하지 않았다. ㄱ동안 내내 나는 그 일이 마음에 걸렸다, 정말로.

이 미친개는 전혀 미치지 않았는지도 모른다. 어쩌면 그 엄마 토끼인지도 모른다. 나는 그 남매들에게 돌아갈 수밖에 없다. 그렇지 않으면 그 엄마 토끼와 미친개가 밤마다 나를 찾아올 테고, 그렇게 되면 내가 미쳐 버리고 말 테니까.

날이 밝자마자 그 남매를 데려와서 전력 공급선이 있는 도로로 데려가야겠다. 그 도로로 정부 트럭이 지나갈 것이다. 왜냐하면 전력 공급선 철탑 아래의 도로는 항상 깨끗함을 유지해야 하기 때문이다. 1년 중 가장 날씨가 사나운 지금 같은 때에도 말이다. 정부 트럭이 그 남매를 원래 살던 도시로 데려다줄 것이다. 그 애들은 그저 아이일 뿐이고 아무런 잘못도 하지 않았으니까. 그러고 나면 나는 거기서 멀지 않은 내 목적지로 가면 된다.

* * *

산마루 위로 해가 떠올랐다. 나는 썰매의 짐을 모두 풀었다. 내가 텐트와 화로와 음식들을 풍력발전기에 두고 가는 걸 아빠가 봤으면 언짢아 했을 것이다. 하지만 바윗돌만큼 무거운 썰매를 끌고 산을 오르내리고 싶지는 않다. 그 아이들은 눈 속에서 오랫동안 걸을 수 없을 게 분명하니 썰매가 필요할 것이다. 그런 몸으로 이런 눈 속을 걷는다는 건 불가능하다. 썰매에 태워서 데려올 수밖에 없다. 물론 짐을 두고 가는 건 정말 위험한 작전이었다. 언제 날씨가 악화될지 알 수 없으니까. 하지만 선택의 여지가 없었다.

'아빠, 아빠는 지금 여기에 없잖아요.'

주머니에 귀리 비스킷 몇 개를 넣었다. 부시와 부싯깃도 챙겼다.

밖으로 나와 보니 바람이 견딜 만했다. 하지만 설피를 신었어도 발을 조심스럽게 디뎌야 할 만큼 눈이 깊었다. 산 아래로 내려가서 산길을 따라 돌아가야 한다. 죽음의 악취가 풍기고 붉은 입술의 깡마른 소녀가 있는 그 집으로 서둘러 가야 한다. 그래야 밤이 되기 전에 그 절망적인 아이들을 풍력발전기가 있는 곳으로 데려올 수 있을 테니까. 그렇지 못하면 나도 그 아이들과 함께 굶으며 추위에 떨어야 할 것이다. 내가 조심해야 할 또 하나는, 눈이 담요처럼 세상을 덮어서 모든 것이 똑같아 보이게 되면 길을 잃을 수도 있다는 점이다.

그러니 그 미친개가 나를 죽이려 한다는 게 틀린 말은 아닌 셈이다.

나는 눈 속에 발이 푹푹 빠지면서도 산등성이를 잘 내려왔고 시야도 그리 나쁘지 않았다. 언덕을 다 내려가자 귓가에 윙윙거리던 바람 소리도 멈췄다. 바람이 이랬다저랬다 하는 건 정말 피곤한 일이다. 어떤 때는 쌩쌩 불어와 모자를 날려 버리고 또 어떤 때는 아주 잔잔해져서 잔물결 하나 없는 호수 같으니 말이다.

바위 사이와 협곡에도 눈이 쌓였고 온 언덕이 눈으로 뒤덮여 있었다. 회색빛 하늘은 산꼭대기에 맞닿아서 어디가 언덕이고 어디가 하늘인지 알 수가 없었다. 하지만 회색빛 하늘이 추위의 혹독함을 완화시켜 주어서 그건 좋았다.

나는 있는 힘껏 눈을 헤치고 앞으로 나아가 그 산길에 들어섰다. 너무 피곤해서 거의 탈진할 지경이었다. 최근 며칠간 몸을 완전히 따뜻하게 녹인 적도, 뱃속을 가득 채운 적도 없었다. 그리고 대단히 초조했다. 나는 대장이 되어 본 적이 없었기 때문이다. 그건 사실이다.

바다에서 시작된 라이녹스의 봉우리들은 골짜기를 여럿 만들어 냈다. 그래서 금방 바위산 옆의 눈 덮인 관목 숲에서 길을 잃었다가, 또 금방 높은 지대에 올라서서 멀리 할렉에서 바르무스까지 펼쳐진 바다와 마주하고는 했다. 정말 웅장한 지역이었다.

산길 아래쪽, 언덕으로 이어지는 부분에 울퉁불퉁 솟아 있는 바위들 사이를 지날 때는 참 좋았다. 나는 절벽을 돌아서 걸음을 멈추었다.

도착했다. 다 쓰러져 가는 작은 집. 나는 집 쪽으로 조심조심 내려갔다. 그 까만 발가락이 누더기 밖으로 튀어나온 모습이 떠올랐다. 그 시체가 어떻게 거기에 있게 되었는지, 누가 거기에 놓아두었는지, 그 모든 소름끼치는 일이 의아해지면서 나는 걸음을 되돌리고 싶어졌다. 하지만 주위가 너무 조용했다. 나는 산길을 따라 내려가서 집 앞에 멈춰 섰다.

이상한 기분이 들었다. 여기가 마음에 들지 않았다, 정말로. 하지만 내가 그 아이들을 두고 가지 않고 다시 찾아온 점은 기뻤다. 그 아이들은 나를 보고 분명 기뻐할 것이다.

문을 두드리며 소리쳤다.

"나야. 내가 먹을 걸 좀 갖고 돌아왔어."

한참이 흘렀다고 느낄 만큼 서 있었지만 아무런 일이 일어나지 않았다. 집 안에서는 아무런 소리도 들려오지 않았다. 다시 문을 두드렸다. 누군가 나를 쳐다보고 있는 느낌이 들면서 기분이 나빠졌다.

"나야. 썰매를 끌고 왔던 사람이야. 너희에게 줄 음식을 구해서 돌아오겠다고 했잖아. 거짓말한 게 아냐. 너희를 버려두고 간 게 아니라고."

문 바로 옆에 널빤지로 가려진 작은 창문이 있었다. 나는 창문으로 다가갔다. 인기척이 없으니까 안을 좀 들여다봐도 될 것이다.

하지만 널빤지 틈으로 안을 살펴보려고 몸을 기울이는 순간, 뭔가가 내 시야에 들어왔다. 눈 위에 뭔가가 있었다. 자세히 보니 발자국들이 찍혀 있었다. 발자국은 집의 모서리 쪽으로 이어졌는데 거긴 헛간이 있는 곳이었다. 나는 발자국을 따라 시선을 옮겼고 발자국이 끝나는 지점에서 뭔가가 움직이는 것을 보았다.

집의 모퉁이에서 머리가 쑥 나왔다. 이제 막 내 소리를 들은 것처럼. 하지만 나의 등장이 반갑지 않은 듯했다. 다른 일로 무척 바빠 보였고 입가가 온통 불그스름하고 지저분했다.

'그 굶주린 개가 널 죽일 거야, 윌로!'

울프가 나를 향해 크게 외쳤다.

"문 좀 열어 줘!"

나는 문에 대고 소리쳤다.

입에 피를 잔뜩 묻힌 그 개는 꼼짝도 하지 않았다. 하지만 곧 내게 달려들 기세로 목구멍 깊이 낮게 으르렁거렸다. 어깨가 두툼하고 덩치가 큰 개였다. 까만 털은 얼룩덜룩한 회색 털로 변해 가고 있었다.

개는 집 모퉁이에서 천천히 빠져나와 나를 정면으로 향하고 섰다. 그리고 머리를 어깨 높이로 낮춘 채 나를 똑바로 쳐다보았다. 개는 나를 무서워하지 않았다. 그게 눈에 보였다.

입에 사람 피가 묻은, 굶주린, 커다란 개.

"이봐, 나야. 얼른 문 좀 열어. 개가 날 덮치려 한다고!"

개가 으르렁거리며 다가왔다. 개의 눈이 내 눈과 마주쳤다. 그 순간 주위가 새까매지면서 어두운 터널로 바뀌었다. 개가 굶주린 뱃속 깊은 곳에서 우러나는 분노를 표출할 때마다 개의 침이 눈 위로 흩어졌다. 개의 턱에서 딱 소리가 났다. 입이 벌어지며 이빨이 드러났다. 눈빛이 무시무시한 분노로 가득해졌다.

이제 눈 깜짝할 새에 내게 덤벼들 것이다.

뽀득, 눈 밟는 소리가 들렸다. 이번에는 집 앞마당에서 암캐가 내 뒤로 슬그머니 접근하고 있었다.

"문 좀 열어 줘!"

암캐의 목 뒷부분 털이 바짝 곤두서 있었다. 나는 으르렁거리는 소리 때문에 온몸이 굳어 버릴 것 같았다. 두 마리의 개는 서로 대화를 하는 것 같았다. 날 어떻게 공격할지에 대해. 생각이 거기까지 미치자 두려움이 화산처럼 폭발하며 흘러넘쳤다.

그때, 기적처럼 문이 열렸다.

나는 아무 생각도 들지 않았다. 그냥 안으로 뛰어들었다. 분노로 가득한 큰 개가 펄쩍 뛰어서 덮쳤지만 이미 그 자리에 나는 없었다.

내 뒤로 문이 쾅 닫혔다. 개가 문으로 달려들었다. 무거운 발길질 때문에 문이 덜컥덜컥 흔들렸다. 문 뒤에서 노여움에 찬 거친 소리가 들려왔다. 가슴이 쿵쾅쿵쾅 뛰고 숨이 턱까지 차올라서 쓰러져 버릴 것만 같았다.

"우릴 해치는 건 아니죠?"

너무 어두워서 소녀의 모습은 보이지 않고 목소리만 들렸다. 집 안에서 역겨운 냄새가 났다.

소녀는 계속 중얼거렸다. 나는 심장이 너무 쿵쾅거려서 이 춥고 어둡고 눅눅한 곳에서 기절해 버릴 것만 같았다. 잠시나마 그 수척하고 창백한 얼굴이 보이지 않는 것이 무척이나 기뻤다. 곧 소녀는 중얼거림을 멈췄다.

그때 정신이 좀 들었다. 나는 지금 정신을 차려야 한다. 나무판자 한 겹 너머에는 으르렁거리는 개들이 버티고 있다. 이미 사람 고기를 맛본 입으로. 개들은 분명 헛간에 있는 시체를 먹었을 것이다.

"나 여기 있어요."

소녀가 말했다. 지금은 아주 작은 목소리로 말했다. 솜털처럼 가벼운 손이 내 코트 소매를 잡는 느낌이 들었다.

"개들이 밖에 있는 거죠?"

"여기 초 있니?"

"있는데 켤 줄 몰라요. 아빠만 켤 수 있어요."

소녀는 내 팔을 잡아끌었고 나는 소녀를 따라 더듬더듬 걸어갔다. 집 안인데도 마치 꽁꽁 언 바위 밑에 있는 기분이 들었다. 너무 춥고 어두웠다.

"동생은 어딨어?"

"자고 있어요."

소녀는 어둠 속을 더듬었다.

"자, 이거요."

소녀의 손이 내 소매 쪽으로 내려오더니 내 손에 뭔가를 쥐어주었다. 양초였다. 나는 차가운 바닥에 무릎을 꿇고 앉아 주머니에서 부시를 꺼냈다. 약간의 부싯깃에 불을 피운 후 양초에 옮겨 붙였다.

촛불은 실룩거리면서 서서히 방을 밝혀 갔다. 조그만 방이었다. 창문에는 냉기가 들어오는 것을 막으려고 했는지 널빤지 뒤에 지푸라기와 나뭇가지가 잔뜩 채워져 있었다. 하지만 그다지 야무진 솜씨는 아니라서 바닥에 온통 나뭇가지가 흩어져 있었다. 나는 작은 벽난로 앞에 무릎 꿇고 앉았다. 돌들이 온통 까맣게 그을린 것이 언젠가 불을 피웠던 자리는 맞는 것 같았다. 하지만 그을음이 온통 축축한 걸로 보아 최근에는 불을 켠 적이 없는 것 같았다. 가죽 안장 하나가 바닥에 놓여 있었고 한쪽 구석에 오래된 나무 의자가 벽 쪽으로 놓여 있었다.

공기가 차가워서 입김이 서렸다.

벽난로 옆의 나지막한 선반에는 달랑 책 한 권만 놓여 있었다. 선반 아래에는 여러 겹으로 쌓여 있는 누더기 천과 지푸라기 더미가 있었고, 담요를 덮은 조그만 형체가 있었다. 소녀의 남동생이 분명했다.

하지만 아이는 움직이지 않았다. 나는 즉각 알아보았다. 아이는 머리가 벽 쪽으로 돌아가 있었다. 어떻게든 몸을 똑바로 세워보려는 시도도 하지 않는, 뻣뻣하게 물 위에 떠 있는 죽은 물고기처럼.

소녀는 여전히 나를 쳐다보았다. 촛불이 눈부셔서 눈을 깜빡이느라 뒤에 있는 남동생이 죽어서 뻣뻣해진 것은 보지 못했다.

"먹을 거요. 저랑 동생에게 줄 먹을 것을 가져왔다고 했죠?"

그때 소녀는 바닥에 담요를 덮고 누워 있는 동생에게 고개를 돌렸다.

"토미. 그 사람이 돌아왔어. 토미."

소녀는 꽁꽁 얼어서 걸을 수조차 없는 사람처럼 아주 괴상하게 움직였다. 무릎을 꿇고 앉았더니 천천히 손을 뻗어 동생을 흔들었다. 하지만 이내 멈추었다.

소녀는 잠시 동생의 시체 위에 손을 올린 채 앉아 있었다. 얼굴 표정은 보이지 않았다.

소녀는 나에게 다가왔다. 헝클어진 긴 머리카락, 너덜너덜한 소매에서 툭 튀어나온 앙상한 손가락들 그리고 텅 비어 있는 듯한 초점 없는 눈동자.

"먹을 것을 가져왔다고 했죠?"

소녀는 손바닥을 펼쳤다. 나는 소녀가 어떻게 할지 궁금해서, 주머니에서 귀리과자 한 조각을 꺼내어 건네주었다. 소녀는 귀리과자를 받아서 선반 아래에 있는 죽은 동생에게 느릿느릿 다가갔다. 그리고 담요 속으로 들어가 동생 옆에 누웠다. 고개를 돌려 벽 쪽을 바라보면서.

"이름이 뭐지?"

내가 물었다. 하지만 소녀는 아무런 대답도 하지 않았다.

바로 그때 밖에서 아주 시끄러운 소리가 들려왔다. 으르렁거리는 소리, 찢어질 듯 날카로운 소리, 그르렁거리는 소리. 개들이 집 모퉁이에서 시체를 두고 싸우는 소리 같았다. 굶주린 개들은 그랬다. 분명 그중에 센 놈에게 맞고 깨갱거리는 나약한 놈이 하나 있을 것이다.

하지만 나는 나약한 개가 아니었으며 지금 해결해야 할 큰 문제를 안고 있다. 나는 이 싸늘한 죽음의 장소에서 빠져나가야 한다. 그래야 내 텐트와 짐이 있는 곳으로 돌아갈 수 있다. 하지만 사람의 맛을 본 굶주린 개들에게 둘러싸여 있고 데려가야 할 소녀까지 있다. 소녀는 죽은 동생 옆에 누워서 내가 준 귀리과자를 아무 말 없이 먹고 있다. 매그다였다면 어떻게 했을까? 매그다는 아이를 잘 다루고 무슨 말을 해야 할지, 어떻게 행동해야 할지 다 아니까 현명하게 행동했을 텐데. 내 자비심이 순식간에 고갈되는 느낌이 들었다.

나는 좀 화가 났고 동시에 슬프기도 했다. 소녀의 동생이 죽은 건 내 잘못이 아니다. 어제 마음먹었다고 해도 데리고 갈 수 없었을 것이다. 혼자였는데도 간신히 언덕 위로 썰매를 끌고 갔으니까. 아이 둘과 함께하는데 더 쉬울 수는 없는 법이다. 지금의 내 기분은, 아기 토끼가 판가드의 내 비밀 장소에서 죽었을 때와 좀 비슷하다. 나는 그 기분이 참 싫다.

10

개들은 집 옆의 헛간에 있는 썩은 시체의 냄새를 맡은 게 분명하다. 굶주렸으니까. 내가 알고 있는 개의 습성에 따르면, 개는 지독히 굶주리지 않는 한 죽은 것은 먹지 않는다. 개들이 좋아하는 먹잇감은 막 걸음마를 시작한 어린 동물 그리고 약하고 병든 동물이다. 그래야 덤비기 쉽기 때문이다. 하지만 꼭 살아 있는 동물이어야 한다.

그런데 이제 개들은 나를 보았고, 소녀의 냄새를 맡았고, 소녀의 동생 냄새까지 맡았을 가능성이 높다. 그러니 서둘러 여기를 떠나지는 않을 것이다. 개들은 배가 고프면 인내심이 매우 강해진다. 만약 개가 한 마리였다면 상대하기 쉬웠을 것이다. 혼자라면 사람에게 충직했던 습성을 기억해 낼 테니까. 하지만 한 마리가 아니고 무리까지 이루고 있으니 사람을 그저 고기 조각 정도로나 여기고 덤벼들 게 뻔하다.

밖에서 서성이는 저 개들은 기다리기만 할 뿐 다른 행동은 하지 않을 것이다. 그 기다림이 내게 좋을 건 없다. 나는 여기서 빠져나 갈 궁리를 해야 한다. 문 옆에는 판자로 막아 둔 작은 창문이 있 다. 큰 개가 들어올 만한 높이나 크기는 되지 않았다. 나는 발돋움 을 하고 창틈으로 밖을 내다보았다.

개 두 마리가 보였다. 한 마리는 웅크린 채 엎드려 있었고 한 마 리는 몸을 다듬고 있었다. 그리고 손이 있었다. 그냥 눈 위에 덩그 러니.

발가락이 너무 시려서 발뒤꿈치를 내리고 똑바로 섰다. 눈 위에 던져진 피투성이의 사람 손을 본다면 누구든 뼛속까지 얼어 버릴 것이다.

이 무리는 절반은 늑대 혈통인 게 분명하다. 나를 덮치려 했던 대장 개를 보면 알 수 있다. 늑대개는 보통 개와 달리 사람에게 애 정을 느끼지 않는다. 배가 고프거나 사람의 맛을 본 늑대개들은 무자비하다. 그저 산에서 마주치지 않기만 바라야 한다.

지금 밖으로 나간다는 것은 죽음을 뜻한다. 하지만 여기 앉은 채 울고 있을 수만도 없다. 그건 임신한 사실을 알았을 때 앨리스 가 했던 일이다. 앨리스는 그냥 위층 방에 앉아서 지금 당장 모든 일을 고민해야 하는 것처럼 울고 있었다.

"아무것도 생각할 거 없어, 앨리스. 넌 겨우 열네 살이잖아."

나는 방문 밖에서 소리쳤다. 하지만 앨리스는 문을 열지 않았다. 매그다가 차 한 잔 마시면서 '아기 문제를 어떻게 해결할지' 생각해 보자고 해도 묵묵부답이었다. 앨리스는 그런 건 생각하기도 싫어했다. 아기를 살리고 싶어 했다. 그래서 지금은 아기를 낳고 지레인트와 함께 살고 있다.

나는 지금 당장 내 눈앞에 닥친 문제를 해결해야 한다. 서둘러서 골똘히 잘 생각해야 한다. 개가 밖에 앉아 있는 시간이 길어질수록 더욱 사나워지고 민첩해지고 더 배고파질 게 뻔하다.

다시 밖을 내다보았다. 큰 무리는 아니었다. 수캐 한 마리, 암캐 한 마리, 지난여름에 태어났을 법한 어린 개 몇 마리가 다였다. 내가 개들을 가까이 오지 못하게 할 유일한 방법은 불을 피우는 것이다. 개는 불을 아주 무서워하니까.

"우린 여기서 나가야 해."

나는 소녀에게 말했다. 소녀는 움직이지 않았고 아무런 대꾸도 하지 않았지만, 분명 내 말을 들었을 것이다. 나는 낡은 의자를 부수고 창문 널빤지 뒤에 채워 놓은 지푸라기와 나뭇가지들을 빼냈다. 의자 다리의 끄트머리에 나뭇가지 뭉치를 묶어서 횃불을 만들었다. 움직였더니 몸이 따뜻해졌고 소녀와 소녀의 동생에 대한 생각도 들지 않았다.

나는 문 쪽으로 다가가서 다시 창밖을 내다보았다. 이번에는 큰 개가 내 소리를 듣고 뛰어올랐다. 개의 발길질이 벽을 쿵 울렸고 나는 재빨리 뒷걸음질 쳤다. 개가 으르렁거리는 소리가 들렸다. 다른 개들도 흥미를 보이며 조금씩 으르렁거리는 소리가 들렸다.

내 썰매. 썰매가 집 앞에 놓여 있었다. 개 떼와 내 목숨을 걸고 한판 대결을 벌여야 할 상황이니 썰매는 포기해야 할 것이다. 게다가 소녀까지 데리고 산길을 벗어나야 했다. 썰매까지 챙긴다는 건 불가능한 일이다.

그런 생각을 하자 갑자기 우울해졌다. 썰매 없이 뭘 할 수 있을까? 나는 바닥에 털썩 주저앉아 버렸다. 모든 일이 잘못되어 가고 있었다. 울프가 말했었다.

'다른 이의 병든 강아지에게 네 젖을 먹이고 싶지는 않을 거야.'

울프는 내게 몇 번이고 말했었다. 하지만 나는 듣지 않았다. 그 미친개 때문에, 그 엄마 토끼 때문에, 그리고, 그리고……. 그게 뭐가 됐든 밤에 나를 찾아와 들들 볶는 바람에, 추위와 배고픔에 떨고 있는 이 남매를 놓고 이토록 고민하게 만들었다.

소녀가 입을 열었다.

"토미, 토미? 그 사람이 돌아왔어. 우린 이 사람하고 같이 가야 해."

소녀가 다시 살아서 움직이는 건 그나마 다행스런 일이다. 이제부터 나를 도와줘야 하니까. 하지만 동생이 죽은 걸 알면서도 동생에게 말을 거는 걸 보면 머리가 좀 이상해진 것 같았다.

"토미는 같이 못 가. 토미는 죽었어. 너와 나도 정신 차리지 않으면 똑같은 신세가 될 거야. 하지만 나한테 계획이 있으니까 우린 여길 나갈 수 있어. 혼자 남겨진 사람은 너뿐이 아니야. 그리고 난 내 머릿속의 개가 충고하는 걸 무시하고 널 데리러 그 먼 길을 왔어. 알겠어? 그러니 너도 일어나서 나를 도와야 해. 아니면 네 동생처럼 얼어 죽게 될 거야."

나는 아주 친절하게 말해 주었다. 언젠가 패트릭이 나와 함께 산을 올랐을 때 나더러 직설적이라고 했다. 패트릭은 말할 분위기가 되면 말을 곧잘 했다. 하지만 사람들은 대부분 그런 분위기를 만들어 주지 않았다. 패트릭은 나를 믿는다고 말했다. 내가 거짓말을 술술 잘하는 사람이 아니기 때문이라며.

아무튼 나는 소녀가 알아야 할 모든 것을 있는 그대로, 직설적으로 말했다. 소녀가 당장 담요를 걷고 일어나기를 바랐다.

하지만 소녀는 움직이지 않았다. 내가 친절하게 설명을 했는데도 소녀는 그대로 누워 있었다. 나는 소녀의 팔을 잡고 일으켰다. 세게 당기면 손목이 뚝 부러질 것 같았다. 간신히 소녀를 일으켜 세웠다. 소녀는 뻣뻣하게 선 채 까만 눈을 질끈 감고 있어서 내가 엄지손가락으로 눈꺼풀을 밀어 올려야 했다.

"지금 같이 안 가면 죽은 네 동생과 여기에서 계속 있을 수 있어. 말리지 않을게."

나는 개와 싸우기 위해 횃불에 불을 붙일 준비를 했다. 소녀가 서두르지 않는다면 나도 더 이상 설득하지 않을 생각이다. 내가 소녀를 구하기 위해 뭘 감수해야 하는지, 이 바보 같은 소녀는 아직 모르고 있다.

"난 너 때문에 내 썰매를 잃게 생겼다고!"

나는 화가 나서 소녀의 얼굴에 대고 크게 소리 질렀다. 내 목소리를 들은 개들이 흥분하며 어슬렁거리는 소리가 들렸다. 개들이 내 화난 목소리를 들은 건 그리 나쁘지 않았다.

"너 때문에 내 썰매를 잃게 생겼다고!"

나는 다시 한 번 소리치며 소녀를 세게 흔들었다. 소녀는 눈을 번쩍 떴다.

"토미는 어떡하고요?"

나는 그런 바보 같은 질문에는 대답할 생각이 없었다.

"나한테 꼭 붙어 있어야 해. 밖에는 굶주린 개 떼가 있단 말이야. 우리한테 덤벼들려고 할 거야. 산길을 빠져나갈 때까지 햇불로 겁을 줘야 해."

이제 소녀는 나를 똑바로 쳐다봤다.

"내 뒤에 바짝 붙어서 뒤쪽을 살펴봐야 해. 우리 뒤를 노리며 따라오는 개가 있으면 이걸 흔들어서 겁을 줘."

나는 내가 만든 햇불을 소녀에게 보여 주었다. 그리고 햇불을 흔들어서 무슨 뜻인지 알려 주었다.

"메리."

"뭐?"

"메리예요, 내 이름."

"그래. 이제 가야 해, 메리. 내 뒤에 꼭 매달려서 햇불로 개를 쫓으라는 말, 잘 알아들었지?"

"네."

"좋아."

나는 벽난로 옆에 쭈그리고 앉아서 선반에 있는 큰 책을 집어 들었다. 그리고 불을 피우기 위해 몇 페이지를 찢어 냈다. 종이가 얇고 쭈글쭈글했다.

'이 책은 아담의 시대에 대한 책이다.'

내가 처음 찢어 낸 페이지에 적혀 있는 내용이었다. 좋은 이야 기로 이어질 것 같았다. 내가 책을 찢는 걸 봤으면 매그다가 노 발대발했을 것이다. 매그다는 그런 일을 엄청나게 싫어했다. 매 그다가 화를 내며 야단을 치면 그냥 가만히 듣고 있어야 할 정도 였다.

하지만 지금은 상황이 달랐다.

'난 불을 피워야 해요, 매그다. 선택의 여지가 없어요.'

누구든 '책을 살릴 것인가, 책을 태워 나를 살릴 것인가' 중에서 선택해야 한다면 책을 태울 것이다.

"책은 그냥 생각일 뿐이야."

패트릭이 내게 그렇게 말했다. 생각이 좋은 것이긴 해도 어찌 목숨에 비할 수 있을까? 아빠는 내게 계속 책 읽기를 시켰다. 그 게 울프의 머리뼈에 대고 말하는 것보다 더 나를 사람으로 만들어 주기 때문이라고 했다. 그리고 언젠가는 내가 선택해야 한다고 했 다. 하지만 뭘 어떻게 선택하란 걸까? 일단 살고 봐야 하는 거 아 닐까?

패트릭이 어떤 사람은 신념을 위해 '죽음을 각오한다.'라고 하면서 이렇게 말했다.

"윌로, 난 신념을 위해 죽음을 각오하는 그런 사람이 아니야. 그 이유는 사람들은 모두 사악하고, 사람들의 생각도 모두 사악하기 때문이야. 넌 절대 모를 거야. 그들이 정말로 생각하는 게 뭔지. 사람에게 밧줄을 주면 그 사람은 그걸로 네 목에 걸 올가미를 만들 거야. 네가 배신하기 전에."

패트릭은 정확하게 그렇게 말했다. 내가 아주 똑똑히 기억하고 있다. 패트릭이라면 내가 이 책을 찢어도 개의치 않을 것이다. 그 얘기의 주인공이 나일까, 개일까? 나는 아니다. 당장이라도 그렇게 말할 수 있다. 개는 개의 일을 하고, 사람은 사람의 일을 한다. 어느 쪽도 그걸 섞어서 뒤죽박죽으로 만들지 않는다. 그렇게 하면 누구도 좋을 게 없기 때문이다. 서로가 상대방을 존중해야 한다. 책과 생각의 경우도 마찬가지다. 어른들이 말하는 다른 일도 다 마찬가지다. 그 모든 게 살아 움직이면서 뒤섞이면 엉망이 될 게 뻔하다.

"개가 몇 마리 있어요?"

메리가 내게 물었다.

"여섯 마리쯤."

메리는 쥐 죽은 듯 조용히 서 있었다. 그러다가 몸을 기울여 횃불 하나를 집어 들었다.

"그래, 그거야. 그걸 그렇게 꼭 잡고 있다가 개가 다가오면 얼굴을 향해 휘둘러. 너무 겁먹지 마. 그래 봤자 개일 뿐이니까. 그렇게 생각해야 해. 왜냐하면 개들은 두려움의 냄새를 맡을 수 있거든. 그리고 그 냄새가 배고픔을 더 키우니까."

메리는 고개를 살짝 끄덕였다.

종이에 불을 붙이니 곧 불꽃이 따뜻하게 타오르면서 이 거무칙칙하고 무시무시한 공간에 좋은 느낌을 가져다주었다. 소녀도 그걸 알아차린 듯 불꽃 가까이 다가와서 손을 녹였다. 그런 따뜻함을 처음 느껴 보기라도 한 사람처럼. 아마 오래전 언젠가는 그렇게 불 앞에 앉아서 아담에 대한 큰 책을 읽었을 것이다. 모두 행복하고 평온하게. 그때는 이 집의 창문이 널빤지로 가려지지도 않았을 것이고, 밖에 도사리고 있는 개들도 없었을 것이다. 생각해 보면 참 슬픈 이야기였다.

하지만 지금은 종이의 작은 불꽃이 꺼지기 전에 얼른 횃불에 옮겨 붙이는 일이 급했다. 이런 상황에서는 오직 행동으로 옮기는 일만이 중요했다. 생각이 길어지면 좋지 않다. 마음속에 번져 가는 두려움은 다리까지 약하고 쓸모없게 만드니까.

"내 등에 업혀."

나는 그렇게 말하고 몸을 구부려 메리가 업힐 수 있도록 했다. 메리는 깃털처럼 가벼웠다. 메리가 기침을 했다. 이제 방이 거의 연기로 가득 찼기 때문이다.

이제 개들과 맞닥뜨릴 시간이었다.

"준비됐지?"

내가 물었다.

"네."

11

밖으로 나오자 밝은 빛 때문에 잠시 앞이 보이지 않았다.

큰 개가 뛰어올랐다. 하지만 소스라치게 놀라며 뒷걸음질 쳤다. 내가 큰 소리로 고함을 지르며 횃불을 이리저리 휘둘렀기 때문이다. 나는 개가 겁을 먹도록 정말 크고 우렁차고 사납게 소리를 질렀다. 어린 개들은 노여움과 불의 신이 된 나를 보고 놀라서 꼬리를 감추며 돌아섰다. 이제 큰 개는 다른 개들에게 왜 자신이 대장인지 보여 줘야 했다. 그래서 입을 험악하게 비죽이며 으르렁거렸다.

나는 그게 무슨 뜻인지 알았다. 대장 개는 더러운 붉은 입에 분노를 가득 담고 곧장 나를 덮칠 것이다. 개가 이빨을 드러내자 이

빨 사이의 핏자국과 침이 보였다. 오늘만 벌써 두 번째로 보는 거였다.

개는 재빠르게 눈밭을 가로질러 곧장 내게로 달려왔다. 나는 개를 향해 횃불을 마구 흔들었다. 메리는 내 등에 업힌 채 비명을 질렀다.

"꽉 잡아, 메리!"

대장 개는 요란스럽고 험악하게 펄쩍펄쩍 뛰었다. 마음은 도망치라고 비명을 질러 댔지만 나는 그대로 서서 버텨야 했다. 2인자인 암캐가 이번에도 현명하게 뒤쪽에서 슬슬 다가왔다.

메리가 비명을 지르며 몸을 떨었다. 메리의 다리가 내 허리를 꽉 죄는 바람에 나는 거의 숨이 막힐 지경이었다.

원을 그리며 돌던 대장 개가 그때를 틈타서 재빨리 덤벼들었다. 내가 횃불로 강타했다. 개가 왼쪽으로 날아가는가 싶었는데 어느새 내 팔로 달려들었다. 덥석! 하지만 내 팔을 물지는 못했다. 암캐가 아주 가까이 다가와 내 등에 업힌 뼈만 앙상한 메리를 보며 군침을 흘렸다. 내가 현명하게 행동하지 않으면 암캐가 내 옆구리를 물어 쓰러뜨릴 것이다.

나는 암캐를 후려쳤다. 불꽃이 허공에 아치를 그렸다. 횃불은 암캐의 어깻죽지를 강타했다. 털이 그슬리며 타는 냄새가 났다. 암캐는 비틀거렸고 비명을 질렀다. 큰 개가 암캐 옆으로 달려와 내게 달려들 자세를 취했다. 하지만 나는 상처 입은 암캐를 한 번 더 후려쳤다.

"저기 아래쪽이에요!"

메리가 다시 비명을 질렀다. 어리고 제일 작은 개가 이빨을 다 드러내며 낮은 자세로 쏜살같이 달려왔다. 어린 개는 앙상한 메리의 다리를 물려고 덤볐지만 이빨로 문 것은 누더기 옷뿐이었다. 어린 개가 옷을 잡아당기자 메리는 비명을 질렀다. 나는 하나 더 있던 횃불로 어린 개를 때렸지만 메리의 무게와 어린 개가 당기는 힘 때문에 그만 눈 위에 무릎을 꿇고 말았다.

무릎 꿇은 내 주위를 개들이 둘러쌌다. 그래도 오늘은 아니야. 오늘은 나를 못 잡아.

나는 막대기로 어린 개를 내리쳤다. 아주 가까운 거리에 있어서 개의 눈을 똑바로 볼 수 있었다. 개의 눈에는 아무것도 남아 있지 않았다.

암캐가 달려들었지만 이번에는 내 안의 어딘가에서 분노가 치밀어 올랐다. 그 분노는 나를 강하게 만들었다. 나는 암캐가 뛰어오를 때 땅을 딛고 일어섰다. 그리고 횃불을 높이 쳐들었다가 달려든 암캐를 향해 아래로 휙 내리찍었다.

'이 책은 아담의 시대에 대한 책이다.'

횃불의 불꽃이 타고 있는 부분은 날카로웠다. 암캐는 어깨 사이가 약했다.

나는 그 부분에 횃불을 꽂았고 암캐는 그대로 쓰러졌다. 암캐는 다리의 힘을 잃고 크고 높게 울부짖었다.

대장 개는 암캐가 쓰러지는 걸 보더니 멈칫했다. 암캐의 피가 눈밭을 적셨기 때문이다.

나는 울프가 가르쳐 준 말을 외쳤다. 개들이 죽은 암캐 주변으로 모여들더니 암캐에게 덤벼들었다. 배가 너무 고픈 그 개들에게는 동족도 먹이일 뿐이었다. 어린 개들이 암캐 시체 위에서 싸움을 벌였다.

우리에게는 기회였다.

대장 개는 지금 내게 덤벼들면 안 되겠다고 생각했는지 뒤로 한 걸음 물러섰다. 하지만 그 생각이 얼마나 지속될지는 모를 일이었다.

"계속 뒤쪽을 봐."

나는 내 등에 업혀서 다람쥐처럼 울고 있는 메리에게 말하며 천천히 발걸음을 옮겼다. 눈이 꽤 깊었지만 나는 설피를 신었기 때문에 눈 속에 빠지지 않았다. 뒤를 돌아보았다. 대장 개가 우리를 향해 뛰어오고 있었다. 하지만 눈이 가슴까지 닿을 정도로 발이 푹푹 빠졌다.

"뛰어요."

메리가 비명을 질렀다. 나는 바위 사이의 좁은 길로 갔다. 그리고 횃불 하나를 눈밭에 꽂았다. 이런 뜻이었다.

'내겐 횃불이 있으니 쫓아오지 마.'

하지만 횃불이 그리 오래가지는 않을 것이다.

"뛰어요. 개들이 전부 오고 있어요!"

메리는 날카롭게 비명을 질렀다. 그녀는 내가 못 들었다고 생각했는지 미친 듯이 내 등을 때리며 "뛰어요!"를 외쳤다.

지금 뛰면 나는 사냥감이 되고 말 것이다.

다시 개와 맞서야 한다. 나는 사람이니까.

내가 살아 있음을 알려야 한다. 개가 원하는 것을 사람이 해야 하는 것이 아니라, 사람이 원하는 것을 개가 수행해야 한다. 분명 개의 습성이 남아 있을 것이다. 완전한 늑대는 아닐 것이다.

나는 돌아섰다. 개가 깊은 눈을 헤치며 용맹스럽게 다가오고 있었다. 그리고 굶주림을 채우느라 입이 피범벅이 된 다른 개들이 그 뒤를 따랐다. 메리는 여전히 미친 듯이 비명을 질렀다. 나는 메리를 땅에 내려놓고 몸을 낮췄다. 토끼 눈높이만큼. 주머니에서 칼을 꺼내 들고 대장 개를 똑바로 노려보았다. 대장 개의 등에는 엄마로부터 물려받은 조그만 얼룩무늬가 있었다. 나쁜 녀석은 아니었다. 나는 개를 죽이고 싶지 않았지만 내 말을 들을 만큼 착한 녀석도 아니니까 어쩔 수 없었다.

'난 불을 가지고 있어. 불도 가지고 있고 손도 있고 설피도 있지. 그리고 난 네 친구를 죽였어. 널 죽이는 것도 시간문제야. 그러니 물러서서 날 보내 줘. 날 그냥 보내 줘.'

하지만 개는 계속 다가올 뿐이었다. 굶주림이 녀석의 머릿속에서 큰 소리로 부추기고 있는 게 분명했다. 그때 나는 두 다리로 일어서서 횃불을 들어 올렸다. 횃불은 아직 타오르고 있었다. 나는 개를 향해 곧장 걸어갔다. 그리고 또다시 말했다.

그때 대장 개가 멈춰 섰다. 개의 머릿속에 있는 굶주림이 이제 내 말을 들은 모양이었다. 나, 사람이 한 말이었으니까.

개는 겁을 먹고 잠깐 동안 눈을 내리깔았다. 나는 내가 이겼다는 것을 알았다. 그래서 아주 큰 소리로 개에게 외쳤다.

"날 보내 줘."

대장 개는 엄마가 가르쳐 준 것을 기억했다. 그리고 완전히 겁을 먹고 얼룩무늬 꼬리를 다리 사이에 감췄다.

'역시 넌 개였어, 늑대가 아니라······.'

나는 메리를 등에 업고 뛰었다.

뛰고, 뛰고, 또 뛰었다. 눈을 헤치며 다리에 감각이 없어지도록 뛰었다. 아직은 안전하지 않았다. 풍력발전소에 도착할 때까지는 안심할 수 없었다. 숨을 쉬는 게 너무 힘들고 고통스러웠지만 나는 계속 달려야 했다.

문득 혹시 우리를 기다리고 있는 개들이 있을지 모른다는 생각이 들어 산마루를 올려다보았다. 별다른 낌새는 없었지만 걱정이 떨쳐지지 않았다. 메리의 차갑고 앙상한 팔이 내 목을 꽉 감싸 안았다. 우리는 산길의 윗자락에 도착했다. 나는 걸음을 멈추고 숨을 몰아쉬었다. 언덕에 올라서서 하늘에 대고 "으아!" 하고 고함을 질렀다.

뭔가로 가득 채워진 외침이었다. 나 그리고 나의 승리로 가득 채워진 외침이었다. 메리가 속삭였다.

"괜찮을까요?"

"그래."

그렇다고 대답해 주었다. 왜냐하면 이제 걱정 따위는 던져 버렸으니까. 내 안의 불꽃이 해가 지기 전에 우리를 언덕 위로 이끌어 줄 것이다. 나는 그걸 잘 알고 있다.

나는 귀가 쩌렁쩌렁하게 고함을 질렀다. 개들에게, 언덕과 혹은 어딘가에서 듣고 있을 누군가에게.

"토미는 같이 안 온 거지요?"

"그래. 안 왔어."

12

동쪽 하늘에서 퍼지기 시작한 어스름한 저녁 땅거미가 라이녹스를 주황색으로 물들였다.

앞쪽으로 솟아올라 있는 판가드가 보였고 드디어 온 사방에 펼쳐진 풍력발전소의 발전기 탑들이 보였다. 나는 동쪽 산등성이로 힘겹게 발을 옮겼다. 부서진 풍력발전기가 있는 곳으로. 지금은 해가 일찍 지고 금세 밤이 되는 시기라서 서둘러야 했다.

메리는 앓는 소리를 조금씩 냈다. 풍력발전기 앞에 도착하자 메리를 등에서 내려 주었다. 그러기 위해서, 꽉 매달려 있느라 차가워지고 뻣뻣해진 메리의 팔을 걸쇠 풀듯 내 목에서 풀어냈다. 메리는 움직이지 않았다. 입술은 새파래졌고 피부는 양초처럼 핏기가 없었다. 나는 젖 먹던 힘까지 다 짜내어 메리를 풍력발전기 안으로 끌고 들어온 뒤 기진맥진해서 쓰러졌다.

잠들면 안 된다는 걸 알았지만 잠의 유혹은 달콤하게 온몸을 적셨고 이제 무슨 일이 생기든 관심이 없어졌다. 더 이상 달리지 않고 그냥 잠들고 싶었다. 이대로 조용히 어둠 속으로 가라앉고 싶었다. 온 사방에 별을 깔고서 밤의 어둠 속에 두둥실 떠 있고 싶었다. 나는 눈을 뜨고 일어나려고 해 보았다. 하지만 피곤함이 나를 끌어 내렸다. 머릿속에 그림들이 떠다녔다. 끝없이 펼쳐진 하늘과 별들이 아무것도 없는 우주 바깥쪽을 향해 끊임없이 나아가는 모습이 머릿속을 채웠다. 우주는 둥글게둥글게 자꾸만 맴을 돌았다. 바깥쪽도 안쪽도 없이, 시작도 끝도 없이 빙글빙글 돌았다.

지난여름이었다. 하루는 아빠와 매그다와 함께 판가드로 사냥하러 올라갔다가 잡목 숲에 담요를 덮고 누웠다. 그리고 다 같이 하늘을 쳐다보았다. 꼭 지금처럼 어둡고 드넓은 하늘과 그 속에서 깜박거리는 수많은 별빛이 보였다. 그때 나는 하늘 속 별들이 끊임없이 움직이는 것에 대해 아빠와 매그다에게 말했다. 두 사람은 웃었다. 매그다는 이상한 목소리로 이렇게 말했다.

"이 별에서는 힘이 강해져요, 오비완." (*영화 〈스타워즈〉의 대사. '오비완 케노비'는 스타워즈의 주인공 중 한 명이다.)

우리는 다 함께 웃었다. 나는 왜 우스운지 모르면서 따라 웃었다. 그렇게 다 함께 웃는 것이, 집을 가리는 웃자란 나무들 얘기, 앨리스 얘기, 신에 대한 얘기 같은 걸 하면서 서로 다투는 것보다 훨씬 좋았다. 매그다는 어쩌면 세상은 그저 거인의 주머니에 있는 한 조각 먼지 알갱이일지도 모르며, 주머니 밖에는 우리가 전혀 알지 못하는 거인들의 세상이 펼쳐져 있을지도 모른다고 했다.

"계속 생각해 봐, 윌로."

매그다는 그렇게 말했고, 나는 그렇게 했다.

"아마 잠을 못 이룰 거야."

나는 눈을 뜨고 싶지 않았다. 그냥 이렇게 여기 누운 채 어둠 속에서 꿈을 꾸고 싶었다. 가슴 속에서 쿵쾅거리는 심장, 마르기 시작하는 땀, 소녀를 언덕 위로 업고 오느라 쑤신 어깨를 다 내버려 둔 채 이대로 잠들고 싶었다. 그런데 좋은 개인지 미친개인지 모르겠지만, 내 머릿속에 있는 뭔가가 내 옷소매를 잡아당겼다. 그러면서 말했다.

'일어나야 해. 얼른 화로에 불을 피워. 소녀가 바로 옆에서 얼어 죽어 가고 있어.'

마치 매그다가 나를 흔들어 깨우는 기분이었다.

"계속 생각해 봐, 윌로."

매그다는 뭔가를 말하려고 했지만 뭐라고 하는지 들리지 않았다.

'일어나, 윌로. 잠자고 있을 때가 아니야.'

나는 일어나 앉았다. 벌떡! 하지만 그건 매그다가 아니었다. 메리가 앓는 소리였다. 나는 메리의 앙상한 모습을 바라보았다. 얕은 숨을 가쁘게 쉬며 오들오들 떨고 있었다. 나는 메리를 따뜻하게 해 줘야 한다. 이렇게 죽으라고 그 집에서 데려온 게 아니다.

얼토당토않은 일이다. 메리는 옷이 온통 눈에 젖어서 온몸이 식어 가고 있었다. 나는 천천히 조심스럽게 메리의 옷을 벗겼다.

누더기를 벗자 메리는 물웅덩이에 빠진 애벌레처럼 보였다. 핏기 없이 뼈만 앙상했다. 자리를 옮기고 몸을 염소 가죽 깔개로 덮어 주는 동안 꼭 얼음덩어리에게 내 체온을 빼앗기는 기분이었다. 하지만 그 느낌이 좋았다. 메리를 아기 토끼처럼 죽게 만들 수는 없었다.

"메리, 잠드는 건 좋지 않아. 일어나서 차라도 마셔야 해. 아주 꽁꽁 얼었어, 메리."

나는 메리의 다리가 조금 움직이는 것을 느꼈다. 그냥 까딱하는 정도였지만. 그리고 눈을 조금 깜빡거렸다. 몸이 서서히 풀릴 수 있도록 차를 좀 마실 필요가 있었다.

"메리, 이제 괜찮아. 걔들은 여기 없어. 잠들지 마, 그건 안 좋아."

"아빠."

메리는 아주 조그맣게 웅얼거렸다.

"난 아빠가 아니야. 널 그 집에서 데리고 나온 사람이야, 기억나?"

"토미?"

"아니, 난 토미가 아니야."

나는 메리에게 할 말이 없었다. 그냥 할 말이 별로 없었다. 그리고 나도 앓아누울 정도로 피곤했다. 하지만 메리가 다시 잠들게 놔둘 수는 없었다.

그래서 나는 내가 어렸을 때 아빠가 늘 들려주었던 동시를 메리에게 들려주었다. 아빠는 그걸 아빠 책에 적어 두었다. 그래서 나는 모두 외우고 있었다.

"헤이즐 숲으로 나가요. 머릿속에 불꽃이 있기 때문이지요. 헤이즐 나무를 잘라 껍질을 벗겨 낚싯대를 만들었어요. 그리고 베리 열매를 실에 꿰어 낚싯대에 묶었지요. 하얀 나방들이 날아다니고 나방 같은 별들이 깜박거려요. 냇물에 낚싯대를 드리워 작은 은빛 송어를 잡아요."

그리고 메리에게 말을 걸었다.

"메리, 마음에 들어? 일어나서 들으면 더 마음에 들 거야. 네가 원하면 다시 들려줄게. 메리, 내 말 들려? 일어나서 들으면 더 마음에 들 거라고."

"나방들이 날개를 펴고 날아다녀요, 아빠?"

메리는 아직 눈을 감고 있었지만 일단 말을 시작했으니 안심이었다.

"난 아빠가 아니야. 하지만 걱정하지 마, 메리. 궁금한 거 있으면 물어봐도 돼."

"추워요."

"괜찮아질 거야."

"토미가 아니라면 누구지요? 이름이 뭐예요?"

"내 이름은 윌로야."

"윌, 로."

메리는 조그맣게 따라했다.

"내 이름은 메리예요."

"알아. 계속 말을 해, 메리. 그게 좋거든. 이제 내가 차를 끓여줄게. 마시면 뱃속이 좀 녹을 거야."

"내 뱃속이 얼었어요?"

"아니, 진짜 얼었다는 게 아니고 그냥 차갑다는 뜻이야. 얼음처럼. 하지만 차를 마시면 다시 괜찮아질 거야. 그러고 나면 안심하고 따뜻하게 잘 수 있어."

"아빠는요? 내 동생 토미는요?"

"그 얘기는 내일 하자. 그냥 불을 쳐다보면서 나한테 말을 해. 그러면 내가 다시 은빛 송어 동시를 들려줄게."

메리는 지루한 이야기를 아이처럼 늘어놓기 시작했다. 나는 메리의 이야기를 들으며 꾸벅꾸벅 졸았다. 정말 힘든 하루를 보내서 무척 피곤했다. 집에서 아빠와 매그다와 다른 사람들과 함께 지냈던 때가 고작 며칠 전이라니 믿을 수가 없었다. 그리고 지금은 모두가 없어졌다. 그냥 사라졌다. 사람들이 어디로 갔는지 일말의 단서도 없다. 물론 아빠도 지금 내가 혼자서 어디에 있는지 전혀 모를 것이다.

혼자가 아니라 메리라는 소녀와 함께 있기는 하지만. 비록 메리는 내 음식을 축낼 굶주린 소녀고 내 등을 무겁게 했던 성가신 소녀지만, 내가 어디에 있는지도 알고 내가 어떤 사람인지도 알고 있으니 나는 완전히 혼자는 아니다. 바로 그거다. 나는 지금 혼자가 아니라 메리와 함께 있다. 메리에 대해 아는 건 전혀 없지만 어제보다 기분이 나아진 것은 사실이다.

나는 그런 생각을 하며 더 편안하게 눈을 감았다.

* * *

새벽에 잠에서 깨어 눈을 뜨니 메리는 깨어 있지 않았다. 하지만 살아 있었다. 몸을 꼭 웅크리고 있었다. 아무래도 이불로 쓰던 낡은 코트를 고쳐서 메리에게 따뜻한 옷을 만들어 주어야 할 것 같았다. 그렇지 않으면 메리는 얼어 죽을지도 모른다.

하지만 쓸데없이 참견하거나 질문 세례를 퍼붓지는 않을 것이다. 메리도 곧 알게 될 것이다. 나와 있는 게 나쁘지 않다는 것을. 내가 이 아이에게 얼마나 친절하게 잘해 주는지 보면 매그다가 무척 기뻐할 텐데.

내일은 한참 동안 걸어서 판가드에 있는 내 비밀 장소로 가야 한다. 그다음에는 메리를 전력 공급선이 지나는 도로에 데려다줄 것이다. 전력 공급선은 와일파에서 도시로 곧장 이어져 있고 그 도로에는 항상 트럭들이 지나다닌다. 아마 지나가던 트럭이 메리를 태워 줄 것이다.

메리의 옷을 만들다가 밖으로 나가서 산마루에 올랐다. 햇볕이 내리쬐었다. 너무 밝고 눈이 부셔서 눈을 뜨기 힘들었다. 뒤쪽으로는 라이녹스 전체가 보였고, 앞쪽으로는 판가드의 하얀 바위가 무리지어 있는 언덕이 보였다. 밤새 이토록 많은 눈이 내렸다는 게 믿어지지 않았다.

"밖에 있어요?"

메리의 목소리가 풍력발전기 안에서 들려왔다.

"어딨어요, 윌로?"

"밖에 있어. 산마루에."

"밖에 개들도 있어요?"

"아니, 개는 한 마리도 없어. 너랑 나뿐이야."

"정말 없어요?"

"없어. 여기는 안전해. 하지만 안에 들어갈게. 너 주려고 장갑이랑 그런 걸 만들었어. 볼래?"

"네."

나는 안으로 기어 들어갔다. 메리는 앉아서 냄비에 있는 걸 먹고 있었다.

"너 주려고 따뜻한 장갑을 만들었어. 그리고 매그다의 코트도 고쳐 놨으니까 앞으로는 춥지 않을 거야. 이것 봐. 네가 자고 있을 때 나 혼자서 만들었어."

메리는 손을 내밀었다. 나는 장갑을 건넸다. 기술적으로 아주 잘 만든 장갑이 아니라 그냥 낡은 토끼 가죽을 잘라 낸 것뿐이지만 따뜻하기는 마찬가지였다.

"마술 같아요."

메리는 볼품없는 낡은 토끼 가죽 장갑을 쓰다듬었다.

"여기 코트도 고쳤어. 이것 봐. 이래봬도 따뜻하고 좋아. 맘에 들어?"

메리는 코트를 입어 보았다. 이제 두 뺨이 약간 장밋빛으로 돌아왔다. 창백한 피부가 거의 죽은 사람 같았던 어제보다 훨씬 보기 좋았다. 내가 코트의 목 부분을 잡고 위로 당기자 메리의 깡마른 두 팔이 높이 들렸다. 메리가 활짝 웃었고 나도 웃었다. 메리의 얼굴이 코트에 파묻혀 보이지 않았다. 마치 커다란 토끼 같았다. 나는 웃음이 나오려는 걸 꾹 참았다. 정말이지 오랜만에 느껴 보는 즐거움이었다.

"고마워요."

메리가 말했다. 나뭇가지처럼 말라빠진 소녀의 말일 뿐이지만 왠지 내가 쓸모 있고 똑똑하게 느껴졌다.

"시간이 더 있었으면 훨씬 잘 만들었을 거야."

"꼭 마술 같아요. 털장갑은 태어나서 처음 가져 봤어요. 털로 된 건 지금까지 가져 본 적이 없어요."

메리는 아주 슬프게 나를 바라보았다.

"아빠는 돌아올까요?"

메리가 온통 그 생각뿐인 것은 당연했다. 나는 잘 모르겠다는 듯 어깨를 으쓱했다.

"아빠는……."

메리는 잠시 말을 끊었다.

"아빠와 우리는 조랑말을 타고 언덕으로 왔어요. 아빠는 조랑말 사육사예요. 아빠는 귀리를 좀 심어서 키우고 봄까지는 덫을 놓아 동물을 잡을 거라고 했어요. 우린 북쪽의 물가에 천막을 쳤어요. 전력 공급선 옆이요."

"그럼 너희는 산적이구나."

메리는 내 말을 듣고 있지 않았다.

"토미는 거기서 행복했어요. 그즈음 아빠가 작은 집을 발견했어요. 추웠지만 나무를 구한 뒤부터 불을 피울 수 있었어요. 아줌마가 돌아가고 싶다고 했어요. '칼럼, 집에 가고 싶어요.'라고 항상 말했어요. 아줌마는 항상 돌아가고 싶어 했어요."

"어디로?"

"도시로요. 도시 말고 어디겠어요? 그런데 음식이 다 떨어져서 우리는 조랑말을 잡아먹었어요. 아빠는 자꾸 배에 대해서만 얘기했어요. 바다를 건너게 해 줄 거라면서요. 그런데 토미가 아프기 시작했어요."

"왜 전력 공급선이 있는 도로로 가서 트럭을 기다리지 않았지? 거기서 정부 트럭들이 전력 공급선 철탑 아래를 지나가는 걸 본 적이 있는데."

메리가 정색을 하고 나를 쳐다보았다.

"하지만 아빠에게 시민증을 보여 달라고 했을 거예요. 그리고 조랑말을 빼앗아 갔겠지요. 그리고 만약 다시 도시로 돌아가면…… 도시에서 어떻게 배를 찾을 수 있겠어요?"

메리는 이제 숟가락으로 그릇을 긁고 있었다. 하지만 갑자기 차분한 표정으로 바뀌었다. 다시 아빠에 대한 생각을 떠올린 것 같았다.

"무슨 배?"

"우리를 멀리 데려다줄 배요."

"산에 배 같은 건 없어."

"이걸 낀 채로는 먹기가 힘들어요."

메리는 장갑을 벗었다.

"하지만 만들어 줘서 고마워요."

"별거 아니야."

"토미도 이런 코트를 입었더라면 좋았을걸. 그러면 얼어 죽지 않았을 텐데, 그렇죠?"

"모르겠어."

나는 마음속으로 생각했다.

'아마 먹을 것이 없어서, 아빠가 없어서 죽었는지도 몰라.'

어쩌면 몸 안에 병균이 있었던 건지도 모른다. 누가 알 수 있을까?

"지금쯤 개가 토미를 덮쳤을까요?"

메리는 눈을 동그랗게 뜨며 말했다. 나는 그래, 라고 대답하고 싶었다. 그게 사실이니까. 개들은 그 낡은 집으로 들어가 코를 킁킁거렸을 테고, 죽은 토미의 살점을 순식간에 찢어 버렸을 것이다. 하지만 아무런 대답도 하지 않고 시선을 돌려 장작불을 살펴보았다. 그러는 편이 더 나으리라 생각했다.

"덮칠 거예요, 그렇지요?"

나는 다시 어깨를 으쓱했다. 메리는 자리에 눕더니 조용히 코트를 머리 위까지 끌어 올렸다. 메리도 알고 있었다. 나는 곁눈질로 메리를 보았다. 메리를 어떻게 할지는 좀 더 고민해 봐야 할 문제였다. 내 계획은 메리를 도로로 데려가서 두고 오는 거였다. 하지만 메리 말대로 시민증이 필요한 거라면, 정말 도로에 두고 와도 될지 확신이 서지 않았다.

나는 토끼가 뛰는 낌새를 채거나 덫을 묶는 것은 잘할 수 있다. 그건 자면서도 할 수 있을 정도다. 그리고 그것보다 더 잘할 수 있는 일도 엄청나게 많다. 하지만 시민증이니, 트럭이니, 도시 사람들이니 하는 것에 대해서는 전혀 아는 바가 없다.

"메리…… 메리?"

"아빠가 보고 싶어요."

메리는 다시 울었다. 나는 밖으로 나갔다. 내가 전혀 아는 바가 없는 일이 또 하나 있었다. 아빠와 동생을 잃고 우는 아이.

나는 세상이 온통 소름끼치는 일로 가득하다는 사실을 알고 있다. 하지만 직접 눈으로 본 일은 많지 않다. 도시에 가 본 적도 없다. 지금 풍력발전기 안에 있는 메리에 대해서조차 아는 게 없다. 우리 아빠는 예전에 런던에서 살았고, 아빠 말로 런던은 제일 큰 지역이었다고 한다. 하지만 내가 직접 본 적은 없다. 그냥 아빠 얘기로 들었을 뿐이다. 런던은 전력 공급선 도로를 따라 한참 동안 가야 도착할 수 있는 곳인데 나는 산에서 태어나 산에서만 자랐다. 아빠는 재난의 시대가 한창일 때 산으로 올라왔다. 지금은 눈이 높이 쌓여 정부 트럭만 오고갈 수 있게 되었지만 그때는 그렇지 않았다고 했다.

아빠는 그렇게 되기 훨씬 전에 산에 올라왔다. 아빠는 몇 번의 긴 겨울을 보내고 식량도 없어지면 런던이 어떻게 변할지 예측할 수 있었기 때문에 일찌감치 런던을 떠난 거라고 했다. 그리고 다시는 돌아가고 싶지 않다고 했다. 나는 정말 궁금해서 아빠에게 물어보았다.

"런던이 어떻게 변할 거 같았는데요, 아빠?"

"아주 끔찍하게."

아빠는 거리마다 노여워하며 비열하게 행동하는 사람들이 가득해질 것 같았더란다. 그때는 커다란 음식 배급 트럭이 오던 때였고, 더운물과 전기가 벽에서 나오던 때였는데도 사람들이 아주 노여워하며 비열하게 행동했다고 했다.

그 말을 들으니 폭설과 재난이 닥치기 전에도 런던은 별로 대단한 곳이 아니었던 것 같았다. 하지만 아빠는 그 전에는 그 정도로 나쁘지는 않았다고 했다.

"마치 여름에 움트기 위해 땅속에 숨어서 기다리는 풀처럼, 모든 나쁜 일들이 기다리고 있다가 한꺼번에 튀어나온 것 같았지."

다만 그건 풀처럼 좋은 것이 아니라 노여움이나 배고픔 같은 것이었다. 그리고 아빠 말대로 사람들의 머릿속에 있는 '동물적 본

성'이었다.

나는 아빠가 좀 옳았던 것 같다. 왜냐하면 배고픈 사람을 본 적이 있기 때문이다. 전에도 말했지만 굶주린 사람은 음식을 가지고 있는 사람을 만났을 때 그다지 친절하지 않았다. 아빠는 자연이 그대로 보존된 이곳을 찾아왔다. 이런 산골에서 살고 싶어 하는 사람은 아무도 없을 테니까. 여기는 아주 오래전부터 사람이 살고 있고 분명 뭔가 좋은 것이 있다고 해도 사람들이 오고 싶어 하지 않을 곳이니까.

그 점은 아빠가 옳았다. 이곳 언덕 위를 보면 옛날에 지은 집들이 텅 빈 채 버려져 있었다. 아빠는 말했다.

"도시 사람들은 배워야 해."

하지만 패트릭은 그렇게 확신하지 않았다.

"도시 사람들은 눈밖에 없는 여기로 올라오고 싶어 하지 않을 겁니다. 사람들은 중국으로 가고 싶어 해요. 모두가 똑같은 생각을 한다면 어떻게 되겠어요? 산은 무한정 있는 게 아니니까요. 모든 사람이 산으로 오면 무법 상태가 될 거예요."

좋은 지적이었다. 하지만 누가 옳은지는 알 수 없었다. 패트릭이 여기서 우리와 지내고 있으니 그걸로 뭔가가 설명되는 게 아닐까?

실은 나도 줄곧 도시로 가고 싶어 좀이 쑤셨었다. 지레인트가 도시에서 총을 구했다고 말했을 때부터였다. 언젠가 나도 전력 공급선을 따라 계속 걸어가서 맨체스터에 가 볼 것이다. 어쩌면 런던까지도 갈 수 있을 것이다. 아빠를 찾은 다음에.

지금 당장은 슬픔에 잠긴 메리와 또 하룻밤을 지내야 하고, 아침이 되면 메리를 데리고 판가드를 향해 출발해야 한다. 어쩌면 전력 공급선에 가기 전에 내 비밀 장소로 메리를 데려가게 될지도 모른다. 트럭과 시민증에 대한 것도 메리에게 좀 더 물어볼 생각이다. 나는 메리가 더 이상 힘들어지길 바라지 않는다, 정말로.

13

"넌 내 비밀 장소를 방문하는 첫 번째 손님이야. 지금껏 아무한테도 보여 준 적이 없어."

메리는 등에 멘 가방이 좀 불편해 보였고 코트도 너무 헐렁했다. 그래서 허리 부분에 띠를 매어 바람이 들어오지 않게 해 주었다.

"그 가방 괜찮겠어? 이제 멈추지 않고 계속 걸어야 해."

"괜찮아요."

메리는 발을 들어 올려 설피를 살펴보았다.

"발을 평평하게 해서 조심히 디뎌. 곧 익숙해질 거야."

"직접 만든 거예요?"

"그건 매그다가 만든 거지만 나도 만들 수 있어. 어렵지 않아."

"우리가 갈 곳은 얼마나 멀어요?"

"이렇게 깊은 눈길로는 꽤 멀지. 그러니까 내가 말하는 대로 해야 해. 서두르지 말고 꾸준히 걸어. 그렇지 않으면 엄청나게 피곤해질 거야. 알겠지?"

"어디로 가는 거예요?"

"널 전력 공급선이 있는 도로로 데려갈 거야. 그러면 트럭이 널 도시로 데려다주겠지."

메리는 갑자기 입을 꾹 다물었다. 그러다가 잠시 뒤 입을 열었다.

"하지만 도시로 돌아가고 싶지 않아요."

"넌 선택의 여지가 없어. 왜냐하면 내가 널 거기 데려다줄 거니까."

소녀들은 왜 그렇게 쉴 새 없이 조잘대는지 모르겠다. 나는 그다지 관심을 주지 않고 그냥 멀리 산마루만 쳐다보며 무심하게 대꾸했다. 메리에게는 말하지 않았지만 나는 서둘러 가고 싶었다. 어젯밤 그 늑대개가 멀리서 울부짖는 소리를 들었기 때문이다. 햇볕이 내리쬐어서 쌓인 눈의 표면이 좀 단단해지면 오래지 않아 개들이 산꼭대기에서 뛰어다닐 것이다.

메리의 짐은 음식과 가벼운 물건들로 쌌다. 풍력발전기 조각으로 만든 어설픈 썰매는 내가 끌었다. 그 집에서 내 튼튼한 썰매를 잃어버렸기 때문이다. 하지만 지금 그 일로 화를 낸들 무슨 소용이 있겠는가? 나는 새로 만든 썰매에 텐트와 화로를 비롯한 무거운 물건들을 싣고 힘들지 않게 끌고 갔다. 나머지 물건들은 가방에 넣어 메고 갔다.

오래전에 세워진 풍력발전소의 탑들이 여기저기 높이 솟아 있었다. 너무 커서, 마치 거인이 산꼭대기를 성큼성큼 돌아다니다가 넘어진 것처럼 보였다. 부러진 뾰족한 탑들이 구름 한 점 없이 맑은 하늘을 배경으로 선명하게 보였다. 하늘은 끝이 안 보일만치 푸르고 드높아서 영원의 세계로 인도하는 것만 같았다.

머리 위에서 큰 까마귀가 맴을 돌며 깍깍거렸다. 메리의 집에 두고 온 시체들이 생각났다. 그리고 그 시체들이 눈 위에서 개들에게 찢기는 모습이 상상되자 대장 개의 피 묻은 입이 내 뱃속을 파헤치는 기분이 들었다. 속이 메스꺼웠다.

아마 까마귀는 맴을 돌며 개들이 떠나기만을 기다리고 있을 것이다. 그리고 나와 메리를 내려다보며 우리가 쓰러지기만을 기다리고 있을 것이다. 까마귀가 깍깍 소리를 내거나 추운 하늘에서 아주 외롭게 떠 있는 걸 볼 때면 나는 늘 뭔가 나쁜 일이 생길 것 같은 불길한 예감이 들었다.

판가드의 이쪽 지대로는 많이 와 보지 않았다. 메리는 지금까지 군소리 없이 내 뒤를 터벅터벅 잘 따라오고 있었다. 눈 위에 비친 그림자는 파란색이었고 쌓인 눈에 반사된 햇빛이 수백만 개의 별들처럼 반짝이면서 내 눈을 따갑게 만들었다. 발밑에서 눈이 뽀드득거렸고, 모자 안에 갇힌 내 숨이 쉬익쉬익 소리를 냈다. 그리고 코트 속에서 따뜻한 공기가 올라와 목 부분이 따뜻했다.

가야 할 방향은 동쪽이었다. 거기에 내 비밀 장소가 있었다. 나는 비밀 장소를 누군가에게 보여 줄 생각에 마음이 좀 들떴다. 정말 마음이 설레었다. 이상했다. 전에는 아무에게도 보여 주고 싶지 않았는데.

오르막길 위로 바위들 사이에 작은 골짜기가 있었다. 멀리 산 위로 솟아오른 링오브스톤즈가 보였다. 가시 왕관이었다.

"이제 얼마 남지 않았어, 메리."

메리는 잠깐 멈춰 서서 골짜기를 올려다보았다.

"도시로 돌아가고 싶지 않아요."

나는 못들은 척했다. 까마귀가 아직도 저쪽 하늘에서 맴돌고 있었다. 다행히 우리를 따라오고 있지 않았다. 하지만 개들이 어쩌고 있는지는 알 수 없었다. 까마귀가 산길 쪽으로 날아내리면 개들이 이동했다는 뜻이 될 것이다. 까마귀는 개들이 남긴 내장과 뼈에 붙은 살점을 먹을 테니까. 생각만 해도 소름 끼치는 일이었지만 신호가 되어 주는 까마귀가 고맙다는 생각도 들었다.

나는 메리가 좀 쉴 수 있도록 걸음을 멈췄다. 벌써 한낮이었다. 메리는 조용하게 약간의 음식을 먹었다. 메리는 계속 걸을 수 있을 것 같았다. 햇빛이 비치고 바람도 없는 날씨였다. 운이 좋았다. 메리가 잎이 다 떨어진 나뭇가지처럼 깡마른 몸으로 힘겹게 걸음을 옮겨야 한다는 것만 빼면.

"얼마나 멀어요?"

"3시간쯤. 해가 저 너머 산등성이에 닿을 때쯤이면 도착할 거야."

"아직까지는 개들이 우리를 쫓아오지 않는 것 같지요?"

"알 수 없지."

"그런데 밤에 소리가 들렸어요. 따라오지는 않겠지요, 윌로?"

나는 작은 막대기 같은 메리를 의아하게 바라보다가 곧 메리가 나처럼 밤에 개 짖는 소리를 들었음을 깨달았다.

"그래. 아직 우리를 따라오지는 않을 거야."

나는 까마귀를 가리켰다.

"까마귀가 사라지면 우리는 뛰기 시작해야 해."

메리는 멍하니 하늘을 올려다보았다. 무척 겁을 먹은 것 같았지만 애써 표정을 숨기려는 듯했다.

나는 가방을 메고 썰매의 밧줄을 집어 들었다.

"천천히, 하지만 꾸준히 가야 해, 메리. 겁을 먹거나 땀에 젖으면 안 돼. 저 까마귀는 아직까지 하늘에 있잖아. 아직 기다리고 있는 거야. 그러니 우린 괜찮아."

14

　　　우리는 곧 협곡의 비탈길을 지나갔다. 더 이상 길이 없어 보였지만 나는 이 길을 잘 알고 있었다. 땅바닥의 얼음 밑에는 늪처럼 빠져드는 진흙탕이 있어서 조심해야 했다. 조금만 더 가면 내 비밀 장소에 도착할 수 있었다.

　우리는 산길을 나왔다. 북쪽으로 눈을 돌리니 멋진 세상이 펼쳐졌다. 눈 덮인 에이폰에덴 계곡, 온통 은빛으로 꽁꽁 얼어 저녁이면 주황색 노을이 반짝이는 트로스피니드 호수, 멀리 호수 가장자리에 서서 수면에 그림자를 드리우고 있는 자작나무들, 짙은 초록빛의 침엽수 농장.

　"정말 멋지지 않니?"

　메리는 피곤해서 거의 쓰러질 지경이었지만 그래도 눈을 들어

풍경을 바라보았다. 우리는 힘든 등반으로 가쁜 숨을 내쉬며 잠시 호수를 바라보았다.

우리 뒤로는 언덕 옆으로 바위벽이 솟아 있었다. 그 바위들 위에 나의 동굴이 있었다. 나는 지난여름 끝자락에 동굴 입구를 막아 두었다.

"어서 와, 메리. 여길 기어 올라와서 안으로 들어가야 해. 안 그러면 감기에 걸려."

나는 짐들을 바위 위로 끌어 올리며 말했다.

"날 도로에 데려다 놓을 거면서, 감기 걸리는 건 왜 신경 써요?"

토라진 어린아이처럼 메리는 부루퉁한 얼굴을 했다. 맞다. 메리는 그저 소녀일 뿐이라는 사실을 깜박했다.

"몇 살이야, 메리?"

나는 아래쪽을 내려다보며 외쳤다.

"안 가르쳐 줄 거예요."

"몇 살인데?"

"열세 살."

"이거 참, 하는 짓은 꼭 여섯 살 같은데? 안으로 안 들어오고 계속 그렇게 토라져 있으면 거기서 얼어 죽는다."

메리는 올라올 것이다. 다만 메리가 자신의 의지로 올라오는 것처럼 보이게 하기 위해 시간이 조금 더 필요했다. 아무튼 나는 울퉁불퉁한 바위들 위로 무거운 짐을 끌어 올렸다.

"다른 사람한테는 보여 준 적 없어. 여기는 네가 처음이야,

메리."

그 말에 메리는 고개를 조금 움직였다. 그리고 결심을 했는지 일어설 준비를 했다.

"어서 올라와, 메리. 별로 안 힘들어."

나는 동굴 입구를 막고 있는 돌들을 치우고 안으로 비집고 들어갔다. 눅눅한 냄새, 흙냄새, 염소 냄새가 코를 찔렀다. 동굴 안에는 바람이 없었다. 그리고 여기에 올 때마다 항상 느꼈던 마법 같은 특별한 기분이 들었다.

동굴 바닥에는 염소 똥이 두껍게 깔려 있었다. 염소들이 산에서 야생으로 뛰어다니던 시절에 집으로 쓰던 곳이었기 때문이다. 바위들 사이에 어쩌면 이렇게 큰 동굴이 있을까 싶을 정도로 아주 큰 동굴이었다. 그리고 지금은 염소들이 없었다.

메리는 미끄러운 암벽의 돌출 부분을 밟으며 위로 올라왔다. 토라져서 말 한 마디 없지만 그래도 나는 나중에 메리에게 동굴의 통로를 보여 주고 싶다. 그리고 산의 내부 깊숙한 곳에 머무는 영혼도 보여 줄 것이다. 메리는 분명 좋아할 것이다.

"추워요."

"잠깐만 있어 봐. 나머지 짐들도 가져올게."

나는 언덕 위로 가져온 모든 짐을 허둥지둥 끌고 올라왔다. 메리는 동굴 입구에 서서 나를 지켜보았다.

"조금만 기다려, 메리. 곧 불을 피울 거야. 연료로 쓸 염소 똥도 아주 많아."

메리는 바위 사이의 동굴 입구로 비집고 들어갔다. 머리 위에 거의 수직으로 깎인 차가운 회색 돌판이 있었다. 메리는 그 돌판을 두 손으로 짚으며 안으로 들어갔다. 동굴 안의 좁은 통로 바닥으로 눈이 쓸려 들어왔다. 너무 어두워서 안으로 들어오면 잠깐 동안 아무것도 보이지 않았다. 천장이 굉장히 높았고 바닥에는 염소 똥이 두껍게 깔려 있었다.

"안녀어어어엉."

내 목소리가 동굴 깊숙이 들어갔다가 부딪쳐서 되돌아왔다.

"왜 그러는 거예요?"

"내 동굴이거든. 내가 좋아하는 걸 해야지."

메리가 또 성가시게 굴기 시작했다.

나는 쭈그리고 앉아서 불을 피웠다. 메리가 가까이 다가왔다. 불빛이 울퉁불퉁한 돌들 위로 흔들거리며 커져 갔다. 동굴 안쪽으로는 산등성이가 이어져 있었고 그 안으로 여러 갈래의 통로가 있었다.

"여기 마음에 안 들어요."

춥고 피곤한 건 메리 혼자만이 아니었다. 메리만 혼자 산에 남겨진 게 아니었다.

"조금 쉬는 거야."

"하지만 내일 도로로 날 데리고 갈 거잖아요?"

"잠 좀 자 둬, 메리."

"그럴 거죠? 맞죠?"

"지금은 그냥 좀 쉬자. 내일 많이 걸어야 해."

"그럴 거죠, 맞죠?"

나는 그냥 눈을 감았다.

15

　　잠이 깨어서 둘러보니 밖은 이미 어두
워진 것 같았다. 바위틈으로 햇빛이 안 들어오는 걸 보면 알 수
있었다. 어스름한 모닥불 불빛이 동굴 벽에서 춤을 추었다. 부스
럭거리는 소리가 높은 천장에 울렸다. 나는 천장에 대고 다시 외
쳤다.

"안녀어어어엉!"

"뭐예요?"

메리가 벌떡 일어났다.

"깼어, 메리?"

이 동굴은 세상이 시작할 때부터 여기 있었을 것이다. 동굴 속
의 차갑고 까만 바위벽이 어디로 갈 일은 없으니까. 아무 걱정 없

이 편안히 의자에 앉아 있는 노인처럼, 손에 긴 담배 파이프를 들고 아이들이 뛰어다니는 것을 바라보고, 어른들이 다투는 것을 바라보고, 그리고 창밖에 눈이 내리는 것을 바라보며 편안히 앉아 있는 노인처럼. 왠지 그랬을 것 같다.

갑자기 집에 돌아온 듯한 좋은 느낌이 나를 휘감았다. 나는 이 동굴을 구석구석 알고 있었다.

모닥불에서 나온 연기는 어둠 속에서 동그랗게 말리며 허공으로 비틀비틀 올라갔다. 메리는 일어나 앉아 불을 바라보았다. 메리는 아기처럼 성가시고 귀찮은 존재였다. 하지만 나는 메리에게 보여 주고 싶은 것이 있었다.

"이리 와 봐, 메리. 내 비밀 장소를 보여 줄게."

"가기 싫어요."

메리는 정말 단단히 토라져 있었다.

"억지로 데려가지는 않을게. 좀 무서운 거거든. 넌 그냥 여기 있어."

왜 메리에게 내 비밀 장소를 보여 주고 싶은지 나도 알 수 없었다. 하지만 그러고 싶다. 내가 나만의 기도를 읊으면 메리가 웃을지도 모른다. 아마 대부분의 사람들은 나를 비웃을 것이다. 하지만 나는 비밀 장소에 가면 꼭 기도문을 읊어야 한다. 그건 선택할 수 있는 일이 아니다. 만약 기도문을 읊지 않는다면 불운이 찾아올 것이다. 이곳이 비밀 장소인 이유가 바로 거기에 있다.

동굴에는 양초가 있었다. 지난여름 여기에 왔을 때 숨겨 둔 거였다. 집에서 양초를 훔쳐 온 건 좀 마음에 걸렸지만 통로를 지나가려면 꼭 필요하기 때문에 어쩔 수 없었다. 그냥 연기가 많이 나는 기름 양초일 뿐이지만 내가 하나 달라고 부탁했다면 매그다는 분명 이유를 꼬치꼬치 캐물으며 조용히 넘어가지 않았을 것이다.

"어디 갈 건데요?"

"저쪽으로."

나는 동굴 안쪽의 컴컴한 곳을 가리켰다.

"좋아요. 따라갈게요."

"너무 무서워서 못 가는 줄 알았는데."

"아뇨. 무섭지 않아요."

메리는 일어서기는 했지만 잔뜩 겁먹은 얼굴이었다. 이 동굴은 넓고 어두운 데다가 혼자 남겨지면 무서움이 더할 거라는 결론을 내린 모양이었다. 메리는 정말 어린아이 같았다.

"그럼 어서 날 따라 와."

나는 양초에 불을 붙이고 어둠 속으로 걸어갔다. 바위에 올라서는 사이에 메리가 금세 따라붙었다. 딱딱한 돌 사이를 지나 판판한 바위 위를 미끄러져 내려갔다. 그리고 동굴 안쪽 높은 곳으로 기어 올라갔다. 차가운 돌벽들이 작은 촛불을 에워싸는 모습이 되었다. 옷소매처럼.

동굴 속 깊숙한 곳이라서 바람 소리 하나 없이 조용했다. 우리 두 사람의 숨소리만 울렸다. 우리는 평평한 바위 위에 잠시 앉았다. 어두웠다. 바닥에 내려 둔 촛불이 동굴 바닥을 밝혔다.

"여기, 이 뒤쪽이야."

나는 촛불을 들고 일어섰다. 우리가 앉았던 자리 뒤쪽으로 통로가 시커먼 입을 벌리고 있었다. 나는 그 어둠 속으로 기어 들어갔다.

"무서워요."

메리는 그렇게 말하면서도 나를 따라왔다. 선택의 여지가 없었으니까. 바닥은 물기가 없었고 모래가 서걱거렸다. 통로는 천장이 낮아지기도 했다가 아주 넓어지기도 했다가 엄청나게 좁아지기도 했다.

통로는 휘고 구부러지면서 이어졌다. 바위 사이에 동굴로 들어오는 또 다른 입구가 있었다. 촛불이 흔들리고 춤을 추는 걸 보면 알 수 있었다.

"무서워요."

메리는 어둠 속에서 간절히 손을 내밀었다.

"거의 다 왔어, 걱정 마."

그냥 조금 어두워진 거라서 나는 메리의 손을 잡아 주지 않았다. 메리는 조금 울먹이는 듯했지만 내가 거짓말을 한 건 아니었다. 우리는 거의 도착한 셈이었다. 조금만 더 가면 메리는 내 비밀 장소를 보게 될 것이다. 토끼의 영혼이 메리에게 들어가서 메리는 하나도 무섭지 않게 될 것이다.

바로 그때 메리는 허둥지둥 내 옆으로 와서 내 팔을 잡았다. 좋은 생각이 아니었다. 메리가 내 팔을 잡다가 양초를 쳐서 그만 양초가 바닥으로 떨어지며 꺼져 버렸기 때문이다. 순식간에 일어난 일이었다.

메리는 쥐 죽은 듯 조용히 서 있었다.

"이거 참, 이건 썩 현명한 행동이 아닌데."

이대로 우리를 삼켜 버릴 것만 같은 어둠이 엄습해 왔다. 메리는 성가신 밤송이처럼 내게 달라붙었다. 하긴 평소 어둠에 익숙한 사람이 아니라면 이런 어둠 속에 던져졌을 때 머릿속이 새하얘질 것이다.

"울지 마, 메리. 우린 길을 잃은 게 아니야."

나는 부싯돌을 쳤다. 칠흑처럼 어두웠기 때문인지 낡은 기름 양초에 붙은 작은 촛불이 마치 벽난로에서 타오르는 거대한 불꽃 같아 보였다.

"여기서 영원히 길을 잃는 줄 알았어요."

나는 촛불이 열어 주는 좁은 공간을 따라 앞으로 더듬더듬 걸어갔다.

"알아."

"기다려요, 제발."

메리는 떨리는 손을 내밀었다.

"하지만 봐, 벌써 도착했잖아."

나는 바위틈으로 기어 들어갔다. 바위 위로 올라가자 내 비밀 장소의 한가운데가 나왔다. 메리는 방금 태어난 것처럼 눈을 깜박였다.

토끼의 영혼이 가득했다. 숯처럼 까맣게 탄 막대기에 걸어 둔 개의 머리뼈들이 벽을 따라 춤을 추었다. 한가운데 자리의 막대기에 걸려 있는 커다란 토끼 머리뼈가 우리를 내려다보고 있었다. 텅 빈 눈구멍에는 돌이 끼워져 있었다. 나는 사냥한 모든 토끼의 머리뼈를 막대기에 걸어 두었다. 토끼 한 마리 한 마리가 어떤 토끼였는지, 어디서 잡은 토끼였는지 알고 있었다. 지난여름에 잡은 큰 토끼는 개처럼 눈에 돌을 끼워 두었다. 아주 큰 토끼를 잡는 것이 목표였기 때문에 송사리처럼 작은 토끼보다 그 토끼에게 더 많은 존경심을 주는 건 당연했다.

처음 여기에 머리뼈를 보관할 생각이 들었을 때는 아주 신이 났었다. 하지만 지금은 그때만큼 흥분해서 펄쩍펄쩍 뛰지는 않았다. 울프는 진정하고 작은 소리로 말하라고 했다. 그리고 내 전리품들을 내려놓은 뒤 기도를 하라고 가르쳐 주었다. 이제는 그 순서대로 하게 되었다.

그 모든 일이 더 이상은 내 의지로 진행되는 게 아닌 것 같았다. 내가 의무적으로 해야 할 일이었고 그대로 하지 않으면 마법을 얻지 못하게 될 것 같았다.

메리가 차가운 손으로 내 팔을 잡았다. 나는 이번에는 아무 말도 하지 않았다. 그냥 손을 뻗어 바위 위에 촛불을 놓았다. 그리고 기도할 준비를 했다. 언제나처럼 큰 토끼의 머리뼈에 맨 처음 손을 댔다. 눈을 감았다.

잎을 먹으렴.

풀을 뜯으렴.

봄에는

햇볕이 따뜻해진단다.

큰 토끼야,

높은 언덕에 있을 때는

널 잡을 수 없었단다.

덫과 올가미로

널 잡을 수 없었단다.

동그라미 안으로 들어오렴.

다가와서 지나가 보렴.

모든 것이 보이게 된단다.

동그라미 안으로 들어오렴.

다가와서 지나가 보렴.

모든 것이 보이게 된단다.

무척이나 고요한 순간이었다. 나는 메리에게 말했다.

"그 기도문을 읊으면 네 안으로 토끼의 영혼이 들어올 거야. 그
리고 확실하지는 않지만 우리가 처음은 아니야. 저길 봐."

나는 천장을 가리켰다. 메리가 고개를 뒤로 젖혔다. 내 팔을 계
속 꽉 붙잡고 있었다.

"촛불을 들고 내 어깨에 올라타, 메리."

"싫어요. 무서워요."

"해야 해."

나는 촛불을 들어 메리의 손에 쥐어 주었다. 그리고 메리에게 목말을 태워 주었다.

"거길 봐. 촛불을 높이 들어 올리면 보일 거야."

"아, 이제 보여요."

"전부 보여?"

"뒤로 한 발만. 네, 됐어요. 토끼들이 있어요. 두 마리가 나란히 서 있어요. 저건 염소예요. 꼭 바위에다 조각을 한 것 같아요. 그리고 사슴도 있어요. 나뭇가지 모양의 뿔이 달렸어요. 그리고 어깨에 털이 북실북실 난 큰 짐승이 있어요."

메리는 천장에 펼쳐진, 선과 얼룩들로 그려진 그림을 보았다. 마치 풀이 무성한 초원에 동물들이 뛰놀고 있는 것 같았다. 나는 이 동굴의 첫 번째 손님이 아니었다. 누구든 이 그림을 보면 동굴 깊이 존재하는 마법으로 가슴이 벅차오를 것이다. 장담한다.

"손 보여?"

"손요?"

"벽에. 누군가 한 손을 벽에 대고 중심을 잡은 채 천장에 색칠을 한 것 같지 않아? 그 그림을 그린 사람의 손일 거야. 그림을 다 그리고 이름을 쓴 것 같기도 하고."

"마법이에요."

"여기서 발견한 게 또 있어."

"어떤 거요?"

나는 메리를 바닥에 내려준 뒤 바위 위에 올려놓은 것들을 보여 주었다. 뼈로 만든 작은 빗과 돌 구슬로 만든 팔찌였다.

"봐, 우린 첫 번째 손님이 아니야."

메리는 아주 깜짝 놀라며 두리번거렸다.

"아니. 지금은 우리밖에 없어, 메리."

"어떻게 알아요?"

메리는 겁을 잔뜩 먹은 표정이었다.

"여기에 혼자서 굉장히 자주 와 봤거든. 무서운 건 네 상상 때문이야. 네 상상 속에 있는 것들 빼고는 아무것도 덤벼들지 않을 거야. 여기에 살던 사람들은 아주 오래전에 세상을 떠났어. 이곳을 채우고 있는 건 동물들의 영혼과 산뿐이야. 산과 동물의 영혼은 널 해치지 않아. 네가 친절히 대해 주고 기도를 잘해 주면."

우리는 무릎을 꿇고 앉아 차가운 손을 모았다. 따뜻한 바람이 포근히 감싸 주는 기분이 들었다. 나는 배고픈 것도, 피곤한 것도 잊었다. 이 성가신 메리와 단 둘만 남았다는 사실도 잊었다.

그 기분은 내 마음에 새겨져 영원히 머물 것이다, 정말로.

16

"나도 함께 갈래요."

메리가 울면서 말했다.

보고 있기 딱했다. 메리는 썩 괜찮은 애였기 때문이다. 내 비밀 장소를 본 후 우리는 다시 장작불을 피운 곳으로 돌아와 음식을 조금 먹었다. 그리고 잠이 들 때까지 아주 행복한 기분으로 앉아 있었다. 생각해 보니 메리가 울지 않고 잠든 첫날이었다.

하지만 언제나 그렇듯 아침이 시곗바늘처럼 돌아왔다. 장담하건데 세상에 오랫동안 똑같은 상태로 존재하는 것은 아무것도 없다.

오늘은 해가 떠오르는 동쪽으로 가야 한다. 이제 동굴에 무거운 짐을 놓아두고 갈 것이다.

나는 울프의 머리뼈를 벗어 바위 위에 올려놓았다. 울프는 도로로 내려가길 원하지 않을 것이다. 울프와 나머지 내 물건들은 나중에 가지러 돌아오면 된다.

나는 지레인트의 농장에 가야 하지만 메리를 데리고 갈 수는 없다. 메리는 나와 함께 있기를 바라고, 나도 메리가 완전히 싫지는 않다. 하지만 이건 선택할 수 있는 사항이 아니다. 나는 거의 녹초가 되었고 먹을 것도 많이 남지 않았다.

메리를 도로에 두고 오는 건 개들이나 까마귀의 밥이 되도록 언덕에 내버려 두는 것과는 다르다. 전혀 다르다. 그냥 전력 공급선 아래의 도로에 데려다주면 메리는 트럭을 탈 수 있고 도시로 돌아가게 될 것이다. 어쨌든 메리의 집은 거기였으니까.

그런데 메리는 지금 땅바닥에 앉아 울고 있다. 그리고 계속 "도시로 돌아가기 싫어요."를 외치고 있다.

메리는 정말 진심으로 성가신 아이다. 하지만 내가 우는 아이와 다니며 참고 견뎌야 할 필요는 없다. 같이 실랑이를 할 이유도 없다.

"그래, 메리. 억지로 보낼 수는 없어. 하지만 너도 여기 혼자 남아서, 앞다퉈 덤벼드는 개들의 밥이 되는 바보 같은 행동은 하지 않겠지."

"날 산적으로 생각하고 보내려는 거잖아요. 맞죠?"

메리는 그렇게 물으며 나를 매섭게 쳐다보았다.

"그 이유 때문은 아니지만 너희가 산적이었다는 건 알아. 도시를 떠나 산으로 올라와서 물건을 훔친 건 똑같아. 그리고 꼬리를 다리 사이에 감춘 겁먹은 개처럼 산적들도 날씨가 너무 추워지면 집으로 도망간다구."

"하지만 우리는 도망치지 않았어요."

'도망치지 않았지. 차라리 도망쳤더라면 더 나았을 거야.'

나는 그렇게 생각했지만 굳이 그 말을 입 밖으로 꺼낼 필요는 없었다. 왜냐하면 메리는 지금 죽은 동생 생각, 떠나간 아버지 생각, 어쩌면 그 아줌마란 사람의 생각까지 하고 있을 것이며 곧 눈에 눈물이 고일 게 뻔했으니까. 그리고 나는 그 모든 것에 대해 좀더 부드럽게 설명해 줄 능력이 없었으니까. 다시 말해 그건 메리의 잘못이 아니었다. 메리는 아이일 뿐이다. 하지만 메리의 아버지는 틀림없이 산적이고 지은 죄가 너무 커서 집으로 되돌아가야 했을 것이다. 아니, 그 아버지는 개미와 베짱이 이야기도 들어 본적이 없는 걸까? 겨울에 먹을 음식을 준비하느라 개미는 여름 내내 정말 열심히 일했고 그러는 동안 게으른 베짱이는 하루 종일 노래만 부르다가 눈이 내리기 시작하자 굶어 죽었다는, 세 살 먹은 어린애도 다 아는 얘기를 말이다.

"아빠는 산적이 아니에요."

"나한테는 그렇게 보여. 너희가 산적이 아니라고 쳐. 그럼 뭘까?"

"몰라요. 하지만 아빠는 산적이 아니에요. 그냥 조랑말 사육사였어요."

"난 그걸로 싸울 생각은 없어. 정말 그럴 맘 없어. 너희가 뭐든 나한테는 상관없는 일이야. 난 너희에게 다시 돌아갔어. 맞지? 토미나 네 아빠 일은 안됐어. 난 정말……."

"하지만 날 도로에 데려가려고 하잖아요?"

메리는 골짜기 아래를 가리켰다. 호수 건너편, 전력 공급선이 동쪽으로 이어져 있는 곳이었다.

"날 저기 놔두고 올 거잖아요. 그렇죠?"

'맞아, 메리.'

아직은 눈이 녹지도, 바람이 부드러워지지도 않았다. 개 떼와 까마귀와 폭풍을 만나 싸웠고, 지금 나는 가야 할 곳이 있었다. 내가 목표한 일을 해낼지 어떨지도 알 수 없었다. 어쨌거나 깡마른 작은 소녀가 함께할 여정은 아니었다. 생각이 많았지만 그냥 이렇게 말했다.

"네가 돌아가고 싶은 줄 알았어."

"날 버리지 말아요. 그게 다예요. 어쩌면 아빠가 돌아올지도 모르잖아요?"

"돌아오지 않을 거야, 메리. 그리고 내가 가야 할 곳은 너 같은 애들이 갈 수 없는 곳이야."

나는 우리 둘의 대장이 나라는 사실을 다시 떠올렸다.

"나도 갈 수 있어요. 무섭지 않아요."

메리는 무섭지 않다고 말했지만 너무 무서워서 애걸하고 있었다. 목소리에서 느껴졌다.

"무섭지 않아요. 제발 혼자 저기에 버리지는 말아요."

"그런 게 아니잖아."

"나 혼자 도로에 두고 가는 건 싫어요."

"난 상관없어. 난 아이들과 잘 지내지 못해. 해야 할 일도 있고."

"도시로 돌아가기 싫어요."

"싫을 거 없어. 뒤쫓아 오는 무시무시한 개 떼보다는 도시가 더 나을 거야. 안 그래?"

나는 되도록 부드럽게 말했다. 하지만 메리의 눈에 눈물이 고이기 시작했다. 나는 고개를 돌려 버리고 싶었다.

"그리 멀지 않아. 큰 트럭이 매일 도로로 지나가."

하지만 인내심이 모조리 바닥나 버렸다. 엎어 놓은 병처럼 한 방울도 남지 않았다. 그냥 메리를 뺑 차 버리거나 여기 놔두고 혼자 떠나 버리고 싶은 생각이 격렬하게 들었다. 메리만 아빠를 잃은 게 아니었다. 메리만 엄마를 잃은 사람이 아니었다. 나도 아무도 없었다. 가족들이 어디로 갔는지 단서조차 없었다. 그리고 그 어느 때보다 피곤하고 배가 고팠다.

"너만 가족을 잃은 게 아니야."

나는 메리에게 고함을 질렀다.

"거기 그렇게 계속 앉아 있을 거면, 그냥 개들을 위해 널 두고 갈 수 밖에 없겠어."

빈말이 아니었다. 정말 그런 뜻으로 한 말이었다. 메리는 내 목소리에서 진심을 느꼈는지 군소리 없이 일어섰다.

마침내 우리는 가방을 멨다. 하지만 어젯밤 동굴에 있을 때처럼 좋은 기분은 아니었다.

바깥은 매섭고 차가운 바람이 산비탈까지 불어왔다. 하늘은 북쪽에서 획획 질주하는 먹구름과 한바탕 전쟁을 치르고 있었다. 이 바람을 안고 다시 물건들을 가지러 골짜기를 내려오는 건 쉽지 않을 것이다. 나는 직감할 수 있었다. 험악한 날씨가 우리에게 덤벼들 준비를 하고 있다는 걸. 1년 중 요맘때는 그런 날씨가 잦은 시기다.

그때 바로 앞에서 회오리바람이 일어나면서 눈이 휩쓸리고 날리며 춤을 추었다. 마치 조심하라는 경고를 보내는 것 같았다. 아래쪽에는 호수와 널따란 들판이 있었고, 멀리 서쪽에는 와일파에서부터 이어진 거대한 철탑들이 눈 위를 행진하듯 세워져 있었다. 살을 에는 돌풍이 입으로 불어닥쳐서 잠시 숨쉬기가 힘들었다. 나는 모자를 좀 더 내려 썼다.

"내 옆에 바짝 붙어 있어."

내가 소리쳤다. 메리는 비틀거리며 앞으로 걸어오다가 발이 눈밭에 빠졌다. 나는 메리를 부축해서 일으켜 세웠다. 메리가 애원의 눈길을 보냈다. 메리는 무척 가냘픈 데다 피곤하고 배고픈 상태였다. 날씨가 이렇게 빨리 나빠지면 메리는 골짜기를 내려가기 아주 힘들 것이다.

"너무 빨리 가려고 애쓰지 마."

갑자기 바람이 세차게 일더니 메리의 머리카락을 헝클어뜨리고 뺨을 후려쳤다. 나는 메리가 내 말을 들을 수 있도록 몸을 기울였다.

"내 옆에 바짝 붙어 있어. 폭풍이 오고 있어. 하지만 저 아래로 내려가면 좀 나아질 거야."

나는 절벽 아래를 가리켰다. 산비탈은 눈안개와 아침 햇살로 회색빛을 띠고 있었다. 나는 동굴로 되돌아가서 폭풍을 피할까 하고 생각했다. 하지만 우리는 계속 가야 할 형편이었다. 멈추기에는 식량이 충분하지 않았다.

메리가 고개를 끄덕였다. 그리고 입에 붙은 머리카락을 떼어 냈다. 눈보라가 다가오는 때이니만큼 말을 줄여야 했다. 그저 언덕을 내려가야 했다. 판가드를 벗어나면 호수 가장자리에서 시작되는 침엽수 농장에서 눈보라를 피할 수 있을 것이다. 바람이 숲 속으로는 쉽게 파고들지 못할 것이다.

사실 나는 힘이 많이 빠진 상태였다. 추운 밤을 지낸 것도 여러 날이었고, 음식도 썩 좋지 않았고, 메리가 눈 더미에 쑥 빠져 버릴까 봐 걱정까지 해야 했다.

"내 옆에 바짝 붙어 있어."

온 사방에서 눈보라가 휘몰아쳤다. 나는 몸을 구부린 채 바람을 뚫고 걸어가며 크게 소리쳤다. 내가 할 수 있는 말은 그게 다였다.

전에도 말했지만 날씨는 하늘에 떠 있던 독수리가 내리 덮치는 것처럼 순식간에 우리를 덮칠 것이다. 우리는 판가드 북쪽의 얼음으로 덮인 비탈을 버둥거리며 내려오다가 거의 추락할 뻔했다. 농장 쪽이 유일한 길이었다. 썩 마음에 드는 길은 아니었지만 이런 날씨 속에서는 선택의 여지가 없었다. 어쩌면 거기에서 덫으로 토끼를 잡을 수 있을 것이다. 좋은 점은 그게 유일하겠지만. 그런 생각을 하니 배가 더 고파지면서 토라진 누더기 소녀에 대한 걱정이 잠시 사라졌다.

농장 지역에 오래 있을 생각은 아니었다. 농장은 전력 공급선이나 산적의 소굴과 가까웠다. 높다랗게 자란 농장의 나무들은 짙은 초록 잎을 늘어뜨리고 있었다. 언덕 위에서는 겨울에 그런 초록 잎을 보기 힘들었다. 그렇게 빽빽하게 우거진 숲 속에 들어가면 어둡고 으스스한 기분이 들었다. 저 아래 골짜기에 처음으로 가 본 적이 있었는데 주위에 뭐가 있는지 전혀 보이지 않았다. 낯설고 싫었다. 그저 어둑어둑하게 줄지어 서 있는 나무만 보였다. 나무들은 사시사철 푸른 잎을 달고 있었지만 나무 아래의 땅은 죽은 것처럼 풀도, 작은 나무도 없었다. 마치 독으로 오염이라도 된 것처럼.

눈은 무척 심술궂었고 바람은 너무 강렬해서 한 치 앞도 보이지 않았다. 그래서 기분이 좋지 않았지만 저 멀리 호수 옆, 피난처가 되어 줄 전나무 숲에 곧 도착하리라는 기대가 머릿속 잡념을 씻어주었다.

17

"가장자리 가까이로는 가지 마. 거긴 얼음이 얇아."

나는 메리에게 조심하라고 했지만 메리는 한사코 꽁꽁 언 호수의 가장자리를 따라 비틀거리며 걸었다. 우리는 숲 가까이까지 왔다. 잡초들 사이로 난 산길이 관목 숲 쪽으로 이어져 있었다. 키작은 자작나무의 잔가지가 머리를 쓸었고, 앙상한 나뭇가지에 쌓여 있던 눈이 쏟아져 내렸다. 농장 쪽으로 간 여우의 발자국이 보였다. 좋은 신호다. 여우가 있다면 분명 토끼도 있을 것이다.

"잠깐 쉬어 가면 안 돼요?"

메리는 어느 키 작은 나무 아래의 그루터기에 앉았다. 나는 메리의 입에 눈을 조금 넣어 주었다.

"우린 숲 속으로 더 깊이 들어가야 해. 거기가 바람이 더 잠잠할 거야. 불도 피우고 따뜻한 것도 만들어 먹으면서 좀 쉴 수 있을 거야. 토끼는 겨울이면 나무 안에서 전나무 잎을 먹으며 지내거든. 내가 덫을 놓으면 돼."

"너무 피곤해요."

메리는 몸을 일으켜 세웠다. 나는 메리의 가방을 잠깐 동안 대신 들어 주었다.

드디어 농장이 시작되는 곳에 도착했다. 전나무들이 시커먼 벽처럼 서 있었다. 걸음을 옮길 때마다 고문하듯 날 괴롭힌 산비탈의 바람이 마침내 사라졌다는 생각이 들었다.

"안전한 곳이에요?"

"글쎄, 좀 어둡긴 해도 바람을 피하기엔 충분한 것 같아. 아까도 말했지만 토끼도 좀 잡을 수 있을 거야. 험한 날씨를 피해 좀 수월하게 철탑이 있는 곳으로 갈 수 있겠어. 아마 어딘가에 나무를 베어 내고 만든 길이 있을 거야."

메리는 고개를 끄덕이기만 할 뿐 예전처럼 종알대지는 않았다.

어둠 속에서 손이 뻗어 나온 것처럼 초록색 나뭇가지들이 낮게 드리워진 곳을 지나 전나무 그늘로 들어갔다. 바르무스 마을 회의 때 아이들이 서로를 겁주려고 한 이야기 중에 숲에 대한 아주 끔찍한 이야기가 있었다. 지금 그 이야기 몇 개가 떠올랐지만 메리에게는 아무 말도 하지 않았다. 메리도 그 이야기를 아는 사람처럼 주위를 두리번거렸기 때문이다.

빽빽하게 줄지어 늘어선 나무들 사이로 계속 걸어갔다. 낮게 드리운 뭉툭한 나뭇가지에 코트가 자꾸 걸렸다. 손바닥처럼 평평한 나뭇가지들 아래에는 눈이 별로 없었지만 여기저기 나무 없이 휑한 곳은 눈이 높이 쌓여 있었다.

"여긴 싫어요, 윌로."

메리가 속삭였다.

"넌 혼자가 아니야."

우리는 안쪽으로 깊숙이 들어갔다. 나무둥치들이 군인처럼 빙 둘러서 있었다.

"쉿."

나는 걸음을 멈췄다. 무슨 소리가 들리는 것 같았다. 아니, 소리가 아니라 냄새였다.

"뭐예요?"

"이리 와, 조용히."

나는 이 이상한 냄새가 뭔지 곰곰이 생각했다. 느낌이 좋지 않았다. 마치 여기에 우리만 있는 게 아닌 듯한 기분이었다. 뭔가가 우리를 쳐다보고 있는 기분. 하지만 아무것도 없었다. 어디를 봐도 어둠 속에서 뻗어 나온 나무들뿐이었다. 눈에 보이는 곳은 그랬다. 그냥 내 착각일까? 아무래도 내가 겁을 먹은 모양이었다. 메리는 아주 가까운 거리에서 조용히 따라왔다. 나는 수시로 주위를 둘러보았고 뒤쪽을 힐끔거렸다.

"좀 쉬었다 가면 안 돼요?"

"아직 안 돼. 안으로 좀 더 들어가자."

"어디로 가고 있는데요?"

"좀 더 북쪽으로 가면 도로가 나올 거야."

"쉬고 싶어요."

"그리 멀지 않아, 메리. 전력 공급선 철탑에 가는 것보다 안 멀어. 바로 앞에 도착하기 전까지는 안 보여서 그래."

하지만 메리는 따라오지 못하고 뒤쳐졌다. 나는 쓰러진 큰 나뭇가지 근처에서 멈춰 섰다.

"그럼 여기 앉아 있어. 배고프면 귀리과자 좀 먹고."

"어디 가려고요?"

"토끼가 다니는지 보려고."

"가지 말아요."

"그냥 이 주위만 둘러볼 거야. 덫을 놓으려고."

"나 혼자 두고 가지 말아요. 무서워요."

"멀리 가지 않아. 그냥 조심하고 있다가 무슨 일이 생기면 크게 소리쳐."

메리는 큰 나뭇가지 위에 털썩 앉았다.

이곳은 눈이 아주 깊었고 나무들이 더 높았다. 멀리 앞쪽에 쓰러진 나무둥치가 보였다. 그 나무 아래에 토끼가 보금자리를 틀었을 것이다. 먹이를 구할 수 있는 곳이기 때문이다. 덫은 금세 놓을 수 있었다.

숲에 들어오면 언제나 로빈 후드가 떠올랐다. 로빈 후드는 엄청나게 넓은 숲에서 살았다. 나는 매그다가 갖고 있던 로빈 후드 책을 정말 열심히 읽었다. 읽기의 전부를 그 책으로 배웠다고 해도 틀린 말이 아닐 정도다. 그래서 그 책의 줄거리를 거의 다 기억하고 있었다. 그 책의 제목은 『로빈 후드와 은 화살』이었고, 아주 오랜 옛날의 이야기였다. 그런데 책이 너무 너덜너덜해져서 매그다가 거의 스무 번이나 다시 실로 묶어 주었다. 아이들은 모두 그 책을 좋아했다. 나는 그 책에 나온 이야기를 죽을 때까지 잊지 못할 것이다. 로빈 후드가 욕심쟁이한테 물건을 훔쳐서 그걸 가난한 사람들에게 나눠 주며 영웅이 되자, 노팅엄의 지방관은 로빈 후드를 잡으려고 활쏘기 대회를 열었다. 초록색 옷에 달린 후드 모자로 얼굴을 가린 낯선 사람이 1등이 되어 은 화살을 획득하자 그를 로빈 후드로 지목하고 체포하라는 명령이 떨어진다. 하지만 로빈 후드는 잡히지 않았다.

나는 로빈 후드가 개미인지 베짱이인지 늘 궁금했다. 아빠는 이렇게 대답해 주었다.

"그게 그렇게 단순한 문제가 아니란다, 윌로. 가난한 사람들이 가진 게 없는 건 욕심쟁이들이 모든 것을 가졌기 때문이거든."

그래서 나는 이렇게 물었다.

"아빠 말은 그 욕심쟁이들이 개미와 비슷하다는 거죠? 개미는 우리처럼 열심히 일해서 모든 걸 가졌잖아요."

하지만 아빠는 아니라고 했다.

"개미와 완전히 똑같지는 않아. 네가 더 크면 설명해 주마."

하지만 아빠는 해 주지 않았다. 내가 다시 물으면 그냥 이렇게만 말했다.

"그 말을 기억하고 있었던 거니?"

요즘 시대의 로빈 후드는 은 화살 대신 총을 가지고 있을 것이다.

쓰러진 전나무에 다가가 보니 생각보다 꽤 컸다. 분명히 갓 태어난 토끼가 살고 있을 것이다. 나는 가방을 열어서 덫으로 쓸 철사를 꺼냈다. 그런데 쓰러진 나무 숲이 눈에 들어왔다. 그곳은 나무들을 새로 심은 것 같았다. 빽빽한 초록의 벽이 나지막하게 형성되어 있었다. 어린 나무들의 나뭇가지가 거의 땅에 닿을 정도였다.

그야말로 토끼가 지낼 최적의 장소였다. 집도 훌륭했고 먹을 것도 많으니 두말하면 잔소리다. 아니나 다를까, 토끼가 깡충깡충 뛰어다닌 듯한 흔적이 많았다.

가방을 다시 메고 키 작은 나무가 우거진 쪽으로 가서 나무 사이로 기어가기 시작했다. 몇 분이면 나무 사이에 덫을 설치할 수 있을 것이다. 그리고 금세 한 마리를 잡게 될 것이다.

낮게 드리운 나뭇가지들을 걷어 내면서 길을 냈다. 그곳은 밤처럼 컴컴했고 땅에는 눈이 거의 없었다. 그리고 바늘처럼 날카로운 전나무 잎들이 카펫처럼 깔려 있어서 토끼의 흔적은 찾아볼 수 없었다. 고개를 들어 앞을 보니 조금 더 가면 나무들 사이에 조금 넓은 공간이 있을 것 같았다. 거기까지 가면 주위를 둘러볼 수 있을 것이다.

뒤를 돌아보았다. 어린 나뭇가지들이 눈의 무게 때문에 아래로 처져서 키 큰 나무들이 잘 보이지 않았다. 메리도 볼 수 없었다. 앞쪽으로 빛을 향해 기어갔다. 멀리 키 작은 나무의 숲이 끝나면서 빈터 같은 게 있는 듯했다.

왜 숲 한가운데에 어린 나무들이 심어져 있는지 의아했다. 이미 숲을 통과해서 반대편으로 나온 것일까? 하지만 철탑이 이어져 있는 도로가 보이지 않았다. 알 수 없는 일이었다. 어쩌면 둥그렇게 걸어서 원래 자리로 되돌아왔는지도 모른다.

팔꿈치로 땅을 짚으며 조심스럽게 기어갔다. 그리고 빈터를 보려고 마지막 나뭇가지들을 양 옆으로 밀쳤다.

그런데 빈터가 아니었다.

나는 그 가장자리에서 거의 추락할 뻔했다. 뱃속이 뒤집히는 것 같았다.

거기에는 엄청나게 큰 구덩이가 있었다. 바로 내 앞에 펼쳐져 있었다. 숲 한가운데를 파서 만든 깊은 구덩이.

그리고 그 구덩이는 뭔가로 가득 차 있었다. 무시무시한 악몽 같았다. 구덩이를 가득 채운 것은 팔과 다리였다. 죽은 시체들이었다. 쌓인 눈 위로 뒤틀린 나뭇가지가 툭 튀어나온 것처럼 팔과 다리가 여기저기 솟아 있었다.

맙소사, 죽은 사람이 가득 차 있는 구덩이라니. 심장이 마구 쿵쾅거렸다. 머릿속으로 이 상황을 풀어 보려고 안간힘을 썼다.

그때 바람을 타고 구덩이 건너편의 빽빽한 숲에서 냄새가 날아 왔다. 아까부터 조금씩 풍기던 그 냄새였다. 냄새는 건너편 숲에 서 흘러나오고 있었다.

연기 냄새였다.

이야기가, 끔찍한 이야기가 머릿속으로 물밀듯이 밀려들었다. 마을 어른들이 농장에 내려가지 말라며 해 주었던 이야기. 도시에 서 빠져나왔다가 죽은 사람들의 이야기. 겨울에 산에 남겨진 배고 픈 산적들에 대한 이야기.

건너편에는 숲에서 구덩이까지 연결된 미끄러운 길이 보였다. 구덩이 속까지 이어진, 꽁꽁 언 그 길에서 뭔가가 꿈틀꿈틀 움직 였다.

뭔가가 허기진 배를 채우고 있었다.

그리고 보였다. 나무 아래에서 움직이는 검은 그림자. 심장이 마구 뛰었다. 쿵. 쾅. 쿵. 쾅.

나는 뒷걸음질로 기어서 나뭇가지 사이로 들어갔다. 쿵. 쾅. 쿵. 쾅. 공기는 온통 살이 타는 냄새와 연기로 가득했다. 메리에게 돌 아가야 했다. 하지만 아무것도 보이지 않았다. 온 사방이 나뭇가 지들뿐이었다. 엄청난 공포가 덮쳐 왔다. 어둠 속에서 손이 뻗어 나와 내 다리를 잡고 그 구덩이로 잡아당길 것 같았다. 꽁꽁 얼어 붙은 시체들의 무덤으로.

울프가 뭐라고 말을 해 줄 것이다. 울프는 공포에 사로잡히지 않았을 것이다.

'쥐 죽은 듯 조용히 있어야 해, 윌로.'

내가 움직일 때마다 폭풍이 휘몰아치는 것처럼 큰 소리가 나는 것 같았다. 나는 땅바닥에 배를 대고 기어서 어린 전나무 숲에서 빠져나왔다. 그 구덩이를 멀리 뒤로하고 돌아왔다. 사람이 사람을 먹고 있는 그곳에서 멀리 떨어졌다. 손이 부들부들 떨렸다. 보이는 건 온 사방에 줄지어 선 키 큰 나무둥치뿐이었다.

공포가 온몸을 덮쳤다.

이제 메리가 보였다. 멀리 줄지어 서 있는 나무 사이에서 메리는 가방 쪽으로 몸을 구부리고 있었다.

그런데 메리는 혼자가 아니었다.

초록색 그림자가 휙 지나갔다. 움직이는 뭔가가 나무 사이로 보였다. 섬광처럼 빠른 그림자가 메리의 왼편 숲에 하나, 오른편 숲에 또 하나 있었다.

메리가 고개를 들었다. 메리 뒤편 숲에서 어떤 사람이 걸어 나왔다.

"메리!"

나는 젖 먹던 힘까지 끌어내어 소리쳤다.

"메리!"

뒤쪽 숲에서 걸어 나온 그 사람은 메리에게서 멀찍이 떨어진 거리에 있었다. 이제 그가 아주 잘 보였다. 비쩍 마른 몸에 누더기를 걸쳤는데 굶주린 짐승 같은 표정으로 싱긋 웃고 있었다. 손을 움직이며 뭐라고 말하는데 들리지 않았다.

메리가 고개를 돌렸다. 내가 소리를 지르며 손가락질을 했기 때문이다. 메리의 입이 둥그렇게 벌어졌다. 그 산적은 손에 몽둥이를 들고 있었다. 그리고 그의 양옆으로 더 많은 그림자가 나타났다. 늑대들처럼. 그림자들은 어딘가에서 홀연히 나타났다.

아빠는 늘 말했다.

"겨울에 굶주린 산적들은 사람이 아니야. 혹시 마주치게 되면 무조건 도망쳐야 해."

나는 소리를 질렀다.

"도망쳐, 메리!"

메리는 손에 들고 있던 걸 떨어뜨리고 무릎으로 기면서 눈 속을 허우적거렸다.

"윌로!"

메리는 나무 아래에서 찢어질 듯한 비명을 질렀다.

"도망쳐, 메리!"

그림자들은 눈을 헤치며 걸어오고 있었다.

어른들이 들려준 농장의 산적 이야기. 섬뜩한 생각들. 그리고 방금 내가 본 죽은 시체를 던져 놓은 구덩이.

내 거친 숨소리와 두려움이 머리를 쿵쿵 때렸다. 나는 무거운 가방을 메고 쌓인 눈을 박차며 나무 사이로 질주했다. 눈이 사방으로 튕겨서 앞이 거의 보이지 않았다.

"윌로!"

뒤쪽에서 메리의 비명이 들렸다.

"무조건 뛰어, 메리!"

나는 숲을 가르며 도망쳤다. 뒤돌아보지 않고 달렸다. 살기 위해서. 울프의 영혼이 내 앞에서 뛰어다녔다. 내게 길을 가르쳐 주었다. 울프는 전력 질주할 때처럼, 눈 속에서 펄쩍펄쩍 뛰어오를 때처럼, 등이 올라갔다 내려갔다 했다.

"윌로!"

낌새가 이상해서 뒤돌아보았다. 메리의 목소리에서 그게 느껴졌다. 하지만 울프는 나무 사이를 계속 뛰어다녔다. 멈추지 않았다.

메리는 눈 위에 넘어져 있었다. 비쩍 마른 잔인한 표정의 산적 대장이 묵직한 몽둥이를 들고 메리에게 다가갔다. 눈 속에 푹푹 빠지는 다리를 높이 끌어 올리면서 메리를 향해 뛰어갔다. 다른 사람들도 가까워졌다. 무릎 깊이의 눈을 헤치고 걸을 때마다 물보라처럼 눈이 튀어 올랐다.

대장 산적이 이상한 소리를 냈다. 숨을 한껏 불어 내는 휘파람 소리와 비슷했다. 눈 속에서, 나무 뒤에서 부채가 펼쳐지듯 세 명이 더 나왔다.

"메리! 넌 설피를 신었고 저 사람들은 안 신었어. 일어나."

"윌로!"

"일어나서 뛰어."

나는 숲 속으로 고함을 질렀다.

메리가 버둥거리며 일어섰다. 그리고 다시 내가 있는 쪽으로 달리기 시작했다. 나는 고개를 돌렸다. 산적들보다 더 빨리 가야 했다. 나뭇가지가 방해했지만 나는 멈추지 않았다. 숨이 가빠지고 가슴이 따가웠다. 발이 눈 속에 푹푹 빠졌다. 발을 똑바로 내딛는 것에 정신을 집중해야 할 때였다. 산적은 늑대와 같기 때문에 무조건 도망쳐야 했다.

나뭇가지들이 얼굴을 때렸다. 찰싹찰싹, 툭툭. 땀이 더운 김으로 변해 피어올랐다.

"윌로!"

메리의 외침 속에서 간절함이 묻어났다. 그때 갑자기 발아래의 땅이 없어지면서 발이 아래로 쑥 빠졌다. 아래로, 아래로. 나는 땅에 얼굴을 부딪치면서 굴러떨어졌다. 비탈진 둑에 머리를 처박고 다리를 하늘로 뻗은 채 멈췄다. 온 세상이 하얗고 딱딱했다.

어둠에서 빛으로 나왔다.

KAMAZ.

트럭 앞에 적혀 있는 글자였다.

내가 추락한 곳은 도로였다. 나무숲을 쭉 통과하여 얼음처럼 딱딱해진 눈 둑 아래 추락해서 전력 공급선 철탑 근처의 도로에 도착한 셈이었다. 주위에 온통 검푸른 나무들이 솟아 있었다.

엄청나게 큰 바퀴가 달린 지저분하고 커다란 초록색 트럭이 부르릉거리며 내 쪽으로 다가왔다.

KAMAZ. 트럭의 둥그런 앞부분이 내 머리 바로 앞에서 멈췄다. 트럭에 찍힌 글자들이 로빈 후드의 은 화살처럼 반짝거렸다.

160

메리가 나무 사이에서 튀어나와 내 앞으로 굴러떨어졌다. 그 뒤로 누더기를 걸친 남자 하나가 펄쩍 뛰어내려 메리를 덮쳤다.

KAMAZ 앞에서.

전력 공급선 철탑이 줄지어 늘어선 채 웅웅거리는 은은한 소리가 도로를 감싸고 있었다. 철탑이 어찌나 높은지 꼭 하늘에 닿을 것만 같았다.

18

　　그녀는 총을 갖고 있었다. 그리고 두 손으로 총을 겨누었다. 총은 일어서려고 버둥거리는 그 누더기 남자를 겨냥했다. 그녀가 방아쇠를 당겼다. 굉음의 총성이 얼어붙은 공기 속에 울려 퍼졌다.

　탕!

　근처에 있던 나무에서 얼음덩어리가 깨지면서 떨어졌다. 그 누더기 남자가 몸을 마구 비틀었다. 발을 칭칭 감고 있던 헝겊이 풀려서 눈 위에 질질 끌렸다. 몸과 손에 동여맨 나머지 천 조각들이 떨어져 나갔다. 움푹 들어간 눈에는 아무것도 남지 않았다. 그 남자는 몽둥이를 떨어뜨렸다.

　탕! 두 번째 총알이 그 남자를 쓰러뜨렸다. 그는 무릎을 땅에

댄 채 앞으로 고꾸라져서 눈에 머리를 처박았다. 입에서 피가 흘러나왔고 뱃속에서 꾸럭꾸럭 하는 소리가 났다.

트럭을 타고 온 그녀는 길 양쪽을 두리번거렸다. 총을 든 자세는 여전히 흔들림이 없었다.

"몇 명이나 있지?"

그녀가 내게 소리쳤다. 그때까지 길에 벌러덩 누워 있던 나는 서서히 몸을 일으키며 대답했다.

"세 명이요."

"넌 괜찮니?"

그녀가 메리에게 외쳤다. 메리는 괜찮았다.

그 누더기 남자는 아직 죽지 않았다. 하지만 죽어 가고 있었다. 입에서 솟구쳐 나온 피가 수염을 적시며 엉겨 붙었다. 한창 먹이를 물어뜯고 있는 개처럼. 뭐라고 내뱉는 소리가 들렸지만 그건 사람의 소리가 아니었다. 그는 아직도 도로 위에 네 발로 엎드려 버티었다. 몽둥이는 한 번 휘둘린 적도 없이 헛되이 땅바닥에 나뒹굴고 있었다.

그녀는 두려워하는 기색도 없이 피를 흘리는 그 남자 쪽으로 성큼성큼 다가갔다. 그녀는 펠트 천으로 만든, 발목까지 내려오는 두꺼운 코트를 입고 있었다. 걸을 때 보니 어깨 부분이 꼭 맞는 코트였다.

그 누더기 남자가 한 손을 들어 올렸다. '제발, 살려 주세요.'라고 말하는 것처럼. 차디찬 공기는 그의 숨결을 얼려 마치 연기를 내뿜는 듯한 입김을 만들었다. 총을 가진 그녀는 계속 다가갔다.

그 남자는 자신을 일으켜 세울 힘조차 없어서 벌러덩 나자빠졌다. 그가 내뱉으려 애쓰는 말은 더 이상 말이 아니었다. 그때 총을 들고 걸어가던 그녀가 걸음을 멈추고 그 누더기 남자의 머리에 총을 겨누었다. 그리고 방아쇠를 당겼다.

탕!

피와 뇌 그리고 그 남자의 머릿속에 있던 모든 것이 빨간 웅덩이를 만들었다. 총알이 발사되는 순간 나는 그녀를 보았다. 눈을 부릅뜨고 보고 있었기에 총을 쏘는 마지막 순간, 그녀의 눈을 볼 수 있었다. 메리는 비명을 지르며 얼음을 타고 내게로 달려왔다.

처음이었다. 누군가가 총을 쏘는 장면을 직접 본 것은.

이제 긴 코트를 입은 그녀가 우리 쪽으로 돌아섰다.

"다른 일행 없이 너희들뿐이니?"

"네."

도로 위의 핏자국을 보면서 메리가 대답했다.

"음, 몇 분 있으면 다음 수송대가 지나갈 거야."

"어떻게 할⋯⋯."

나는 총 맞은 시체를 손으로 가리켰다. 그녀는 숲 쪽을 주시했고 캄캄한 숲을 향해 팔을 들어 올렸다.

"너희를 못 잡았으니 나머지 녀석들은 죽은 동료를 먹어야겠지."

트럭의 조수석에서 목소리가 들려왔다.

"모이라, 이제 이동해야 해."

그녀, 모이라는 총을 허리띠에 꽂고 운전석에 올라탔다. 메리는 모이라의 다리를 잡으며 태워 달라고 애원하는 눈빛을 보냈다. 모이라가 내려다보았다.

"제발요."

"이봐, 모이라. 그건 위험해."

조수석의 남자가 말했다. 모이라는 다시 메리를 보았다. 그리고 어두운 숲을 바라보았다. 모이라는 잠시 생각에 잠겼다.

"우릴 두고 가지 마세요."

메리가 말했다. 모이라가 트럭에서 내렸다. 모이라는 굽이 평평한 큰 부츠를 신고 있었다. 반짝반짝 빛나고 딱딱해 보이는 부츠였다.

"태우지 마."

트럭에서 또 다른 목소리가 말했다. 하지만 모이라는 그 목소리에 그다지 신경을 쓰지 않았다. 나는 조금 전 총을 쏘는 순간 가까이에서 모이라의 눈을 봤기 때문에 모이라가 보이는 것만큼 매정하지 않다는 사실을 알고 있었다.

모이라가 말했다.

"이리 와, 트럭 뒤에 타."

모이라는 내 팔을 잡아서 트럭에 끌어 올려 주었다. 그리고 메리도 올려 주었다. 트럭의 맨 뒷부분에는 문처럼 사용되는 초록색의 무거운 덮개가 있었다. 그 캔버스 천 덮개에는 빛바랜 노란색 글자가 인쇄되어 있었다.

ANPEC.

모이라는 덮개를 들어 올려 우리를 안에 태웠다.

아빠의 말처럼 나는 운이 좋았다. 새옹지마였다. 나쁜 일이 하나 생겼지만 그다음에 이런 좋은 일이 생겼으니 말이다. 그러나 이 좋은 일이 어떻게 끝을 맺을지 조금 걱정이 되기도 했다. 왜냐하면 계획했던 대로 트럭에 메리를 태웠지만 어쩌다 보니 나까지 트럭에 타 버렸기 때문이다. 나는 트럭을 처음 타 보았다. 이렇게 가까운 거리에서 본 적조차 없었다. 등 뒤로 연기 냄새가 났지만 모이라는 우리를 트럭 짐칸에 밀어 넣었다. 생각하고 말고 할 시간이 없었다.

트럭 짐칸 양쪽에는 긴 의자가 서로 마주 보게 놓여 있었다. 거기에 앉아 있는 사람들의 얼굴이 우리를 향했다. 중간에는 작은 난로가 하나 놓였고 난로에 연결된 배기관이 지붕의 캔버스 천을 뚫고 밖으로 뻗어 있었다.

"검문소에 도착하기 전에 애들은 내보내도록 해."

모이라가 사람들에게 말했다. 모이라는 그 말만 남기고 캔버스 천 덮개를 닫았다. 곧 운전석 문이 쾅 닫히는 소리가 들렸고 트럭이 출발했다.

사람들은 찍소리 없이 우리만 쳐다보았다.

흰 수염이 성성하고 입술이 바짝 메마른 노인이 내 쪽으로 몸을 기울였다. 뻣뻣한 캔버스 천 코트를 입고 있었다. 코트 깃을 귀까지 올려 세웠고 손에는 아주 뻣뻣하고 두꺼운 장갑을 끼고 있었다. 노인은 장갑 한쪽을 벗었다. 음흉한 미소를 띠면서.

"좋은 코트를 입고 있구나, 꼬마야. 어디서 훔친 게냐?"

노인은 숨결이 와서 닿을 정도로 더 바싹 다가왔다. 그다지 친절한 눈빛은 아니었다.

"그냥 놔둬요, 루벤."

멀리 안쪽에 앉아 있는 여자가 말했다. 사람들은 트럭이 울퉁불퉁한 길을 지나갈 때나 방향을 바꿀 때마다 모두 다 같은 방향으로 흔들렸다. 바람에 나무가 흔들리는 것처럼.

"그 애들은 산적 패거리가 아니에요."

"그걸 어떻게 알지?"

누군가 다른 사람이 물었다.

"산적 패거리는 저런 털 코트가 없어요. 꿰맨 자국 좀 봐요. 털 장갑도 꼈어요."

그녀는 몸을 앞으로 기울이며 말했다.

"만약 애들이 산적이었으면 모이라가 없앴을 거예요."

"장갑을 내게 주면 빵을 주마."

다시 그 노인, 루벤이 말했다. 루벤은 손을 뻗어 내 코트를 만져보았다.

"놔두라고 했잖아요."

루벤은 살짝 웃으며 자리로 돌아가 앉았다.

"그냥 애가 불쌍해 보여서 빵을 좀 주려던 거야, 로즈."

"여기 와서 앉아."

167

안쪽에 앉은 여자, 로즈가 우리에게 말했다.

메리가 먼저 일어서서 갔고 나도 따라갔다. 나는 그냥 보고 듣고 관찰할 것이다. 이 들개 같은 무리를.

"검문소에 도착하기 전에 내려야 해, 아까 운전사 말대로."

로즈가 메리에게 말했다.

"검문소에 언제 도착해요?"

메리가 물었다.

"가까워지면 말해 줄게. 그냥 여기에 앉아 있으면 돼."

"그냥 여기서 내쫓는 게 어때? 차가 멈추면 무슨 일이 생길지 어떻게 알아? 그땐 우리 모두 위험하다구."

"쟤들이 산적 패거리가 맞는지 아닌지는 어떻게 알아?"

사람들은 마치 우리가 이 자리에 없는 것처럼 아무렇지 않게 말했다.

"분명 산적 패거리야. 그냥 내쫓자니까."

"산적 패거리가 아니란 건 로즈의 말일뿐이지. 어쩌면 이탈자인지도 몰라."

"모이라가 쟤들을 안 쏘았잖……."

"이 산에 이탈자들이 남아 있다는 거 몰랐어?"

"글쎄, 요즘엔 이런 바느질의 코트와 가죽 가방은 보기 힘들지."

"요즘엔 눈 말고는 뭐든 보기 힘들지."

그 말에 모두가 웃었다. 웃다가 기침을 하는 사람도 있었다.

"애, 꼬마야. 그럼 너 정말 이탈자니?"

얼굴이 크고 네모난 남자가 물었다. 그는 몸을 굽히더니 내 얼굴을 잡아 자기 쪽으로 돌렸다. 그의 얼굴이 정면으로 보였다.

"우린 이탈자가 아니에요. 우린 희망의 횃불이에요."

내가 말했다. 아까보다 더 큰 웃음이 쏟아져 나왔다. 아빠가 여기에 있으면 좋을 텐데. 그랬다면 말을 좀 더 잘해서 저 사람들이 웃지 못하게 만들었을 텐데.

로즈가 사람들을 나무랐다.

"그냥 놔두라고 했잖아요. 애들은 아무도 해치지 않아요. 그냥 애들일 뿐이에요."

트럭 안쪽의 사람 몇몇이 조금씩 자리를 당겨 앉아서 내 자리를 마련해 주었다. 꽉 끼이도록 좁은 공간이었지만 메리와 마주 보는 자리에 앉을 수 있었다. 의자 아래에서 엔진이 요동치는 소리가 들렸다. 메리는 겁먹은 눈으로 나를 쳐다보았다. 하지만 우리는 아무 말도 하지 않았다.

"이봐, 로즈. 오늘 토요일이야. 오늘 밤 나랑 데이트 어때? 집에 있는 혹덩어리에게 가는 대신에 말이야?"

누군가가 엔진 소리보다 크게 외쳤다.

"너보다는 나은 혹덩어리야."

"난 혹덩어리가 하나뿐이라구, 로즈. 그게 한 달 동안 집에 있는 녀석과 다른 이유지."

"나도, 나도. 난 여기 아래가 근질근질해. 난 어때?"

남자 몇몇이 웃기 시작하더니 미친 사람처럼 야유를 보냈다. 나는 좀 무서워졌다. 낯선 냄새들, 낯선 사람들의 낯선 행동들. 나는 우리가 어디로 가는지, 어떻게 빠져나가야 할지 몰랐다. 여기서 나가야 했지만 트럭이 빨리 달려서 벌써 꽤 멀리까지 온 것 같았다. 게다가 가방에 음식도 없었고 내 물건들은 모두 산 위의 동굴에 두고 온 상태였다.

"너 정말 언덕 위에서 사냐?"

그 남자가 갑자기 얼굴을 가까이 들이댔다. 주위가 시끄러워서 무슨 말을 하는지 알아들을 수 없었다. 그는 손을 뻗어 내 멱살을 잡았다.

"야, 꼬마야. 너 정말 언덕 위에서 사냐고 내가 물었잖아?"

하지만 바로 그때 트럭이 멈추면서 모두의 몸이 트럭 앞쪽으로 쏠렸다.

"의자 밑으로 들어가."

로즈가 메리를 잡아당겼고 사람들이 다리를 들어 의자 아래로 들어가게 해 주었다. 힘센 누군가의 팔이 내 어깨를 잡아서 나를 의자 밑으로 밀어 넣었다. 왜 이러는지 알 수 없었다. 트럭 운전석 쪽에서 벽을 세 번 두드리는 소리가 났다.

"도대체 뭐야, 이 시간에?"

"도로 경찰이야."

누군가가 속삭였다.

"도로 경찰이 여기서 뭐 하고 있는 거지?"

의자 밑, 트럭 바닥의 판자는 온통 축축했다. 나는 사람들의 부츠가 만든 벽에 갇혀 꼼짝도 할 수 없었다. 부츠는 모두 똑같아 보였다. 두껍고, 더럽고. 나는 되도록 몸을 안쪽으로 밀어 넣으려고 애썼다.

"이 꼬마 녀석들을 발견하면 어떻게 되지?"

그때 캔버스 천막 덮개가 올라가면서 훅 차가운 공기가 트럭 안으로 밀려들었다. 갑자기 거친 고함이 들렸다.

"네 명. 눈사태로 도로에 쏟아진 눈을 치워야 한다. 제설기 없이 삽으로. 그러니 서둘러. 네 사람, 노인네 말고. 그러다 일주일이 걸리면 안 되니까."

시끌시끌 어수선해지더니 몇몇 부츠가 움직였고 그 사람들이 중얼거리는 소리가 들렸다.

"이건 파티가 아니야. 수다는 줄여, 아가씨들."

거친 목소리에 약간의 웃음이 섞였다. 하지만 지레인트가 우리 아빠를 비웃었을 때처럼 그건 재미있지 않았다. 비열할 뿐이었다.

"일주일이 걸리면 안 된다고 했잖아!"

이제 모두가 입을 꾹 다물었다. 나는 맞은편 의자 아래, 부츠 벽 안에 웅크리고 있는 메리를 쳐다보았다. 메리는 손가락으로 입을 막고 있었다.

"좋아. 너 그리고 너희들. 어서, 서둘러."

경찰은 쇠 곤봉으로 트럭을 내리쳤다. 텅. 텅. 텅. 서둘러야 한다는 듯이.

남자들이 트럭에서 내렸고 경찰의 웃음과 고함 소리가 들려왔다. 그 외에는 들려오는 소리가 거의 없었다.

"장갑은 필요 없어. 장갑 벗고 방사선 기운을 느껴 봐."

"삽이라고 했잖아. 여름까지 작업할 거야?"

잠시 후 남자들이 다시 트럭에 올랐다.

"출발해, 운전사."

경찰이 소리쳤다. 시동이 걸리고 트럭이 출발했다.

"빌어먹을 경찰놈들."

"여기 놈들도 빈민촌 놈들만큼 지독해."

"잊어버려. 이제 몇 시간만 있으면 집에 누워 있을 거잖아."

"우리가 없으면 하루에 반시간 쓸 전기도 없을 거면서."

사람들이 화를 내며 투덜거렸다. 누군가의 팔이 나를 힘차게 끌어당겼다.

"앉아, 꼬마야. 이제 검문소에 도착하기 전에는 못 내릴 거다. 기회가 없어."

"무슨 말이에요?"

메리가 물었다.

"우린 눈사태 때문에 많이 지체되었어. 다음 수송 트럭이 곧 우리를 따라잡을 거야. 너희가 내리면 그 트럭 운전사가 보게 되겠지. 그건 좋은 생각이 아니야."

그가 옳았다. 다음 수송 트럭의 소리가 들려왔기 때문이었다.

"내가 너라면……."

그는 몸을 돌려 나를 쳐다보았다. 얼굴이 석탄처럼 까맸다.

"내가 너라면 검문소에 도착할 때 의자 밑에 숨을 거야. 나라면 그럴 거야."

"그다음에는요?"

"그다음에는, 운이 좋으면 통과하겠지. 토요일 밤인 데다 모두가 얼른 집으로 돌아가고 싶어 하니까. 경찰도 마찬가지지. 그럼 너희는 안전하게 들어갈 수 있을 거야."

"어디로요?"

"빈민촌."

"검문소를 통과하지 못하면요?"

메리가 물었다. 트럭이 좌회전을 하는 바람에 왼쪽에 앉은 사람들이 난로 쪽으로 쓰러졌다.

"그건 말할 수 없지. 말할 수 없어."

"왜 우리를 돕는 거죠?"

"안 도울 이유가 없잖아?"

그는 그러고서 입을 다물어 버렸다. 메리는 나를 쳐다보며 작은 소리로 말했다.

"이제 돌아갈 방법이 없어요, 월로."

트럭은 전력 공급선 철탑들 밑으로 한참 동안 지나갔다. 덜컹거리다가, 방향을 틀었다가, 빨리 갔다가, 느리게 갔다가. 하지만 나는 아무것도 볼 수 없었다. 그냥 그 딱딱한 의자에 앉은 채 어떻게 여기서 빠져나가야 할지 그 생각만 할 뿐이었다. 솔직히 뱃속에서 솟아오르는 두려움이 너무 커서 제대로 생각할 수도 없었다.

사람들은 이제 우리에게 흥미를 잃은 모양이었다. 모두가 석탄으로 채워져 바닥에 길게 설치된 발 보온용 철판을 조용히 밟고 있었다. 몇몇은 가슴 부근까지 고개를 늘어뜨린 채 꾸벅꾸벅 졸았다. 가끔씩 난로에 석탄을 한 삽씩 넣었지만 외풍이 센 트럭 짐칸은 여전히 춥고 어두웠다.

트럭에 탄 지 제법 시간이 흐른 듯했다. 빠져나갈 방법은 없었다. 맞은편에 앉은 메리는 옆에 앉은 로즈에게 기대어 고개를 앞으로 숙인 채 잠들어 있었다. 갑자기 트럭의 속도가 줄었다. 사람들이 일어나 앉았다. 나는 메리의 발을 툭 건드렸다. 운전석 쪽에서 벽을 두드리는 소리가 또 들렸다. 트럭 밖에서 외치는 누군가의 목소리도 들렸다.

"밑으로 들어가, 윌로."

로즈가 나를 끌어당겨 의자 아래로 밀어 넣으며 말했다. 나는이 트럭에 타고 있는 사람들이 우리를 가만히 놔두길 바랐다. 나는 누가 착한 놈이고 누가 나쁜 놈인지 몰랐고, 모든 일은 너무 빨리 일어났으며, 나에게는 선택의 여지가 없었다.

"아무것도 하지 마. 그냥 조용히 있어."

* * *

"와일파 수송대입니다."

"뒤에 몇 명 있지?"

"열네 명입니다."

"사고는 없었나?"

"트로스피니드에서 산적 한 명을 쐈습니다."

"월요일에 보고서 쓰도록 해. 알고 있지? 증인은 있겠지?"

"네. 동료 운전사가 봤습니다."

"시체는?"

"길에 내버려 뒀습니다. 위험했습니다."

"왜 멈췄었지? 나머지 수송대는 어디 있었나?"

모이라는 잠시 주저했다.

"우리가 앞서가던 중이었습니다. 산적 패거리가 뛰쳐나와 트럭으로 달려들었습니다. 혼자가 아니었습니다."

트럭을 돌아 뚜벅뚜벅 걸어오는 부츠 소리가 들렸다.

"애들이 있는 걸 들키면 우린 모두 끝장이지."

흰 수염이 성성한 노인, 루벤이 말했다. 그러자 내 윗자리에 앉아 있는 까만 얼굴의 남자가 낮은 목소리로 말했다.

"애들에 대해 한 마디라도 하면, 술이 떡이 돼서 어느 구석엔가 쓰러져 있는 당신을 찾아내어 다시는 그 입을 못 열게 해 주겠소. 무슨 말인지 알겠소?"

"내가 널 무서워할 것 같은가, 맥스?"

"내 말뜻 알겠소?"

까만 남자, 맥스의 목소리에는 오싹해지는 서늘함과 잔인함이 담겨 있었다. 그때 찬바람이 불어닥치며 천막 덮개가 올라갔다.

"산적 패거리가 길에서 총을 맞았다고 들었다. 그 일에 대해 할 말 있는 사람 있나?"

잠시 웅얼거리는 소리가 들렸다. 경찰은 곤봉으로 트럭을 텅 치며 다소 짜증스러워했다.

"우린 못 봤어요."

로즈가 말했다.

"좋아. 시민증 검사. 모두 이리로 전달해. 난 트럭에 올라가지 않을 거야."

뒤따라온 트럭이 경적을 울렸다.

"잠깐 기다려!"

경찰은 그 트럭이 당연히 기다려야 한다는 듯 소리쳤다.

"어서, 서둘러서 시민증을 전달해."

시민증들이 펄럭이는 소리가 들렸다. 메리가 겁을 먹고 눈을 동그랗게 떴다. 메리는 맞은편 의자 밑에서 나를 바라보았다.

심장이 쿵쾅 쿵쾅 고동쳤다. 심장 고동이 목구멍까지 치고 올라올 것 같았다. 어쩌면 그 노인, 루벤이 우리를 밀고할지도 모른다. 트럭에 실려 도시로 가고 싶지 않다던 메리의 판단이 옳았다는 생각이 들었다. 이제 도망칠 곳도 없었고, 냄새와 소리도 너무 낯설었고, 그 낯선 소리로 귀가 윙윙거릴 지경이었다. 꼬리를 다리 사이에 감춘 개처럼 잔뜩 겁에 질려 있었다. 경찰이 의자 밑에 웅크리고 있는 나를 끌어내어 석탄 광산에 보내거나 추운 움막 같은 곳에 가두어 버리는 건 정말 싫었다. 심장이 너무나 크게 쿵쾅거려서 머릿속으로 나만의 기도문을 외울 수도 없었다.

"좋아. 이동해!"

천막 덮개가 내려왔다. 경찰이 트럭을 텅! 쳤다. 시동 걸리는 소리가 들리더니 트럭이 출발했다.

무사통과.

"나한테 그따위로 말하지 마."

루벤이 기침을 하며 말을 이었다.

"너도 아이 코트가 탐나는 거잖아. 그건 내가 알지. 저 검은 개를 믿지 마라, 꼬마야! 저놈은 네 등껍질을 벗기려 들 거야."

"그만해요, 루벤."

로즈가 말했다.

"네 등껍질을 벗기려 들 거야."

그때 기침이 루벤의 말을 가로막았다.

까만 얼굴의 맥스는 아무 말도 하지 않았다. 나는 그가 보이지 않았다. 그냥 트럭 바닥을 밟고 있는 그의 신발만 보였다.

맥스는 크고 힘센 손을 뻗어 나를 꺼내 주며 말했다.

"넌 이제 빈민촌 안에 들어왔어. 몸조심해야 할 거야."

177

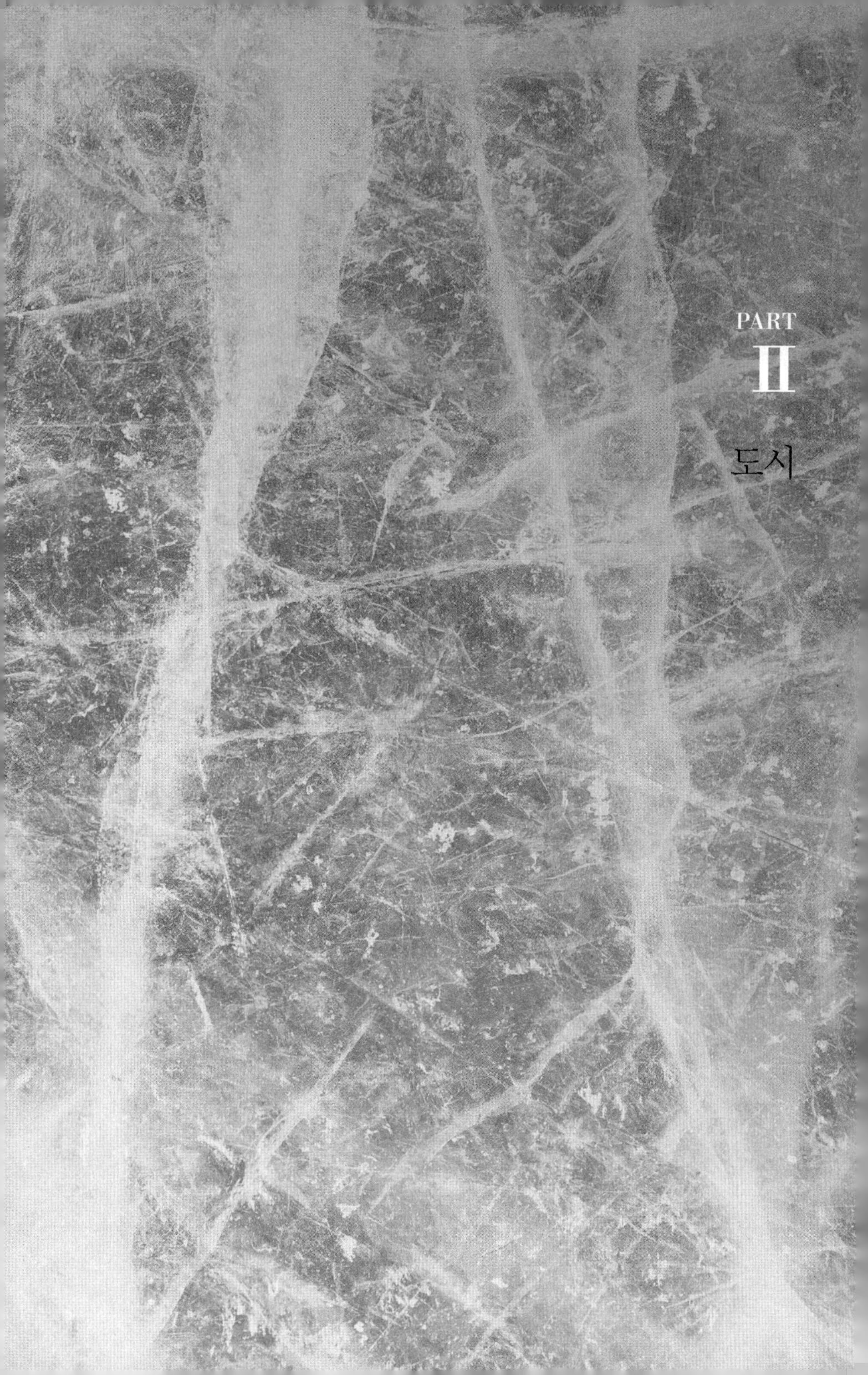

PART II

도시

"여기가 그곳이다. 왼쪽, 오른쪽으로 갈라진 좁은 길들, 어디를 가든 오물과 쓰레기 악취가 풍겨 오는 곳. 나뒹구는 썩은 기둥들과, 어딘가 찌푸린 것처럼 깨지고 얼룩진 창문들을 보라. 왼쪽, 오른쪽으로 갈라진 좁은 길들…… 빛 한 줄기, 신선한 공기 한 줌 없을 것 같은 곳."

_찰스 디킨스, 아메리칸 노트American Notes

19

트럭 짐칸의 캔버스 덮개가 올라가면서 운전사의 목소리가 들렸다.

"모두 나와!"

나는 다른 사람들을 따라 뛰어내렸다. 땅바닥은 눈이 얼어서 딱딱했다. 메리는 내 뒤에 바짝 붙었다. 온 사방에 판잣집과 천막집이 줄지어 늘어서 있었다. 그 위로 자욱하게 깔린 스모그 때문에 목이 메케했다. 모든 것 위에 스모그가 드리워 있었다. 그리고 연기 냄새와 동물 냄새, 똥과 쓰레기의 악취가 목구멍까지 치고 들어왔다.

거리의 가장자리를 따라 나무 장대들이 온통 비스듬히 서 있었고 장대 사이마다 전력 공급선이 축 늘어져 있었다. 트럭 너머로 바람에 흔들리는 희미한 빛이 간간이 보였다. 차도의 양쪽 갓길을 따라 눈 더미가 커다란 둑을 이루며 쌓여 있었다. 머리 위로는 까맣고 텅 빈 하늘이 끝없이 펼쳐졌다.

도로 가장자리에는 수많은 트럭이 부릉부릉 배기가스를 내뿜으며 줄지어 늘어서 있었다. 각 트럭마다 피곤에 지친 사람들이 캔버스 코트의 모자를 깊숙이 눌러쓰며 짐칸에서 쏟아져 나왔다. 가느다랗고 뿌연 전등 불빛 속에서 사람들이 내쉰 입김은 마치 머리 위에 엄청난 증기가 떠다니는 것처럼 보였다. 부츠를 신은 사람들이 차갑고 더러운 눈 위를 터벅터벅 걸어갔다. 얘기를 나누는 사람도 없었고 나도 그 사람들 중 하나였다. 몇 시간동안 딱딱한 나무 의자에 앉아 있었기 때문에 춥고 피곤했다.

"짐이요!"

부츠가 높게 쌓인 손수레를 끌고 오는 한 노인이 팔을 내저으며 소리쳤다.

"짐이요, 짐! 비키시오!"

그리고 흰 바탕에 까만 무늬가 얼룩덜룩한 튼실한 말이 삐걱거리는 마차를 끌며 바로 옆을 따각따각 지나갔다. 말은 차가운 공기 속에서 콧김을 힝힝 뿜어 댔다. 마차의 캔버스 차양 안에는 무거운 양모 망토를 두른 사람들이 앉아 있었다. 마부가 마차 주변을 가득 메운 사람들에게 소리를 질렀다. 마차에서 작은 소녀 하나가 마차 뒤의 난간에 매달려 나를 쳐다보았다. 소녀의 어머니가 소녀를 차양 안으로 잡아당겼다. 주변에는 오두막과 천막집이 쫙 깔려 있었다. 이어 붙인 캔버스 천 조각들, 나무, 깨진 벽돌, 문짝, 금속판을 낙엽이 쌓인 것처럼 뒤죽박죽 엉망으로 쌓아서 만든 집이었다. 임시변통으로 지은 판잣집에 느슨하게 매달린 나뭇조각과 금속판이 찬바람이 몰아칠 때마다 들썩거렸다. 바람 때문에 소를 몰고 가는 할머니의 망토도 펄럭거렸다. 소는 자루로 만든 담요를 등에 덮은 채 앞이 안 보이는 장님처럼 배수로 위를 찰박찰박 걸어갔다.

트럭 하나가 경적을 울리며 사람, 마차, 수레 들을 헤치며 달려왔다. 깜짝 놀란 소가 겁먹은 울음소리를 내며 얼음 위로 미끄러졌다. 모든 말과 마차와 수레가 재빨리 움직여 도로에서 비켜 주었고 사람들도 모두 둑 쪽으로 밀려갔다. 트럭이 밀고 들어오는데 무슨 배짱으로 버티고 있겠는가?

우리는 군중에 떠밀려서 도로를 벗어났다. 눈 둑의 열린 틈 사이로 빠져나가서 거리 옆으로 늘어선 시장 같은 곳으로 들어갔다. 머리 위쪽에서 전등불 몇 개가 격렬하게 그네를 탔다. 염소를 데리고 있는 어떤 사람이 외쳤다.

"신선한 염소젖이오, 신선한 염소젖 사시오."

그리고 닭장 안에서 꼬꼬댁거리는 닭들, 귀를 잡힌 토끼들, 손으로 돌리는 커다란 기계로 가죽을 꿰매는 사람들, 이글거리는 석탄 드럼통에 김이 모락모락 나는 솥을 얹어 놓고 수프를 휘휘 젓는 여자들, 어딜 가나 밀치고 떠밀리고 붙잡고 소리치는 사람들, 눈 덮인 밤의 더럽고 냄새나는 잿빛 쓰레기가 있었다. 사람 냄새,

동물 냄새, 연기 냄새가 머릿속에 꽉 차서 금방이라도 터져 버릴 것만 같았다. 지금껏 이렇게 많은 사람과 물건을 본 적도, 이렇게 많은 소음을 들어 본 적도, 이렇게 이상하고 끔찍한 냄새를 맡아 본 적도 없었기 때문이다.

꼭 내가 강물에 떨어진 나뭇잎이 된 것만 같았다. 사람의 물결 때문에 천막집 사이로, 판자촌 거리로 파도처럼 떠밀렸을 때는 마치 바르무스 계곡에서 바다 어귀로 흘러 들어가는 강물이 나를 제멋대로 휩쓸어 바다로 데려가는 기분이었다.

"윌로!"

메리가 군중에게 휩쓸려 가고 있었다. 나는 얼른 메리의 어깨를 잡았다. 메리는 눈 둑에 납작하게 딱 붙어 서 있는 나를 알아보았다. 지금까지 내가 봤던 가장 큰 장소는 바르무스 여름 시장이었는데, 바르무스는 여기에 비하면 새 발의 피였다.

거리에는 온통 재가 흩날렸고 바닥은 더럽고 칙칙했다. 길 따라 놓인 수많은 탁자, 상자, 수레에는 온통 부츠, 헝겊, 감자, 건초 더미, 귀리 자루, 소금 자루, 닳아빠진 철판, 유리병, 땔감, 석탄 더미 들이 수북이 있었다. 머릿속에 떠올릴 수 있는 모든 것이 있다고 해도 과언이 아니었다. 통통한 조랑말을 타고 안장에 짐을 얹어서 가는 사람도 있었다. 아주 가까운 거리여서 냄새까지 맡을 수 있었다. 철컹철컹 소리, 뭐라고 외치는 소리, 많은 사람이 내는 온갖 소리가 귀를 울렸다. 한바탕 돌풍이 일어나 거리를 휩쓸자 사람들이 코트 속 깊이 몸을 웅크렸다.

메리는 내 팔에 꼭 매달린 채 내 귀에 속삭였다.

"여기서 빠져나가야해요. 나를 따라와요."

* * *

어렸을 때 아빠가 나를 강가 웅덩이로 데려간 적이 있었다. 그 여름은 날씨가 정말 좋았다. 태양이 따뜻하게 내리쬐어서 한 달 내내 코트를 벗고 지냈다. 매그다는 코트를 일주일 동안 탁자에 널어 말린 다음 솔기를 풀고 연기를 쐬어서 이를 잡아냈다. 눈 녹은 물이 흘러 내려와서 웅덩이의 물도 꽁꽁 얼어붙지 않았다.

아빠는 이런 말을 했다.

"윌로, 넌 헤엄치는 법을 배워야 해."

나는 아빠가 미쳤다고 생각했다. 사람은 헤엄을 칠 수 없기 때문이다. 다시 말해, 사람은 걷고 뛰어오르고 달릴 수 있지만 헤엄은 칠 수 없다.

"사람은 물에 가라앉잖아요, 아빠?"

"아니야, 사람은 가라앉지 않아, 윌로. 폐에 공기가 가득 차 있거든."

그다음 일은 아주 또렷하게 기억한다. 아빠가 옷을 몽땅 벗어 버렸기 때문이다.

깡마른 하얀 몸이 드러나자 목과 손은 거의 까만색처럼 보였다. 아빠는 삐죽삐죽 솟아 나온 풀들을 맨발로 밟았다. 그리고 웅덩이로 다가가서 물에 발을 담갔다. 물이 얼마나 차가운지 알 수 있었다. 아빠가 얼른 발을 뺐기 때문이다. 그다음으로 아빠가 한 일을 나는 평생 잊을 수 없을 것이다. 아빠는 숨을 한껏 들이마시더니 코를 잡고 곧장 물 속으로 뛰어들어 버렸다.

나는 비명을 질렀다. 이제 아빠가 영원히 가 버렸다고, 강물 속에 가라앉아 버렸다고 생각했다. 하지만 아니었다. 아빠가 수면 위로 솟아 올라왔다. 머리가 갑자기 쑥 올라오더니 "어푸, 어푸, 어푸." 하는 우스운 소리를 내며 숨을 헐떡였다. 잠시 후 숨이 진정되자 아빠는 두 팔을 둥그렇게 움직여서 웅덩이 가장자리를 따라 거위처럼 헤엄치기 시작했다. 나는 속으로 웃었다. 아빠가 새하얀 알몸으로 이상한 소리를 냈기 때문이다. 아빠는 가끔씩 웃으면서 물속으로 들어갔다 나왔다 반복해서 나를 놀라게 만들었다.

"너도 들어와야지, 윌로. 옷 벗고 뛰어들어. 괜찮단다."

나는 원래 겁이 별로 없었다. 하지만 얼음장 같이 차갑고 짙푸른 웅덩이에 나를 던져 넣으라니, 그건 말도 안 되는 일이다. 바닥까지 그대로 가라앉아 버릴 게 뻔했기 때문이다. 나는 쿵쾅거리는 심장을 안고 언덕으로 도망갔다. 아빠는 나를 부르며 물에서 나왔다. 그리고 물을 뚝뚝 떨어뜨리면서 나를 따라왔다. 하지만 나는 아빠가 수영을 가르쳐 주겠다는 생각을 잊을 때까지 언덕에서 내려가지 않을 작정이었다.

그리고 지금, 그때와 똑같은 기분이 들었다. 메리가 "나를 따라와요."라고 말한 그 순간, 나는 겁에 질려 온몸이 얼어붙어 버렸다. 길 가장자리에 몸을 기댄 채 꼼짝할 수 없었다. 군중은 얼음장 같았던 웅덩이처럼 나를 겁먹게 했다. 나를 확 빨아들일 것만 같았다. 아빠가 해 줬던 이야기가 계속 생각났다. 도시의 그림자 속에 웅크리고 있던 모든 어둡고 나쁜 일이 폭설과 재난이 불어닥치자 일시에 튀어나왔다는 이야기.

"네가 그때 없었던 게 다행이란다, 윌로."

* * *

메리가 손을 뻗어 내 손을 잡았다. 나는 잔뜩 겁먹은 눈으로 메리를 쳐다보았다. 메리의 눈에는 부드러움 같은 것이 있었다.

"어서요, 윌로. 여기서 빠져나가야 해요."

"난 싫어."

이곳은 도망가거나 숨을 언덕이 없었다.

"어서요."

메리가 내 팔을 잡아당겼다. 나는 극복해야 했다. 숨을 깊게 들이마시고, 눈을 감고 뛰어야 했다. 사람들의 흐름 속으로 나를 내던져야 했다.

"어서요."

메리가 다그쳤다.

그리고 나는 해냈다. 소용돌이치는 사람의 강물이 나를 들이받고 후려치며 집어삼키려 했다. 사람의 바다였다. 메리가 천막집들 사이로 나를 이끌고 갔다. 쓰레기와 더러운 눈 더미 사이를 지나 갔다. 나는 메리를 따라서 어두운 길을 허둥지둥 걸어갔다. 군중 으로부터 멀어져 갔다.

"내 옆에 바짝 붙어 있어요."

메리가 나를 그늘 속으로 잡아당겼다. 가끔씩 우리처럼 골목길 을 미끄러지듯 걸어가는 사람들과 마주치기도 했지만 말을 붙이 는 이는 아무도 없었다. 우리는 남자 두 사람이 현관문에 서서 서 로 화를 내고 고함을 지르고 있을 때에도 그들을 피해 길 건너편 쪽으로 재빨리 걸어갔다.

"어디로 가는 거지?"

내 질문에 메리가 걸음을 멈추고 돌아섰다.

"아직은 몰라요."

멀리 어두운 지평선에는 연기가 자욱한 천막집들 사이로 높다 란 탑이 험준하게 솟아올라 있었다. 거무칙칙한 하늘을 배경으로 까맣게 우뚝 서 있었다. 개들이 곳곳에서 짖어 댔다. 메리는 여전 히 잰걸음으로 걸어갔다.

왜냐하면 그 개는, 늑대였기 때문이다.

그 개는 교활했고, 영리했다.

언덕도, 계곡도 잘 알고 있었다.

속속들이.

188

그래서 여기가 바로, 도시라는 곳이었다.

나는 헤엄치지 않을 거예요, 아빠. 그리고 가라앉지도 않을 거예요.

아직은 가라앉을 수 없으니까요.

20

       시장에서 흘러나온 불빛이 이제 우리 뒤로 멀어져 갔다. 메리는 판잣집과 천막집 사이의 얼어붙은 길들을 따라 바삐 걸었다. 어둠 속에서 앞장서서 걸어가는 메리는 그냥 작은 그림자 같았다. 갑자기 메리가 멈춰 섰다. 메리의 눈에서 빛이 번뜩였다. 메리는 손가락을 입에 갖다 대며 귀를 기울였다.

    멀리서 아기 울음소리가 들렸다.

    뭔가 다른 소리도 들렸다. 빈민촌 주변에서 흘러나오는 소리들이었다. 고함 소리, 차가운 공기에 짓눌린 소리. 그때 멀리서 막대기를 휘두르는 소리가 났다. 곧이어 울부짖는 소리가 하늘을 울렸다. 동물의 소리도 섞여 있었다. 나는 겁이 나서 오금이 저렸다.

    "비텀 지역의 갱이에요. 멀리 도망쳐야 해요."

판잣집에 있던 사람들이 걸어 나오기 시작했다. 푸넘하는 소리, 속삭이는 소리, 잠에서 깨어나는 소리가 들렸다. 그들도 울부짖는 소리를 들은 모양이었다. 그 소리는 마치 궁지에 몰린 개들이 내는 소리 같았다.

이번에는 멀리서 소녀의 비명 소리가 들렸다. 하지만 비명은 길게 이어지지 않고 갑자기 뚝 끝나 버렸다.

"이리로요."

메리는 무너져 내린 벽 옆에 웅크리고 앉았다. 소리는 뒤쪽에서 들리다가 서쪽으로 옮겨 갔다. 고함 소리, 구호 소리, 막대기로 금속을 치는 소리가 마구 뒤섞여 있었다. 앞쪽에 있는 천막집 위로 뭔가가 확 타올랐다. 누군가가 쿵쿵거리며 샛길로 나왔다. 그리고 비틀거리며 우리 옆을 지나갔다. 여자였다. 그녀는 팔에 아이를 안고 미친 듯이 달렸다. 그녀는 우리를 보지 못했지만 나는 그녀가 힘겹게 헐떡이는 소리를 들었다. 그녀는 담비에게 쫓기는 토끼처럼 허겁지겁 달려 어딘지 모르는 어둠 속으로 사라졌다.

발 내딛는 곳도 보이지 않을 정도의 어둠이 깔렸다. 메리가 나를 잡아당겨서 일으켜 세웠다.

"빨리요!"

메리는 내 생각보다 빨랐다. 여기저기에서 몸을 낮게 수그렸고, 갱들의 소리가 들릴 때는 멀리 돌아가는 길을 선택했다. 나는 메리에게 이끌려서 갔다. 부서진 오두막들 사이에 쌓인 쓰레기 더미를 뛰어넘고, 더러운 토끼 사육장 길을 지나면서 되도록 빨리 뛰려고 애썼다.

조금 더 가니 골목길이 끝나고 눈 덮인 큰길이 나왔다. 겁먹은 개 한 마리가 뒤쪽에서 달려왔다. 뼈만 앙상한 엉덩이를 내리고 다리 사이에 꼬리를 감추었다. 개는 우리를 힐끗 보더니 잽싸게 앞쪽으로 달려갔다. 메리가 멈춰 섰다.

"잠깐 쉬어요."

메리는 숨을 헐떡이면서 말했다. 곳곳에서 눈 더미 위에 산처럼 쌓인 말똥이 김을 냈다. 앞쪽에는 키 작은 목조 건물들이 길가에 줄지어 서 있었다. 그 건물에서 따뜻한 냄새가 풍겨 왔다.

"저길 봐요."

메리가 손가락으로 가리켰다. 말 한 쌍이 내뿜는 입김이 밤하늘로 휘감겨 올라갔다. 말들은 위쪽이 뚫린 마구간의 난간에 머리를 걸치고 있었다. 다른 동물들은 마구간 안에서 조용히 바스락거렸고, 호기심 가득한 염소 두 마리만이 문에 발길질을 해 댔다. 달콤하고 기름진 동물 냄새가 공기를 채웠다.

"아빠는 조랑말 사육사였어요."

"비털 지역 갱은 뭐야?"

"만나기 싫어할 사람들이에요."

"뭔데?"

"그냥 술에 취해 맛이 간 갱들이에요. 쉿!"

메리는 어둠 속을 가리켰다.

줄지어 늘어선 동물 축사 끝부분에 불이 활활 타오르는 드럼통이 있었고, 드럼통 앞에는 코트를 입어 체구를 분간할 수 없는 사람 몇몇이 두 손을 내밀어 불을 쬐고 있었다. 누더기 천막집이 여기저기 무질서하게 세워져 있었다. 쇠사슬에 묶인 개가 우리 쪽을 보며 짖기 시작했다. 멀리 떨어진 다른 개가 그 소리에 응하며 짖기 시작했고, 또 다른 개로, 또 다른 개로 계속 이어졌다.

"이쪽으로요."

우리는 말똥 더미를 돌아서 무너진 담장을 넘어 도망쳤다. 눈이 많이 쌓여서 발이 푹푹 빠지는 또 다른 곳이 나왔다. 여기에는 판잣집들도 없었다. 높은 철조망 담장만 땅의 경계를 나누고 있었다. 철조망 너머에는 비닐로 된 터널들이 눈에 보이지 않는 곳까지 멀리 뻗어 있었다. 눈이 온 사방으로 흩날렸지만 공중에는 옅은 안개가 끼었다. 마치 그 비닐 터널들이 숨을 쉬면서 내뿜는 입김 같았다. 철조망에는 일정한 간격으로 표지판이 붙어 있었다.

ANPEC

순찰 구역

접근 금지

메리는 담장을 돌아서 안으로 들어갔다.

"시민 농장이에요. 먹을 것을 재배하죠."

나는 메리를 빤히 쳐다보았다.

"겨울에 어떻게 먹을 것을 재배해?"

"땅속에 묻은 전선 덕분이래요. 그냥 감자나 그런 것들뿐이지만 안으로 들어가면 안 돼요. 개와 경비원들이 지키고 있어서 우릴 보면 쏠 거예요."

"우린 어디로 가지?"

"저 너머에 도시가 있어요."

메리는 멀리 떨어진 땅을 가리켰다.

메리는 이곳을 잘 알고 있는 듯했다. 혹시 메리는 아빠와 조랑말을 타고 라이녹스로 오기 전에 연기 나는 그 초라한 천막집 같은 곳에서 나쁜 사람들에게 착취를 당하며 살았을까? 나는 하늘을 올려다보았다. 얼어붙을 듯 차가운 바람이 목 주위를 휘감으며 콧구멍으로 들어왔다. 눈앞에는 시민 농장의 비닐 터널들이 수평선을 꽉 채우면서 밤하늘의 어둠 속에 서 있었다.

"서둘러요, 월로. 이쪽이에요."

지금은 메리를 따라가는 게 좋은 생각인지 아닌지를 고민할 겨를이 없었다. 지금은 춥고 어두운 밤이었고, 등 뒤로 쓸쓸히 늘어서 있는 집이, 농장의 나무들처럼 엄청나게 줄지어 서 있는 집들이 있었기 때문이다. 몇몇 집은 창문 널빤지 뒤로 약간의 빛이 새어 나왔다. 집집마다 지붕에 눈이 수북하게 쌓여 커다란 둑을 이루었다. 여자 한 명이 건물 사이로 지나갔다. 어두운 밤을 가르며 지나가는 낯선 사람들은 아무 말도 하지 않았지만, 우리는 마치 판가드에서 깍깍거리며 먹이를 처참하게 쪼아 먹는 까마귀라도 본 것처럼 몸을 움츠리며 경계했다.

메리가 걸음을 멈추고 주위를 둘러보더니 내게 손짓을 했다. 나는 메리를 따라 길옆에 높게 쌓인 가파른 눈 둑 옆을 허둥지둥 걸어갔다. 6미터 폭의 텅 빈 도랑 옆으로, 땅과 같은 높이의 반듯한 길이 나란히 뻗어 있었다. 비탈진 벽들은 어둠 속으로 이어졌다. 깊고 넓게 파인 큰 도랑은 끝이 보이지 않았다. 거의 강 같았다.

"이건 뭐지?"

"오래된 운하예요. 서쪽으로 뻗어 곧장 바다까지 이어져요. 지금은 비어 있어요."

앞쪽에는 나무 사이로 다리인 듯한 아치 모양 건축물이 보였고, 멀리 길 가장자리에는 어느 집의 현관이 보였다. 현관에 매달린 전등이 표지판을 비추었다. 표지판에는 '킹 윌리엄'이라고 적혀 있었다.

"저기예요."

메리는 그 건물을 가리켰다.

"저기가 어딘데?"

"킹 윌리엄이라는 맥줏집이에요. 아빠가 저기서 열리는 랫핏 (*쥐들을 풀어 놓고 개로 하여금 잡게 만드는 일종의 스포츠.)에 가끔씩 갔어요. 빈스가 있으면 먹을 걸 좀 줄 거예요."

"빈스가 누구지?"

"가 보면 알아요. 이리로요."

나는 정말이지 배가 고팠다. 내가 뭘 해야 할지 울프가 알려 주면 좋을 텐데. 나는 머릿속으로 조용히 울프를 불러 보았다.

'착하고 현명한 개야, 어딨니? 뭘 할 거니?'

하지만 울프는 말이 없었다. 현명한 울프는 재빨리 달아났을 것이다. 악취가 풍기는 도시의 안개 속에서 꼼짝 못하게 되기 전에.

"얼른요, 월로. 안전해요. 약속해요. 그리고 폭풍이 오고 있어요."

메리가 옳았다. 바람에서 그런 낌새가 느껴졌다.

나는 맥줏집의 까만색 나무문으로 다가갔다. 메리가 내 팔을 잡았다.

"괜찮아요."

메리가 문을 열고 들어갔다.

구석에서 어떤 여자가 트럼프 카드를 나누고 있었다. 그녀는 고개를 돌려 우리를 보았다. 나이가 많아 보였고 소맷단이 닳고 해진 두껍고 긴 드레스를 입고 있었다. 내부는 밝지 않고 침침했다. 촛불 몇 개가 군데군데 놓였고 구석에서는 작은 벽난로가 타올랐다. 안쪽 벽을 따라 스탠드바가 있고 그 뒤로 문이 하나 있었다. 왼편에는 찍히고 패인 자국이 많은 낡은 나무 탁자와 긴 의자가 가정집 식탁처럼 놓여 있었다. 여자 뒤의 벽에는 대단히 용감해 보이는 개 사진이 걸렸고, 그 아래에 '켄트 주(州)의 암캐'라고 적혀 있었다.

"수프를 좀 주세요."

메리가 말했다. 특정한 대상을 두고 말한 게 아니라 그냥 허공에 대고 한 말이었다.

"빈스!"

196

여자가 구석에 앉은 채 외쳤다. 스탠드바 안쪽에서 문에 달린 작은 창이 스륵 열렸다. 남자의 얼굴이 나타났다. 매부리코와 작고 까만 눈을 가진 남자였다. 창살 너머 눈빛이 번뜩였다.

"뭐라고요?"

"애들. 수프 달래."

빈스는 나를 미심쩍은 눈빛으로 바라보았다. 그리고 메리를 보았다.

"메리구나. 아빠는? 여기 몇 달 동안 안 와서 통 못 만났구나. 전할 말이라도 있니?"

"아빠 때문에 온 게 아니에요. 뭘 좀 먹고 싶어서 왔어요. 저랑 친구랑요."

창이 닫히더니 곧 문이 열렸고 매부리코의 빈스가 수프 두 그릇을 들고나왔다. 빈스는 수프 그릇을 테이블 위에 덜그럭덜그럭 내려놓았다.

"2파운드야."

"돈이 없어요."

빈스가 매의 눈초리로 나를 위아래 훑어보았다. 내 코트를 보고 있었다.

"네 아빠는 집에서 너희를 돌보았어야지. 얼굴 본 지도 꽤 됐군. 아빠를 보면 내 얘기 좀 전해 줄래? '나방이 날갯짓을 시작했다.'고. 그렇게 말하고 내가 좀 보자더라고 해. 아빠는 어딨어?"

"몰라요. 며칠간 아무것도 못 먹었어요."

빈스는 이마를 찌푸렸다.

"알았어. 그냥 먹어. 하지만 내 얘기는 아빠한테 꼭 전해 줘야 한다. 그리고 이런 밤 시간에는 조심해서 돌아다녀야 해. 갱 패거리는 통행금지 시간에도 설치고 다니니까. 이쪽 구석에 앉아."

빈스는 긴 손톱으로 귀를 후볐다.

"나방이 날갯짓을 시작했다는 게 무슨 말이야?"

내가 메리에게 물었다. 그런데 바로 그때 어둠 속에 앉아 있던 한 할아버지가 의자에서 일어섰다. 할아버지는 우리 옆으로 비틀비틀 걸어와서 테이블에 돈을 꺼내 놓았다.

"한 잔 더."

할아버지한테서는 아주 고약한 냄새가 났다. 신발은 누더기 천으로 싸여 있었고, 희끗희끗한 수염이 지저분하게 난 얼굴은 주름으로 쭈글쭈글했다. 곰보 자국이 있는 이마 위로 떡이 진 머리카락이 늘어져 있었고 그 사이로 어두운 구멍 같은 눈동자가 보였다. 똑바로 잘 서 있지도 못했다.

"한 잔 더."

할아버지는 맥주잔을 바에 탁 내려놓으며 한 번 더 말했다. 목소리가 바싹 올려 세운 코트 깃 속에 묻혀서 웅얼웅얼 들렸다. 빈스는 반갑지 않은 표정으로 그 더러운 술잔에 술을 따랐고, 할아버지는 주머니에서 미적미적 뭔가를 꺼내 놓는 시늉을 하더니 술잔을 들고 구석으로 비틀비틀 돌아갔다.

빈스가 말했다.

"파이퍼 영감은 신경 쓰지 마. 오늘 밤 랫핏에 쥐들을 넘겼거든. 너희 둘도 구석에서 조용히 먹어. 다 먹고 나면……."

빈스는 엄지손가락으로 문을 가리켰다. 빈스는 바에 놓인 돈을 쓸어 담고 별다른 말 없이 슬그머니 문 안으로 사라졌다. 여자는 나눈 카드를 다시 끌어모았다.

하지만 나는 신경 쓰지 않았다. 수프에서 김이 모락모락 피어올랐고, 굶기를 밥 먹듯 하던 요 근래에 이렇게 맛있는 냄새는 처음이었기 때문이다. 메리는 이미 수프를 입에 떠 넣기 바빴다. 그래서 나도 먹기 시작했다. 제법 큰 양배추와 감자 덩어리가 들어 있어서 배가 든든해질 것 같았다. 그릇에 고개를 처박다시피 하고 먹는데 파이퍼인가 하는 그 술 취한 할아버지가 어느새 가까이 다가와 앉아 있었다.

"우린 배고픈 어린애들이지, 응?"

파이퍼 할아버지가 말했다. 지레인트 목소리와 비슷했다. 그래서 나는 화들짝 놀랐다. 파이퍼 할아버지가 아주 가까이 다가와서 손톱 밑의 때가 다 보였다. 울퉁불퉁한 까만 손이 술잔을 꽉 움켜잡고 있었다.

"얘야, 쥐 보여 줄까?"

나는 소매로 입을 훔치고 파이퍼 할아버지를 바라보았다. 메리가 탁자 밑으로 내 다리를 슬쩍 찼다.

"쥐를 보고 싶은 게로구나. 보여 주랴?"

"쥐는 수도 없이 많이 봤어요."

내가 말했다.

"그래도 루비 같은 녀석은 본 적이 없을 게야. 암, 그렇고말고."

파이퍼 할아버지는 주머니에서 쥐를 한 마리 꺼내어 손바닥 위에 올려놓고 조용히 쓰다듬었다. 하얀 바탕에 까만 무늬가 알록달록한 큰 쥐였다.

"집 밖으로 나오면 쥐들이 우왕좌왕한단다. 큰 쥐, 작은 쥐, 약한 쥐, 튼튼한 쥐, 갈색쥐, 까만 쥐, 회색 쥐, 황갈색 쥐……."

파이퍼 할아버지의 입술이 온통 침투성이가 되었다. 그때 파이퍼 할아버지는 쥐를 다시 주머니에 넣었다. 뭔가 말을 더 하려다가 잊은 듯 보였다. 그리고 맥주잔을 들어 쭉 들이켰다.

"그런 쥐는 처음 봤어요."

내가 말했다. 파이퍼 할아버지는 고개를 들고 입술을 씰룩이더니 살짝 웃었다. 남모르게 혼자 웃었다. 웃음이 기침을 유발하면서 고개가 흔들렸다.

그런데 쥐가 코트 소매를 따라 올라오기 시작했다. 메리와 나는 그냥 조용히 앉아 있었다. 파이퍼 할아버지는 이대로 끝내지 않을 것이다. 언제든 촉촉한 갈색 눈동자를 우리에게 다시 고정하며 말을 걸어올 게 뻔했다.

"덫으로 쥐 잡는 얘기 해 주련?"

파이퍼 할아버지는 테이블 위에 팔을 올렸다. 맥주잔을 살짝 붙잡고 우리 쪽으로 눈길을 주었지만 사실은 초점 없이 허공을 바라보고 있었다.

"덫을 놓을 때는 절대, 절대, 절대로 덫 위에 미끼를 놓으면 안 된단다. 덫은 늘 쥐들이 다니는 길에 놓아야 하고……. 쥐는 몇 마리가 잡히고 나면 교활해지거든. 그래, 그렇지. 덫을 뛰어 넘어가 버린단다. 그래서 덫을 치웠다가 며칠 후에 다시 놓아야 하지."

파이퍼 할아버지는 팔꿈치가 탁자에서 미끄러지는 바람에 몸이 기울어졌고 동시에 기침을 했다. 누군가의 핏자국이 얼룩처럼 배어 있는 탁자 위로 침이 튀었다. 하지만 할아버지의 말은 끝나지 않았다. 파이퍼 할아버지는 코앞에서 얼쩡거리는 쥐를 살며시 잡았다.

"루비보다 중요한 건 지혜란다……. 그리고 그녀는 부와 명예를 손에 쥐었지."

파이퍼 할아버지의 목소리가 조용해지고 끈끈해졌다.

"그녀의 길은 즐거움의 길이었지. 그걸 잊지 말아라, 얘들아."

파이퍼 할아버지는 술 취한 얼굴을 우리에게 가까이 들이댔다.

"그래, 얘들아. 그녀의 길은 즐거움의 길이었어. 그리고 그녀의 모든 길에 평화가 있단다."

파이퍼 할아버지는 눈을 감았다. 쥐가 탁자에서 의자로 뛰어내렸다.

파이퍼 할아버지의 몸이 탁자 쪽으로 기울었다. 그리고 서서히 머리가 내려오더니 홈집투성이의 탁자 위에 이마가 닿았다. 수염이 잔뜩 돋은 주름투성이 코에서 코 고는 소리가 흘러나왔다.

그때 출입문이 열리면서 차가운 돌풍과 함께 남자 두 명이 들어왔다. 어깨에 눈이 쌓여 있었다. 큰 코트의 깃을 높이 세워 입어서 침침한 촛불 아래에서는 얼굴이 잘 보이지 않았다. 한 명은 땅딸막한 개의 목줄을 잡고 있었다. 그들은 우리에게는 눈길 한 번 주지 않고 곧장 스탠드바 뒤쪽으로 가서 문을 탕탕 치며 소리쳤다.

"빈스!"

하지만 개는 주위를 둘러보았다. 나는 개가 잽싸게 코를 킁킁대는 것을 보았다.

파이퍼 할아버지는 탁자에 엎드려서 코를 골았고, 쥐는 아직도 의자 위를 돌아다니며 코를 킁킁거렸다. 쥐는 그 다부진 몸집의 개가 목줄이 팽팽해지도록 가까이 다가오는 이유를 알 리 없었다. 그래서 바닥으로 폴짝 뛰어내려 출입문 쪽으로 킁킁거리며 기어갔다.

나는 그 모습을 보았다. 그리고 개도 그 모습을 보았다. 개는 낑낑거리다가 짖기 시작했고 목줄을 끊을 듯이 버둥거렸다.

"아, 빌리! 당기지 마. 이리 와!"

목줄을 잡은 남자가 거칠게 외쳤다. 하지만 대응이 한발 늦었던 탓에 끈질기게 버둥거리는 개를 이기지 못하고 목줄을 놓치고 말았다.

개는 자유가 되었다.

이어 한바탕 소동이 벌어졌다. 개가 탁자 아래로 번개같이 달려갔고 곤히 자던 파이퍼 할아버지는 갑작스런 청천벽력에 화들짝 잠이 깨었다.

하지만 이미 때는 늦어 버렸다. 개가 쏜살같이 달려가 쥐의 목덜미를 물었기 때문이다. 쥐는 비명을 질렀다.

"찌이이이이익."

개가 목을 한 번 가볍게 튕기자 쥐는 휙 날아가 벽에 부딪친 후 바닥으로 툭 떨어졌다.

파이퍼 할아버지는 탁자를 박차고 일어나 더듬더듬, 비틀비틀 걸어가서 털썩 무릎을 꿇었다. 하지만 너무 늦은 뒤였다. 이미 쥐는 엄청난 상처를 입고 죽고 말았다. 파이퍼 할아버지는 그 사실을 알기까지 몇 초가 걸렸다.

"루비!"

파이퍼 할아버지는 신음 소리를 내면서 울었다. 아기를 안듯 쥐를 두 손 위에 올려놓고 닭똥 같은 눈물을 뚝뚝 떨어뜨렸다. 그리고 코트 깃을 바짝 추어올린 그 남자들을 쳐다보았다. 하지만 손에 들고 있는 축 늘어진 쥐만큼이나 형편없어 보이는 누더기 차림의 할아버지가 차갑고 더러운 바닥에 앉아 훌쩍이는 모습은 그들에게 비웃음거리일 뿐이었다.

빈스가 나와서 이 소란스러운 광경을 보았다. 빈스는 이 슬픈 이야기를 재빨리 퍼즐처럼 끼워 맞춰서 무슨 상황인지 알아챘다. 빈스는 그 남자들에게 소리를 지르기 시작했다. 그리고 스탠드바 밖으로 나와 큰 손으로 개를 붙잡았다. 남자들은 금세 웃음을 거두었다. 빈스는 비록 작은 눈에 길고 더러운 손톱을 한 매부리코

아저씨였지만 소리를 지를 때만큼은 상대를 압도하는 카리스마가 엿보였다.

"보면 몰라, 이 양반들아? 저 쥐가 저 영감이 가진 전부라고! 이게 우스워?"

빈스는 소리쳤다. 덩치 큰 두 남자는 아이처럼 서로를 쳐다보았다. 한 명이 파이퍼 할아버지에게 말했다.

"미안하게 됐소, 파이퍼 영감. 다시 한 놈 생길 거요."

하지만 어딜 봐도 그건 사과가 아니었다.

파이퍼 할아버지는 남자의 말에 아랑곳없이 그저 죽은 쥐에게 얼굴을 갖다 대며 흐느꼈다. 개를 데려온 남자들은 어깨를 조금 으쓱했다. 빈스는 파이퍼 할아버지를 부축해서 일으켰다.

"이봐요, 파이퍼 영감, 저 사람들 말이 맞아요. 곧 다른 녀석이 생길 거예요."

"루비는 아니잖아. 그건 루비가 아니라고."

파이퍼 할아버지가 중얼거렸다. 빈스가 다시 한 잔을 부어 준 다음에도.

"그건 루비가 아니야."

파이퍼 할아버지는 죽은 쥐를 탁자에 올려놓았다.

"루비가 아니야."

파이퍼 할아버지는 어린아이처럼 울었다. 백발의 노인이 술에 취해서 얼룩무늬 쥐를 안고 아이처럼 우는 모습을 보면서, 나는 아주 슬퍼졌다. 파이퍼 할아버지는 술잔에서 고개를 들었다.

"그래, 그래. 떠날 시간이야, 루비. 지금 가야지."

"우리가 집에 모셔다 드릴게요."

메리가 말했다. 나는 메리를 빤히 쳐다보았다.

"그래, 그래, 꼬마야."

파이퍼 할아버지는 볼품없는 큰 모자를 눌러쓰고 죽은 쥐를 집어 들더니 문 쪽으로 걸어갔다.

"따라가야 해요."

메리가 말했다.

"정말 따라간다고?"

"더 좋은 생각 있어요? 우린 길에서 얼어 죽을지도 몰라요. 빈스는 곧 우리를 내쫓을 거고 통금시간도 다가온다고요. 길을 헤매고 다니기는 싫어요. 파이퍼 할아버지는 많이 취했고 우리에게 어떤 해도 끼치지 않을 거예요. 날 믿어요."

구석에서는 아직도 여자가 카드를 나누고 있었다. 카드를 내려다보면서, 일언반구도 없이.

21

밖으로 나오니 무시무시할 정도로 강한 바람이 불었다. 맥줏집에서 나온 파이퍼 할아버지는 운하 옆으로 난 길을 따라 비틀거리며 걸어갔다. 한참 가다가 멈춰 서더니 눈 더미에 올라가 오줌을 누었다. 몸이 휘청거렸다. 메리와 나는 할아버지 뒤에 서 있었다.

"왜 이 할아버지를 따라가려는 거지?"

"잠잘 곳이 생기니까요. 그리고 우리를 해치지 않을 사람이니까요. 두고 봐요."

파이퍼 할아버지는 죽은 쥐를 주머니에서 꺼내더니 조용히 흐느꼈다. 코트가 바람에 펄럭거렸다. 메리가 파이퍼 할아버지 뒤로 차분하게 다가갔다.

"어서요, 파이퍼 할아버지. 폭풍이 오기 전에 집에 가야죠. 통금시간이 되기 전에요."

파이퍼 할아버지는 메리를 쳐다보았다. 그리고 눈 더미에서 내려왔다.

"집에 가야지, 루비. 맞아."

파이퍼 할아버지는 쥐를 코트 주머니에 다시 넣고 눈 위를 비틀거리며 걸어갔다.

잠시 후 파이퍼 할아버지는 텅 빈 운하 쪽으로 휘청거리며 걸어갔다. 저러다가 운하 아래로 떨어져서 목이 부러질 것만 같았다. 그런데 뜻밖에도 거기에 사다리가 있었다. 파이퍼 할아버지는 다리를 뻗어 사다리를 내려가기 시작했다. 몸이 불안정하게 흔들렸다. 파이퍼 할아버지는 바람에 날리지 않도록 코트를 꼭 잡고 사다리에 매달려 뭐라고 투덜거리더니 사다리 아래 캄캄한 곳으로 사라졌다.

"어서요, 윌로. 할아버지를 따라가야 해요."

"저 아래로?"

"네."

메리는 이미 사다리를 내려가고 있었고, 나도 하는 수 없이 따라 내려갔다.

사다리는 계속 아래로, 아래로 이어졌다. 지붕만큼이나 높은 축대벽에 붙어서 밤하늘을 향해 우뚝 솟아 있었다. 혹시 운하의 축대벽이 기울어져서 나를 덮치지는 않을까 하는 바보 같은 생각이 들었다. 맥줏집에서 흘러나온 불빛은 점차 사다리 너머로 사라졌고, 벽돌 사이로 배어 나온 물이 여기저기 얼어서 반짝거렸다. 멀리 아래쪽에 쌓인 쓰레기와 눈 더미에 밤하늘이 반사되었다.

사다리 맨 아래쪽에서는 파이퍼 할아버지가 무릎에 손을 대고 숨을 가쁘게 쉬었다. 파이퍼 할아버지는 다시 몸을 일으켜 눈 더미 옆으로 이어진 얼어붙은 길을 향해 발걸음을 옮겼다.

축대벽에서 나무들이 움터 나와 작은 덤불숲을 이루고 있었다. 잎이 다 떨어진 앙상한 나뭇가지들이 눈 위에 까만 그림자를 드리웠다. 파이퍼 할아버지는 덤불을 헤치고 안으로 들어갔다. 잘 다져진 길이 나왔지만 나뭇가지들이 자꾸만 코트에 걸렸다.

저 멀리서 시끄러운 사이렌 소리가 밤공기 속을 메아리치면서 어두운 빈민촌 곳곳으로 퍼져 갔다.

"저 소린 뭐지?"

내가 속삭였다.

"통행금지 사이렌이에요."

우리는 나뭇가지를 헤치며 파이퍼 할아버지를 따라갔다. 파이퍼 할아버지가 기침을 했다. 나무 뒤쪽, 운하의 축대벽을 뚫고 길이 나 있었다. 아치형으로 생긴 출입구는 판자로 덮여 있었다. 파이퍼 할아버지가 낑낑대면서 문을 열려고 했다.

"좀 도와 드릴까요?"

메리가 물었다. 파이퍼 할아버지는 고개를 돌려 메리를 보았다. 하지만 메리를 처음 보는 듯한 표정으로 숨을 거칠게 몰아쉬면서 무서워했다. 엉킨 수염 사이로 축축한 입술이 달싹거렸다.

"괜찮아요, 할아버지. 우린 도둑이 아니에요. 그냥 잘 곳이 필요한 것뿐이에요."

메리가 말했다. 파이퍼 할아버지는 출입구를 등지고 앉아 몸을 웅크렸다. 그리고 손을 머리 위로 들어 올렸다.

"바바의 애들이구나. 뭘 훔쳐 가려고 왔니?"

"아니에요. 우린 훔치지 않아요. 할아버지가 여기서 우릴 재워 준다고 했어요."

"루비가 죽었어."

"알아요. 하지만 오늘 밤엔 우리가 있잖아요, 그렇죠?"

메리는 나를 돌아보며 눈썹을 치켜 올렸다. 나도 거들었다.

"오늘 밤만요. 도와 드리고 싶어서 그래요, 할아버지. 그만 일어나세요. 우린 헤치지 않아요."

나는 파이퍼 할아버지를 부축해서 일으켰다. 이제 더 이상 겁이 나지 않았다. 맛있는 수프를 먹어서 기뻤던 일만 생각났다. 그 수프는 지금까지 도시에서 겪었던 일 중에서 가장 좋은 일이었다. 더 이상 우리가 어디로 가는지, 이 할아버지가 누구인지 알고 싶지 않았다. 자꾸만 눈이 감겼고 어디든 픽 쓰러져서 자고만 싶었다.

파이퍼 할아버지는 우리가 도둑이 아니라서 다행스러워하는 눈치였다. 혼자서 중얼거리며 출입문을 힘껏 당겨 열었다. 우리는 안으로 들어갔다. 파이퍼 할아버지는 문을 닫고 앞으로 느릿느릿 걸어갔다. 걸음 소리가 눅눅한 공기 속에 울렸다.

뭔가 부딪치는 소리가 들리더니 파이퍼 할아버지의 수염 난 얼굴이 환하게 보였다. 할아버지는 몸을 구부리고 흔들리는 손을 이리저리 움직여서 짤막한 양초의 심지에 성냥불을 붙였다.

여기는 터널 안인 듯했다. 아치 모양 천장이 안쪽의 어두운 곳까지 이어져 있었다. 천장이 낮아서 할아버지가 서 있는 곳에서는 몸을 수그려야 했다. 눅눅한 냄새, 연기 냄새, 흙냄새가 났다. 벽에 박아 둔 못에는 철망 상자와 덫이 걸려 있었다.

파이퍼 할아버지는 촛불을 들고 드럼통으로 만든 작은 난로 쪽으로 휘청휘청 걸어갔다. 구부러진 배기 파이프 끝이 벽에 박혀 있었다. 파이퍼 할아버지는 무릎을 꿇고 앉아 나뭇가지들과 성냥을 한참 동안 만지작거렸다. 분명 할아버지 혼자서도 불을 피울 수 있을 것이다. 그렇지 않으면 할아버지는 예전에 얼어 죽었을 테니까. 곧 불꽃을 튀기며 불이 붙었고 파이퍼 할아버지는 나뭇가지를 몇 개 더 올렸다.

"장작불이 배고픈 아이들한테 따뜻함과 포근함을 줄 거야, 루비."

파이퍼 할아버지는 죽은 쥐를 코트에서 꺼내어 선반 위에 있는 작은 철망 상자 안에 넣었다. 그리고 우리 쪽을 돌아보았다.

"이걸 쓰려무나."

파이퍼 할아버지는 침대 옆에 있는 변기를 가리키며 말했다.

"그게 싫으면……."

파이퍼 할아버지는 문 쪽을 가리켰다.

"밖에서 누거라."

파이퍼 할아버지는 선반에서 더러운 병 하나를 집어 들더니 담요가 수북이 쌓인 침대를 향해 비틀비틀 걸어갔다. 그리고 말없이 부츠를 벗고 담요 속으로 들어갔다. 파이퍼 할아버지는 머리가 베개에 채 닿기도 전에 코를 골기 시작했다.

메리가 침대 쪽으로 가더니 파이퍼 할아버지의 가슴께에 있는 담요 하나를 집어 들었다. 소녀들은 좀 이기적인 것 같다. 나는 메리가 무거운 담요를 끌어당길 때 촛불 아래에 비친 손을 보았다. 새끼손가락은 조금 굽었지만 다른 손가락들은 길고 섬세했다. 메리가 모자를 내리자 완전히 엉킨 머리카락이 얼굴 위로 흘러내렸다. 건초 색깔의 머리카락이었다. 냄새도 건초처럼 좋은지 궁금했다. 메리가 고개를 돌려 나를 보았다.

"왜요?"

나는 얼른 고개를 돌렸다.

"오늘은 여기서 안전하게 잘 수 있어요."

메리는 파이퍼 할아버지의 침대에서 담요를 몇 개 더 가져왔다. 나도 낡은 널빤지 몇 개를 불가로 끌고 가서 마른 땅을 찾아 깔고 누웠다. 우리는 너무 피곤한 탓에 불 근처의 바닥 아무 데나 자리를 잡고 누워서 담요를 덮었다.

"여긴 정말 안전해?"

"네. 이 밑이라면 아무도 우릴 귀찮게 못 할 거예요. 이 쥐잡이 할아버지는 아침까지 잘 거고요. 어쨌든 지금은 통행금지 시간이라서 밖으로 나가면 안 돼요."

"통행금지?"

"네, 통행금지 시간에는 나가면 안 돼요."

"나가면 어떻게 되는데?"

"잡히면 어떻게 되냐고요?"

"응, 잡히면."

"몰라요. 시민증을 보여 줘야 할걸요? 어디론가 잡아가겠죠."

"누가 잡아가는데?"

"군인, 경찰, 누가 됐든 잡은 사람이요. 갱들한테 잡히면 최악이에요."

"그다음엔?"

메리는 담요를 덮은 채 꼬물꼬물 기어서 다가왔다.

"몰라요, 월로. 통행금지 시간에 나가 본 적이 없어요. 그게 왜 알고 싶어요?"

"아빠가 어디에 있는지 알고 싶어, 어디로 잡혀갔는지. 그리고 다른 사람들도. 매그다, 아이들……."

"아빠는 시민증이 있어요?"

다시 돌아누운 메리가 어깨 너머로 고개만 돌려 물었다.

"물론 없지. 우린 이탈자야. 시민증이 있을 리 없지."

"아니, 아닐 거예요. 뭐 하러 아빠를 잡아갔겠어요?"

"몰라. 지레인트가 우릴 밀고했을 거야. 그를 가만 안 둘 거야."

"지레인트가 누구예요?"

"그냥 농장주야. 우리를 밀고한 게 분명해. 정부 트럭이 우리 집에 와서 모두를 데려간 후 지레인트가 우리 집을 찾아왔었거든. 난 꼭 산으로 돌아갈 거야. 지레인트의 농장으로 찾아가서 혼을 내주고 말 거야. 아빠를 어디로 데려갔는지 꼭 밝혀낼 거야."

메리는 다시 희미한 불빛 쪽으로 고개를 돌렸다.

"이제 어떻게 지레인트를 찾아가요?"

메리는 하품을 했다.

"계속 생각하는 중이야."

우리는 잠시 조용했다.

"'나방이 날갯짓을 시작했다'는 게 무슨 얘기지? 맥줏집에서 빈스가 그랬잖아. 우리 아빠가 늘 들려주시던 동시와 비슷해."

"몰라요. 빈스는 항상 아빠에게 그런 메시지를 줬어요."

나는 메리가 죽은 아빠를 생각하다가 울음을 터뜨릴까 봐 조마조마해졌다. 다행히 메리는 울지 않았다.

"진짜로요. 이제 어떻게 산으로 돌아가요, 윌로?"

메리의 말이 옳았다. 쉬운 일이 아닐 것이다. 오늘은 하루가 일주일 같았다. 도시의 그 수많은 사람들 하며 냄새, 먼지, 트럭 들까지. 도시에는 온통 춥고 배고픈 사람들뿐인 듯했다.

"힘들 것 같아?"

대답이 없었다.

"메리?"

메리는 그새 잠들어 버렸다. 막대기처럼 가느다란 작은 몸이 올라갔다 내려갔다 하는 것이 보였다. 나는 촛불을 끄지 않을 생각이었다. 그냥 이대로 누워서 메리의 옆얼굴을 조금 더 보고 싶었다. 살이 조금만 더 붙으면 정말 예쁠 것 같다는 생각이 들었다.

"으어!"

파이퍼 할아버지가 소리를 지르며 일어나 앉았다. 하지만 다시 눕더니 금세 잠이 들었다. 메리는 깨지 않았다. 그냥 숨을 좀 깊고 세게 몇 번 들이마시기만 했다. 나를 믿고 있었다. 메리가 잠결에 몸을 뒤척여서 내가 담요로 그녀의 어깨를 잘 덮어 주었다.

바깥에서 남자들과 여자들이 내는 시끄러운 소리가 들려왔다. 하지만 그 소리는 스쳐 지나갔다. 메리가 옳았다. 오늘 밤은 이 밑에 있으면 확실히 안전할 것이다.

이제 쉽지 않은 결정을 내려야 한다. 아침이 오기 전에 실행에 옮겨야 한다.

메리에게 얘기하면 메리는 한바탕 야단법석을 떨 것이다. 자기도 함께 가겠다고 할 것이다.

하지만 나는 메리를 두고 떠나야 한다. 메리는 내 계획을 많이 지체시켰다.

여기 있으면 메리는 괜찮을 것이다. 안심할 만한 장소였고, 안심할 수 있는 할아버지였다. 파이퍼 할아버지는 아무도 다치게 하지 않을 것이다. 그리고 메리는 아는 사람들이 있다. 어떻게 지내면 되는지도 알고 있다.

그리고 나는 해야 할 일이 있다. 내가 있던 곳으로 돌아가야 한다.

마구간에서 고개를 내밀던 말들이 계속 떠올랐다. 말이 있으면 목적지에 빨리 도착할 수 있을 것이다.

메리가 다시 뒤척였다. 조그맣게 잠꼬대도 했다. 메리가 뒤척이다가 팔을 내 얼굴에 걸쳤다. 차가운 손이 내 뺨에 닿았다. 나는 아주 조심스럽게 손을 치웠다.

메리에게 만들어 준 장갑은 메리에게 주고 갈 생각이다. 메리도 필요할 테니까. 도시 사람들이라고 해서 따뜻해질 수 있는 별다른 방법은 있어 보이지 않았다.

내 얼굴에 걸쳤던 메리의 손이 꿀처럼 달콤했다는 생각이 들었다. 그리고 메리는 수프 때문에 맥줏집에 간 것이나 잠자리 때문에 여기로 온 것으로 보아 꽤 똑똑하고 현명한 듯했다. 내가 생각했던 어리숙한 어린애가 아니었다. 적어도 이곳, 도시에 있을 때만큼은 그렇지 않았다.

무엇보다 나는 다른 사람을 생각할 여유가 없었다. 하루라도 빨리 지레인트를 찾아가서 아빠가 어디에 있는지 알아내야 한다. 앨리스도 만날 것이다. 앨리스를 못 본 지 1년이 다 되었다. 지레인트의 농장으로 떠난 뒤로는 한 번도 만나지 못했기 때문이다.

배신자 지레인트가 우리를 밀고하고 그 더러운 손으로 아빠의 물건을 들쑤신 것을 떠올리니 뱃속에 돌덩어리가 들어앉은 기분이 되었다. 아빠가 어디에 있으며 다시 볼 수는 있을지에 대해 생각하면 정말 기분이 우울해졌다.

메리를 두고 떠나면 마찬가지로 그런 기분이 들 것이다.

메리가 뒤척였다.

"월로?"

잠꼬대였다.

"나 여기 있어, 메리. 다시 자."

"나 두고 가면 안 돼요. 알았죠?"

"지금은 자야 해, 메리."

촛불이 흔들리더니 불이 꺼졌다. 양초가 내뿜은 마지막 연기 냄새가 어둠 속에 퍼졌다. 그리고 메리의 머리카락 냄새도 났다. 메리는 담요 밖으로 손을 내밀었다.

"가면 안 돼요."

나는 아무 말도 하지 않았다. 그냥 숨소리가 다시 깊어질 때까지 가만히 어깨를 잡아 주었다.

여기가 판가드라면 얼마나 좋을까?

판가드 꼭대기, 조용한 눈 속이라면.

22

쥐잡이 파이퍼 할아버지는 코를 골며 단
잠을 자고 있었다. 메리의 숨소리도 깊어졌다.

나는 아주 조용히 일어났다. 문틈으로 엷은 빛이 한 줄기 새어
들어왔다. 나는 그 토막 양초를 내 가방에 집어넣었다. 그리고 장
갑을 꺼내 메리 옆에 놓았다. 장갑을 가지런히 잘 놓아둔 걸 보면
메리는 자신에게 남긴 것임을 눈치챌 것이다. 메리는 이해해 줄
것이다.

나는 무거운 마음으로 조심스레 문을 열었다. 폭풍이 구름을 휩
쓸어 간 후 멀리 동쪽으로 해가 말간 얼굴을 드러내며 떠오르고
있었다. 마침내 찾아온 고요함이었다.

나뭇가지에서 눈덩이가 떨어졌고 반대편 둑에서 까마귀 한 마

리가 날아올랐다. 까마귀는 내가 기어 나올 줄 몰랐던 모양이다. 숨 쉴 때마다 생긴 입김이 쌀쌀한 아침 공기 속으로 연기처럼 흩어졌다.

텅 비어 있는 엄청난 크기의 운하 밑바닥에 서 있으니 기분이 이상했다. 앞쪽과 뒤쪽으로 높은 회색 축대벽이 둥그렇게 뻗어 있었다. 얼룩덜룩 더러운 축대벽은 꽤 높았다. 내가 갈 곳은 서쪽, 바다가 있는 쪽이다. 도시를 빠져나가서 말을 구해야 한다. 말을 타고 라이녹스로 갈 것이다. 지레인트의 농장으로.

어젯밤에 우리가 지나왔던 흔적이 아직 눈 더미에 남아 있었다. 나는 그 흔적을 따라 걸어갔다. 운하의 하류 쪽 방향이었다. 여기 내려와서 나를 방해할 사람은 거의 없을 듯했다.

등 뒤에서 도시의 적막을 깨며 해가 떠올랐다. 은은한 주황색 빛이 축대벽 꼭대기를 비추었다. 높이 쌓인 눈 더미에 드리운 그림자들은 보랏빛과 푸른빛으로 바뀌었다. 마치 도시로 흘러가는 꽁꽁 언 강물처럼 보였다. 새로운 하루가 시작되면서 점점 도시가 깨어나는 소리가 들려왔다.

메리도 곧 깨어날 것이다. 서둘러야 한다. 메리가 나를 부르며 달려올지도 모른다. 내가 아무 말 없이 떠났기 때문에.

'네 발치에서 뛰어다니는 허약한 강아지는 필요 없어. 넌 대장이야. 잊지 마, 네 무리를 찾으러 가. 눈에는 눈, 이에는 이야. 잊지 마.'

울프가 돌아왔다!

'잊지 마.'

울프가 그날 밤 산에서 달려 내려왔다. 울프는 춥고 음침한 이 도시에서 쿵쿵거리며 나를 찾았다. 나를 잊지 않았다. 잊는다니 절대 안 될 말이었다. 이제 울프는 나를 도와줄 것이다.

내 발걸음은 희망으로 가득 찼다. 울프와 함께 돌아간다는 건 기분 좋은 일이다. 지금 내게 필요한 것은 돌아가는 길에 먹을 약간의 음식뿐이었다. 그리고 약간의 행운과 약간의 교활함도.

23

          쥐잡이 할아버지가 이곳을 거처로 삼은 것은 정말 좋은 생각이었다. 빈민촌에 있는 그 누더기 천막들보다 훨씬 나았다. 나는 차가운 축대벽 아래, 운하 바닥의 그늘을 따라 걸어갔다. 눈 더미를 지나기도 하고 더러운 얼음을 지나기도 하면서.

    가끔은 운하 양쪽으로 우뚝 솟은 빌딩 아래를 지나가기도 했다. 죽은 듯 보이는 그 거대한 빌딩들은 길 위에 우뚝 솟아 있었다. 수백 개는 됨 직한 많은 창문들이 회색 벽에 검은 구멍들을 내고 있었다. 그때 운하 위쪽의 도로로 개 두 마리가 빠르게 지나갔다. 한 마리는 운하 아래쪽에서 걸어가는 나를 바라보며 지나갔다. 어딘가 급한 볼일을 보러 가는지 조금도 속도를 늦추지 않고 지나갔다.

해가 더 높아졌다. 멀리 아래쪽에서는 꽁꽁 얼어붙은 눈 밑으로 물이 졸졸졸 흐르는 소리가 들렸다. 오래된 운하의 강물이 아직 마르지 않은 모양이었다. 저 멀리에 운하를 가로지르는 높은 다리가 보였다. 그리고 배가 보였다.

다리 너머, 아주 멀찍이 떨어진 곳에. 녹이 슨 채 운하의 벽에 기대 있었다. 거대한 배는 운하 바닥에 버려졌다.

배 꼭대기가 운하 축대벽의 꼭대기 부분까지 닿아 있는 데다 여기서도 뚜렷하게 보이는 걸 보면 아주 큰 배가 분명했다. 배의 윗부분은 녹슨 창문, 출입문, 난간 들이 빙 둘러 있었고 꼭대기 중앙에는 굴뚝 같은 것이 솟았다. 커다랗고 둥그런 모양의 굴뚝에는 아직도 페인트가 들러붙어 있었다.

몇 년 전, 바다 옆에서 발견한 죽은 고래처럼 보였다. 죽은 고래와 꼭 같은 모양이었다. 고래도 한쪽으로 기울었고 아랫배 높이까지 눈에 파묻혀 있었다. 이미 사람들의 기억에서 사라진 것처럼. 왠지 친근감이 느껴지지는 않았다.

트럭 한 대가 부릉거리며 다리를 건너갔다. 이제 뭘 해야 할지 생각해야 한다.

가장자리의 눈 더미에서 벗어나 움푹 꺼진 곳으로 왔다. 마치 아이들이 땔감이나 물을 모을 때 눈을 파서 다져 놓은 터처럼 보였다.

사람들이 이 터에 잠시 머문 모양이었다. 앉았던 자리가 꽉 눌리고 눈이 더러웠다. 그리고 꽤 많은 유리병이 바닥에 뒹굴었다. 나는 병 하나를 집어 들었다. 비어 있었다. 병에 '에르과토'라고 적혀 있었다. 에르과토. 냄새를 맡아 보았더니 술이었다.

걸어온 길을 돌아보았다. 집들은 보이지 않았다. 앞쪽으로 멀리 낡은 배만 보일 뿐 아무것도 없었다. 나는 이 운하 밑바닥에 처박힌 것처럼 불쾌한 기분이 들었다. 빠져나갈 곳이 없는 협곡에 있는 기분이었다.

문득 메리가 생각났다. 자다가 내 얼굴에 얹은 메리의 차가운 손도, 나를 믿고 안심한 채 자던 모습도 생각났다.

도로 쪽에서 누군가가 높이 내지르는 소리가 잠깐 들렸다. 나는 쭈그리고 앉았다. 소리가 점점 멀어져 갔다. 메리가 그 아치 밑에서 파이퍼 할아버지와 별일 없으면 좋겠다. 잠에서 깨어나 내가 없는 걸 알면 메리는 어떻게 할까?

파이퍼 할아버지가 착한 사람이길 바랄 뿐이다. 메리는 앨리스가 지레인트의 아기를 임신했을 때와 나이가 비슷했다. 파이퍼 할아버지를 완전히 믿으면 안 될 것이다.

하지만 메리는 어리석지 않다. 그동안의 모습만 봐도 알 수 있었다.

축대벽을 따라 조금 더 나아가니 축대벽에 터널이 뚫려 있었다. 터널 안은 칠흑 같은 어둠이 채우고 있었다. 또 트럭 한 대가 부르릉거리며 다리를 지나갔다. 나는 아치 모양의 터널 입구로 몸을 숨겼다.

터널 속에 발을 디디면 땅속으로 뚝 떨어져 내려가 버릴 것 같았다. 눈이 어둠에 익숙하지 않아서 아무것도 보이지 않았다. 어쩌면 돌아가는 게 옳을 것이다. 메리에게 말이다. 나는 차가운 땅바닥에 쭈그리고 앉았다. 패트릭이 만들어 준 여행 주머니를 열어 마지막 귀리과자를 꺼냈다. 패트릭은 가방을 정말 잘 만들었다. 심지어 새로운 가죽 도안을 만들기도 했다. 패트릭은 정말 몽상가였다. 대화를 하는 대신 혼자서 물건들을 만지작거렸다. 패트릭이 여자가 없어서 그렇다고 아빠가 매그다에게 말하는 걸 들은 적이 있다.

매그다는 그런 일에 정말 관심이 많았다. 그래서 여름에 모두가 마을 회의에 참석하려고 바르무스에 가는 날, 패트릭을 강 하류에 데려갈 계획을 세웠다. 나는 패트릭이 불쌍했다. 왜냐하면 바르무스 마을 회의에서 소년과 소녀를 이어 주려고 마음을 먹으면 매그다는 여우처럼 교활해졌기 때문이다. 나는 패트릭이 가방을 만들 때 옆에서 지켜보았다. 도안을 어떻게 만드는지 보고 싶었다. 책에 나와 있지 않은 건 그렇게 어깨너머로 배우는 게 최고의 방법이다.

매그다를 비롯한 여러 사람들을 떠올리니 기분이 좀 가라앉았다. 도시는 내가 생각했던 것만큼 질서 정연하지 않았다. 아빠가 늘 들려준 바로는, 도시 어디에든 경찰이 있고 모든 사람이 추운 움막에 갇힌 채 납득할 만한 이유도 없이 와일파 발전소나 석탄 광산으로 보내져 강제로 일해야 한다고 했다. 패트릭처럼. 하지만 실제로 도시가 주는 느낌은 그렇지 않았다. 도시는 산 위에 우뚝 솟아오른 바위 같았다. 결코 구석구석 속속들이 알아낼 수 없고, 같은 길로 두 번은 올라갈 엄두를 못 내는 험준한 바위 같았다. 도시는 어떤 것도 상관하지 않아 보이고, 사람들은 잘 지내보려고 애쓰면서도 겁에 질려 허둥지둥하는 것 같았다. 지금까지 본 바로는 그다지 질서 정연한 것 같지 않았다. 나는 작은 벌레가 된 기분이었다. 거대한 곳에서 길을 잃은 아주 작은 벌레.

메리가 다시 나를 끌어당겼다. 자석처럼.

어릴 때 자석을 본 적이 있었다. 어디서 구했는지 몰라도 아빠는 우리에게 자석으로 할 수 있는 모든 묘기를 보여 주었다. 다른 금속 조각을 자석에 붙이는 방법으로. 아빠는 자석으로 전기도 만들 수 있다고 했고, 그건 마술이 아니라 '과학'이라고 했다. 글쎄, 그게 마술이 아니면 뭘까? 가끔 바르무스 마을 회의에서 아빠들 중 한 명이 아이들에게 보여 주려고 얼굴에 진흙을 바르고서 하는, 그 뻔한 일도 마술이라고 하는데 말이다. 하지만 자석은 진짜였다. 모든 것을 끌어당겼다.

뭔가가 나를 뒤돌아보게 만들었다. 터널 안쪽 어두운 곳에 뭔가가 있었다.

나는 눈을 부릅뜨고 어둠 속을 노려봤다. 심장이 엄청나게 쿵쾅거렸다. 이런 곳에 뭔가가 있을 거라고는 기대하지 않았다. 이런 어둠 속에서 뭔가가 긁는 소리를 내고 있다는 건 예상할 수 없는 일이다.

낑낑대는 소리도 들리는 것 같았다. 나는 어둠 속을 바라보며 가만히 서 있었다. 또 한 번 낑낑대는 소리가 들렸다.

나는 얼른 부싯깃과 짤막한 양초를 꺼내 불을 붙였다. 불이 꺼지지 않게 한 손으로 바람을 가리면서 촛불을 위로 들어 올렸다. 그리고 터널 안으로 걸어 들어갔다.

번뜩!

뭔가가 바로 앞에 있다. 뭔가가 바로 앞 어둠 속에 있다.

움직이지는 않았다. 뭔가가 천장에 매달려 있었다.

팔다리가 보였다. 고개를 숙여 바닥을 내려다보았다. 눈 위에 검은 자국들이 있었다.

피.

심장이 얼어붙는 듯했다.

시체. 먹으려고 매달아 둔 시체였다. 가죽을 벗긴 채 뒷다리에 끈을 묶어 매달아 둔 죽은 동물이었다. 머리뼈에는 힘줄 뭉치들과 멀겋게 툭 튀어나온 눈알이 붙어 있었다. 눈 위에 온통 흩뿌려진 피는 얼어서 눈과 함께 짓밟혔다. 여기저기 거칠게 살을 뚝뚝 베어 낸 흔적이 있었다. 하나부터 열까지 모두 끔찍했다.

개였다. 도살된 개. 벽돌 위에 뭐라고 휘갈겨져 있었다.

더 이상 법은 없다. 마음먹은 대로 해라.

다시 낑낑거리는 소리가 들렸다. 터널의 맨 안쪽 구석에 또 다른 개가, 이번에는 살아 있는 개가 목줄에 묶여 있었다. 강아지였다. 피부병에 걸린 갈색 강아지는 꼬리를 내리고 귀를 뒤로 젖힌 채 벌벌 떨며 구석에 웅크리고 있었다.

"쉿! 귀여운 강아지야. 난 널 해치지 않는단다."

나는 강아지 옆에 쭈그리고 앉았다. 손으로 더듬어 목줄을 찾았다. 강아지가 몸을 움츠리며 벽 쪽으로 기대더니 낑낑거리면서 흙을 긁었다.

"강아지야, 이리 와. 지금은 아무도 널 해치지 않아."

나는 강아지의 부드러운 머리에 손을 얹었다. 그리고 떨고 있는 등 쪽으로 가만히 쓸어내렸다. 강아지는 뼈만 앙상했다. 나는 닳아서 해진 밧줄을 강아지의 목에서 풀었다. 강아지가 겁을 먹고 뒷걸음질 쳤다.

"널 해치지 않아."

강아지는 더듬더듬 터널 벽을 따라 종종걸음으로 밖으로 나갔다. 그리고 짤막한 꼬리를 계속 다리 사이에 내린 채 눈 더미 위를 달려갔다. 오직 자유를 위해.

갑자기 소름 끼치도록 무서워졌다. 누가 강아지를 여기에 묶어 놨을까? 그 사람이 개를 천장에 매달고 가죽도 벗겼을 것이다. 이 더럽고 오래된 운하에서 빨리 빠져나가야 한다.

하지만 너무 늦어 버리고 말았다.

"야!"

그림자들이 터널 입구를 덮었다.

사람 모습의 형상이 터널 밖의 밝은 빛 때문에 그림자처럼 까맣게 보였다. 아이들이었다. 키 큰 아이도 있었고 작은 아이도 있었다. 아이들이 터널에 들어오자 한바탕 왁자지껄한 소리가 밀려들었다.

작은 소녀 하나가 춤추듯 내 앞으로 걸어왔다. 여덟 살도 채 안 되어 보였다. 눈언저리가 빨갰고 손과 발에는 누더기 천 조각이 감겨 있었다. 아이는 들고 있던 막대기로 내 갈비뼈 아래를 쿡쿡 찌르기 시작했다. 누군가가 나를 잡더니 내 두 팔을 등 뒤로 잡아당겼다.

"개랑 같이 매달아!"

나이가 좀 많아 보이는 여자애가 그 아이를 막대기로 밀었다. 그 여자애는 지난여름에 바르무스에서 배를 만들던 로저 할아버지처럼 한쪽 눈동자가 우유처럼 하다. 백옥처럼 새하얀 눈동자. 깜빡임 없는 눈동자. 그게 내가 본 마지막 장면이었다.

"두건을 씌워."

누군가 내 머리에 자루를 씌웠다. 거칠거칠하고 더러운 냄새가 나는 자루였다. 세상이 깜깜해졌다.

뭔가가 내 머리를 때렸다. 나뭇가지가 부러질 때처럼 머리에서 쩍 소리가 났다.

세상이 스르르 사라졌다. 손들이 나를 잡아당겨 끌었다.

어둠만 남았다. 나는 가라앉고 있었다.

울프, 도와줘.

24

두 손이 차가웠다. 너무 차가워서 감각
이 느껴지지 않았다. 손에 있던 장갑이 사라지고 없었다. 코트도
마찬가지였다.

그 장갑은 내가 판가드에서 덫으로 잡은, 크고 튼튼한 토끼로
만든 거였다. 그 토끼가 덫에 걸렸을 때 나는 기도문을 읊은 후 아
빠에게 보여 주고 싶은 마음에 곧장 집으로 달려갔다. 그날 밤은
당연히 배를 곯지 않아도 되었다. 그리고 아빠는 이렇게 말했다.

"이 가죽은 지레인트에게 팔 가죽이 아니구나."

그래서 나는 벗겨 낸 토끼 가죽을 잘 긁어내고 다듬은 뒤 털이
살아 있는 것처럼 부드럽게 될 때까지 통에 담가 두었다. 매그다
가 장갑 만드는 방법을 알려 주었다. 내 손 크기로 장갑 모양을 자

르고 조각마다 가위집을 넣어 다시 바느질로 이어 붙인 다음 털을 부드럽고 가지런하게 흘러내리도록 손질했다. 그런 다음 가죽에 기름을 먹였고 길게 만든 손목 부분에 나만의 도안을 넣었다. 손목 부분을 길고 넓게 만들면 장갑 안으로 눈이 새어 들어오지 않았다. 그리고 바느질에 눌린 털들을 잘 빗어서 빼내면 솔기가 보이지 않아서 깔끔했다. 동물 창자로 만든 실로 두 번 꿰매면 축축할 때 부풀어 올라서 겨울에 폭풍이 불어도 손을 따뜻하고 보송보송하게 해 주었다.

정말 좋은 장갑이었다. 하지만 이제 더 이상 내게 없었다.

더 끔찍한 것은 코트가 사라진 것이다. 나는 이 차디찬 곳에서 얼어 죽을 것만 같았다.

너무도 추웠다. 두통으로 속이 메스꺼웠다. 토악질을 했다. 두건 속에서. 얼굴이 따뜻해졌다. 발은 차가운 강물에 담그고 있는 기분이었다. 그래서 내가 강물이 된 기분이었다. 눈동자 안쪽이 쓰벅쓰벅 터질 듯 아팠다. 나는 두통으로부터 떨어져 나와서 바람을 타고 가는 나뭇잎처럼 둥실둥실 멀리 떠내려갔다.

그리고 메리 생각이 났다.

나는 끌려가는 꿈을 꾸었다. 아빠 목소리가 들렸다. 아빠가 나를 부르고 있었다.

"뛰어야 해. 때때로 사람은 짐승이 될 때가 있어."

아빠가 말했다.

뛰어!

그들은 나를 잡아 불 위에 올려놓고 내 가죽을 벗겨 그걸로 천막집을 만들고 내 뼈를 고아 먹을 것이다. 하지만 그건 아기 토끼 때문이 아니다. 아기 토끼는 따뜻한 엄마 품에서 겁을 잔뜩 먹은 채 맥 빠진 모습으로 웅크리고 있었다. 그 아기 토끼를 죽인 건 내가 아니다.

꿈속에서 언덕 꼭대기에 울프가 앉아 있는 것을 보았다. 울프는 세상에 조금도 관심이 없는 것처럼 그냥 몸을 구부린 채 옆구리를 핥고 있었다.

'내가 말했지. 병약한 강아지는 내버려 두고 대장을 찾으라고.'

울프 뒤쪽의 하늘이 파랗게 변했다. 파란 하늘과 햇빛이 눈 위에 누워 있는 나를 비추었다. 여름인 것 같았다. 하지만 예년 여름보다 더운 여름이었다. 내가 일어서자 아빠가 내 손을 잡아 주었다. 오래전 언젠가부터 기억하던 장면이었다. 이유는 기억이 안 났지만 아빠는 우리를 어딘가 특별한 곳으로 데려갔다. 내가 뭔가를 잘 해냈을 때였다. 뭐였는지 잘 기억나지 않지만 아빠는 나를 나무가 많은 곳으로 데려갔다. 한참을 걸었고 햇볕이 아주 따뜻했다. 계곡 아래, 마지막 참나무 숲이 나왔다. 파릇파릇 새로 돋아난 잎들은 토실토실한 아기 손처럼 상큼해 보였다.

아빠는 나를 나무 위로 들어 올려 주었다. 딱딱하고 두껍게 패인 나무껍질 틈으로 손가락을 집어넣고 나무에 매달렸다. 매그다가 말했다.

"나무를 타고 올라가 보렴, 윌로. 어디, 얼마나 높이 올라가는지 볼까?"

나는 나무를 타고 올라갔다. 아빠가 밑에서 지켜보았다. 아빠에게 내가 '정말' 스파르타 인, 혹은 에스키모 인, 또는 내가 똑똑하게 행동했을 때 아빠가 입에 올린 사람들 중 하나가 맞다는 걸 보여 주고 싶었다.

아빠와 매그다는 도토리를 주웠다. 아빠는 도토리 하나를 땅에 심어서 몇 년 후 그 도토리가 얼마나 자랐는지 보여 주겠다고 했다. 아빠는 이렇게 말했다.

"우린 나무를 심어야 해. 후손을 위해서."

그리고 어느 해 여름, 눈이 녹았을 때 보니 그 작은 나무는 죽어 있었다. 추위와 눈 때문에 살아남지 못한 거였다.

지금 높다랗게 서 있는 나무들은 폭설과 재난이 닥치기 전에 이미 크게 자란 나무였다. 매그다는 이렇게 말했다.

"생각해 보렴. 옛날에는 숲이 초록색이었고, 여름 내내 따뜻했고, 때때로 크리스마스에 눈이 내리면 모두가 정말 행복했고, 아이들은 썰매를 타러 나갔고, 어른들은 호수에서 스케이트를 탔단다. 상상해 봐. 그때는 말린 도토리로 빵을 만드는 사람도 없었어."

갑자기 매그다가 울기 시작했다. 아주 엉엉 울었다. 그리고 아빠의 어깨에 기대어 말했다.

"미안해요, 로빈. 미안해요. 갑자기 옛날 생각이 나서요."

그리고 아빠는 매그다의 머리를 쓰다듬었고, 나무 위를 올려다보며 매그다에게 뭐라고 속삭였다. 그러자 매그다도 올려다보았다. 애써 웃는 표정을 지었지만 매그다의 눈시울은 온통 젖어 있었다. 매그다는 눈물을 훔치며 말했다.

"멋지구나. 나무 타는 솜씨가 보통이 아닌걸. 윌로. 멋져. 로빈 후드 같아."

나는 왕이 된 기분이었다.

새 한 마리가 부리에 지푸라기를 물고 휙 스쳐 지나갔다. 나무 꼭대기에 아늑한 둥지를 만들 모양이었다. 나는 아래를 내려다보았다. 그런데 아빠가 없었다. 매그다도 없었다. 그냥 온 사방이 커다랗고 시커먼 구덩이로 변해 있었다. 하늘도 더 이상 파랗지 않았다. 멀리서 늑대들이 울부짖었고 눈보라가 몰아쳤다. 너무 추웠다. 나뭇가지가 흔들리기 시작했다. 나는 나무에 매달려서 아빠를 불렀다.

"아빠! 아빠!"

나무 아래에는 깜깜한 어둠 속에서 늑대들이 어슬렁거렸다. 으르렁거리며 내 발을 물려고 뛰어오르는 소리도 들렸고, 아빠가 고함을 치며 싸우는 소리도 들렸다. 바람이 세차게 몰아쳐서 나는 나무를 꽉 붙잡았다. 아빠의 비명 소리가 들렸다. 하지만 아빠가 보이지 않았다. 나는 더 높은 나뭇가지로 올라가는 수밖에 없었다.

'멋지구나. 나무 타는 솜씨가 보통이 아닌걸.'

나는 계속 기어 올라갔다. 나뭇가지들이 얼굴을 긁고 다리를 붙잡았다. 하지만 나는 잎을 헤치고 꼭대기에 도착했다.

이제 달콤한 공기 냄새를 맡을 수 있었다. 공기에는 풀 향기가 가득했다. 나무 꼭대기 위로 머리를 내밀자 햇빛 때문에 눈이 부셔서 아무것도 보이지 않았다. 나무 아래는 어둠이 사라졌고, 하늘은 가장자리까지 빛으로 흘러넘쳤고, 바람은 나를 휘감아 가리는 듯 세차게 불었고, 나는 그 모든 것 위에 높이 떠 있었다. 나무 아래에서 들려오던 외침은 아득히 멀어졌다. 멀어지고 또 멀어지더니 갑자기 울프가 보였다. 울프는 산꼭대기에 앉아 귀를 내 쪽으로 쫑긋 세우고 있었다. 울프가 서 있는 곳 주변에 돋은 키 큰 풀들이 바람에 잔물결을 일으켰다. 울프는 개들이 그렇듯 굼뜬 동작으로 일어나서 산마루 위로 종종종 되돌아갔다. 나는 더 이상 울프가 필요 없어져서 아무렇지 않게 여기며 하늘에 두둥실 뜬 채 높이 더 높이 올라갔다. 밑으로 지구가 보였다. 눈 쌓인 산꼭대기에 토끼들이 가득했다. 계곡은 초록빛이었고 바다는 거대한 고래가 물을 내뿜기라도 하는 듯 풍랑이 거세게 일었다. 나는 이제 아주 높이 올라와 별들 사이에 떠 있었다. 하늘은 다시 어두워졌지만 아까처럼 깜깜하지는 않았다. 그냥 웅덩이 바닥처럼 짙은 초록색이었다. 그리고 별들은 주위의 빛을 낚아채는 먼지 알갱이들처럼 아주 밝게 빛났다.

"이제 모든 걸 다 볼 수 있어요, 그렇죠?"

메리였다. 메리는 바로 내 옆에서 내 손을 잡고 달을 향해 둥실 떠올랐다. 아니, 태양일지도 모르겠다.

"괜찮아요, 이제 일어나면 돼요."

메리가 말했다. 나는 메리에게 물었다.

"하지만 아빠는 어디 있지?"

"이제 일어나야 해요, 윌로. 일어나요!"

* * *

"일어나!"

누군가의 손이 내 어깨를 잡고 흔들었다.

내 얼굴에 씌어 둔 자루가 벗겨졌다. 눈앞에 땅바닥이 보였다. 양철 접시에 작은 양초가 놓였고, 주황색의 밝은 촛불이 추운 공기 속에서 가볍게 흔들렸다.

그리고 내 코트가 뚤뚤 뭉쳐진 채 바닥에 놓여 있었다. 나는 정신이 들었다. 어둠 속에서 모든 것이 빙글빙글 돌았다.

누군가의 손이 내 어깨를 잡더니 여자 목소리가 들렸다.

"메리?"

내가 물었다.

"일어나야 해, 빨리. 사람들이 곧 올 거야."

그녀가 고개를 숙이자 모자 속에 숨겨진 얼굴이 촛불에 비쳤다. 메리가 아니었다. 한쪽 눈동자가 하얗던, 아이들 갱과 같이 있던 그 소녀였다.

"내가 여기에 얼마나 누워 있었어요?"

"일어나야 해."

그녀는 내 어깨를 잡고 나를 일으켜 앉혔다.

"여긴 어디예요?"

"바톤락이야. 어서, 일어설 수 있겠니?"

나는 손목을 문지른 뒤 바닥에서 몸을 일으켜 세웠다.

"일어설 수 있어요."

"난 캐스라고 해. 내가 네 코트를 갖고 왔어. 여기, 날 따라와."

나는 짐 내음이 풍기는 좋은 코트를 얼어붙은 어깨에 걸쳤다.

"시간이 얼마나 지났어요?"

내가 속삭였다.

캐스는 뒤돌아보며 손가락을 입술에 가져다 댔다.

"하룻밤 지났어. 어서, 쉿."

어둡고 추운 터널 위쪽으로 밖에서 들어온 차가운 공기가 느껴졌다. 캐스의 목소리를 따라갔다.

그때 빛이 환하게 비쳤다. 어슴푸레한 아침 햇살이 하얀 눈에 반사되었다.

"잠깐만요."

나는 캐스를 불렀다. 캐스가 뒤돌아보며 말했다.

"사람들이 곧 우리를 뒤따라올 거야. 시간이 없어."

"누구요?"

"갱들."

"왜 날 도와주죠?"

235

캐스는 어깨를 으쓱했다.

"어쩌면 네가 내게 도움이 될 것 같아서. 도시에서는 혼자 다니는 게 좋지 않아. 그리고 네 코트, 그게 가치 있어 보여."

캐스는 다시 돌아서서 운하 바닥의 저 멀리 떨어진 곳을 쳐다보았다.

"이 아래는 어디든 안전하지 않아. 왜 운하로 내려왔어? 죽고 싶어?"

"어떤 할아버지와 함께 내려왔어요. 그 할아버지는 이 운하를 따라 동쪽으로 쭉 가다 보면 나오는 터널 밑에서 살아요."

"쥐잡이 할아버지?"

"그런 것 같아요."

"그럼 넌 어디서 왔어? 그런 털가죽으로 만든 장갑이랑 코트를 입고?"

"언덕에서 왔어요. 여기서 멀리 떨어져 있어요."

캐스는 나를 뚫어지게 쳐다보았다.

"겨울에는 바톤락에 내려오면 안 돼. 사람들이 따뜻한 코트를 차지하려고 널 죽일 거야. 아니면 그저 재미 삼아 죽일지도 몰라."

"이해할 수 없어요."

"넌 우리 갱에게 잡혔어. 걔들은 저기 배 안에서 살아. 그 얘긴 여기까지만 하자. 운하로 내려온 건 바보 같은 짓이었어. 아무도 여기 내려오지 않아. 하지만 네가 날 좀 도와줘야겠어. 그게 코트를 되돌려 준 이유야. 그건 아주 가치 있는 물건이야."

"무슨 일이 일어났는지 기억이 잘 안 나요."

"머리를 아주 세게 부딪혔어."

멀리 떨어진 곳에 송전탑들이 하늘을 향해 우뚝 솟아 있었다. 뒤쪽으로는 텅 빈 운하와 늑대 같은 사람들과 연기를 내뿜는 빈민촌의 천막집들이 전염병처럼 자리 잡고 있었다. 캐스는 도로에서 쏟아진 엄청난 눈 더미 위로 기어 올라갔다.

"하지만 난 돌아가야 해요. 친구를 찾아야 되거든요."

"거기로 돌아갈 순 없어. 사람들이 곧 지나갈 거야. 도시에 거의 다 왔어. 검문소만 지나면……. 얘, 네가 혼자 도망칠 수 있었으면 난 돕지 않았을 거야."

캐스는 멀리 하늘을 배경으로 들쭉날쭉 솟아 있는 딱딱하고 차가운 빌딩들 쪽으로 걸어갔다.

"멀지 않아. 하지만 출발해야 해, 지금."

나는 정말이지 궁금했다. 어른들이 말해 주었던 모든 이야기가 사실이기는 한지. 예전에 살았던 모습으로 돌아가는 게 가능하기는 할지. 이제 사람들이 선해지는 걸 잊어버린 게 아닌지…….

나로서는 알 수 없었다. 어쩌면 아빠와 마을 노인들이 불가에 둘러앉아서 들려준 이야기는 거짓말이었는지도 모른다. 희망의 횃불 운운하며 우리에게 가르쳐 준 것들이 모두 거짓이었는지도 모른다. 패트릭은 그걸 '설교'라고 했다.

"물론 그런 설교가 좋은 것이긴 해."

패트릭은 지난봄, 강 옆의 죽은 마가목 나무를 나와 함께 베어 내면서 그렇게 말했다.

"하지만 때로는 직감을 따라야 하는 법이지."

패트릭은 그때 주먹으로 가슴을 툭툭 쳤다. 매그다가 따끔거리는 털실로 짜 준 털조끼 속으로 탄탄한 근육이 보였다. 패트릭은 도끼를 머리 위로 들어 올려 나무를 찍으며 말했다.

"예리한 직감. 때로는 그걸 따라야 해."

캐스가 나를 돌아보며 머리를 긁적였다.

"도시엔 처음 와 본 거지? 정말 언덕에서 왔구나."

"난 거짓말 안 해요. 당신이 그렇게 생각한다면 할 수 없고요."

"거짓말이라고는 안 했어."

"저기, 난 돌아가야 해요. 당신과 같이 안 갈 거예요. 내 친구 메리에게 갈 거예요."

"다시 잡히면 넌 죽어."

그때 멀리서 고함 소리가 들렸다. 축대벽을 두드리는 막대기 소리도 들렸다. 소리가 운하에 온통 메아리쳤다. 빈민촌에서 들었던 화난 듯한 부르짖음과 비명 소리였다. 캐스의 걸음이 빨라졌다.

"내가 말했지? 빨리!"

뒤쪽의 어스름한 길에 횃불이 타올랐다. 먼 거리였지만 횃불이 까딱거리는 것이 보였다. 꿈이 아니었다.

"그들이 오고 있어."

캐스가 외쳤다.

* * *

이제 운하는 멀어졌다. 캐스는 어떤 천막집을 통과하기도 하고 깨진 담장 아래를 기어가기도 했다. 우리는 축대 위쪽 길로 올라 왔다. 시커먼 빌딩이 곳곳에 서 있었다. 거리는 사람들로 가득했다. 나는 캐스만 따라갔다. 이곳에 대해 아는 것이 손톱만큼도 없었기 때문이다.

"먹을 걸 좀 찾아봐야겠어."

캐스는 하얀 눈동자로 나를 보았다. 팔 안쪽을 긁었고 걸음걸이도 편치 않아 보였다.

"서둘러. 세인트앤즈로 가야겠어. 대기 행렬이 너무 길어지기 전에. 그 후에 안데일로 가서 간청해 볼 수 있을 거야."

뛰느라 다리가 아팠고 무척 피곤했다. 배가 고파서 뱃속은 화난 개처럼 요동을 쳤다.

큰 트럭이 경적을 울리며 달려오자 모두가 도로 가장자리로 비켜섰다. 털모자에 두꺼운 회색 펠트 코트를 입은 군인들이 사람들을 빤히 내려다보았다. 군인들은 질척질척한 눈을 옷과 신발에 잔뜩 묻힌 채 총을 단단히 움켜쥐고서 트럭의 움직임에 따라 이리저리 흔들리며 앉아 있었다.

"저 사람들은 왜 총을 가지고 있어요?"

캐스는 대답 대신 나를 도로 가장자리로 잡아당겼다.

"왜 총을 가지고 있어요?"

239

"나도 몰라. 저 사람들은 군인이니까, 그게 이유겠지."

길 건너편 모퉁이 뒤로 높은 벽돌 건물이 서 있었다. 정사각형의 큰 창문들 하단에는 눈이 잔뜩 쌓였다. 누더기를 입은 사람들이 그 건물의 출입문 주위에서 긴 행렬을 이루며 기다리고 있었다. 피곤한 말처럼 축 늘어진 사람들이 문으로 들어가고 나왔다. 뭘 하고 있는지 알 수 없었다. 여자들은 어린아이들을 데리고 왔고, 노인들은 축 처진 캔버스 코트를 펄럭이며 들어갔다.

캐스는 사람들 물결 속으로 나를 밀어 넣었다. 우리는 출입문 안으로 들어갔다. 그렇게 천장이 높은 곳은 처음이었다. 실내가 크고 길쭉했다. 양쪽 편으로 짙은 색의 긴 나무 의자들이 앞을 향해 줄지어 놓여 있었고 천장은 헛간처럼 높았다. 사람들이 외치는 소리와 말하는 소리가 천장과 온 사방에 울렸다.

양쪽 가장자리에는 탁자들이 죽 놓였다. 탁자 위에는 낡은 헝겊과 부츠가 쌓여 있었고, 여자들이 탁자 안쪽에 서서 몰려든 사람들에게 옷을 나누어 줬다.

"하나씩만 가져가요! 하나씩만!"

키 작은 남자 하나가 벌겋게 달아오른 얼굴로 땀을 뻘뻘 흘리며 커다란 수프통을 들고 반대편 탁자 쪽으로 걸어갔다. 수프통을 탁자 위에 올려놓자 사람들이 그 주위로 몰려들었다.

왁자지껄한 소리에 아기가 울음을 터뜨렸다. 아기의 크고 날카로운 울음소리는 벽을 타고 올라가 천장에 닿았다. 아기의 울음은 비명 소리로 바뀌었다. 사람들은 무척 배고픈 상태였지만 그 소리를 이해했다. 수많은 팔과 다리가 행렬의 앞쪽으로 아기 엄마를 밀어 주었다. 그리고 다른 사람이 새치기를 못하도록 다시 다리로 막았다.

"조금 밀치고 들어가자. 내가 아는 아줌마가 있어."

캐스는 어느 문 앞으로 가서 문을 두드렸다. 문이 열리고 얼굴이 동그란 아줌마가 수많은 사람들 틈으로 고개를 쑥 내밀었다.

"저예요, 캐스."

아줌마는 우리를 안으로 들여보내 주었다. 나는 고개를 숙여 아줌마의 팔뚝 아래로 지나갔다.

"너네 무리 친구니?"

나는 아무 말도 하지 않았다. 웃고 있는 둥근 얼굴의 아줌마에게 내가 하얀 눈동자의 소녀와 모르는 사이라고 말할 생각은 없었다. 그냥 창문 없는 긴 방에서 묵묵히 몸을 녹이고만 있었다. 오늘이 빨래하는 날인 모양이었다. 장작 난로 위에 물이 끓는 큰 통들도 있었고, 누더기로 가득한 통도 많았다. 뜨거운 비누 냄새가 사방에서 풍겼다.

나는 아무 말도 하지 않았다. 왜냐하면 아직도 나는 메리에게 무슨 일이 일어난 건 아닌지, 어떻게 언덕으로 되돌아가야 할지, 어떻게 아빠를 찾을지, 어떻게 지레인트를 혼내 줄지, 이런 생각에 사로잡혀 있었기 때문이다. 그리고 그 아줌마가 내게 정말 관심이 있어서 물어본 것도 아닌 듯했다. 친절한 사람이나 좋은 일을 하는 사람의 얼굴이 그렇듯, 이 아줌마도 자애로운 표정을 짓고 있었다. 빛이 뿜어져 나오는 것 같았다.

"좀 씻어야 할 것 같구나, 캐스. 대야에다 뜨거운 물을 담아서 쓰렴. 저쪽에서."

구석에 뜨거운 물이 가득 담긴 항아리가 김을 모락모락 피어 올렸다. 캐스가 선반에서 금속 대야를 내려서 물을 퍼 담았다. 그리고 코트를 벗었다. 캐스는 뼈만 앙상한 빨간 손을 뜨거운 물이 담긴 대야에 담갔다.

"너도 마찬가지야. 넌 얼굴이 온통 피범벅이구나."

그래서 나도 캐스 쪽으로 걸어갔다. 손에 따뜻한 물이 닿으니 참 좋았다. 세수도 했다. 핏자국을 씻어 내고 때를 닦았다. 기분이 좋았다.

"이 녀석, 넌 뭐 잘못한 게 있구나. 그렇지?"

그 아줌마가 내게 말했다. 나는 소매로 얼굴의 물기를 닦았다.

"그렇게 부르지 말아요, 아줌마. 애 아빠라고 해도 믿을 나이예요. 게다가 어디서 구했는지 좋은 털 코트도 입었잖아요."

캐스가 말했다. 그리고 나를 보며 덧붙였다.

"부끄럼이 많아서 그래요."

"그렇구나. 그건 죄가 아니지. 틀림없이 죄가 아니야. 그리고 너희들은 빈민촌으로 돌아가. 이렇게 추운 날엔 거리에 나오면 안 돼. 절대 나올 곳이 못 되지."

그리고 아줌마는 보는 사람이 있나 확인하듯 주위를 둘러보았다. 이 방에 우리 말고 다른 사람은 없는데도.

"여기, 이거 받아."

아줌마는 어느 컵에서 은빛 비누 조각을 꺼내 헝겊으로 쌌다.

"어디 가서 말하지 마. 말했다가는 빈민촌 여자들의 절반이 내 주위를 둘러쌀 거야. 그리고 너희는 빈민촌으로 돌아가야 해, 어서. 여기 있는 거 들키기 전에 얼른 가거라."

아줌마는 우리를 문 쪽으로 밀었다.

"지금 가거라. 신의 가호가 있기를, 신의 가호가 있기를."

매그다가 생각났다. 비누를 아주 소중하게 생각하는 모습이나, 저렇게 신을 외쳐 대는 모습이 매그다와 똑같았다.

캐스는 비누를 주머니에 넣었다. 아줌마는 문 밖으로 우리를 떠밀었다. 교회에 있는 사람들의 웅성거림과 냄새와 차가운 공기가 훅 밀어닥쳤다.

"눈먼 암소 같으니. 이걸 봐. 내가 새 비누도 하나 챙긴 걸 모르고 말이야."

캐스가 주머니에서 커다란 비누를 꺼내 보여 주었다.

"안데일에 가서 이걸 팔자. 그러면 우리 둘이 마실 술을 살 수 있어."

"왜 술을 사려고 해요?"

"술 좋잖아?"

"먹을 걸 사는 게 더 낫지 않아요?"

"넌 술 싫어? 뭐, 상관없어."

캐스는 비누를 주머니에 넣었다.

"그럼 내 것만 사면 되겠네."

캐스는 웃으며 팔과 다리를 긁적였다. 하지만 긴장하는 표정이 역력했다. 지금까지 본 적이 없는 흥미로운 모습이었다. 캐스는 주변을 계속 두리번거렸다.

"비누를 훔치면 안 된다고 생각해요."

"그래, 알아. 하지만 너도 뭘 먹고 싶지? 네 코트를 줘. 안데일에 가면 그걸 비싸게 팔 수 있을 거야."

"코트는 팔지 않을 거예요. 이게 있어야 추위를 견딜 수 있는 걸요."

캐스는 나를 쳐다보았다.

"난 위험을 무릅쓰고 그 코트를 빼냈어. 내가 널 왜 도와준 것 같아? 넌 나보다 낫다고 생각하지? 넌 언덕에 집이 있고 거기서는 모두가 털 코트를 입고, 먹을 것도 많으니까?"

"거기도 그렇지는 않아요."

"어떤 사람 말이 이탈자는 더 이상 없대."

캐스의 목소리가 심술궂어졌다.

"산적이 늙은 사람들을 눈 덮인 산에 내다 버린 거래. 사람들이 그렇게 말했어."

"우리는 서로 잡아먹거나 배고픈 아이를 쫓아다니지 않아요."

"그냥 사람들이 그렇게 말했다구."

"이탈자들은 사납지 않아요. 내가 이 도시에서 본 사람들이 두 배는 더 무서워요."

하지만 캐스는 듣는 둥 마는 둥 하며 팔과 다리를 번갈아 긁었다.

"내가 왜 도와줬다고 생각해?"

캐스가 나를 잡았다.

"넌 코트를 팔아서 나한테 술을 사 줘야 해."

나는 캐스를 밀쳤다.

"안 팔 거라고요!"

그러자 캐스는 그 여읜 얼굴로 더 비열한 표정을 지었다.

"네 맘대로 해. 하루도 버티지 못할걸."

캐스는 퉷 하고 침을 뱉더니 사람들이 와글거리는 쪽으로 돌아섰다. 그리고 가 버렸다. 뻣뻣하고 지저분한 캔버스와 누더기의 바다로. 드높이 솟아 있는 큰 건물 속으로.

여기서는 돈 없이는 아무것도 얻을 수 없는 모양이다. 친구조차도.

* * *

캐스는 돌아오지 않았다.

나는 건물 주위를 살금살금 돌아다니며 낡은 신발과 담요 조각으로 뒤죽박죽인 사람들 사이에서 캐스를 찾으려고 해 보았다. 하지만 캐스는 없었다.

나는 후미진 구석의 벽에 기대어 앉았다. 여기서도 계속 사람들을 살펴볼 수 있었다. 하지만 다른 사람은 아무도 날 볼 수 없는 장소였다.

나는 그만 잠들어 버렸다.

누군가가 나를 툭툭 쳐서 잠이 깼다. 내가 있는 곳이 어딘지 몰라 잠깐 동안 얼떨떨했다. 하지만 곧 기억이 났다. 사람이 바글바글했다. 벌써 저녁이 되어 뱃속에서 밥 달라고 아우성이었다. 누군가가 외치는 소리가 들렸다.

"자, 모두들 나오시오!"

하지만 나는 갈 곳이 없었다. 캐스는 돌아오지 않았다. 캐스에게 내 코트를 주지 않은 것이 그나마 기뻐할 일이었다.

뒤에서 덜걱거리는 소리가 들려서 고개를 돌렸다. 동그란 얼굴의 그 세탁실 아줌마였다. 아줌마는 서둘러 문밖으로 나왔다. 복숭아빛 팔을 커다란 코트가 덮고 있었다. 아줌마는 열쇠로 문을 잠갔다. 내가 가까이 다가갔다. 그리고 아줌마의 소매를 잡아당겼다.

"저는 이제 뭘 해야 하지요?"

잠시 동안 아줌마는 내 말을 이해하지 못해 어리둥절한 표정을 지었다. 하지만 곧 내 얼굴이 기억난다는 표정을 지었다.

"너 아직 여기 있었니? 빈민촌이 가득 차기 전에 얼른 가라고 했잖니."

하지만 빈민촌이 어디 있는지 내가 알 턱이 없다. 아줌마는 멍한 표정을 지었다. 하지만 아줌마가 방패처럼 걸치고 있는 커다란 캔버스 코트 속에는 분명 따뜻한 심장이 들어 있을 것이다.

"그런데 왜 내게 묻는지 모르겠구나. 내가 지금 뭘 해 줄 수 있겠니? 거리에서 배를 곯는 아이는 너 혼자가 아니란다. 나도 안고 있는 문제가 많은 사람이야. 오직 신께서만 아시지. 그만 가려무나. 우린 문 닫았단다."

아줌마가 옳았다. 덩치 큰 남자가 문에 서서 지금부터 예배 시간이라고 소리쳤다. 몇몇 노인들이 절뚝거리며 문으로 다가왔다. 아줌마는 돌아서려다가 한숨을 내쉬었다. 그리고 가방을 내려놓았다.

"자, 이게 내가 가진 전부란다. 신께서 나를 통해 네게 이걸 주시는구나. 여기 있다."

아줌마는 가방에서 작은 병을 꺼냈다. 우유가 가득 담겨 있었다.

"이걸 먹거라. 너 아편도 하니?"

"아편요?"

"마약 말이야. 그 애, 캐스처럼."

"아뇨. 안 해요."

그러자 아줌마가 날 똑바로 쳐다보았다.

"내가 네 코트를 사마. 가격을 잘 쳐주지. 네가 팔 거라면 말이다."

"팔지 않을 거예요."

아줌마는 고개를 떨구었다.

"맞아. 그럴 만하지. 그게 내 거였어도, 중국에 있는 모든 돈을 준대도 안 팔았을 거야."

"저는 어디로 가면 되죠?"

"그건 나도 모르겠다, 꼬마야. 우리가 어디로 가야 할지 안다면 나 역시 거기로 갈 텐데. 아마 빈민촌에서 널 받아 줄 거야. 그건 분명해. 난 더 이상 널 도울 수 없단다."

나는 살그머니 어두운 곳으로 걸어가서 우유를 움켜쥔 채 쭈그리고 앉았다.

하루 종일 옷을 나눠 주고 수프를 퍼 주던 사람들이 지금은 모두가 어두운 모퉁이, 모퉁이에서 나왔다. 사람들은 한결같이 피곤한 얼굴이었지만 조용히 긴 의자에 앉아서 예배당 앞쪽을 바라보았다. 어떤 남자가 일어나서 기둥 옆에 있는 계단을 올라갔다. 그리고 작은 연단 앞에 섰다.

"친구들이여."

그 남자가 연설을 시작했다. 나는 우유를 꿀꺽꿀꺽 마셨다. 크림 향이 가득하고 맛이 좋았다.

"하느님은 나의 빛이며 구원이십니다. 내가 누구를 무서워하겠습니까? 하느님은 내 삶의 성채이십니다. 내가 그 누구를 두려워하겠습니까?"

연단에 선 그 남자는 피곤에 지친 가련한 사람들을 찬찬히 둘러보았다.

"사악한 자들이 내 살을 집어삼키기 위해 나에게 전진할 때, 나의 적과 장애물이 나를 공격해 올 때, 그들은 발을 헛디디고 넘어질 것입니다. 적군이 나를 에워싸더라도 내 심장은 겁을 먹지 않을 것입니다. 나에 맞서 전쟁이 일어나도, 그때마저도 나는 자신감을 가지며……."

어디선가 기침 소리가 났다.

"그 말을 기억하십시오, 친구들이여. 이 절망적인 시대에, 우리 모두가 누구를 두려워하겠습니까? 지금이 겨울인 것처럼 여름은 올 것입니다. 여름이 오래 지속되지는 않겠지만 태양이 비쳐서 더러운 눈과 얼음이 씻겨 나가고 우리의 걱정도 씻겨 나갈 것입니다. '자비를 베푸는 사람은 자신의 영혼에 이로움을 주지만, 잔혹한 사람은 자신의 육체에 병이 들 것'입니다!"

마치 그는 피곤에 지친 사람들에게 자신의 말로써 교훈을 주려는 것 같았다. 하지만 사람들은 헛간에 모인 양들처럼 작은 소리로 중얼거렸다. 그는 도로에서 말을 타고 달리던 사람을 도와준 얘기를 지루하게 늘어놓았다. 다시 말해, 실제로 누구든 그렇게 했을 법한 일을 얘기하면서, 눈과 얼음과 용서에 대해 '착한 사마리아 인'이라고 부르는 부분에서 너무 오랫동안 질질 끌었다. 그 이야기는 틀림없이 좋은 이야기였다. 하지만 내 머릿속은 온통 텅 빈 뱃속과 이 추운 밤에 뭘 할지에 대한 생각뿐이었다. 그리고 어떤 사람은 남에게 음식을 주는 일을 하고, 어떤 사람은 그들이 베푸는 자선을 받고, 어떤 사람은 묻지도 않고 다른 사람의 물건을 가져가고, 이런 것들이 참 우습다는 생각이 들었다. 그렇다면 나는 어떤 사람에 해당할까?

사람들은 고개를 숙인 채 숨소리보다 작은 소리로 뭔가를 중얼거렸다.

'우리에게 일용할 양식을 주옵시고…… 오늘 하루 우리가 지은 죄를 사하여 주옵시고…….'

꼭 매그다 같았다. 매그다가 매일 밤 잠들기 전에 아빠와 함께 외웠던 그 기도였다.

"당신은 기도가 아니라 코트가 필요해, 매그다. 그러니 어서 이 불 속으로 들어와. 들어오지 않으면 꽁꽁 얼어 버릴 거야."

하지만 나는 왜 매그다가 그런 기도를 했는지 알고 있다. 나와 똑같았다. 나도 판가드에서 기도를 했다. 사람들은 가끔 자신의 말을 들어 줄 누군가가 필요하다. 그리고 거세게 바람이 몰아치고, 죽음이 저벅저벅 걸어다니는 골짜기에서, 서걱거리는 눈 위를 걸으면 뭔가를 바라게 될 때도 있다. 바람도, 눈도 아닌 그 무언가를. 나는 여기 있는 사람들도 모두 마찬가지라는 걸 알고 있다. 이 사람들은 잡을 토끼도 없고, 얘기를 들어 줄 개가 없을 뿐이다. 사람들 앞에 서 있는 저 남자는 사람들이 마음속에 품은 갖가지 섬뜩한 일들에 대한 무서움을 덜어 주려고 애쓸 뿐이었다.

이제 우유를 다 마셨다. 둥근 얼굴의 아줌마가 어깨너머로 나를 돌아보며 미소를 지었다.

설교가 끝났다. 이제 교회에서 나가야 한다.

25

하루 종일 교회 안에서 바람을 피해 있다 보니 날씨를 까맣게 잊고 있었다. 거리의 사람들이 코트를 빼앗으려고 내 머리를 내리칠지 모른다는 걱정에서도 잠시 벗어나 있었다. 하루 종일 잘 수 있게 해 준 그 교회가 정말 고마웠다.

교회의 커다란 문이 닫혔다. 사람들이 서성이던 교회 마당은 눈이 온통 짓밟혀 있었다. 높다랗게 솟아오른 시커먼 빌딩들은 여전히 차가운 스모그 같은 것으로 뒤덮여 있었다. 그리고 도시에 깊이 배인 악취는 추운 어둠 속에서조차 콧구멍을 찔러 댔다. 거리의 건물들은 모두 덧문이 닫혀 있었다. 커다란 눈송이가 천천히 내리기 시작했다.

아까 세탁실 아줌마가 빈민촌으로 가는 길을 알려 주었지만 내가 그걸 다 기억할지 모르겠다. 아줌마는 '한참 동안' 걸어야 한다고 했었다.

"코퍼레이션 도로까지 걸어가거라. 길을 잃으면 누군가에게 꼭 물어보구."

누군가에게 무언가를 묻는 일이 이렇게 간절해질 줄은 몰랐다. 메리가 함께 있다면 좋을 텐데.

밤 시간이라 그런지 거리에 지나다니는 사람이 없었다. 등을 잔뜩 구부린 채 자루를 들고 느릿느릿 걸어가는 노인만 있을 뿐이었다. 그 할아버지는 그다지 위험해 보이지 않았다. 내게 강도짓을 할 만큼 강해 보이지도 않았다. 나는 어디로 가는지 도무지 알 수가 없었다. 위치를 알려 줄 나무도, 바위도, 계곡도 없었기 때문이다. 사방에 높이 솟은 시커먼 빌딩은 모두 똑같게만 보였다.

나는 좀 더 빨리 걸었다. 앞서가던 할아버지는 모퉁이를 돌았고 난 미끄러지지 않으려고 애쓰며 앞으로 계속 걸어갔다. 갑자기 골목길에서 소년 갱들이 달려 나왔다. 할아버지가 골목길에 막 들어서던 참이었다. 아이들 모두가 할아버지를 에워싸며 소리를 질렀다. 그리고 할아버지의 등을 뭔가로 내리쳐서 쓰러뜨렸다. 나는 겁이 나서 벽에 바짝 기대섰다. 다행히 그 아이들은 나를 보지 못했다. 할아버지는 깜짝 놀라며 소리를 질렀다.

"저리 가거라. 저리 가라니까!"

할아버지는 손으로 머리를 감쌌다. 자루가 쓰러지면서 감자 몇 알이 쏟아져서 눈밭에 굴렀다. 아이들은 감자에 관심이 없었다.

그저 재미 삼아 하는 일이었다. 웃으며, 할아버지의 머리를 툭툭 쳤다. 부디 내 따뜻하고 좋은 코트를 발견하지 못하기를.

아이들은 우르르 몰려서 골목 안으로 사라졌다. 이제 다른 할 일이 생긴 모양이었다. 할아버지는 감자를 찾느라 눈 속을 뒤졌다. 내가 다가가자 할아버지가 몸을 웅크렸다.

"가져가라, 가져가. 그래, 그래. 감자 가져가. 가져가."

"해치려는 게 아니에요."

할아버지는 땅바닥에 앉은 채 나를 올려다보았다. 겁먹은 눈이었다. 나를 믿지 않는 게 느껴졌다. 눈곱만큼도 믿지 않는 듯했다.

나는 몸을 숙여 감자를 찾아서 할아버지의 자루에 담았다. 할아버지가 천천히 일어섰다. 나는 자루를 내밀었다.

"받으세요. 보세요, 해치지 않잖아요. 그냥 빈민촌으로 가는 길을 물어보려고 했어요."

할아버지는 자루를 건네받고 잠시 말없이 서서 기다렸다. 내가 뭘 할지 보려는 듯했다.

"코퍼레이션 도로 쪽으로 되돌아가야 한단다. 그래, 되돌아가서 레드뱅크까지 가야 해. 빈민촌으로 가고 싶으면 레드뱅크로 가야 하지."

할아버지는 여위고 주름진 얼굴이었고 희끗희끗한 수염이 성성하게 자라 있었다.

"멀어요?"

"그거 개가죽 코트냐?"

할아버지는 그렇게 물으며 내게로 손을 뻗었다. 할아버지의 장갑이 내 소매에 닿았다. 할아버지는 바느질을 살펴보았다.

"정말 옛날식 코트로구나. 외형에 많이 신경을 쓴 건 아니고. 하지만 좋은 가죽이야. 거리를 떠도는 소년이 이건 어디서 난 게냐?"

할아버지는 내 얼굴을 빤히 바라보았다.

"제가 만들었어요."

할아버지는 거리를 두리번거렸다. 그리고 코트 깊숙이 얼굴을 묻고 혼잣말을 중얼거렸다.

"음. 나랑 같이 가서 불도 쬐고 감자도 좀 먹지 않으련? 네가 원한다면 말이다. 우리 집이 빈민촌보다 가깝단다. 훨씬 가깝지. 나하고 집사람밖에 없는 집이야. 나랑 할망구, 둘만. 어쩔 테냐?"

나는 어찌해야 할지 몰랐다. 할아버지의 눈이 코트 모자 속에서 나를 바라보았다. 안달이 난 눈빛은 아니었다. 하지만 뭐라고 표현할 수 없는 눈빛이었다.

울프의 영혼이 느껴졌다. 무리를 이끌고 눈을 헤치며 달리는 울프. 저 위 언덕에서. 움직임은 날렵했고, 털은 윤기가 반질거렸고, 코는 촉촉했다. 울프가 멈춰 섰다. 그리고 어깨너머로 나를 돌아보았다.

울프는 이 도시의 어두운 구석구석을 미끄러지듯 들락거리는 것 같았다. 언제 내 발뒤꿈치를 물지 알 수 없었다. 울프는 그 소녀, 메리를 결코 원하지 않았다. 그리고 결코 도시에 머물고 싶어

하지도 않았다.

'춥고 어두운 곳에서 탈출해, 윌로. 넌 네 직감을 믿어야 해.'

멀리서 무리의 나머지 개들이 울부짖으며 서 있었다.

'지금 탈출하지 않으면 넌 혼자가 될 거야.'

할아버지는 나를 쳐다보며 기다리고 있었다.

"나랑 가자꾸나. 나랑 가. 따뜻한 불을 쬐면서 뭘 좀 먹어야지, 응?"

할아버지의 목소리는 다정하게 들렸다.

'네 직감을 따라, 윌로!'

하지만 따뜻한 불 얘기는 집 생각이 간절해지게 만들었다.

"난 코트를 팔지 않을 거예요."

"아니, 그런 게 아니야! 이렇게 추운데 당연히 팔고 싶지 않겠지. 가자꾸나, 그래. 그래. 따뜻하고 맛있는 스튜를 주마."

할아버지는 내 머릿속을 읽으려는 듯 나를 바라보았다.

"하지만 서둘러야 해. 길거리에 너무 오래 서 있으면 안 되는 법이야. 우리 집은 멀지 않아. 음, 전혀 멀지 않지."

할아버지는 내게 손짓하며 발걸음을 옮기기 시작했다.

"이쪽 방향이란다. 멀지 않아. 멀지 않고말고."

* * *

할아버지는 집이 멀지 않다고 했지만 꽁꽁 언 길을 할아버지의 느릿느릿한 걸음으로 가기에는 가까운 거리도 아니었다.

"여기야. 그래, 그래."

높다란 건물이 하늘을 향해 뻗었고, 매캐한 연기 냄새가 공기를 가득 메웠다. 건물 밖에서 쓰레기 더미 태우는 곳에 둘러앉아 아이들이 신나게 놀고 있었다. 우리 쪽으로 눈길을 주는 아이는 하나도 없었다.

할아버지는 아이들을 지나서 건물 앞 계단을 올라갔다. 캄캄한 복도가 마치 커다란 구멍 같았다. 건물의 벽돌과 콘크리트에서 썩는 냄새와 고양이 오줌 냄새가 진동했다. 안으로 이어진 컴컴한 계단은 발을 디딜 때마다 소리가 울렸고 너무 어두워서 손으로 더듬어 방향을 알아내야 했다.

"조심하거라. 음, 계단을 조심하도록 해."

멀리 위쪽에서 문 닫히는 소리가 났다. 발소리가 계단통에 울렸다. 일정 거리를 올라갈 때마다 계단참이 나왔다. 출입문마다 문 옆에 놓인, 출렁이는 양동이에서 냄새가 퍼져 나왔다.

내가 걸음을 멈추고 양동이를 바라보자 할아버지가 쳐다보았다.

"상관 말거라, 상관 마."

이 축축하고 냄새 나는 건물에 꼭 오고 싶은 건 아니었다, 분명히.

어두운 귀퉁이에서 고양이 한 마리가 야옹거리며 나오더니 컴컴한 계단을 쏜살같이 달려 내려갔다. 계속 올라가는데 계단참에서 어떤 아줌마가 훌쩍이고 있어서 우리는 그 더럽고 냄새나는 아줌마 옆을 둘러서 갔다. 그 아줌마가 숨을 쉴 때마다 술 냄새가 났다. 조금 더 올라가니 희미한 빛이 보였다. 이제 눈이 어둠에 완전히 익숙해진 모양이었다. 할아버지가 멈춰 섰다. 할아버지는 숨을 헐떡이고 있었다.

"잘 올라왔냐?"

"네."

"그래, 그래. 조심해야 한단다. 어두운 계단에서는 조심해야지. 하지만 이제 얼마 안 남았어. 얼마 안 남았고말고."

할아버지는 계단을 느릿느릿 올라가다가 몸을 구부리고 헉헉거리는 소리를 냈다. 나는 출렁거리는 양동이에 발이 걸리지 않도록 조심하며 그 소리를 따라 올라갔다. 마침내 할아버지는 걸음을 멈추고 주머니에서 열쇠를 꺼냈다. 어둠 속에서 열쇠 구멍을 더듬어 달각달각 열쇠를 꽂았다. 딸깍 소리와 함께 문이 열렸다.

"나 왔어, 할멈."

할아버지가 어둠 속을 향해 말했다.

사람의 숨 냄새와 양파 냄새가 배어 있는 방이었다. 출입문 맞은편 벽에 아주 커다란 창문이 있었다. 창문에는 덧댄 널빤지도, 커튼도 없었다. 창문으로 보이는 밤하늘은 어두운 방에서 그림처럼 아주 밝게 빛났다. 눈이 어둠에 익숙해져서 밤하늘이 생각만큼 까맣게 보이지 않았다.

높은 층이라서 도시 전체가 내려다보였다. 눈 쌓인 지붕들, 연기가 얼룩진 빌딩과 집들, 지평선 위로 올록볼록 솟아 있는 건물들. 밤하늘에서 달이 빛나고 있었지만 도시는 구름의 그림자 속에 숨어 있었다. 달은 맑은 날 헛간 위로 솟아오르던 그 달과 똑같았다.

할아버지가 구석에서 부스럭부스럭 뭔가를 했다. 불을 피우는 소리였다. 할아버지는 뭐라고 혼자 중얼거렸다. 방의 안쪽에서 목소리가 들려왔다.

"야콥. 벌써 돌아왔수?"

"그래, 그래. 할멈, 나야."

"감자 가져왔수?"

"오, 그래. 감자 가져왔지. 오래 안 걸려, 할멈. 그냥 스토브에 불을 붙이는 중이야. 남자애도 한 명 데려왔어. 음, 남자애."

야콥 할아버지는 깨진 거울 조각 앞에 촛불을 내려놓았다. 불꽃이 살아났다. 방 한쪽 구석에는 베개와 담요가 여러 겹 쌓인 침대가 있었고 거기에 어떤 할머니가 누워 있었다. 머리와 손만 담요 밖으로 나와 있었다. 할머니가 우리를 보았다. 촛불 때문에 눈이 반짝거렸다.

"남자애라고 했수, 영감?"

"그래, 그래. 아주 친절한 아이지. 날 도와줬거든. 하지만 이 추운 밤에 머물 곳이 없는 애야. 춥고 여윈 아이지. 음, 아주 추운 밤이야."

"되돌려 보내지 그래요? 우리한테 해코지할지도 몰라요."

"아니, 아니야. 그런 짓 안 할 거야. 그렇지?"

"안 해요."

내가 대답했다. 침대 위 선반에는 똑딱거리는 낡은 탁상시계와 책들이 놓여 있었다. 야콥 할아버지는 창문 옆에서 스토브의 불씨를 뒤적였다. 그리고 양동이에서 석탄 몇 덩이를 꺼내서 넣었다.

벽에는 양푼과 양동이가 촘촘히 걸려 있었고 가방과 밧줄, 낡은 철사 등 온갖 것이 매달려 있었다. 스토브 위쪽에는 천장에서 밧줄을 내려 매달아 놓은 가로대가 있었는데 털실로 짠 스웨터가 그 위에 걸쳐져 있었다. 그야말로 집다운 모습이었다. 야콥 할아버지는 줄을 당겨 내린 후 온통 뻣뻣하고 축축해진 장갑과 코트를 벗어 가로대에 걸치고 스웨터를 입었다.

"좀 더 가까이 오거라, 애야. 거기 있으니까 안 보이는구나."

할머니가 침대에서 쉰 소리로 말했다. 야콥 할아버지는 천천히 내게로 걸어와 나를 할머니 쪽으로 밀었다.

"이 애의 코트를 봐. 코트를 보라구."

야콥 할아버지가 촛불을 들어 올리며 말했다. 할머니가 고개를 들고 일어나 앉았다.

"그런데 얘는 왜 데려왔수, 영감?"

할머니의 손은 아주 앙상했다. 그냥 뼈와 거죽뿐이었다.

"얘한테 성가시게 하면 안 돼, 할멈. 얘는 지금 몹시 시장하거든. 안 그러냐? 많이 시장하지?"

야콥 할아버지는 할머니 침대에 있는 양초에 불을 붙이고 스토

259

브 쪽으로 천천히 걸어가서 솥을 걸었다. 할머니가 나를 바라보았다.

"이름이 뭐니?"

"윌로예요."

"그 코트 말이야, 엘리자베스. 그 애의 코트를 보구려. 그 애가 직접 만들었다는구면."

스토브 위에서 끓고 있는 스튜의 냄새가 배고픈 내 창자를 고문했지만 나는 코트를 벗어 엘리자베스 할머니의 울퉁불퉁한 손에 쥐어 주었다. 그리고 스토브 앞 따뜻한 자리에 앉았다.

두 사람은 내 코트를 살펴보았다. 어떤 이유에선지 두 사람은 굉장히 흥미로워했다. 눈 가까이 들어 올려 아주 자세히 바느질을 살펴보았고 안과 밖을 뒤집어 보기도 했다.

나는 방 안을 둘러보았다. 촛불이 작고 침침해서 잘 보이지는 않았다. 침대 옆에 문 하나, 구석에 의자 하나, 벽에 걸려 있는 양푼들, 판자 몇 개를 붙이고 금속 조각을 박아서 만든 작은 탁자 하나. 매그다가 집에 해 둔 것과 똑같았다. 매그다는 우리가 어지럽히지 못하도록 별도의 공간을 마련해야 했다. 그래서 우리가 컵이나 접시를 올려놓으려고 하면 "그러면 더러워지잖아, 난 온종일 더러워진 것들을 씻느라 보낼 시간이 없단다."라는 잔소리를 들어야 했다.

"이 코트, 네가 직접 만들었다고 했지?"

야콥 할아버지가 물었다.

"대부분요. 옷 도안 만드는 건 도움을 좀 받았어요."

"안감은 토끼털 같고 겉감은 개가죽 같아 보이는구나?"

"그 코트만 있으면 춥지 않아요."

"음, 당연히 그렇겠어. 그렇고말고."

야콥 할아버지는 양철 그릇에 음식을 퍼 담았다. 엘리자베스 할머니가 물었다.

"네가 여기서 뭘 하고 있었는지 말해 주련? 직접 만들었다는 그 좋은 코트를 입고서 말이야."

나는 입안 가득 뜨거운 감자 스튜를 머금고 있어서 대답을 할 수 없었다.

"음, 분명 이탈자 코트구먼. 할멈, 확실해."

야콥 할아버지가 말했다. 나는 감자 스튜를 삼켰다. 등은 불을 쬐어 따뜻했고 뱃속은 뜨거운 음식으로 가득했다. 눈이 스르르 감겼다. 안 감으려고 안간힘을 썼는데도.

이 노부부가 나에게 해코지를 할지도 모를 일이다. 야콥 할아버지가 엘리자베스 할머니에게 쉿 소리를 냈다.

"애는 지금 너무 피곤해서 대답을 못하겠구려, 할멈."

누군가가 내 머리 밑에 쿠션을 놓고 무거운 담요를 덮어 주었다. 두 사람이 얘기하는 소리도 들렸고, 야콥 할아버지가 조용히 방 안을 왔다 갔다 하는 소리도 들렸다. 그런데 눈꺼풀이 너무 무거웠고 내 의사와 상관없이 자꾸만 눈이 감겼다. 잠이 내 몸 위로 기어 올라왔다. 기분이 좋았다. 내 어깨는 바닥에 닿아 있었다. 산을 떠난 이후로 이렇게 배부르고 따뜻한 밤은 처음이었다.

"내일 물어보자구, 할멈……."

야콥 할아버지의 그 말이 내가 들은 마지막 말이었다. 나는 머릿속으로 메리를 떠올리며 깊게 숨을 쉬었다. 머리카락이 형클어진 메리가 쥐잡이 할아버지의 담요를 구부러진 손가락으로 집어 올렸다. 붉은 입술이 미소를 지었다.

도시는 매그다가 들려준 옛날이야기보다 훨씬 이상하고 잔인했다. 매그다의 이야기에서는 잭이 콩나무를 타고 올라가고, 마녀가 빵으로 집을 짓고 그랬는데. 정말로. 그때 나는 잠에 빠져들었다. 더 이상 아무 기억도 나지 않았다.

잠이 깨어 정신을 차리고 보니 내게 담요가 덮여 있었고, 새 장작을 만난 불이 신나게 타닥거렸고, 아주 커다란 창문에서 햇살이 쏟아져 들어왔다. 아침이었다.

26

            햇빛이 비쳐 들어 그 방의 모습이 적나라하게 드러났다. 낡고 꾀죄죄하고 먼지투성이였다. 엘리자베스 할머니는 아직도 조그맣게 코를 골고 있었다. 스토브에는 내가 어젯밤에 한 그릇을 뚝딱 비운 스튜 솥이 걸려 있었다.

    침대 옆의 문이 열려 있었는데 거기서 소리가 들려왔다. 다가가 보니 야콥 할아버지가 창가의 작업대에 앉아 있었다. 할아버지의 스웨터 소맷단은 닳아 있었다. 할아버지의 성성한 머리카락과 울퉁불퉁한 손 위로 여린 아침 햇살이 비쳤다. 할아버지는 몸을 구부린 채 부드럽고 하얀 털가죽을 쓰다듬었다.

    선반에는 각종 도구, 두루마리 가죽, 금속판 들이 먼지가 잔뜩 쌓인 채 마구 올려져 있었다. 못 상자, 철사, 파이프, 낡은 부츠,

과일과 채소 피클 병도 있었다. 꼭 집에 돌아온 것 같았다. 이 방은 그리 춥지 않았다. 난로의 연통이 벽을 따라 죽 지나가기 때문이다. 연통은 철사로 묶여 천장에 고정되었다. 널빤지로 절반쯤 덮인 유리문이 있었고, 문밖에는 눈이 잔뜩 쌓인 작은 발코니가 있었다. 비둘기 한 마리가 얼음 위에서 종종거렸다.

야콥 할아버지가 고개를 들었다.

"저기 보세요!"

나는 아주 조용히 새를 가리켰다.

"좋았어. 하지만 아니, 아니야. 지금은 잡아먹지 않는단다. 봄에 밖에다 둥지를 지으면 비둘기가 더 많아지거든. 한 마리는 안 돼, 안 돼. 인내는 미덕이란다, 미덕."

"뭘 만들고 계세요?"

나는 여전히 비둘기한테 눈을 떼지 않고 물었다.

"코트를 만들고 있지. 음, 도로시 베크무르친을 위한 코트란다."

"좀 봐도 돼요?"

"물론, 물론이지."

나는 야콥 할아버지의 곁으로 갔다. 발코니에 있던 비둘기가 하늘로 날아올랐다. 나는 탁자 위에 있는 가죽을 들어 솔기를 보았다. 손질이 잘된 부드럽고 하얀 털이었다. 가죽은 두 장이고 그다지 크지 않았다. 소매 부분인 듯했다.

"아침밥 값을 벌어 보고 싶지 않으냐? 좀 도와주겠니?"

264

"필요하시면 제가 바느질을 도울게요. 바늘을 주세요. 날카로운 칼도 필요하고요."

"그래, 그래. 어딘가 하나 있을 게다."

야콥 할아버지는 작은 나무 상자를 뒤적거리기 시작했다. 나도 몸을 기울여 함께 찾았다. 아무래도 아침 내내 찾아야 할 모양이었다. 나는 야콥 할아버지가 만든 가죽 조각을 들어 뒤집었다.

"저는 소매를 이렇게 바느질하지 않아요. 보세요, 할아버지는 바짝 꿰매지 않았어요."

"아니, 아니야. 눈 때문이야. 지금은 눈이 나쁘단다."

나는 가죽 조각들을 탁자 위에 늘어놓았다. 털가죽의 좋은 감촉 때문에 마치 아빠와 집에 앉아 있는 듯한 기분이 들었다.

우선 나는 솔기를 새로 잘랐다. 그리고 조심스럽게 두 장을 꿰맸다. 그런 다음 바깥쪽의 털을 빗질한 후 실에 낀 털들을 빼냈다. 괜찮아 보였다. 작업을 끝내고 나면 꿰맨 자리가 보이지 않을 것이다. 조용해서 일하기 좋았다. 나는 야콥 할아버지에게 바느질한 걸 보여 주었다.

"보이세요? 이제 솔기가 보이지 않아요."

"그래, 그래. 음, 아주 아주 좋구나."

"하지만 칼로 가위집(*바느질로 이은 모서리나 곡선 부분을 겉면으로 뒤집을 때 천이 뭉치지 않도록 시접에 삼각형 모양으로 여러 군데 잘라 내는 것.)을 넣지 않으면 이 소매는 나무판자처럼 뻣뻣할 거예요."

"가위집?"

나는 칼을 쥐었다.

"어디에 가위집을 넣는지 잘 보세요."

야콥 할아버지가 내 팔을 잡았다.

"그러다 망치겠구나. 난 털가죽을 더 살 돈이 없단다."

"아뇨, 망치지 않아요. 전에도 해 봤어요. 잘 보세요."

나는 조심스럽게 가위집을 넣었다. 그리고 내 섬세한 바느질로 산뜻하게 꿰맨 후 털을 빗질하고 다시 실에 낀 털들을 빼내 가지런하게 정돈했다.

"보이세요?"

야콥 할아버지가 털가죽을 집어 들었다. 털이 부드럽고 탄력 있게 늘어졌다. 할아버지는 쭈글쭈글한 손으로 털을 쭉 훑어 내렸다.

"그래, 그래. 이제 보이는구나."

저쪽 방에서 부스럭거리는 소리가 들렸다.

"애야, 우리하고 한동안 여기 머무는 게 어떻겠니, 응? 잠깐 동안만. 이 코트를 완성할 동안 여기서 잠도 재워 주고 밥도 먹여 주마. 그래, 음식과 따뜻한 불이 있잖니? 음, 어떠냐? 넌 바느질만 하면서 여기서 지낼 수 있어."

나는 창밖을 보았다. 추운 날씨와 회색 연기의 도시가 보였다. 뱃속이 음식으로 든든했다. 따뜻한 불도 저쪽 방에서 타오르고 있었고 손에는 좋은 털가죽 조각이 들려 있었다.

엘리자베스 할머니가 잠에서 깨는 소리가 들렸다. 야콥 할아버

266

지가 자리에서 일어났다.

"생각해 보려무나, 월로."

야콥 할아버지는 저쪽 방으로 느릿느릿 걸어갔다. 할아버지가 부산스럽게 움직이는 소리가 들렸다. 솥에서 스튜를 퍼서 할머니에게 주는 소리였다.

"숟가락을 줘요, 영감."

"그래, 할멈. 숟가락을 줘야지."

야콥 할아버지는 불을 뒤적였다. 부지깽이가 솥에 닿아 댕그랑 소리가 났다.

"월로, 그 소매를 여기로 가져오너라. 할멈, 저 애가 도로시 베크무르친의 코트를 어떻게 만들었는지 보구려. 음, 살아 있는 것처럼 부드럽게 만들었지."

나는 침대로 다가가서 엘리자베스 할머니에게 소매를 건넸다. 할머니는 소매를 만져도 보고 쓰다듬어도 보았다.

"오, 그래요. 아주 좋아요."

야콥 할아버지가 돌아서서 나를 보았다.

"그래, 어쩔 셈이냐, 음? 남아서 이 코트를 마저 끝내 주겠니? 코트가 다 만들어지고 나면 내가 100위안을 주마. 음식과 잠잘 곳도 주고. 괜찮지, 할멈?"

"얼마나 걸리겠니, 얘야?"

엘리자베스 할머니가 물었다.

"이미 손질된 가죽이고 옷 도안이 준비되어 있으면, 몇 주면 될 거예요."

"몇 주? 세상에, 할멈. 들었어? 몇 주면 된다는구면."

야콥 할아버지는 몸을 숙여 천천히 바닥에 무릎을 꿇고 앉더니 침대 아래에서 나무 궤짝을 끌어당겼다. 내가 거들었다. 궤짝 안에는 기름종이에 꽁꽁 싸인 손질된 가죽이 있었다. 전부 부드럽고 새하얗고 조그마한 가죽이었다. 어떤 것은 검은 다리 부분이었고 갈색 줄무늬가 섞인 가죽도 있어서, 만약 새하얀 코트를 만들 거라면 잘라 내야 할 것 같았다. 처음 보는 가죽이었다.

"무슨 가죽이에요?"

"고양이 가죽이란다. 주로 털이 곱고 하얀 고양이지, 음, 네 코트는 옷깃에 자수를 놓아서 마무리했구나. 할멈, 그렇지? 음, 그래. 윌로, 우리 할멈이 자수 솜씨는 아직 쓸 만하단다."

궤짝 한 귀퉁이에 작은 꾸러미가 있었다. 야콥 할아버지가 꾸러미를 풀었다. 조각 천들을 모아 둔 꾸러미였다. 지금까지 본 적이 없는 부드럽고 고운 천이었다. 화창한 날씨의 맑은 하늘에서 볼 수 있는 색이었다. 그리고 그 위에는 할머니가 수놓은 것으로 보이는 눈풀꽃 자수가 빽빽하게 뒤덮여 있었다. 나는 할머니의 손에서 이런 작품이 나왔다는 게 믿어지지 않았다. 눈풀꽃이 어찌나 또록또록한지 눈밭에서 튀어나올 것만 같았다. 매그다보다 훨씬 솜씨가 좋았다. 꽃부리와 구부러진 잎사귀들이 빛을 받아 반짝거리는 자수였다. 실이 아주 고와서 은은하게 빛을 뿜어냈다.

"이건 옷깃의 안감이란다. 눈풀꽃은 도로시 베크무르친이 정말 좋아하는 꽃이지. 오, 그래. 가장 좋아하는 꽃이야. 네가 솔기를 안 보이게 바느질하고 털이 부드럽게 흘러내리도록 만든다면 도로시 베크무르친은 거금을 지불할 거야. 그럼 우린 겨울 동안 배고픈 줄 모르고 지내겠지. 배고픈 줄 모르다마다. 어떠냐, 윌로? 스튜를 먹고 여기서 지내면서 일주일 동안 코트를 꿰매도록 하자. 여기서 조금 지낸다고 네게 해될 건 없잖니?"

"그거 말고 할 일이라도 있니? 시민증은 있고?"

엘리자베스 할머니가 물었다.

"아뇨. 며칠 전에 언덕에서 내려와 트럭을 타고 여기까지 왔어요. 시민증은 없어요."

"며칠 전에 언덕에서 내려왔구나. 어쩌다 그랬니?"

"아빠가 잡혀갔어요."

"누구한테?"

"정부 트럭이요. 산까지 올라왔었어요."

"음, 시민증 없이 용케도 도시에 들어왔구나. 정말 추운 겨울인데. 안 그러우, 영감? 서둘러서 나갈 이유는 없겠구나, 애야."

"사실은 나가는 게 더 걱정이에요."

"걱정은 별로 도움이 안 된단다. 모두가 걱정거리를 안고 살지. 너만 그런 건 아니란다."

엘리자베스 할머니가 말했다. 할머니가 핵심을 바로 짚었다. 나는 달리 갈 곳이 없었다. 도시에는 메리 외에 아는 사람이 없었다. 그리고 지금은 메리가 어디에 있는지도 몰랐다.

야콥 할아버지가 커다란 가방에서 가죽들을 꺼냈다. 그리고 작업실로 가져가 탁자 위에 펼쳐 놓으며 중얼거렸다.

"이제, 난 옷 도안을 자르마. 그래, 그래. 난 옷 도안을 잘 자른단다. 이리 오너라, 애야. 내가 보여 주마."

엘리자베스 할머니가 침대에서 일어나 앉았다.

"가서 도와주려무나. 네게 해가 되진 않을 게야, 그렇지?"

할머니는 주름진 작은 손을 내밀었다.

"부탁하마."

* * *

그래서 나는 이 노부부의 집에 머물게 되었다. 야콥 할아버지의 수다를 들으며 가죽을 매만지는 건 참 기분 좋은 일이었다. 예전에 집에서 불가에 앉아 어른들의 이야기를 듣던 담화 시간 같았다. 야콥 할아버지와 엘리자베스 할머니에게 어린 시절이나 젊은 시절이 있었다는 게 상상이 잘 되지 않았다.

야콥 할아버지가 사진을 보여 주었다. 꽃밭 한가운데에 서 있는 남자는 야콥 할아버지, 그 옆에 선 여자는 엘리자베스 할머니인 것 같았다. 숱 많은 까만 머리를 하고 아주 행복한 표정이었다. 그래서 나는 두 사람이 한때는 젊었다는 사실을 알게 되었다.

그리고 야콥 할아버지가 온통 열광하면서 쏟아 내는 이야기를 들었다. 그래서 그들이 옛날에 너무 바쁘게 살다 보니 얼마나 행운을 안고 있는지 미처 깨닫지 못했다는 사실도 알게 되었다. 할아버지는 꼭 우리 아빠처럼 말했다. 아빠도 "사람들이 손으로 물건을 만들고 머리로 생각하던 때로 돌아가야 한다."고 말했었다.

나는 야콥 할아버지의 말을 주로 듣기만 했다. 아빠가 열변을 토할 때처럼. 그리고 코트를 만드는 일에 집중하다 보니 나쁜 잡념이 들지 않아서 좋았다. 머릿속을 시끄럽게 하던 눈과 바람이 몰아치는 추운 날씨도, 울프의 목소리도 더 이상 떠오르지 않았다. 하지만 잊을 수는 없었다.

'넌 이제 혼자야, 윌로.'

* * *

몇 주가 천천히 지나갔다. 그리고 점차 코트가 완성되어 갔다. 야콥 할아버지는 먼저 낡은 종이에서 옷 도안을 오려 냈다. 할아버지는 알아서 잘하고 있다고 말했지만 나는 그 옷 도안이 그다지 실용적으로 보이지 않았다. 옷 안으로 눈이 들어갈 것 같았다. 할아버지는 도로시 베크무르친이 실용적인 걸 걱정하는 사람이 아니라고 했다. 보기 좋아야 한다고 했다. 그러면서 코트를 갖다 주러 갈 때 나도 함께 가자고 했다. 도로시가 내 바느질 솜씨를 보면 돈을 주면서 더 많은 걸 만들어 달라고 할 거라고 말이다.

야콥 할아버지는 자꾸만 잊었다. 내가 산으로 돌아가야 한다는 사실을. 나는 여기서 코트를 만들며 영원히 지낼 수는 없었다.

"음, 윌로. 당장 어디로 갈 건 아니지?"

* * *

어느 날 저녁 야콥 할아버지가 걱정스러운 표정으로 시장에서 돌아왔다.

"빈민촌에 문제가 생겼단다. 갱들이 도로를 막고 있어. 부두에서 수문도 부수어 버렸지. 오, 맙소사. 운하가 넘치고 군인들이 사방에 깔렸단다. 상황이 너무 나빠. 음, 올 겨울은 정말 안 좋아."

"무슨 뜻이에요?"

내가 물었다.

"도시에 들어오지도, 나가지도 못하게 됐단다. 지금은 아무도 안 돼. 올 겨울에 전기 공급도 많지 않을 게야. 아주 나빠."

나는 메리가 떠올랐다. 아빠도 생각났다.

"난 가족을 찾아야 해요."

"빈민촌에 갈 수 없을 게다. 길이 막혀 있는 동안에는."

"언제까지 막혀 있을까요?"

"글쎄다. 해빙 때까지는 안 열릴 게다. 안 열리지, 안 열려. 그때까지는 안 열려. 그리고 거기에 가고 싶지도 않을 게다, 윌로. 네가 차라리 안 봤더라면 하고 생각할 일이 많단다."

심장이 마구 뛰었다. 메리를 그 무서운 장소에 내버려 두고 혼자 떠났다니. 운하 아래에 쥐잡이 할아버지와 단둘만 남겨 두고 오다니. 메리는 배고프고 악취가 진동하고 스모그가 목을 컥컥 막히게 만드는 나쁜 곳에 혼자 남아 있다. 나도 없고, 아빠도 없고, 토미도 없이 혼자서.

나는 창가로 다가가 도시를 내려다보았다. 멀리 몸을 옹송그린 채 터덜터덜 길을 걷는 사람들 모습이 흐릿하게 보였다. 트럭 한 대가 고층 건물 옆을 덜덜거리며 지나갔다. 최근 며칠간 날씨도 아주 추웠다. 회색 굴뚝마다 토해 내는 구불구불한 연기가 벽돌과 돌과 눈과 얼음 위에 무겁게 걸렸다. 스모그가 자욱하게 깔려 있었다. 저 바깥 어딘가에 아빠와 매그다와 다른 사람들이 있을 것이다. 그들은 그냥 사라져 버린 게 아닐 것이다. 분명히 저기 어딘가에 있을 것이다. 언덕들을 넘고 넘어 멀리 떨어진 곳일지라도.

"넌 우리 집에 있어서 다행이구나."

침대에서 엘리자베스 할머니가 말했다. 나는 창문에서 돌아섰다. 다행이라고 느껴지지 않았다, 조금도.

매그다는 슬픔과 사랑과 고통은 쉽게 느낄 수 있는 감정이라고 늘 말했다. 하지만 다행이라는 감정은 쉽사리 들지 않는다고 했다.

27

　　　　　　　　우리는 기름을 먹인 종이로 코트를 싸서
단단히 묶었다. 그리고 돌돌 말아서 캔버스 가방에 넣었다. 이제
도로시 베크무르친에게 갈 준비가 되었다. 야콥 할아버지는 코트
가 구겨지거나 물에 젖으면 안 된다며 호들갑을 떨었다.
　"도로시가 질문하기 전에는 아무 말도 하지 말거라. 안 되지, 안
돼. 대화는 내가 하마. 넌 조용히 있어야 해. 음, 할 수 있겠지?"
　나는 고개를 끄덕였다.
　야콥 할아버지가 옷 도안을 자르고 내가 바느질로 마무리한 그
코트는 지금까지 본 것 중에서 최고로 환상적인 코트였다. 50개
가 넘는 가죽을 자르고 꿰매어 만들었는데, 몸통 부분은 몸에 딱
맞고 허리부터는 확 넓어져서 너울거리는 스커트 모양이 되었다.

머리부터 발끝까지 완전한 흰색의 털 코트였다. 깃에는 뻣뻣한 소가죽을 안감으로 대어 도로시의 머리 높이까지 깃이 세워져서 바람을 막을 수 있게 했다. 그리고 머리 뒤쪽에는 눈풀꽃들이 엷은 파랑색 실크 자수로 펼쳐져 있었다. 만약 도로시가 야콥 할아버지의 얘기만큼 아름답다면 정말 엄청나게 멋져 보일 것이다.

코트의 나머지 작업으로, 엘리자베스 할머니가 부드럽고 하얀 털로 안감을 넣었다. 야콥 할아버지는 이틀 동안 탁자에 앉아 두드리며 갈고 닦은 황동 단추를 달았다. 할아버지는 중국에서 들여온 비단실과 양모와 황동을 사는 데 남은 돈을 모두 썼다. 이 코트는 아마 세상에서 가장 아름다운 옷일 것이다.

야콥 할아버지는 여러 재난이 닥친 이후로 계속 코트와 장갑을 만들어 왔다고 했다. 이제는 눈이 많이 나빠져서 내가 하는 방식대로 코트를 멋지게 만들기는 힘들단다. 그리고 이 코트의 대가로 거금을 받을 거라고 이야기해 주었다. 그 말을 들으니 기분이 아주 좋았다. 비록 방에 앉아서 몇 주 동안 피곤하게 바느질을 하며 어떻게 산으로 돌아갈지 걱정하긴 했지만.

야콥 할아버지는 도로시 베크무르친이 아는 사람이 많다고 했다. 정부 사람이든 누구든 모두 안다고 알려 주었다. 그 사람들 모두가 도로시를 '만나러' 오기 때문이라고 했다.

"왜요?"

내가 물었다.

"도로시가 아름답기 때문이지."

엘리자베스 할머니가 대답했고 야콥 할아버지가 잇따라 말했다.

"도로시는 빈민촌에서 자랐단다. 그래서 때때로 힘없는 사람들을 돕지. 도로시에게 뭔가 좋은 일을 해 준 사람들을 위해서 말이다."

"이 코트처럼요?"

"그렇지. 이 코트를 보면 도로시가 너한테 관심을 갖게 될 거야. 인내심만 있으면 돼. 내가 얘기를 하마. 그렇게 되면 돈을 벌어서 네 시민증을 살 수 있을 게다."

* * *

양동이에서 넘실대는 오물 냄새가 계단통을 메웠다. 통통한 갈색쥐 한 마리가 막 계단에 다가와 앉았다. 야콥 할아버지가 쫓으려고 소리를 지르자 쥐는 벽을 따라 살금살금 도망쳤다. 깨진 창문으로 햇빛이 희미하게 비쳐 들었다. 아래층의 어느 집에서 누군가가 문을 열고 나왔다. 그 사람은 커다란 코트로 머리부터 발끝까지 두르고 더러운 계단을 터덜터덜 걸어 내려갔다. 오물 양동이를 들고서.

"우린 어디로 가요?"

"멀지 않아. 차이나타운이지. 그래, 그래. 거기에 도로시의 집이 있단다. 음, 이제 부츠를 더럽히지 않도록 하거라. 안 돼. 도로시는 그런 걸 싫어할 테니까. 우린 오늘 마차를 탈 거란다. 그래,

그래. 이 소중한 가방을 들고 걸어서 가기엔 너무 위험하니까. 그렇지?"

야콥 할아버지는 주름진 얼굴에 미소를 띠었다. 나는 절뚝이며 걷는 할아버지를 따라 수천 개의 계단을 내려가서 도로로 나갔다. 건물이 햇빛을 가려 그림자를 드리웠다. 온 거리에서 볼품없는 코트를 입은 여자들이 눈을 치우고 있었다. 야콥 할아버지는 눈 둑의 틈 사이로 걸어가 마차를 불러 세웠다. 축 늘어진 말이 마차를 끌며 다가왔다.

"어디 가시우?"

마부가 내려다보며 말했다.

"차이나타운 가 주시오."

"3쿼드유."

야콥 할아버지는 주머니에서 동전을 세어 건넸다.

"1인당 요금이우."

야콥 할아버지는 한숨을 쉬면서 3쿼드를 더 건넸고 우리는 낡은 나무 마차에 올랐다. 담요를 뒤집어쓴 여자 두 명이 발치에 달걀 바구니를 두고서 시무룩하게 앉아 있었다.

"이랴!"

마부가 소리치자 말은 손수레와 사람들 사이로 눈과 얼음이 쌓여 있는 길을 달려가기 시작했다. 마차가 더러운 진흙을 철벅이며 지나가자 눈을 치우던 사람들이 화가 나서 소리쳤다. 마부는 긴 채찍으로 말을 때렸다. 불쌍한 늙은 말은 이미 최선을 다해 달리고 있는데도 말이다.

마차를 타고 간다고 해서 빨리 도착하는 건 아니었지만 발이 젖지 않아서 좋았다. 마차에 앉아, 길가에서 석탄 양동이나 양모 가방을 두고 흥정을 하는 사람들을 내려다보는 것도 좋았다. 사람들은 대부분 머리에서 발끝까지 캔버스 천으로 된 옷을 입었고 두 손에는 장갑 대신 헝겊을 감고 있었다. 모든 건물에서 더러운 연기 가닥이 피어올라 하늘을 회색빛으로 만들었다. 마차는 높고 시커먼 건물을 돌아갈 때마다 심하게 덜컹거렸다.

도시는 산과 닮은 구석이 하나도 없었다. 도시는 좋지도, 깨끗하지도 않았다. 누구든 그렇게 느낄 것이다. 나는 사람, 물건, 건물들을 생전 처음 보는 사람처럼 바라보면서 그런 생각에 잠겼다. 저 사람들은 모두 어디에서 왔고, 어디로 가고 있으며, 무엇을 하고 있는지 알고 싶어졌다. 한 해가 가고 두 해가 가도 낯선 사람 하나 보기 힘든 우리 마을과는 달랐다. 물고기를 굽고 춤을 추고 마을 회의를 하기 위해 바르무스로 가야만 했던 산속 마을과는 너무도 달랐다.

"저길 보거라!"

야콥 할아버지가 말했다. 앞쪽 거리에 온통 붉은색, 금색으로 장식된 용 조각상이 반짝였고 어디선가 종소리가 들려왔다. 반짝반짝 빛나는 거대한 아치 모양 입구가 높이 솟아 있었다.

아치 입구 너머의 거리도 빛났다. 길 양쪽에는 창문들마다 불빛이 비쳐 나왔고 색색의 천이 가게 바깥쪽에서 펄럭였다. 석탄

이 타는 드럼통에서는 연기가 피어올랐고, 곳곳마다 사람들이 바다를 이루었고, 낯설게 생긴 사람들이 털옷과 비단옷을 입고 있었고, 사방에서 음식 냄새가 진동했다.

"차이나타운에 도착했수."

마부가 말했다.

"자, 윌로. 다 왔구나. 그래, 그래. 다 왔어."

야콥 할아버지는 천천히 마차에서 내렸다.

"이러다 날 새겠수, 영감."

마부가 툴툴거렸다. 우리 발이 채 땅에 닿기도 전에 마부는 불쌍한 늙은 말에게 채찍을 휘둘렀다. 말은 깜짝 놀라 마차를 끌기 시작했다.

"내 옆에 바짝 붙어 있거라."

야콥 할아버지가 말했다.

"여긴 어디예요? 사람들이 모두 낯설어 보여요."

"도시의 심장이란다, 윌로. 오, 그래. 도시의 심장이지. 저 사람들은 중국인이야."

야콥 할아버지는 어디로 가야 하는지 잘 아는 듯했다. 나는 바짝 붙어서 따라갔다. 거리는 눈을 말끔히 치우고 모래를 덮어 두어 깨끗했다. 칼을 파는 가게도 있었다. 갖고 싶어지는 온갖 종류의 칼이 놓여 있었다. 긴 칼, 짧은 칼, 톱날이 달린 칼, 손잡이를 알록달록하게 색칠한 날렵한 칼 등등. 나는 걸음을 멈춘 채 넋을 놓고 칼들을 들여다보았다.

"어서 가자, 윌로. 시간이 없단다. 구경하고 있을 시간이 없어. 이제 거의 다 왔단다."

어떤 가게는 출입문을 열어 두고 장사를 했다. 검은 머리의 남자들이 양배추, 꽥꽥거리는 닭, 실크 스카프, 앙증맞은 슬리퍼를 내놓고 팔고 있었다. 작은 종이 꽃다발을 팔며 군중들을 뚫고 걸어가는 할머니도 있었는데 "화, 화."라고 소리쳤다.

건너편에 눈부시게 번쩍이는 빌딩이 있었다. 출입문에 빨간색과 금색으로 '청국 영화관'이라고 인쇄되어 있었다. 기다리는 사람들의 행렬이 건물 앞으로 길게 뻗었다. '미국 뉴스 영화'라는 간판이 입구에 세워져 있었다.

야콥 할아버지가 돌아섰다.

"이 거리는 밤에 봐야 진짜란다, 윌로. 창문마다 불빛이 환하고 전깃불과 음악도 있지. 자, 이리 오너라. 여기란다."

우리는 어떤 문 앞에 멈춰 섰다. 야콥 할아버지가 벽에 있는 쇠사슬을 잡아당겼다. 멀리서 종이 울렸다. 검은 머리에 인형처럼 낯선 눈을 한 소녀가 문을 열었다.

"난 모피 상인이오. 코트를 가져왔소."

야콥 할아버지가 소녀에게 말했다. 소녀는 웃으며 고개를 살짝 끄덕이더니 커다란 방으로 우리를 안내했다. 야콥 할아버지가 부츠를 벗어서 나도 똑같이 따라했다. 소녀는 우리에게 천으로 된 슬리퍼를 주었다.

한쪽 벽에 계단이 있는 그 방의 바닥에는 커다란 깔개가 깔려 있었다. 깔개는 짙은 빨간색 바탕에 무늬가 있었고 드문드문 동물 가죽들이 뒤섞인 것이었다. 그래서 바닥이 차갑지 않았다. 한 귀퉁이에서 작은 벽난로가 타올랐다.

"마님이 방금 아침 식사를 마치셨어요. 올라오세요."

소녀가 말했다. 우리는 슬리퍼 소리가 나지 않게 조용히 걸으며 소녀를 따라 높은 계단을 올라갔다. 계단 꼭대기에는 조각을 새겨 넣은 두 칸짜리 나무문이 있었다. 소녀가 노크하자 문이 열렸다.

방 안의 따뜻한 공기가 얼굴을 훅 때렸다. 야콥 할아버지가 허리 숙여 인사하며 들어갔다.

"야콥! 어머나, 드디어 왔군요. 코트를 약속한 게 벌써 6개월 전이에요. 나빠요, 야콥. 불쌍한 도로시가 겨울 내내 따뜻한 옷도 없이 지냈다구요. 야콥은 벌을 받아야 해요. 하지만 이리 들어와요. 불 옆으로 와서 이번에 뭘 가져왔나 보여 줘요. 어머, 남자애를 데려왔군요! 어디 보자, 애야."

야콥 할아버지가 나를 앞으로 밀었다.

"이 녀석이 코트를 바느질했습죠. 아주 솜씨가 좋아요. 네, 네. 아주 솜씨 좋은 녀석입죠."

"정말 추운 겨울이었어요. 언제나 끝날까? 올해는 픽스에서 사냥도 못했지 뭐예요. 아무도 못 갔을 거예요. 도로가 눈에 파묻혔으니까요."

"네, 네. 아주 추운 겨울이었습죠, 네."

"이리 와 보렴, 애야. 이름이 뭐지?"

하지만 나는 계속 방을 두리번거리느라 바빴다. 두 개의 높은 창문으로 바깥의 거리가 내려다보였다. 널빤지 같은 것도 붙어 있지 않았다. 그냥 반짝거리는 판유리였다. 두꺼운 염소 가죽 커튼은 바닥까지 닿아 있었다. 커다란 벽난로에서 불이 활활 타올랐고 암적색 벽마다 무거운 옷들이 쇠사슬 위에 걸쳐져 있었다. 알록달록한 쿠션이 잔뜩 놓인, 부드러운 느낌의 의자가 빙 둘러 있었고 책 더미, 병들, 그릇들이 놓인 작은 테이블이 있었다. 곳곳에서 촛불이 타올랐다. 아마 도로시는 여름 내내 촛불을 만들면서 보낸 모양이었다. 이렇게 많은 촛불을 켜 두었으니 말이다. 심지어 지금은 한낮이었다. 나는 이렇게 많은 물건으로 채워진 안락하고 따뜻한 장소는 본 적이 없었다. 그리고 내 눈을 사로잡은 것 중 으뜸은 벽난로 옆 푹신한 의자에 아주 여유롭게 기대앉아 있는 사람, 도로시 베크무르친이었다.

도로시는 졸린 듯한 회색빛 눈으로 나를 쳐다보았다. 깊은 물웅덩이처럼 까만 머리카락은 윤기가 흘렀다. 높게 올림머리를 하고 있었다. 달걀처럼 매끄러운 얼굴, 빨간색으로 곱게 칠한 입술, 아기 같은 분홍빛 뺨, 부드럽고 동글동글하고 여성스러운 몸.

도로시는 내가 본 여자들 중에서 가장 아름다운 여자였다. 나는 넋을 잃고 쳐다볼 수밖에 없었다.

도로시의 입가에 엷은 미소가 번졌다. 나는 얼굴이 타오르는 것 같았다. 도로시가 나를 비웃고 있는 걸 알았기 때문이다. 온통 지저분한 모습에 낡은 누더기 스웨터를 걸친 내 모습을 보고 말이다. 나는 모자를 벗어 두 손으로 잡았다.

"얘 벙어리예요, 야콥?"

도로시가 말했다. 도로시의 목에 두른 띠에는 반짝이는 보석 장신구가 달려 있었다. 드레스는 허리 부분이 꽉 조였고 그 아래에는 부드러운 초록빛 치마가 펼쳐졌다. 긴 소매의 끝부분에 조그맣고 하얀 손이 생쥐처럼 튀어나왔고 손가락에서는 반지들이 반짝반짝 빛났다.

"저는 윌로입니다."

나는 눈을 들지 못하고 발을 내려다보았다.

"그래, 윌로. 어디 네가 만든 걸 좀 볼까?"

야콥 할아버지는 카펫이 깔린 바닥에 무릎을 꿇고 앉아 떨리는 손으로 더듬더듬 꾸러미를 풀기 시작했다. 기름 먹인 종이를 싼 끈을 풀자 코트가 나왔다. 할아버지는 털을 한 번 매만진 뒤 코트를 들어 올렸다. 하얀 털들이 아래쪽으로 우아하게 흘러내렸다.

"여기 있습니다. 입어 보세요. 얼마나 부드러운지 느껴 보세요. 깃도 보십쇼."

도로시 베크무르친은 의자에서 일어나 슬리퍼를 끌며 코트 쪽으로 걸어왔다. 도로시는 섬세한 손가락으로 털을 쓰다듬었다. 그리고 코트를 뒤집어 안쪽을 살펴보았다.

"아주 섬세한 작품이군요. 솔기가 맘에 들어요. 어머나! 이 깃 좀 봐! 내가 제일 좋아하는 눈풀꽃이야!"

도로시는 사뿐사뿐 돌아섰다. 야콥 할아버지가 도로시의 뒤에서 코트를 걸쳐 주었다. 도로시는 꼭 맞는 크기의 소매에 팔을 넣었다.

"깃이 머리 뒤로 어떻게 세워지는지 보십쇼. 단추를 채우면 얼마나 꼭 맞는지 아실 겁니다. 정말 아름다워 보입니다. 네, 네, 아름다우십니다."

도로시는 긴 거울 앞으로 걸어가 섬세한 손으로 앞섶의 부드러운 흰 털을 어루만졌다. 접힌 자국을 가다듬고 허리 주변의 단추를 채웠다. 우쭐대는 표정이었다.

"거의 안 입은 것처럼 느끼실 겁니다. 정말, 정말 완벽한 착용감이지요."

도로시는 한 바퀴 돌아보더니 입가에 미소를 띠었다.

"아름다운 코트예요, 야콥. 여기 이 아이가 바느질했다고 했나요?"

"네, 네, 아주 솜씨 좋은 녀석입죠."

도로시가 나를 바라보았다. 야콥 할아버지는 꼭 풀줄기 같이 어색한 자세로 서 있었다. 손에 쥔 모자를 구길 듯 꽉 잡은 채. 도로시 베크무르친은 문 옆에서 기다리고 있는 소녀에게 고개를 돌렸다.

"메이리, 따뜻한 초콜릿 차 좀 가져오렴. 불을 쬐면서 함께 마셔야겠어. 자, 윌로. 이 코트처럼 다른 것도 만들 수 있니?"

"음, 저는…… 저는 따뜻한 장갑과 토끼 가죽 양말을 만들 수 있어요."

"토끼 가죽 양말! 멋지구나. 안감이 들어간 부츠는 어떠니? 만들 수 있겠니?"

"털이랑 가죽으로 된 물건은 거의 만들 수 있어요. 야콥 할아버지가 도안만 잘라 준다면요."

나는 거울 옆에 그림처럼 서 있는 도로시 베크무르친을 쳐다보았다. 도로시는 나이가 많지는 않았지만 이 방을 꿈속 세상처럼 가득 채워 놓았다. 옷을 입은 도로시의 몸은 선이 부드럽고 동글동글했다. 차려입은 옷이나 얼굴의 화장이 아니라면 다른 사람들과 똑같았다. 하지만 그렇게 상상할 수가 없었다. 도로시는 벽난로에서 타오르는 불꽃 같았다. 눈을 뗄 수가 없었다.

가끔 벽난로 옆에서 거울 조각을 보며 머리를 묶는 매그다의 모습을 본 적이 있다. 아빠가 매그다에게 물었다.

"머리는 묶어서 뭐 하려고? 당신은 더 이상 소녀가 아니야."

아빠는 나에게 고개를 돌리며 말했다.

"여자들은 항상 치장하고 싶어 한단다, 윌로. 나비 같이 허영심이 많아."

매그다가 팔꿈치로 아빠의 옆구리를 찔렀다.

"그리고 남자들은 나방 같죠. 불만 보면 무조건 날아와 덤벼드니까요, 로빈."

매그다는 웃으며 덧붙였다.

"그리고 죽을 때까지 계속 그러죠!"

메이리는 찻잔 세 개를 올려놓은 작은 쟁반을 들고 방으로 들어왔다. 그리고 찻잔을 탁자에 내려놓았다. 달콤한 냄새가 났다.

"그래, 이 아이를 어디서 발견한 거예요, 야콥?"

"그게, 도로시. 음…… 사실은…… 이 녀석은 시민증이 없답니다. 언덕에서 왔습죠."

"정말이에요?"

도로시는 의자 등받이에 기대앉았다.

"이제 나가 보렴, 메이리."

메이리가 방에서 나갔다.

"네, 네. 이 녀석은 언덕에서 왔습죠."

"음, 시민증이 없으면 조심해야겠군요. 그들이 봉우리를 샅샅이 뒤지고 있어요. 산도 그렇고."

도로시는 찻잔에서 시선을 들어 할아버지를 쳐다보았다.

"그렇다고 들었어요."

"그렇죠. 네, 아주 조심해야 합죠."

야콥 할아버지는 부드럽게 말했다.

"이 애는……."

"그들이 우리 아빠를 잡아갔어요."

나는 불쑥 입을 열었다.

"그리고 우리 가족도……."

"이 애는 불법체류자가 아니에요, 도로시. 아버지가 어딨는지 찾고 있습죠. 경찰이 가족을 데려갔습죠."

"아버지 이름이 뭐지, 월로?"

"로빈이에요. 로빈 블레이크. 그들이……."

야콥 할아버지가 손을 살짝 들어 내 말을 막았다.

"뭘 해야 할지 생각해 봐야겠어요. 올 겨울에 차이나타운에서 멋진 부츠를 신고 다니려면요."

도로시 베크무르친은 까만 눈썹을 치켜 올렸다.

"그래요, 우리가 뭘 할 수 있을지 보자구요. 하지만 빈민촌에 문제가 생겼어요. 바리케이드를 철저하게 쳐 두어서 아무도 들어오거나 나갈 수가 없어요. 시민증이 있든 없든요. 그리고 시민증 구하기가 더 힘들어질 거예요, 야콥. 도시에는 시민증을 만들어 줄 사람이 더 이상 없다고 봐야 해요."

"그냥 저는 아빠를 어디로 데려갔는지 알고 싶을 뿐이에……."

"윌로, 넌 아래층에 내려가서 기다리거라."

야콥 할아버지가 나를 쳐다보며 말했다.

"하지만……."

"내려가서 기다리거라."

계단을 천천히 내려가는데 도로시 베크무르친의 단호한 목소리가 들렸다.

"자, 야콥. '가격'을 의논해 보죠."

28

　　　"1,000위안이야. 그건 3,000파운드가 넘는 액수란다. 들었니, 윌로? 3,000파운드야! 이 돈이면 네게 시민증을 사 줄 수 있단다."

　　야콥 할아버지는 몸을 숙여 낡은 부츠를 신고 메이리에게 고개를 살짝 끄덕여 인사했다. 우리는 다시 추운 거리로 나왔다. 야콥 할아버지는 모자를 귀까지 푹 눌러썼다.

　　"도로시가 우리 아빠에 대해 뭐라고 했어요?"

　　"인내심을 가지렴, 윌로. 음, 인내심이 중요하지. 도로시는 네가 옷을 더 만들어 주길 바란단다. 부츠와 장갑도. 그래, 그래. 그래도 1,000위안이잖냐!"

　　"아빠가 어딨는지 찾을 수 있대요?"

"진정해라, 윌로. 찾으려고 노력해 줄 거야. 하지만 시간이 걸릴 게다. 도로시는 중요 인물을 아주 많이 알지. 음, 아주 중요한 인물들이지. 하지만 그들에게 직접 물어볼 수는 없잖니? 어떤 수단을 쓸지 궁리해 봐야겠지. 그래, 그래. 넌 인내심만 조금 가지면 돼. 도로시의 옷을 만들면서 말이야."

"인내심을 가질 시간이 없어요."

야콥 할아버지가 나를 돌아보았다. 내 눈을 똑바로 쳐다보더니 주름진 손을 내 어깨에 얹었다.

"시간은 우스운 야수란다, 윌로. 그래, 우스운 야수지. 그들이 네 가족을 데려간 거라면……."

야콥 할아버지는 시선을 내렸다.

"그때는 어떻게 할 셈이냐?"

"되돌아오게 해야죠."

"어떻게?"

"해빙 후에요. 눈이 녹으면 갈 거예요."

"들어 보렴. 넌 여기에 있는 게 행운이야. 살아서 여기에 있는 게 말이다. 그래, 넌 여기 살아 있지. 가장 중요한 게 뭔지 생각해야 해."

"하지만 가족들은 잘못한 게 없어요!"

"그래, 그래. 하지만 지금 그들이 어디 있는지 누가 알겠니?"

"그냥 이대로 잊을 수는 없어요. 어디로 갔는지 찾아내야 해요."

"그래, 안단다. 하지만 네가 조금 더 강해져야 해. 좋은 음식도 먹고, 돈도 좀 벌고. 그게 도움이 될 게다. 그래, 여기서 돈을 벌 수 있잖니? 도로시는 널 좋아해. 널 마음에 들어 하지. 네 가족을 찾으려고 최선을 다할 게야. 넌 약간의 인내심만 필요할 뿐이란다. 그래, 그래. 인내심…… . 지금 뭔가를 할 건 아니지 않느냐, 그렇지?"

주위의 모든 것이 무너져 내리는 기분이었다. 차디찬 손이 내 심장을 빼내 갔다. 다시 트로스피니드 호수에 던져진 돌이 된 기분이 들면서 마음이 무거워졌다. 이제는 그 기분을 제대로 알 수 있게 되었다. 어둡고 새까만 물속으로 점점 가라앉는 기분. 물론 나를 필요로 하는 노부부를 만난 건 행운이었다. 그리고 텅 빈 운하의 터널 속에서, 그 운하의 벽돌 수만큼이나 나쁜 일이 많이 생기는 그곳에서 목숨을 잃지 않은 것도 행운이었다. 빈민촌에서 배를 곯지 않은 것도 행운이었고, 정부 사람들에게 붙잡혀 꽁꽁 얼어붙은 어딘가로 보내지지 않은 것도 행운이었다.

내가 할 수 있는 일은 아무것도 없었다. 야콥 할아버지는 내게 행운이라고 말했지만 그건 행운이 아니었다. 결코 행운이 아니었다. 그냥 우연이었을 뿐이다. 차라리 모두가 잡혀가는 소리를 들었을 때 산에서 달려 내려왔으면 좋았을걸. 매그다는 그렇게 외치고 있었을 것이다. 그냥 언덕의 바위들 틈에 앉아 울프의 영혼과 함께 조용히 숨어 있었던 것이 후회스러웠다. 가족들과 함께 잡혀 갔더라면 좋았을 텐데. 모두와 함께.

울프는 내게 좋은 것과 나쁜 것을 뒤죽박죽으로 가르쳐 주며 이랬다가 저랬다가 했지만 사실 나를 지키려고 그랬을 뿐이다. 그건 울프의 잘못이 아니다. 울프는 개니까. 대장의 자리를 지키려는 개일 뿐이니까.

모든 일이 주마등처럼 스쳐 지나갔다. 아빠의 모습, 매그다의 모습, 메리의 모습이 줄에 매달린 통나무처럼 나를 스쳐 지나갔다. 산속 삶이 쉽지는 않았지만 거기에는 자유가 있었다. 너무 멍청하지만 않다면 그리고 덫을 잘 놓는 걸 배운다면, 덫 하나만으로도 그럭저럭 지낼 수 있을 것이다.

메리, 지금 내가 지켜야 할 유일한 사람은 바로 메리다. 메리는 이곳 도시 어딘가에 있을 것이다. 메리를 찾는다면 내가 집으로 데려갈 수 있을 텐데. 강 옆, 한때 웅덩이였던 움푹 꺼진 터로 말이다. 어쩌면 아빠와 다른 사람들이 돌아와서 강 옆의 작은 평지를 갈아 해빙 후에 귀리를 재배하게 될지도 모른다. 기나긴 여름 낮에는 판가드에서 풀을 벨 것이다. 메리는 황야 지대에서 새알을 구해 올 것이다. 우리는 나무를 베고 헛간에 건초 더미를 쌓아 둘 것이다. 여름의 끝자락에서 흐뭇한 미소를 짓게 만드는 건 신선한 건초 더미와 처마까지 쌓아 올린 마른 장작이 내는 달콤하고 향긋한 냄새만 한 게 없다.

아빠는 누군가가 우리를 판자촌으로 끌고 가서 얼어붙을 듯 추운 천막집에 집어넣으려 한다면 차라리 죽어 버리겠다고 했다. 이제는 아빠 말이 옳다는 것을 알았다. 여기는 살 곳이 못 된다. 수천 개의 촛불, 높이 쌓인 석탄으로 때는 벽난로, 필요 이상의 음식

등 모든 것을 가진 도로시 베크무르친의 삶조차도. 나는 전력 공급선 철탑을 따라 멀리 발전소나 석탄 광산으로 가기 위해 트럭에 오르내리는 사람도 되고 싶지 않지만, 도로시 베크무르친처럼 되고 싶지도 않다.

그래도 야콥 할아버지의 말씀은 옳다. 지금 당장 내가 할 수 있는 게 아무것도 없음은 굳이 울프가 알려 주지 않아도 알 수 있다. 울프는 꼬리를 다리 사이에 감추고 언덕으로 달려 올라갔다.

이미 말했듯이, 그건 울프의 잘못이 아니다.

개는 원래 그런 법이다.

29

집으로 돌아오자 야콥 할아버지는 엘리
자베스 할머니와 작은 소리로 이야기를 주고받았다. 들리지는 않
았지만 내 이야기를 하는 게 확실했다. 할아버지는 돈을 침대 밑
의 나무 궤짝에 넣었다.

그때 엘리자베스 할머니가 내게, 왜 산에 돌아가야 하는지 물었
다. 모든 이유와 원인을 전부 알고 싶어 했다. 나는 기꺼이 그 이
유를 들려주었다. 내게 일어났던 대부분의 일, 이 도시에서 빠져
나가야 하는 이유, 메리에 대한 것들 그리고 운하 아래에서 갇혔
던 일까지.

"오래된 그 운하를 따라 도시로 들어왔단 말이냐?"

지레인트, 아빠, 매그다, 라이녹스의 우리 집 등 모든 것을 엄청

나게 흥미로워했고 자세히 알고 싶어 했다. 내게 질문도 많이 했
다. 우리가 산에서 어떻게 살았는지, 겨울에는 뭘 먹고 살았는지,
규칙은 어떻게 정했는지, 추위는 어떻게 이겨 냈는지. 옷은 어떻
게 마련했고 덫은 어떻게 놓고 가죽은 어떻게 손질했는지 등등 궁
금할 만한 일은 모두 물어보았다.

"글을 읽을 줄 안다는 게냐?"

엘리자베스 할머니가 물었다.

"모두 글 읽기를 배웠어요. 어른들이 마을 회의에서 그렇게 결
정했어요."

두 사람은 서로를 쳐다보았다.

"그리고 책도 가지고 있었단 말이지?"

"집에서 찾은 책들도 있고 산 위의 다른 낡은 집에서 발견한 책
들도 있었어요. 그 정도면 충분했어요. 글을 배우기에는요."

"하지만 허가증이나 시민증은 없었고?"

"시민증은 없었어요. 아빠는 농장 허가증을 받고 싶어 했어요.
그래야 도시에 물건을 팔 수 있으니까요. 하지만 허가증이 없어서
지레인트가 가죽을 대신 팔아 줬어요."

"잠깐만 있어 보거라, 윌로."

야콥 할아버지는 탁자에서 칼을 집어 들더니 출입문 앞에 무릎
을 꿇고 앉았다. 한 손으로 벽을 짚고서 바닥의 널빤지 사이에 칼
을 넣었다. 널빤지가 벌어졌다. 할아버지는 그 틈으로 손을 넣어
뭔가를 끄집어냈다.

"본 적이 있는 책인지 한번 보려무나."

야콥 할아버지가 널빤지 틈에서 꺼낸 책을 내게 건네주었다. 크고 무거웠다. 나는 손으로 표지의 먼지를 쓸어 냈다.

노아의 방주를 찾아서
존 블로빈 지음

"펼쳐 보거라. 그래, 그래. 책을 펼쳐 봐."

나는 책을 펼쳤다. 첫 페이지를 보았다.

이제 열 번째 겨울입니다.

우리 아이들은 굶주리고 있습니다.

우리는 이웃을 두려워하기 시작했습니다.

친구들이여, 변명의 시대는 끝났습니다. 행동의 시대가 왔습니다!

신호를 기다리고 있겠지만 그건 주어지는 것이 아닙니다.

전진합시다! 죽음이 거리를 휩쓸고 있습니다.

아빠의 책이었다. 아빠의 상자에 있던 책. 내용도 똑같았다. 나는 페이지를 더 넘겨 보았다.

같은 책이었다. 에스키모 인 사진과 남극의 스콧 사진도 있었고, 토끼 덫을 만드는 법, 가죽을 손질하는 법, 아기 출산을 돕는 법 등 산에서 살려면 알아야 할 유익한 이야기가 모두 담겨 있었다.

하지만 아빠의 책은 너덜너덜해져서 끈으로 묶어 두었고 표지가 떨어져 나가고 없었기 때문에 제목이나 지은이도 알 수 없었다. 그래서 표지 대신 다른 걸 덧대어 붙여 두었고, 전체 페이지도 이 책처럼 두껍지 않았다. 그리고 아빠는 나 혼자서는 이 책을 읽지 못하게 했다. 책은 늘 고이고이 싸여 자물쇠로 잠근 상자 안에 보관되었다.

"본 적이 있는 책인 게야?"

엘리자베스 할머니가 다시 물었다.

"똑같은 얘기가 나오는 책이 한 권 있었어요."

"그럴 줄 알았어! 그 코트를 본 순간 알았다니까."

"뭘 알아요?"

"네가 확실히 이탈자인걸."

"네, 하지만 어떻게 아빠랑 똑같은 책을 갖고 있어요? 왜 꽁꽁 숨기고 있는 거예요?"

야콥 할아버지는 다가와서 내 손에 들린 책을 조심스럽게 가져갔다. 그리고 손으로 책을 어루만졌다.

"한때 우리에겐 꿈이 있었단다."

야콥 할아버지는 나를 바라보았다.

"어떤 사람들에게는 이 책이 성경이나 마찬가지였지. 하지만 그게…… 이 책을 '무력을 부르는 책'으로 본 사람들도 있었던 게 문제였단다. 난 뭔가를 하기엔 너무 늦었어. 하지만 이 책이 여기 있는 걸 그들이 발견하면 우리는 모두 끝장이야. 레이븐스카에서 돌에 맞아 죽겠지."

"'그들'요? '그들'이 누군데요?"

"정부 기관, 비밀경찰. '그들'을 만나고 싶지는 않을 게다. 아무렴, 안 돼."

그때 엘리자베스 할머니가 침대에서 몸을 내밀며 물었다.

"'섬'에 대해 들어 본 적 있니, 윌로? 그게 존재한다더냐?"

"아뇨. 섬이라고는 들어 본 적이 없어요."

할머니는 몸을 더 앞으로 내밀었다.

"그래도 너희 이탈자들은 조금이라도 알지 않니?"

"몰라요. 섬에 대해서는 아무것도 몰라요."

"존 블로빈의 책은 읽었니?"

"음…… 전부 읽은 건 아니에요. 아빠가 가르쳐 주신 부분만 봤어요. 재미있는 부분만이요. 지금 에스키모 인이라면 어떻게 할지, 토끼를 잘 잡으려면 덫을 어떻게 묶어야 하는지 같은 거요. 그런 부분들을 보여 주셨어요."

야콥 할아버지는 뼈가 앙상한 손가락으로 책의 페이지를 넘겼다.

"여기…… 음, 그럼 여길 읽어 보거라. 그래, 여길 읽어."

야콥 할아버지는 내게 책을 건네주었다.

낙관주의! 우리 모두 그런 이야기를 나눠야 합니다. 불가에 둘러앉아 마을 회의를 할 때, 담화 시간을 가질 때, 우리는 이 선물을 아이들에게 물려주어야 합니다.

아이들은 우리에게 희망의 횃불입니다. 우리의 미래입니다. 아이들의 손은 닳고 거칠어지겠지만 아이들의 정신은 준비가 될 것입니다.

자신의 영혼에 세심한 주의를 기울이십시오. 이끌려 다니다 보면 나약해질 것입니다. 기억하십시오. 미래를 예견할 수 없는 사회는 소멸하게 됩니다.

안식처를 찾아야 합니다.

살아남은 자들이여. 환멸을 느낀 자들이여. 남자, 여자, 미래의 아이들이여. 아들, 딸들이여. 내가 '언덕으로 오라'고 하는 말에 귀 기울여야 합니다.

가장 큰 도전의 시간이 다가오고 있습니다.

노아의 방주를 찾아야 합니다. 튼튼하게 지어야 합니다. 그 섬은 버려져 있습니다. 나방이 날갯짓을 시작하면 스스로 개척해 가야 합니다. 자신의 것을 만드십시오. 와서, 모두가 볼 수 있는 빛나는 희망의 횃불을 만드십시오. 우리 모두의 내일을 위해서.

야콥 할아버지와 엘리자베스 할머니는 그 말 속에 마법이라도 있는 것처럼 홀린 듯이 나를 바라보았다.

"무슨 뜻인지 모르겠어요."

"간단하단다. 그 책을 가진 사람이라면 누구든 그 글을 읽었지. 읽고 기다렸어. 그래, 때를 기다리고 있지. 섬으로 떠날 그때를 기다리고 있단다. 윌로. 이탈자들은 섬으로 떠날 거야. 그렇게들 말한단다."

"음, 저는 섬에 대해서는 들어 본 적 없어요. 아빠는 그런 말은 안 해 주셨어요. 이 책을 쓴 사람은 아직 살아 있나요?"

"모르겠구나, 윌로. 살아 있을 게다. 하지만 살아 있다 해도 숨어서 지낼 게야."

"숨어서 지내요? 이건 그냥 책일 뿐이잖아요."

"존 블로빈은 아주 논란의 소지가 될 이야기를 했어. 음, 그는 진실이 두려움보다 낫다고 했지. 진실이 두려움보다 낫다. 그는 사람들에게 스스로 생각하라고 말했지."

"그가 옳은가요? 옳다고 생각하세요?"

"모르겠구나, 윌로. 하지만 원자로를 만든 건 중국인들이었어. 우리는 그동안 풍력발전소, 태양전지판을 만들었는데 첫 번째 혹한이 닥쳤을 때 바로 작동을 멈췄지. 음, 그리고 우린 눈을 퍼내면서 추위를 이겨야 했어. 우리에겐 새로운 방법이 필요했지. 바로 그걸 존 블로빈이 말한 거야. 오, 그래. 사람들은 뭔가를 시작하자는 말에 귀를 기울였지."

"아빠는 우리가 뭘 하든 아랑곳하지 않고 눈은 계속 내릴 거라고 했어요. 언젠가 그칠 날이 올 거라고도 했어요. 그리고 그때까지 우리는 눈 속에서 사냥꾼으로 지내며 희망의 횃불이 되어야 한다고 했어요."

"음, 네 아빠는 존 블로빈의 추종자였구나. 확실해."

"하지만 왜 이렇게 눈이 많이 올까요? 혹시 아세요?"

"어떤 사람들은 그게 모두 자동차 때문이라고 했지. 또 어떤 사람들은 비행기 때문이라고 했고. 태양 때문이라는 사람도 있었고 자연적인 현상이라는 사람도 있었지. 그게 뭐가 됐든 기온을 올리는 원인이 됐단다. 음, 북극과 남극의 얼음이 녹기 시작했고, 그 차가운 물이 바다로 흘러가서 대서양의 난류에 천천히 스며들었지. 그러자 따뜻한 바닷물은 더 이상 존재하지 않게 되었지. 그 시기부터 눈이 끊임없이 내리기 시작했단다. 처음에는 그냥 혹독한 겨울이려니 했어. 그래, 그래. 기억이 나는구나. 하지만 눈이 계속 내렸어. 그리고 여름도 점점 추워지고 자꾸만 짧아졌단다. 유럽 전역이 그랬지."

"그 모든 일이 정말 순식간에 일어났지요."

엘리자베스 할머니가 말했다.

"그래, 그래. 사람들이 패닉에 빠지기 시작했지. 도로가 거의 1년 내내 눈으로 뒤덮였어. 그렇게 될 걸 예상한 사람은 아무도 없었단다. 트럭도, 자동차도 다닐 수 없었고 가게에는 음식이 다 떨어졌단다. 그리고 전기 공급도 중단되었고 수도 파이프는 꽁꽁 얼어버렸어. 음, 아주 힘든 시기였단다, 월로. 그리고 그 뒤로도 결코 나아지지 않았단다."

야콥 할아버지가 자리에서 일어나더니 불을 뒤적였다. 그리고 책을 집어 들고 출입문 쪽으로 가서 마룻바닥의 널빤지 아래에 다시 숨겼다.

"우린 살아남아서 정말 다행이에요."

엘리자베스 할머니는 담요를 움켜잡으며 말했다.

"그래, 그래. 정말 힘든 시기였지. 네가 그때 없었던 건 정말 운이 좋은 거란다, 윌로. 음, 아주 운이 좋은 거지."

야콥은 무릎에 손을 대고 바닥에서 일어나 출입문으로 다가갔다.

"하지만 이 섬이 뭐가 좋은 거예요? 어디에 있어요? 이미 거기 살고 있는 원주민은 없을까요? 그리고 여기처럼 정부가 모든 규칙을 만들어 놓았을 수도 있잖아요."

"누가 알겠니?"

"거긴 어떻게 가요?"

"모르겠구나, 윌로. 배를 타고 가지 않겠니?"

"섬은 대체 어디에 있어요?"

"우린 모른단다."

"그런데 왜 아직 여기에 계세요? 왜 언덕으로 가지 않았어요? 그 책을 갖고 있었잖아요?"

엘리자베스 할머니는 작은 방을 둘러보았다. 눈으로 선반에서부터 깨진 병까지 쭉 훑었고, 문에 매달린 양철 양동이, 불 옆에 있는 솥과 냄비를 바라보았다.

"우린 이제 늙었단다, 윌로. 여기가 우리 집이지. 우리가 어디 소속이건, 좋건 나쁘건."

"우리가 여기를 좋아하는 것 같으냐, 응?"

야콥 할아버지가 의자에서 일어섰다.

"춥고 배고프고, 갱과 개와 군인들 때문에 겁먹고 사는 걸 좋아할 사람이 있다고 생각하니? 사람들은 추위와 배고픔 때문에 품 안에서 죽어 가는 자식을 보며 산단다. 곧 무슨 일이 닥칠지 모르는 채로 말이다. 우리가 이렇게 살고 싶은 것 같으냐? 그래도 우리는 운이 좋은 거란다. 빈민촌에 살지 않으니까. 난 아직 일도 할 수 있으니까. 사람들은 중국, 러시아, 어디로든 떠나길 꿈꾸지. 기회만 엿보며 꿈꾸고 있어. 하지만 몇몇 우리 같은 사람들은 더 나은 상황이 섬이 아니라 바로 이곳에서 이루어지기를 바란단다!"

야콥 할아버지는 손으로 탁자를 탁 내리쳤다. 할아버지의 내면에 엄청난 불이 타오르고 있었다. 패트릭이 "어떤 사람은 신념을 위해 죽음도 각오하지."라고 열변을 토하던 때와 비슷하게 들렸다.

"그리고 너희 가족이 잡혀간 이유는 언덕을 소탕하고 있기 때문이란다. 그래, 소탕. 안펙이 그 땅을 사들이고 있는데 정부 기관은 너희가 거기에 사는 걸 원하지 않거든. 이해하겠니, 음?"

"안펙이요?"

"모든 원자로를 짓고 모든 석탄 광산을 소유한 자들이지. 식량 재배도 모두 도맡아서 하고 있단다. 문제의 소지가 될 만한 산적 떼나 언덕 위 이탈자들을 원하지 않는 게지."

"우린 어떤 문제도 일으키지 않아요."

"그들은 차이가 있다고 보지 않는단다, 윌로. 그들에게는 똑같지. 산적, 이탈자, 빈민촌 거주자. 그들에게는 모두 똑같은 존재야. 그들은 이런 얘기를 두려워하지. 그 책을 두려워하고. 저항 세력을 두려워한단다. 그들은 돈이 있고 땅을 갖고 싶어 해, 음? 그리고 정부는 그들이 원하는 걸 제공해 주고 있단다. 그들은 자유의 섬에 대해 사람들이 떠들어 대는 걸 바라지 않아. 그들이 판매하는 석탄과 전기와 식량이 잘 팔리기만 바랄 뿐이란다."

"하지만 안펙이 정부는 아니잖아요. 어떻게 정부가 그걸 내버려 둬요?"

"푸하! 정부는 동양인들의 주머니 안에 들어가 있어. 깊숙이 들어가 있어서 빠져나올 수가 없단다. 안펙이 뭔가를 원하면 정부는 이렇게 말하지. '어디, 테이블에 뭘 내놓을지 보자.' 무슨 테이블? 음, 무슨 테이블? 그래, 그래. 어느 날 우리가 희생양이 되어 올라갈 테이블이지. 그들은 중국 담배를 피우고, 중국 위스키를 마시고, 우리 땅을 넘겨주면서, 이 모든 걸 그 잘난 '테이블에 뭘 내놓을지 보자'는 명목으로 처리해 버린단다. 그들은 우리가 점심 식사의 희생양이 되리라는 걸 나중에야 알게 되겠지. 음, 오, 그래. 우리는 점심 식사를 위한 먹잇감이 될 거야."

"진정하구려, 영감."

엘리자베스 할머니가 침대에서 손을 뻗었다. 하지만 야콥 할아버지는 진정되지 않았다. 할아버지는 아빠처럼 말했다. 아빠가 희망의 횃불이나 정부 사람들 얘기를 할 때와 비슷했다.

그리고 "그때는 문을 감싸고 있는 나무들도 무용지물이 될 겁니다."라고 말할 때의 패트릭과도 비슷했다.

그런데 고작 낡은 책 하나 때문에 이탈자들을 잡아간다는 게 믿어지지 않았다. 그건 그렇다 쳐도, 아빠가 그 책을 갖고 있는 건 어떻게 알았다는 말인가? 왠지 이해가 되지 않았다.

그리고 패트릭, 산에서 잡혀가는 동안 패트릭은 순순히 따르지 않았을 것이다. 덩치도 컸고 겨울 내내 나무를 베어서 힘도 아주 세졌으니까. 패트릭은 와일파 원자력발전소에서 도망 나온 사람이었다. 분명히 맞서 싸웠을 것이다. 아빠와 패트릭은 도망갈 방법을 궁리했을 것이다. 어쩌면 어떻게든 해서 이미 도망을 나왔을지도 모른다.

야콥 할아버지는 다시 의자에 털썩 앉았다.

"음, 이제 알겠지. 인내심을 가져야 해, 윌로. 아마 도로시 베크무르친이 널 도와줄 게다. 기대가 너무 크면 안 되겠지만 말이다."

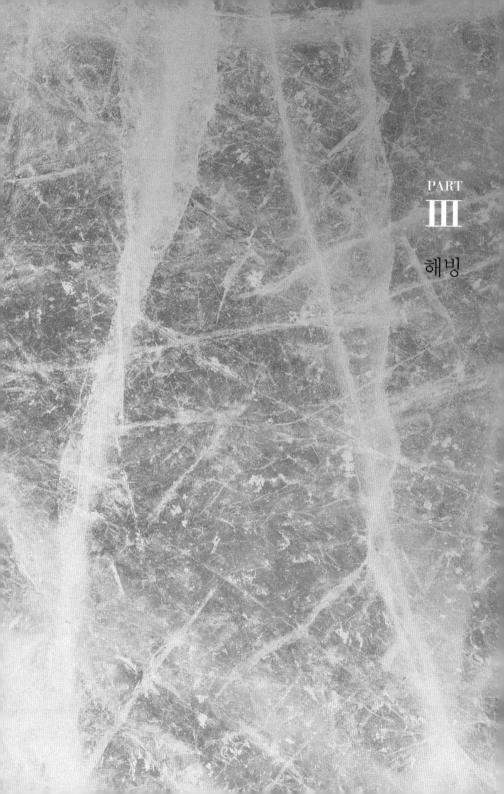

PART
III

해빙

겨울비가 그치고 황폐함이 끝나면
무지막지하던 눈의 계절이,
연인들을 갈라놓던 죄악의 계절이
막을 내리나니.
빛이 패배하고 어둠이 승리하여
잊지 못할 시간들은 그 비통함을 잊게 되고
서리는 죽고 꽃은 잉태하여
초록의 초목들 속에
하나둘 꽃망울을 터뜨리며
봄은 시작된다.

_앨제넌 찰스 스윈번

30

　　　　　　　3월이 왔다. 해빙으로 눈과 얼음이 온통
뚝, 뚝, 뚝 녹아내리는 때였다. 올해는 일찍 시작되었다.

　야콥 할아버지가 내게 돈을 담은 깡통을 내밀었다.

　"네가 번 돈이란다, 윌로."

　우리는 거의 겨울 내내 집 안에 틀어박혀서 지냈다. 거리가 온
통 떠들썩했기 때문이다. 판자촌에 불꽃이 피어올랐고, 밤이면 빈
민촌의 갱들이 거리를 어슬렁거리며 고함을 질러 댔다. 높은 층
에 있다 보니 밖에 나가지 않고도 집 안에서 훤히 다 볼 수 있었
다. 커다란 창문으로 아주 잘 보였다. 군인들이 빽빽하게 탄 트럭
이 지나갔다. 이제는 어두워지면 아무도 밖에 나가지 않았다. 야
콥 할아버지는 이제 빈민촌 전체에 바리케이드가 설치되어서 드

나들 길이 전혀 없다고 했다. 거리는 점점 더 조용해졌다. 나는 돌아가서 메리를 찾고 싶었다.

"가까이 갈 수도 없을 게다. 한 발짝도 통과할 수가 없단다. 무슨 일이 일어나고 있는지 알고 싶지도 않을 게야."

비가 내려서 도시의 도로마저 철퍽거리는 진흙탕이 되었다. 눈보다 끔찍했다. 빗물이 지붕의 얼음 조각들을 쓸어내려서 도로의 배수로가 넘쳐 났다. 악취가 더 지독해졌다. 배수관마다 악취 나는 썩은 물이 부글부글 거품을 내며 흘러넘쳤고 어디를 가든 축축했고 퀴퀴한 냄새가 났다. 쥐들은 개만큼 용감해져서 밤마다 귓가에서 찍찍거렸다.

'갈라진 틈으로 빠져나가, 월로, 틈으로 빠져나가면 돼.'

때때로 울프의 목소리를 들으려고 귀를 기울여 보았다. 하지만 아무래도 울프는 언덕에서 신나게 달리고 있는 모양이었다.

해빙 때 개 떼를 관찰하면 무슨 좋은 일이라도 생긴 것처럼 보인다. 놀고 뛰고 서로를 핥으며 지낸다. 그리고 봄에 암캐가 새끼를 낳으면 날아갈 듯이 기뻐한다. 장담하건데, 개들이 그렇게 온 사방을 뛰며 돌아다니는 걸 보면 누구든 절로 미소 짓게 될 것이다. 그리고 개들은 눈이 내릴 때까지 서로를 잘 보살펴 준다. 하지만 넋을 놓고 구경하다가 개들에게 들키는 일이 생기지 않도록 조심해야 한다. 개들과 있으면 사람은 약자니까. 사람도 개들과 똑같다. 사람들도 항상 무리 중에서 약자를 찾아내어 찝쩍거린다. 정말 혐오스러운 습성이다.

하지만 지금 나를 짜증나게 만드는 건 찍찍거리는 쥐들뿐이다. 울프는 언덕으로 돌아가 자유롭게 지내는 게 분명하다.

사람들의 머릿속에는 이제 몇 주만 있으면 다가올 여름 생각뿐이다. 패트릭이 "모두들 어깨에 햇볕 쬘 날을 기다리지."라고 말한 것처럼 말이다.

엘리자베스 할머니가 처음으로 침대 밖으로 나왔다. 야콥 할아버지가 할머니를 부축해서 창가 의자에 앉혔다. 할머니는 바느질을 하고 솥을 휘젓느라 종일 바빴다. 그런데 나는 아직 새장에 갇혀 있는 기분이었다. 나는 이 악취 나는 빌딩에 갇혀 있었다. 여기에 처박혀 사는 쥐들처럼.

해빙기가 되니 문득 묵은 감정들이 되살아나서 밤마다 공포에 몸부림치며 잠이 깼다. 메리가 바리케이드에 떠밀리는 꿈을 꾸었다. 사람들이 먹을 것을 달라고 울부짖었다. 메리가 큰 소리로 나를 불렀고 메리의 다리에는 쌍둥이가 매달려 있었다. 나는 벌떡 일어나 앉았다. 여기에 너무 오래 있었다. 점점 무감각해졌다. 자꾸만 불길한 생각이 들었다. 봄날에 토끼들이 판가드의 들판으로 뛰어나오는 것처럼 불쑥불쑥 떠올랐다.

그래도 우리는 다른 사람들보다 운이 좋았다. 코트를 비싸게 판 덕분에 석탄과 식량이 충분했다. 나는 이제 시민증도 생겼다. 도로시 베크무르친은 약속을 어기지 않았다. 도로시는 이렇게 말했다.

"넌 나를 보러 와도 되고 이제 도시에서 자유롭게 돌아다녀도 되는 거야, 윌로."

나는 도로시에게 웃어 보였지만 '자유롭게 돌아다녀도 되는' 것
같지는 않았다.

가끔씩 더러운 거리를 걸어다녔다. 도시에 대해 잘 알아 두기
위해서였다. 각양각색의 건물들과 골목골목을 샅샅이 익힐 생각
이었다. 산에 있는 험준한 바위와 암벽들처럼. 나는 늘 빗속을 지
나다니는 사람들, 스모그 속을 걸어가는 사람들의 얼굴을 살펴본
다. 그러다 보면 언젠가 메리를 발견할 날이 오겠지.

도로시 베크무르친에게 처음으로 혼자 갔던 날, 나는 떨면서 건
물 안으로 들어갔다. 모자를 벗어 손에 쥐고 계단을 올라가 그 따
뜻한 방으로 들어갔다.

그 집에서 일하는 소녀 메이리가 도로시의 스커트를 잡고 있어
서 내가 부츠의 치수를 잴 수 있었다. 도로시의 다리는 하얗고 부
드러웠다. 나는 줄자를 들고 바닥에 앉았다. 도로시의 발목과 정
강이에 가죽을 댔다. 손이 떨렸다. 도로시는 따스한 냄새가 나는
향수를 뿌렸다. 치수를 다 쟀을 때에는 내 손에 그 향수 냄새가 배
어 있었다.

"다음 주에 와서 나를 좀 도와줄래, 윌로? 대중목욕탕에 가는
데 내 짐 가방을 들어 줄 사람이 필요하거든."

* * *

야콥 할아버지는 코트를 팔아 번 돈으로 낡은 재봉틀을 샀다.

부츠를 만들려면 재봉틀이 필요하다고 했다. 가죽은 두껍고 딱딱해서 손바느질을 할 수 없기 때문이다.

"장갑처럼 꼭 맞아야 한단다, 윌로."

재봉틀은 까맣고 딱딱한 혹 같았다. 손으로 바퀴를 돌리면 굵직한 바늘이 가죽을 뚫고 내려갔다. 사용 방법을 잘 익히고, 실이 너무 세게 당겨지거나 헐겁게 당겨지지 않게 손잡이와 실과 실패를 잘 만지작거렸더니 바늘땀이 아주 깔끔하게 나왔다.

"도로시는 그 돈이 다 어디서 생겨요?"

어느 날 두꺼운 가죽 조각에서부터 구두창까지 바느질하며 오려내면서 야콥 할아버지에게 물었다.

"친구가 많지."

"친구들이 도로시에게 그냥 돈을 줘요?"

"아주 중요한 친구들이란다. 음, 가위를 이리 주련?"

"결혼은 했어요?"

야콥 할아버지는 이로 송곳을 물었다.

"아이, 어혼 아 해이."

"하지만 만나러 오는 남자들이 있다면서요?"

야콥 할아버지는 입에서 송곳을 뺐다. 그리고 고개를 들었다.

"그래, 윌로. 그런데 왜 그런 게 궁금한 게냐, 음? 부자들은 예쁜 여자를 만나고 싶어 한단다. 접촉하고 싶어 하지. 도로시는 그렇게 돈과 좋은 물건과 양초들을 구하지. 집 전체를 따뜻하게 해줄 석탄도 사고 말이다. 음, 이 옷들도 마찬가지지. 스크라이버

(*재료 표면에 임의 간격의 평행선을 그을 때 먹 펜이나 연필보다 정확히 그을 수 있는 목공구.) 좀 건네주련?"

"하지만 도로시는 항상 행복하게 웃고 있어요."

"음, 도로시는 예쁘게 웃는 얼굴 이면에 가죽처럼 질긴 데가 있는 사람이란다. 그래, 그렇지."

야콥 할아버지는 스크라이버로 가죽에 선을 그었다.

"이 가죽만큼 질기지. 그리고 보이는 것만큼 행복하지는 않을 게야. 그래, 그렇지. 보이는 것만큼 행복하지는 않아. 이제 질문은 그만하고 이 가죽을 편편하게 잡거라."

그날 비가 멎었고 나는 집에서 살며시 빠져나가 거리를 돌아다녔다. 길가에 쌓여 있던 눈 더미가 지금은 모두 녹고 없었다. 사람들은 캔버스를 감은 부츠를 신고 진흙탕을 걸어갔다. 눈풀꽃을 파는 여자아이들도 있었다.

지금까지와는 다른 기분이 들었다.

내가 여기서 지낸 지 벌써 5개월이 되었다. 아주 오랜 시간이 지난 듯하다. 도시라는 덫에 걸린 기분이다. 만약 계획을 세우지 않는다면 내 안에서 타오르던 투지는 다 타서 재가 되어 버릴 것이다. 판가드는 수천 마일 떨어져 있는 것처럼 아득하다. 나는 더 이상 기도도 하지 않는다. 기도 역시 아주 멀리 떨어져 있는 울프처럼 나를 도와줄 리 없기 때문이다. 아빠와 매그다와 다른 사람들 소식도 들은 바 없다. 메리조차 지나가 버린 기억 속에 있다. 진흙처럼 끈적끈적한 나쁜 기억들이다.

어른들은 항상 말했다. 나무가 초록색일 때는 태우려고 해 봤자 소용이 없다고. 나무가 단단하게 자라서 마를 때까지 기다려야 한 다고. 지금 내가 그런 기분이다.

점점 마르고 단단해지는 기분.

* * *

비가 그치자 야콥 할아버지는 창문을 열어서 담요와 옷들에 밴 고약한 연기 냄새를 신선한 공기로 씻어 냈다. 우리는 벽의 그을 음을 닦아 내고 바닥을 문질렀다. 그리고 비누 가게에서 양철 욕 조를 빌려 왔다. 야콥 할아버지를 도와서 양동이에 빗물을 모아 욕조를 채우고 스토브로 데웠다. 전기가 들어올 날만 기다리며 아 무것도 하지 않을 수는 없으니까. 야콥 할아버지는 불 주위에 커 튼을 달았다.

욕조에 앉아 있으니 정말 좋았다. 김이 모락모락 피어오르는 더 운물에 몸을 푹 담그고 걱정도 함께 씻어 냈다. 얼굴도 발갛게 달 아올랐다. 꼭 집에 돌아온 것 같았다. 매그다는 물을 끌어다가 불 위에 얹어 놓고 외쳤었다.

"월로, 내려와서 여기 들어가!"

쌍둥이는 웃으며 난로 옆에 서 있었다. 몸에서 김이 모락모락 피어올랐고 몸에 두른 천에서는 물이 뚝뚝 떨어졌다. 매그다가 수 건으로 머리의 물기를 닦자 머리카락이 파릇파릇 돋은 새싹처럼

313

쭉쭉 뻗었다. 나는 매그다에게 떠밀려서 욕조에 들어갔다. 물이 욕조 꼭대기까지 차올랐다. 나는 몸을 감싼 천을 풀지 않았다. 매그다가 말했다.

"바보처럼 왜 그래, 윌로? 여기에 나밖에 없어."

하지만 나는 매그다가 나가고 나서야 천을 풀었다. 머리 위로 물을 끼얹었다. 물이 어깨와 등으로 흘러내리며 몸을 간질였다. 항상 느끼는 거지만 목욕하는 날은 생각보다 기분이 좋았다.

눈물이 쏟아질 것 같은 밤이 가끔 있다. 그럴 땐 벽 쪽으로 돌아누워 터져 나오려는 숨소리를 꾹꾹 누르며 마음을 가다듬는다. 기분이 그렇게 가라앉으면 나는 아이처럼 울고만 싶다. 정말로.

하지만 아기처럼 운다고 해서 아빠나 매그다나 쌍둥이가 돌아오는 건 아니다. 운다고 메리를 찾게 되는 것도 아니다. 이제 해빙기가 되었으니 내가 그들을 찾아 나서야 한다. 찾다가 죽는 한이 있어도. 빈민촌으로 들어가서 운하에도 내려가 보고 맥줏집도 찾아갈 것이다. 아마 맥줏집의 빈스는 뭔가 알고 있을 것이다. 내가 뭘 해야 하는지 알려 주는 것은 울프가 아니었다. 내 심장이었다.

나는 조랑말을 구해야겠다고 생각했다. 빠른 시일 내에 구해야 할 것이다. 그리고 어느 날 밤 몰래 빠져나가 서쪽으로 갈 것이다.

내 안에서 맹렬한 기운이 솟아올랐다.

* * *

날씨가 다시 추워졌다. 거리로 녹아내린 물과 진흙이 모두 얼어 붙어 버렸다. 악취도 얼려 버린 셈이니 추위가 완전히 나쁘지만은 않았다. 거리는 얼어붙은 샘물 꼴이 되었다. 말 한 마리가 마차를 끌며 얼음 위를 어기적어기적 힘겹게 걷다가 그만 미끄러졌다. 무릎을 꿇고 마차 바퀴 사이로 쓰러진 말은 비명을 질렀다. 말에게 일어나라고 외치는 마부의 고함 소리도 함께 울려 퍼졌다. 말은 더 크게 울부짖었다. 마부는 채찍을 휘두르며 말을 일으켜 세우려고 안간힘을 썼다. 말은 기진맥진한 채 옆으로 드러누웠다. 콧구멍이 넓어졌고, 얼어붙은 공기 속으로 콧김이 뿜어져 나왔다. 마차에서 내린 사람들이 모여들었다. 말은 겁을 잔뜩 먹은 것 같았다. 누군가가 다가와서 말에게 총을 쏘아야 했다. 말의 다리가 부러졌기 때문이다. 트럭에서 내린 군인들이 그 일을 맡았다. 군인들은 도대체 왜 이 난리 법석을 떨고 있는지 더 많은 사람에게 보여 주기 위해 말을 길 한가운데로 끌고 갔다. 하지만 모여들었던 군중은 군인들이 총을 꺼내 들자 부리나케 자리를 떴다. 마부는 하나뿐인 말이라고 하소연을 했다. 정부가 죽은 말을 가져갈 권리가 없다고 외쳤다. 마부는 먹여 살려야 할 가족이 있었다. 하지만 군인들은 마부를 밀쳤다. 나도 자리를 뜨는 사람들 틈에 합류했다. 이제 내게도 시민증이 있었지만 굳이 누군가에게 보여 주려고 안달을 낼 이유는 없었다.

"왜 도로시 베크무르친이 나를 공중목욕탕에 데려가고 싶어 할까요? 일하는 여자아이도 있잖아요."

나는 야콥 할아버지에게 물었다.

"도로시가 널 맘에 들어 해서 그런 거지. 잊지 말아라, 윌로. 인내심을 가져야 한다."

"하지만 전에는 그러지 않았잖아요. 내게 뭘 바라는 걸까요?"

"넌 도로시와 목욕탕 '안'에는 들어가지 않아. 아니지, 아니고 말고."

야콥 할아버지는 웃었다.

"그냥 짐 가방만 들어다 주는 거란다."

"왜 목욕탕에 짐 가방을 가져가요?"

그러자 엘리자베스 할머니가 대답했다.

"도로시가 젖은 머리로 화장도 안 하고 밖에 나가겠니? 짐 가방에는 새로 갈아입을 옷이랑 화장품이랑 향수가 들었을 게야. 여자애가 들기엔 좀 무겁지. 떨어뜨리지 않도록 조심하거라."

내가 나갈 시간이 되었을 때 엘리자베스 할머니가 다가왔다.

"몸조심하렴, 윌로. 몸조심해."

엘리자베스 할머니는 걱정이 되는 모양이었다. 나는 부츠에 달린 징을 세웠다. 얼어붙은 도로를 걸어다녀서 많이 닳았지만 아직 쓸 만했다. 도로시의 짐 가방을 옮기다가 미끄러지고 싶지 않았다.

나는 오늘 도로시에게 이렇게 물어볼 것이다.

"아빠는 어떻게 되었어요? 아빠 얘기 들은 거 있어요?"

야콥 할아버지에게는 말하지 않았다. 두 손을 쥐어짜며 우는 소

316

리로 이렇게 말할 게 뻔하니까.

"도로시를 성가시게 하지 말거라, 월로. 인내심을 가져. 인내심, 인내심."

하지만 내게 인내심을 위한 여유는 더 이상 없었다. 이 정도면 정말 많이 참았다. 이러다가는 맥주가 너무 빨리 발효돼서 병이 터져 버리는 것처럼 내 인내심도 터져 버리고 말 것이다. 판가드에서 토끼를 기다리며 앉아 있을 때에는 엄청난 인내심을 발휘할 수 있었다. 그런 인내심이라면 언제까지든 기다릴 수 있었다. 아주 커다란 솥만큼 인내심의 공간이 넓었다. 하지만 지금의 인내심은 그때와 달랐다. 기다려 봐야 좋을 것이 없었다. 꼭 나쁜 일을 기다리는 것만 같았다.

그래서 거리와 얼음과 마차와 술집 주인들이 저주스러웠다. 산꼭대기로부터 휘몰아치는 거센 눈보라와 더러운 냄새와 목을 메이게 하는 스모그와 절룩거리는 말에게 채찍질을 하는 마부와 배수로에 앉아 있는 거지들과 내 콧구멍을 얼얼하게 만드는 추위가 전부, 전부 다 저주스러웠다. 나는 차이나타운으로 향한 도시의 도로를 걸으면서 모든 것을 저주했다.

도로시의 방으로 올라가는 실내 계단 밑에서 메이리가 짐을 싸고 있었다. 메이리는 열린 짐 가방에 머리빗과 브러시를 싼 사각형 비단 주머니를 넣고 리넨 수건을 접어 그 위에 올려놓았다.

"도로시 마님이 필요하신 물건들을 다 넣었어요. 가방을 똑바로 잘 들어야 해요. 기울이면 안 돼요. 기울이면 모두 흐트러져요.

317

그러면 마님이 화를 낼 거예요. 기울이지 말아요."

"안 기울어지게 조심할게요, 메이리."

"절대 기울이지 말아요, 윌로."

"파우더는 챙겼니, 메이리?"

도로시가 계단 맨 꼭대기에서 물었다.

"네, 마님."

도로시는 허리 부분을 묶은 느슨한 면 원피스를 입고 계단을 내려왔다. 원피스 위에는 부드러운 양털 코트를 걸치고 있었다. 메이리가 모자 달린 털 망토를 가져와서 도로시의 어깨에 걸치고 목부분의 끈을 묶어 주었다.

"목욕하는 데 이렇게 난리 법석을 떨어야 하다니."

도로시는 부드러운 빨간 입술로 말했다. 메이리가 나막신 한 켤레를 들고 왔다. 나무로 만든 평평한 발판에 앞뒤로 높은 굽이 있는 신발이었다. 도로시는 나막신에 발을 올리면서, 몸의 중심을 잡기 위해 내 어깨에 손을 얹었다. 메이리가 나막신의 끈을 꽉 묶었다. 나막신을 신은 도로시는 나보다 키가 컸다. 도로시는 냇물을 건너듯 천천히 조심스럽게 발을 디디며 거리로 또각또각 걸어갔다. 도로시의 발과 치맛단은 지저분한 땅바닥에서 한참 높이 올라가 있었다.

"내 옆에 바짝 붙어 있어, 윌로."

짐 가방이 자꾸만 내 다리를 때렸다. 그런데 재미있는 현상을 발견했다. 사람은 길을 가다가 뭔가 예쁜 사람을 보면 자기도 모르게 재빨리 비켜서서 길을 내어 주게 되는 모양이었다. 신기했다.

도로시가 내게 아주 부드러운 목소리로 소곤거리기 시작했다.

"지금부터 대답은 하지 말고, 똑바로 앞만 보고 걸어가면서 들어."

"왜요?"

"들어 보면 알아. 전해 줄 소식이 있어, 월로. 네 아빠에 대한 거야. 네가 누굴 좀 만났으면 해. 내 친구 중 한 사람인데 좀 있다가 우리 집에 올 거야. 그것 때문에 너한테 대중목욕탕에 함께 가자고 한 거야. 이 말을 해 주려고. 난 더 이상 아무도 믿지 않아. 그들이 나를 주시하고 있으니까. 메이리가 특히."

내 부츠의 징이 얼음을 으득으득 부스러뜨렸다. 팔을 아치 모양으로 구부려 짐 가방을 드느라 팔이 아파 왔다. 도로시가 했던 말이 머릿속을 울렸다.

'전해 줄 소식이 있어, 월로.'

31

"윌로, 짐 가방은 내려놓고 위층으로 올라와."

메이리가 도로시의 망토와 나무 나막신의 끈을 풀었다. 도로시
는 땅에 내려서서 깨끗한 슬리퍼를 신었다.

"짐 가방을 비워, 메이리. 그리고 리넨 수건은 빨아. 윌로는 장
갑 치수를 잴 거야. 가죽 상인도 곧 올 거야. 초인종 소리 놓치지
말고."

메이리가 고개를 끄덕였다. 표정 변화가 없어서 생각을 전혀 읽
을 수 없었다. 어떤 사람은 생각하는 게 그대로 얼굴에 드러나는
데 메이리는 그렇지 않았다.

"올라올 필요는 없어. 가죽 상인이 도착하면 넌 오후에 쉬도록
해. 난 배고프지 않으니까."

메이리는 고개를 살짝 끄덕이고 짐 가방을 열었다. 위층에 도착하자 도로시는 문을 닫고 손가락을 입술에 갖다 댔다. 방 안의 또 다른 방 쪽으로 가면서 내게 손짓했다. 그리고 목걸이에서 열쇠를 빼내어 문을 열었다.

도로시의 침실인 것 같았다. 커튼이 쳐진 아주 커다란 침대가 있었다. 창문들은 모두 닫혀 있었다. 도로시가 촛불을 켜고 탁자 아래쪽에 있는 서랍을 열어 작은 상자를 꺼냈다. 그리고 상자에서 돈을 꺼내 내게 주었다. 위안화 지폐 다발이었다. 나는 영문을 알 수 없었다.

"받아."

도로시가 조그맣게 속삭였다.

"넌 멀리 가게 될 거야. 내가 가진 돈 전부야. 칼럼에게 전해 줘. 메이리가 퇴근하면 너도 떠나게 될 거야. 칼럼이 널 데리고 갈 거야."

"무슨 말인지 모르겠어요. 칼럼이 누구예요?"

"목소리 낮춰. 지금 오고 있어. 칼럼이 네 아빠에 대해서 알아."

"우리 아빠요?"

"윌로, 곧 나쁜 시대가 닥칠 거야. 그런데 준비된 사람이 많지 않아. 모두의 힘을 모아야 해. 너도 마찬가지고. 특히 너는 더 필요해."

"하지만 아빠는요? 아빠는 어떻게 됐어요?"

"칼럼이 얘기해 줄 거야."

"무슨 말인지 모르겠어요."

"윌로, 네 아빠 로빈 블레이크는…….."

문 두드리는 소리가 들렸다. 도로시는 얼른 상자를 넣고 서랍을 닫았다.

"얼른!"

"하지만…….."

도로시는 침실에서 나와 벽난로 쪽으로 걸어갔다. 나를 벽난로 옆 의자에 앉혔다. 그리고 한 손을 내밀며 말했다.

"들어와."

메이리가 조용히 안으로 들어왔다.

"그리고 난 손목 부분이 넓은 장갑이 좋아, 윌로. 아, 메이리, 가죽 상인이 도착했니?"

"네, 마님. 도착하셨어요."

"그럼 들여보내. 그리고 넌 가도 좋아."

메이리가 방에서 나가고, 말가죽 코트를 입은 키 큰 남자가 들어왔다. 그는 작은 가방을 등에 지고 있었고 부츠에는 진흙이 묻어 있었다. 얼굴에 수염이 덥수룩했다. 잠을 설쳐 가며 오랫동안 걸어온 듯한 차림새였다.

"좋은 토끼 가죽을 가져왔습니다. 좋은 토끼 가죽이죠. 분명 장갑으로 만들어 끼고 싶으실 겁니다."

그는 어깨 너머로 문 쪽을 흘끗 보았다. 문이 딸깍 닫혔다. 도로시가 일어섰다. 창문마다 커튼을 쳤고 벽난로 불을 뒤적였다. 이제 벽난로 불빛이 이 방에서 유일한 빛이었다. 도로시는 문 쪽으로 천천히 걸어가서 문에 귀를 댔다.

"갔어요."

그 남자가 모자를 벗었다. 큰 머리에 반듯하고 믿음직해 보이는 얼굴이었다. 머리카락은 아주 짧았고 덥수룩한 수염 속 여윈 얼굴은 까무잡잡했다. 얼굴에 동상을 입은 적이 있는 것 같았다.

"해냈군요. 빈민촌에서 어떻게 나왔어요, 칼럼?"

"어려웠소. 가는 곳마다 바리케이드가 쳐졌고 군인들이 온 사방에 깔려 있소. 비텀 지역의 갱들이 마약을 못 구해서 밤마다 난동을 부리고 있소. 사업 허가증으로만 드나들 수 있소. 거기다 설상가상으로 비까지, 그 진흙들, 물이 넘쳐흐르는 운하를 따라 걸어왔소."

"아이들은요?"

"난 폭풍에 발이 잡혔었소. 그리고 아들을 잃었소. 난 정말……."

도로시가 다가와서 칼럼의 팔을 잡았다.

"저런, 안됐어요."

칼럼은 두 손으로 얼굴을 쓸어 올렸다.

"누가 무슨 일을 할 수 있었겠소……. 하지만 난 돌아왔소. 그리고 딸애를 찾았소. 겨울 내내 빈민촌에서 보냈소. 끔찍했소, 정말 끔찍했소. 시민증 없이는 아무도 들어오거나 나갈 수 없었소. 음식도 거의……."

도로시가 칼럼의 팔을 쓰다듬었다.

"아들을 찾을 수 있을 거예요."

칼럼은 슬픈 눈으로 도로시를 보다가 고개를 저었다. 그리고 가방을 열었다.

"당신은 어떻게 되었소, 도로시?"

"그들이 왔어요. 질문을 하더군요."

"어떤 질문?"

"들은 게 있는지. 알잖아요, 내가 누구를 감시하는지."

"그들이 알고 있소?"

"그들은, 그들은 생각보다 많이 알고 있어요. 그들이 거칠게 나왔지만 난 아무 말도 하지 않았어요. 내가 빈민촌에 연락하는 사람, 친구들이 있는 걸 알고 있어요."

"조심해야 하오. 여긴 당신 혼자 남았소. 그리고 이 애가 그 소년이오?"

칼럼이 나를 바라보았다.

"네, 로빈 블레이크의 아들이에요."

"도로시 말이, 네가 언덕에서 왔다고 하더구나, 윌로. 너 혼자서."

칼럼은 피곤한 눈으로 나를 바라보았고 도로시는 그 옆에 가만히 서 있었다.

"내가 가진 돈을 모두 줬어요."

도로시가 칼럼을 올려다보았다. 칼럼은 도로시의 예쁜 얼굴을 내려다보았다. 칼럼이 도로시의 손을 잡았다.

"같이 가지 않겠소, 도로시?"

"산을 넘어서요? 나를 봐요. 내 손을 봐요, 칼럼. 잘 봐요."

칼럼은 장갑을 낀 채 도로시의 반지 낀 창백한 손가락들을 뒤집어 보았다. 그리고 손목을 잡았다.

"이 손으로 눈 속의 감자를 캐거나 나무를 모을 수 있을까요? 무거운 물동이를 들어 올리고요?"

칼럼이 웃었다.

"장갑을 만들어 주겠소."

도로시는 손을 빼냈다.

"내 말 잘 들어요, 칼럼. 난 갈 수 없어요."

"하지만 뭘 할 거요, 도로시?"

"내가 늘 하던 걸 하죠. 나 자신을 돌보는 일이요."

"그들은 모두를 감시하고 있소. 여기 있으면 안전하지 못하오."

"나 하나쯤은 돌볼 수 있어요, 칼럼. 알잖아요. 나도 당신처럼 천막집에서 태어났어요. 하지만 힘들지 않게 자랐죠. 발을 감쌌던 누더기의 느낌이 기억나요. 하지만 벽 사이의 틈을 발견했죠. 당신은 개를 닮았지만 난 고양이를 닮았어요. 항상 따뜻한 불을 찾아다니죠. 난 당신이 가는 곳에 함께 갈 수 없어요. 하지만 이 아이, 윌로는 갈 거예요."

칼럼이 나를 돌아보았다.

"네가 로빈의 아들이구나."

"우리 아빠를 어떻게 아세요?"

"도로시가 너에 대해 말해 주었단다. 그래서 내가 온 거야."

"왜요? 아빠는요?"

"그들이 네 아빠와 아내를 잡아갔어. 언덕 위의 모든 사람을 잡아갔지."

"아빠가 잡혀간 건 저도 알아요. 어디로 데려간 거죠? 그리고 아저씨가 왜 저를 데리러 왔다는 거죠?"

이 키가 큰 어른이 내가 모르는 사실을 알고 있는 것처럼 말하자 나는 갑자기 화가 치밀어 올랐다.

"넌 이해를 못할 거야, 윌로. 하지만 나를 믿어야 한단다. 나와 함께 가야 하고, 오늘 밤에. 시간이 별로 없단다. 아빠도 그걸 바라실 거다, 윌로. 아빠도 네가 함께 가기를 바라실 거야."

"아저씨는 몰라요. 아빠가 뭘 바라는지 몰라요!"

"난 알아. 내가 여기 있는 게 네 아빠 때문이니까. 네 아빠 때문에 우리가 가는 거란다."

"간다고요? 어디로요?"

"그들이 배를 만들었어. 그리고 때가 왔지. 우린 섬으로 갈 거야. 나방이 날갯짓을 시작했지."

"무슨 섬이요? 무슨 나방이요? 우리 아빠를 어떻게 알고 있어요?"

"네 아빠의 글을 매일 읽었기 때문이야, 윌로. 우리 모두 네 아빠를 안단다."

"무슨 말이에요? 아빠의 글을 읽었다는 게 무슨 말이에요? 아빠는 어디에 있어요?"

"윌로는 아직 몰라요, 칼럼."

도로시가 벽난로 쪽으로 돌아서서는 머리를 벽난로 선반에 기대며 말했다. 더운 바람이 훅 불어와 내 머릿속으로 휘몰아쳤다.

'널 사람으로 만드는 건 책 읽기란다, 윌로.'

아빠는 내게 가죽을 깨끗하게 손질하는 법을 보여 주었다. 손을 둥글게 해서 연장을 꽉 잡고 있었다.

'우리는 희망의 횃불이 되어야 해.'

아빠는 판가드에서 건초를 자르는 노인들을 인솔했다.

'지금이 바로 사람들이 인간이 되기를 잊어버리고 있는 때란다. 알겠니?'

나는 머릿속으로 아빠의 모습을 그려 보았다. 강으로 성큼성큼 걸어가던 모습을.

'한 발 나아가 봐, 윌로. 죽음이 거리로 접근하고 있어. 끔찍한 일이지. 짐승들이 사람들의 머리를 모두 물어뜯고 있단다.'

아빠는 내게 책을 읽어 주었다.

배는 바르무스에 있었다. 로저 할아버지와 어부 아저씨들이 겨울 내내 거기에 머물렀다. 마을 회의가 끝난 후에도. 나는 어른들이 그 얘기를 하는 것을 들었다. 모든 사람들이 배의 틈을 막는 재료와 목재와 음식을 로저 할아버지에게 갖다 주었다. 로저 할아버지가 겨울 내내 거기에 머물 예정이었기 때문이다.

"윌로."

두 사람이 나를 바라보았다. 도로시가 입을 열었다.

"윌로에게 말해야 해요, 칼럼."

하지만 난 트로스피니드 호수 밑바닥으로 가라앉고 있었다. 칠흑같이 까만 어둠 속으로. 아빠는 옷을 벗은 채 풀밭에 서 있었다.

'넌 헤엄치는 법을 배워야 해, 윌로.'

아니다. 아빠는 내게 모든 것을 말해 주지 않았다.

"윌로, 나를 봐!"

칼럼이 내 어깨를 잡았다.

'한 발 나아가 봐, 윌로. 죽음이 거리로 접근하고 있어. 끔찍한 일이지. 짐승들이 사람들의 머리를 모두 물어뜯고 있단다.'

그리고 바람이 요동을 치며 휙 불어와 공기를 휘저었다. 그리고 나는 어둠 속으로 가라앉았다. 팔을 뻗어 보았지만 빙글빙글 돌며 떨어졌다.

도로시가 비명을 질렀다. 아래층에서 나무 쪼개지는 소리가 들렸다.

"윌로!"

칼럼이 내 팔을 움켜잡았다.

"창문이요. 침실 창문으로요."

계단에서 부츠 소리가 났다.

쿵.

쿵.

쿵.

쿵.

"도로시! 빨리!"

그리고 말소리, 비명 소리, 욕하는 소리가 들렸다.

문이 벌컥 열렸다. 얼굴들이 쏟아져 들어왔다. 긴 코트에 딱딱한 장갑을 끼고 총을 든 남자들이 방 안을 가득 메웠다. 차가운 가죽 냄새가 났다. 벽난로에서 굴뚝을 핥으며 올라가는 온화한 불꽃이 복도 쪽으로 길고 어두운 그림자들을 만들었다. 내 머릿속에서는 아직도 바람이 불고 있었다. 내 안에서 해빙된 분노의 강이 흘러넘쳤다.

"저기다! 그놈이다!"

이상한 냄새를 풍기는 남자들이 고함을 지르며 부츠를 신은 발로 쿵쿵 걸어왔다. 탁자가 넘어졌다. 컵이 바닥으로 내동댕이쳐졌다. 그들은 창문을 넘어가려던 칼럼을 붙잡아 끌어 내렸다.

도로시가 비명을 지르며 그들에게 덤벼들었다. 그들은 도로시의 팔을 잡아 바닥에 쓰러뜨렸고, 칼럼의 다리를 잡고 질질 끌어다가 그 옆에 놓았다. 누군가가 총부리로 칼럼의 머리를 휘갈겼다. 그리고 나를 바닥에 엎드리게 했다. 순식간에 그 어두운 방 안에 있던 모든 것이 깨지고 변했다. 회오리바람이 나무를 뿌리째 뽑아 버린 것처럼.

그리고 폭풍의 눈에서 그림자 하나가 저벅저벅 걸어 나와 폭풍의 잔해에 발을 들여놓았다. 군인들이 양쪽으로 갈라지며 길을 냈다. 그가 도로시의 머리채를 움켜쥐었다. 그리고 머리채를 쥔 커다란 손을 위로 들어 올렸다. 도로시가 연약한 발로 일어섰다. 칼럼은 바닥에 쓰러진 채 신음만 할 뿐이었다. 그 키 큰 군인의 반짝반짝 윤이 나는 부츠가 보였다. 코트 속의 넓은 등은 팽팽하게 긴장되어 있었다.

그 군인이 도로시의 머리를 뒤로 홱 젖혔다. 도로시가 그의 손을 움켜잡았다.

"우리에게 보답하는 길이 이거라고 생각했나?"

"아니에요! 제발요!"

그는 다른 쪽 손을 높이 쳐들었다.

"말하고 싶나? 이 창녀야! 이제 말하고 싶어?"

그의 손등이 도로시의 얼굴을 휘갈겼다. 도로시의 코에서 코피가 쏟아졌다. 도로시는 그의 발치에 축 늘어졌다.

"얼마나 오래됐지? 응? 난 네가 썩어 문드러졌다는 걸 진작부터 알고 있었어. 네 예쁜 머릿속에 든 썩은 물의 마지막 한 방울까지 다 알아낼 거야. 우리는 시간이 많으니까."

그는 도로시를 다시 일으켜 세웠다. 그리고 얼굴을 잡고 자기 얼굴 가까이 끌어당겼다.

"이런, 이런. 예쁜 얼굴이 이게 뭐야."

그는 도로시의 입에 묻은 피를 엄지손가락으로 닦았다. 그리고 얼굴을 움켜쥐었다.

"넌 늙어 가고 있어, 도로시. 이젠 빈민촌 출신의 늙은 창녀일

330

뿐이야. 배알도 없는."

툇! 침이 그의 뺨으로 날아들었다. 그는 손으로 천천히 침을 닦았다.

"도로시, 넌 생각이 있다고 여겼는데."

그는 다시 도로시를 때렸다. 그 힘에 도로시의 턱이 깨지는 소리가 났다. 몸속 깊은 곳에서 신음 소리가 터져 나왔다. 도로시는 구겨진 누더기처럼 바닥에 쓰러졌다. 일어나려는 나를 거친 손이 밀어 넘어뜨렸다. 군인들이 도로시의 팔을 묶었다.

"여기 불빛 좀 비춰 봐!"

누군가가 창문의 커튼을 찢었다. 반짝반짝 윤이 나는 가죽 부츠를 신고 손에 피를 묻히고 있는 그 남자가 돌아섰다.

창문 옆 뒤집힌 탁자에 반사된 회색의 차가운 빛 속으로 그가 들어왔다. 카펫 위에 깨져서 나뒹구는 유리잔이 빛을 받아 반짝였다. 그의 부츠 앞코 부분도 반짝였다. 긴 코트의 단추도 반짝거렸다. 코트 위에는 그의 얼굴이 있었다. 깨끗하게 면도한, 안정적이고 각진 턱. 왼쪽 눈 위의 흉터. 그는 이마에 늘어진 머리카락을 쓸어 올렸다. 검지와 가운뎃손가락 사이에 담배꽁초가 끼어 있었다. 그가 나를 내려다보았다. 그 차가운 파란 눈은 나를 보더니 흠칫 놀라는 듯했다.

그러나 지금 내게는 기억 속의 목소리만 들렸다. 내 머릿속에서 격렬하게 일어난 바람 때문이다. 그 목소리는 아주 조그맣게 속삭이고 있었다.

'내가 비밀을 하나 알려 주지, 윌로. 사람들은 모두 사악하고 사람들의 생각도 모두 사악하단다.'

메이리는 복도에 조용히 서 있었다. 아무 표정도 없이.

그 키 큰 군인은 패트릭, 바로 그였다. 패트릭, 패트릭이라니.

32

어두웠다. 너무 어두워서 아무것도 보이지 않았다. 하지만 주위에 벽이 가까이 있는 걸 느낄 수 있었다. 내가 내쉬는 숨이 바닥에 닿으면서 소리를 냈다. 손목이 밧줄로 너무 꽉 묶여 있어서 손에 감각이 없었다. 머리가 바닥에 닿았다. 바닥은 딱딱하고 차갑고 나쁜 냄새가 났다.

철창문이 철커덩 열리는 소리가 들렸다. 벽에 빛의 사각형이 생겼다. 그 안으로 그림자가 들어왔다. 곧 불이 켜졌다. 총을 쏜 것처럼 번쩍했다. 나는 잠깐 동안 눈이 멀었다. 딸깍 하면서 문 열리는 소리가 났다.

얼룩진 바닥의 저쪽 편으로, 복도에 서 있는 반짝이는 가죽 구두가 보였다. 그가 안으로 들어왔다.

"월로."

왠지 나를 만난 게 슬프기라도 한 듯한 목소리였다.

"아, 월로."

패트릭은 천천히 장갑을 벗어서 문에 서 있는 보초에게 건넸다. 문이 닫혔다. 철창문도 다시 철커덩 닫혔다. 우리 둘만 남았다.

패트릭이 쭈그리고 앉았다. 부츠가 삐그덕 하는 소리를 냈다. 허벅지 안쪽의 솔기가 팽팽하게 당겨진 것이 보였다.

"안녕, 월로."

하지만 패트릭은 더 이상 내 친구가 아니었다.

"바깥세상은 참 크고 넓지?"

"난 당신이 우리 친구라고 생각했어요. 난 당신이……."

"설교라면 반년 동안 그 얼어붙은 산에서 충분히 들었어. 더 이상은 듣고 싶지 않아. 하지만 네 말이 옳아. 난 사실상 너희의 친구가 아니었어."

패트릭은 차가운 눈으로 쏘아보았다.

"하지만 난 네가 좋아, 월로. 세상을 너처럼 그렇게 바라보는 사람들이 좋아."

"도로시를 어떻게 했어요? 어떻게 했냐고요. 도로시는 잘못한 게 없어요."

"여기서 질문하는 사람은 나야. 그걸 빨리 배워야 지금 상황을 쉽게 넘길 수 있어."

패트릭이 일어서며 감옥의 축축한 벽을 둘러보았다.

"하지만 그것도 내가 널 여전히 좋아한다고 생각하는 동안만이야, 월로. 잊지 마."

패트릭은 나에게 손을 흔들었다.

"딱 그 동안만이야."

"당신은 우릴 속였어요. 지레인트처럼 야비한 쥐일 뿐이에요."

"지레인트?"

패트릭은 웃음을 터뜨렸다.

"넌 지금 늙고 불쌍한 지레인트를 어떻게 생각하는 거니? 적어도 지레인트는 빵의 어느 쪽 면에 버터가 발라져 있는지 알아. 하지만 넌 지레인트가 네 여동생을 건드려서 싫어하는 거지? 맞지? 앨리스와 놀아나서 싫어하는 거지? 염소처럼 앨리스와 건초 위에서 뒹굴어서 말이야. 지레인트는 적어도 앨리스와 아기를 받아 줄 정도로 좋은 사람이지."

패트릭은 다시 쭈그리고 앉아서 내 얼굴을 가까이 들여다보았다.

"그리고 앨리스는 네가 살던 얼음장 같은 돼지우리에서 자신을 꺼내 줄 누군가의 아기를 임신할 만큼의 지혜가 있었지. 넌 앨리스의 일을 기뻐해야 해. 앨리스를 자랑스러워해야지. 지레인트는 앨리스의 목숨을 구해 줬어."

"무슨 말이에요?"

패트릭은 손을 뻗어 내 코트의 목덜미를 잡았다. 그리고 위로 당겨서 나를 일으켜 앉혔다. 내 두 손은 등 뒤로 꽉 묶여 있었다.

“앨리스가 가장 잘한 일은, 늙은 지레인트를 안달 나게 만들어서 헛간으로 이끌고 간 거였다, 이 말이야.”

“앨리스를 그렇게 말하지 말아요. 직접 본 것도 아니잖아요. 당신은······.”

“그래도 지금 앨리스가 어디에 있는지는 알지. 지레인트와 함께 아기를 데리고 약속된 땅으로 안전하게 호송되고 있어. 앨리스는 중국으로 가고 있어, 윌로. 한때 태양이 비쳤던 곳으로. 내가 말했잖아. 그 늙은 농부가 앨리스의 목숨을 구했다고.”

“거짓말!”

“거짓말이 아니야. 그리고 네 아빠와 매그다와 시끄러운 애새끼들과 나머지 사람들이 어디에 있는지도 알아.”

“어디요? 모두 어디로 데려갔어요?”

“일에는 순서가 있는 법이지.”

패트릭이 일어섰다. 그리고 문을 두드리며 보초에게 소리쳤다.

“의자를 갖고 와!”

패트릭은 한 손으로 의자를 들어 방에 놓았다. 쿵 소리가 나게. 그때 천장에 쇠사슬이 매달려 있는 것이 보였다. 굵고 녹슨 사슬 끝에 갈고리가 달려 있었다. 뱃속이 뒤집히는 기분이었다. 패트릭이 나를 일으켰다. 우리 아빠의 집에서 겨울 내내 지냈던 패트릭이 나를 끌어당겨 의자에 앉혔다. 뒤로 묶인 내 팔을 위로 잡아당겼다. 나는 비명을 질렀다. 하지만 패트릭은 거친 손을 멈추지 않았다.

"넌 어디에 숨어 있었지, 윌로? 누구와 함께 있었지? 칼럼 거티와 그 창녀는 잡았어. 누가 더 있지, 윌로? 겨울 동안 널 먹이고 재워 준 사람이 누구야?"

"아무 말도 하지 않을 거예요!"

"내가 너였다면 산에 웅크리고 있었을 거야. 그리고 눈 속에서 오랫동안 겨울잠을 잤겠지."

"내가 언덕에 숨어 있었기 때문에 나를 못 잡은 거잖아요!"

"네가 어디에 숨어 있는지 내가 몰랐다고 생각한 거야? 말했잖아, 윌로. 난 널 좋아해. 차라리 네가 거기 눈 속에서 죽어 버렸으면 더 나았을 거야. 하지만 너는 네 아빠를 좀 닮은 것 같구나. 그래서 네가 이해하지도 못하는 일에 끼어들게 되었지. 그렇지?"

"말하지 않을 거예요."

패트릭이 부츠 굽으로 의자를 찼다. 나는 넘어지면서 바닥에 얼굴을 부딪쳤다. 다시 내 눈에 보이는 건 패트릭의 부츠뿐이었다. 그리고 머릿통이 몹시 욱신거렸다. 덫에 걸린 담비처럼 옴짝달싹할 수 없었다.

"날 가지고 놀 생각은 하지 마, 이탈자 새끼! 넌 털어놓게 될 거야. 그러니 수작 부리지 마!"

패트릭은 뒤돌아섰다. 부츠의 뒤꿈치만 보였다. 머릿속을 어지럽히는 크나큰 고통과 두려움을 토해 내고 싶었지만 방법이 없었다. 숨을 곳이 없었다. 나는 눈을 감았다. 패트릭에게 야콥 할아버지와 엘리자베스 할머니에 대해 말하고 싶지 않았다. 그리고 메리도. 메리에 대해서도 절대 말하지 않을 것이다.

"난 네게 희망을 갖고 있었다, 윌로. 쉽게 끝내길 바랐지. 하지만 이제 인내심을 잃기 시작했어. 누구와 지냈지? 이름을 대!"

"같이 지낸 사람 없어요. 아무도 없어요."

패트릭이 발로 내 뺨을 밟아 눌렀다. 거칠거칠하고 축축한 냄새의 커다란 가죽 굽이 내 얼굴을 바닥에 짓눌렀다.

"정말이에요. 같이…… 지낸…… 사람…… 없어요."

패트릭은 발을 들어 올렸다. 한참 높은 곳에 있는 패트릭의 머리에서 작은 한숨이 흘러나왔다. 패트릭이 내 배를 힘껏 찼다. 갑자기 숨이 쉬어지지 않았다. 고통이 터져 나올 것처럼 내 머리 주위를 맴돌았지만, 계속 맴돌기만 할 뿐이었다. 숨을 쉴 수 없었다. 쉬어 보려고 안간힘을 썼지만 숨이 쉬어지지 않았다. 나는 바닥에 쓰러진 채 죽어 가고 있었다. 그때 숨이 들이켜졌다. 공기가 폐를 채우자 토사물이 뜨겁게 분출되었다. 하지만 패트릭은 그걸로 끝내지 않았다.

"나한테, 빌어먹을, 거짓말, 하지 마!"

패트릭은 또다시 내 배를 걷어찼다. 나는 고통으로 다리를 움츠리며 매그다를 불렀다. 그 말밖에 나오지 않았다. 하지만 매그다는 여기에 없었다. 이 방에 엄마 같은 건 없었다. 문득 패트릭에게도 엄마가 있는지 궁금했다. 만약 패트릭의 엄마가 지금 패트릭을 본다면 무슨 말을 할까? 내가 내뱉은 신음 소리와 울부짖음과 토악질 소리가 내 귀로 들어왔다. 나는 패트릭의 얼굴을 올려다보았다. 같은 얼굴이었다. 가죽 주머니를 아주 조심스럽게 바느질하던 그 패트릭과 똑같았다. 아빠와 함께 장작을 패던 그 패트릭이었다. 식탁에서 수프 그릇에 코를 박고 먹던 바로 그 패트릭이었다.

"할 말 있니, 윌로?"

"왜죠?"

목이 거칠게 꺽꺽거렸고 목소리가 조그맣게 나왔다. 나는 또 발길질이 날아들까 봐 눈을 질끈 감았다.

"뭐가 왜야? 왜 네가 여기에 있냐고? 왜 내가 알고 싶어 하냐고? 왜는 많아, 윌로."

"우리는 잘못한 게 없어요."

패트릭은 비열한 표정으로 콧방귀를 뀌었다. 그리고 의자를 잡고 나를 그 위에 끌어 앉혔다. 내 몸에서 토사물 냄새가 독하게 났다. 고통이 폭풍처럼 휘몰아쳤다.

패트릭이 벽에 기대섰다. 코트 주머니에서 담뱃갑을 꺼냈다. 그리고 천천히 담배를 말았다.

"거기 산에서는 제대로 된 담배 생각이 간절했었다, 윌로. 하지만 난 인내심이 강했지. 난 참 잘 참는다는 걸 알았지 뭐야. 그리고 매번 사고를 치는 놈을 잡을 때마다 그 책을 발견했지. 너도 그 책을 알 거야. 『노아의 방주를 찾아서』. 그놈들이 모두 그 책을 갖고 있더란 말이야."

패트릭은 성냥을 그었다.

"등에 뜨거운 햇볕을 쬐어 본 적이 있니, 윌로? 너무 뜨거워서 셔츠를 벗어 버리고 바다에서 헤엄치게 만드는 햇볕 말이야. 그런 적 있어?"

패트릭은 연기를 들이마셨다.

"아니, 난 그렇게 생각하지 않았어. 태양은 강력한 것이지. 난 아프리카에 가 본 적이 있어. 반짝이는 태양열전지판으로 덮인 사막을 봤지. 수천 수백만 개가 눈에 다 들어오지 않을 만큼 멀리까지 펼쳐져 있었단다. 참을 수 없을 만큼 뜨거웠지. 그 모든 전지판이 아름다운 태양열을 흡수해서 에너지로 만들더군. 놀랍지, 윌로? 태양열 농장은 현대 기술의 경이로움이야. 그런데 우리는 뭘 하고 있었지?"

패트릭은 마지막 담배 연기를 길게 빨아들인 후 바닥에 꽁초를 던지고 부츠로 짓뭉갰다.

"중국인들이 그 유용한 뜨거운 사막을 사들이는 동안 우리는 뭘 하고 있었지? 풍력발전소를 세우고 빌어먹을 쓰레기 분리수거나 하고 있었어. 우린 고작 그러고 있었다구. 그리고 마지막 기름 몇 방울을 두고 싸움질을 했지."

패트릭은 내게 손가락질을 했다.

"우린 고작 그러고 있었다고. 난 쓰레기 더미에 처박아 버릴 그 따위 생각에 내 목숨을 맡기지 않을 거야. 왜 모두들 동양에 반대했을까? 난 아니었지. 그런데 반대한 사람들은 모두가 그 책을 갖고 있었어. 어깨너머로 서쪽을 바라보면서 말이야. 우리는 동양을 바라봐야 했어, 윌로."

패트릭은 몸을 굽혀 내 얼굴을 움켜잡았다. 손가락이 내 뺨을 파고들었다. 패트릭은 내게 얼굴을 가까이 댔다. 숨을 쉴 때마다 퀴퀴한 담배 냄새가 났다.

"동양은 말이야, 미래지. 그곳이 바로 내가 준비하고 있는 티켓의 목적지야. 태양이 떠오르는 땅이야, 윌로. 그러니 널 먹여 주고 재워 준 사람이 누구인지 말해야 해. 내가 거기서도 그 책을 찾아낼 거야. 그다음엔 소위 '레지스탕스'라 불리는 너희 한심한 저항 세력의 다음 연결 고리를 찾아낼 거야. 이 모든 얘기가 무슨 소리로 들리니? 빌어먹을 제2차 세계대전? 이번에도 미국인들이 와서 구해 줄 것 같아?"

"무슨 말을 하는지 모르겠어요. 난 아무하고도…… 같이 지내지 않았어요. 그냥…… 쭉…… 혼자 지냈어요."

패트릭이 고개를 떨구었다. 내 얼굴을 잡고 있던 손이 잠시 느슨해졌다.

"넌 바보야, 윌로. 네 아빠랑 똑같아."

"아빠한테 무슨 짓을 했어요? 매그다는요? 쌍둥이는요?"

패트릭의 손가락에 다시 힘이 들어갔다. 손가락이 얼굴을 파고들어 고통스러웠다.

"아빠에 대해 알고 싶어? 아빠가 내게 뭐라고 했는지 알고 싶어?"

그때 나는 패트릭을 똑바로 쳐다봤다.

"너 같은 얼간이를 아들로 둬서 정말 실망스럽다고 했어. 너를 전혀 사랑하지 않는다고 했어."

"거짓말이에요. 당신은 아빠를 몰라요!"

"알아, 윌로. 아주 잘 알아. 네가 생각하는 것보다 더 잘 안단다. 네 아빠가 누구인지 아니?"

"로빈 블레이크. 아빠는 로빈 블레이크예요."

패트릭이 웃었다.

"네 아빠는 위대한 존 블로빈이야. 들었니? 네 아빠는 로빈 블레이크가 아니야. 그리고 널 사랑하지 않았어."

아빠는 로빈 블레이크가 아니다.

아빠는 존 블로빈이다.

바람이 내 귓가에서 울부짖었다. 거센 바람이 빙글빙글 일어서 내게 부딪쳐 왔다.

"들었냐고?"

패트릭은 소리를 꽥 질렀다.

"존 블로빈. 그 책의 모든 글을 쓴 사람. 그게 네 아빠야. 네 아빠는 네게 거짓말을 했어, 윌로. 지금까지 산에 숨어 살면서 너에게 아무것도 알려 주지 않았어. 내가 갔던 모든 쥐새끼들의 둥지에서 발견한 그 책을, 바로 네 아빠가 썼단 말이야, 윌로. 하지만 '너'에게는 그 사실을 말하지 않았어. 왜냐하면 너 따위는 안중에도 없었기 때문이야. 내가 그놈을 찾느라 얼마나 오래 걸렸는지 알아? 이런 기나긴 밤을 얼마나 숱하게 보냈는지 알아? 이 얼음장 같은 감옥에서 이름들을 실토하게 만드느라 보낸 긴 밤이 얼마인줄 아냐고! 그때 난 모래알 같은 귀리죽을 납덩이처럼 뱃속에 쑤셔 넣으며 반년을 보냈어. 반년 동안, 짚을 채워 만든 울퉁불퉁한 침대에서 잤어. 반년 동안, 털실로 등을 긁히며 살았어. 반년 동안, 네 아빠의 터무니없는 생각과 설교를 들으며 지내야 했어. 변화와 빌어먹을 인간의 본성에 대한 설교를. 그런데 네 아빠는 내게 아무런 말도 해 주지 않았어. 날 거의 미치게 만들었지, 윌로. 난 미치는 줄 알았다고."

패트릭은 잠시 말을 끊었다가 다시 이었다.

"하지만 넌, 넌 네 아빠의 바보 같은 질문에 절대로 대답하지 않았지. '안 돼, 윌로. 총은 나빠.', '아냐, 윌로. 독서는 좋은 거란다.', '스크래퍼를 내려놓고 내 말을 들어 보렴, 윌로.', 네 아빠가 잔소리를 해 대도 넌 그냥 바보 같은 개 머리뼈를 쓰고 언덕을 들쑤시고 다녔지. 그때 난 네가 부러웠어. 난 밤낮없이 네 아빠의 얘기를 들어야 했으니까."

"아빠는 나쁜 짓을 하지 않았어요. 아빠를 어떻게 한 거예요? 매그다와 다른 사람들은요?"

나는 숨이 막힐 지경이었다. 패트릭이 내뱉은 이야기의 블랙홀이 폭풍의 눈처럼 커지고 있었기 때문이다. 타는 듯한 고통과 함께 뜨거운 눈물이 솟아 나왔다. 눈물을 삼킬 수가 없었다. 모든 것이 사라졌고 나는 아무것도 아닌 존재가 되었다. 호수 밑으로 가라앉는 돌멩이처럼. 차라리 패트릭이 나를 죽여 주는 게 더 나을 것이다.

나는 앞으로 고꾸라졌다. 패트릭이 다시 나를 쳤다. 이유를 모르겠다. 왜 그렇게 온 힘을 실어서 때리는지. 패트릭은 손등으로 내 턱을 힘껏 때렸다. 얼마나 세게 쳤는지 나를 바닥에 나동그라지게 만들었다.

피 맛이 났다. 피 맛과 토사물의 맛과 고통의 맛이 느껴졌다. 그리고 이건 시작일 뿐이라는 사실을 깨달았다.

"네 아빠는 끝까지 바보였어. 그 '끝'에 대해 말해 줄까, 윌로?"

나는 아무 말도 하지 못하고 내 피와 토사물과 공포의 웅덩이에서 신음 소리만 내었다.

"넌 내게 사실을 말해 주겠지. 넌 아주 영리한 아이는 아니니까. 넌 그냥 단순한 아이였어. 왜 네 아빠가 네게 실망했는지 알 만해. 너, 위대한 존 블로빈의 아들, 들개처럼 언덕을 달리던 아이. 네 아빠는 결코 네게 아무것도 말해 주지 않았어. 어느 섬인지, 접촉하고 있는 사람들이 누구인지 아무것도 말해 주지 않았지. 여기서도 똑같았어. 눈앞에서 다른 사람들이 죽어 가도 말이야. 비명을 지르며 하느님을 찾는 순간에도 말이야. 윌로, 그들 모두는 결국 신을 만나고 말았어."

나는 퉁퉁 부은 눈으로 패트릭을 쳐다보았다. 패트릭은 걸어가서 문을 후려쳤다. 그리고 돌아섰다.

"예전에 말했지, 윌로. 난 신념을 위해 죽음을 각오하는 그런 사람이 아니라고. 역겨워. 그들은 사람을 태워 죽였어. 신념 때문에 고문하고 태워서 죽였지. 바뀐 건 아무것도 없어. 난 사람들이 왜 형태도 없는 머릿속의 생각 때문에 죽음을 준비하는지 이해할 수가 없어. 네 아빠도 그런 사람 중 한 명이었지. 그래서였겠지. 아마 그래서 네게 아무 말도 하지 않을 결심을 했겠지. 얼간이 늑대 소년 아들, 결코 사랑할 수 없었던 아들에게 말이야."

"아빠는 그런 말을 한 적이 없어요."

나는 머릿속을 뛰어다니는 목소리들을 멈추게 하려고 소리를 질렀다. 하지만 패트릭은 뱀처럼 꿈틀꿈틀거리며 내 머릿속으로 미끄러져 들어왔다.

"아빠는 그런 말을 한 적이 없어요!"

"아, 윌로. 난 이미 네가 생각하는 것보다 더 많은 것을 알고 있어. 도로시는 아주 기꺼이 말을 해 줬지. 그래서 굳이 네 말을 들을 필요는 없어. 하지만 네게서 똑같은 자백을 들어야 해서 말이야. 도로시 베크무르친은 많은 이름을 알려 줬어."

"도로시가 그랬을 리 없어요. 거짓말이에요."

"넌 사람을 잘 모르는구나? 그 창녀는 썩은 사과 껍질을 벗기는 것처럼 다루기 쉬웠어. 물론 아주 예쁜 껍질이었지. 하지만 그 속은 온통 꿈틀대는 살덩이와 구더기뿐이었지."

"거짓말이에요!"

"기억이 나는구나, 윌로. 네가 총을 얼마나 갖고 싶어 했는지. 총이 널 얼마나 끌어당겼는지. 네가 옳았어. 총은 개들을 쏘기 위한 물건일 뿐이야."

패트릭은 상체를 굽혀 바닥에서 나를 끌어 올렸다. 내 안에는 아무것도 남아 있지 않았다. 할 말도 없었고 싸우려는 의지도 바닥이 난 상태였다.

아빠는 존 블로빈이다. 생각이 부서지는 파도처럼 머릿속을 때렸다.

패트릭은 나를 감옥 방에서 끌어내어 어두침침한 복도 벽에 밀어붙였다. 천장에 전등불 하나가 매달려 있었다. 복도 양쪽으로 철창문들이 죽 늘어서 있었다. 저 어두운 방들 안에도 사람들이 있을까? 나 같은 사람들이?

보초가 철창문을 밀었다. 얼굴은 보이지 않고 딱딱한 부츠만 보였다.

딸깍, 문이 열렸다. 내가 있던 감옥과 똑같은 방이었다. 똑같이 거무칙칙하게 얼룩진 콘크리트 맨바닥은 핏자국, 눈물 자국, 토사물 자국, 고통의 자국으로 얼룩덜룩했다. 똑같이 희미한 불빛에, 똑같이 묻어 나오는 두려움과 땀과 잔인함의 냄새가 느껴졌다.

그리고 내 안에 있던 모든 것이 그녀를 본 순간 사망했다. 내 뱃속은 더 이상 비워 낼 게 없었다. 남은 거라고는 혈관 속의 피밖에 없었다. 심장의 펌프질을 타고 온몸으로 퍼져 살을 부르르 떨게 만드는 피뿐이었다.

그녀의 머리는 가슴 쪽으로 푹 꺼져 있었다. 머리카락은 까만 종잇장처럼 얼굴을 덮으며 늘어져 있었다. 부드럽고 예쁘고 섬세

하고 여성스러운 얼굴이 지금은 온통 시퍼렇고 거무죽죽했다. 입술은 퉁퉁 부었고 볼에는 멍이 들었다. 터진 입술에는 피가 덕지덕지 붙었고 걸치고 있는 옷가지에는 토사물 얼룩이 선명했다. 핏기 없는 창백한 발은, 엉망진창인 땅바닥 위로 대롱대롱 매달려 있었다. 뒤로 묶인 두 손은 위로 높이 뻗쳐 쇠사슬에 매달려 있었다.

나는 무릎을 꿇고 주저앉았다. 내게는 이제 아무것도 남아 있지 않았다. 몸을 일으킬 단 한 줄기의 근육마저 사라져 버렸다. 패트릭이 나를 일으켜 세웠다.

"이년을 봐. 그냥 빈민촌 쓰레기 쪼가리일 뿐이야. 내가 말한 대로야. 예쁜 껍질 속에 꿈틀대는 살덩이가 있지. 이년은 결국 모든 걸 자백했어, 월로."

도로시가 신음 소리를 냈다. 그리고 상처투성이의 얼굴을 들어올렸다.

"자, 월로. 넌 있는 그대로의 세상을 봤어."

패트릭이 말했다. 도로시가 퉁퉁 부운 가느다란 눈으로 나를 바라보았다. 그냥 나를 바라보고만 있었다. 나는 이 거지 같은 세상이 그녀에게 미안했다.

"이년은 개보다 지독해, 월로. 듣고 있나, 창녀? 개는 먹이를 주는 사람의 손은 물지 않는다구."

도로시는 입술을 달싹거렸지만 아무 말도 나오지 않았다. 패트릭이 내 목덜미를 잡았고 도로시 쪽으로 고개를 돌렸다. 그리고 다른 손으로 자신의 코트를 뒤로 젖힌 후 허리띠 쪽으로 손을 가져갔다. 총을 꺼냈다.

"자, 윌로. 상처 입은 개에게 뭘 해 줘야 할까? 비극을 끝내 줘야지. 그게 친절한 행동이야, 안 그래?"

"안 돼요!"

"비극을 끝내야지."

패트릭은 나를 도로시 쪽으로 밀었다.

"넌 비극을 끝내고 싶지, 도로시?"

도로시는 발버둥을 쳤다. 입술 사이로 낑낑거리는 소리가 흘러나왔다. 패트릭은 총을 뽑아 들어 도로시의 머리에 갖다 댔다.

"개는 이렇게 쏘는 거야, 윌로."

33

'이제 내가 죽을 차례인가.' 하는 생각이 들었다. 하지만 지금은 죽고 싶지 않았다.

어쩌면 정말 끝인지도 모른다. 끝이란 녀석이 아주 천천히, 입 안 가득 두려움의 쓴맛으로 다가왔다. 생각보다 빠르지는 않았다.

지금껏 살아온 삶 전체가 주마등처럼 스쳐 지나갔다. 모든 장면, 모든 소리, 모든 사람이 다가와서 두드리고, 말하고, 울고, 웃었다. 그리고 내가 했던 모든 말과 행동이 생각났다. 좋은 일과 나쁜 일이 모두 한데 뒤섞이고 헝클어져서 끝도, 시작도 없는 고리처럼 이어졌다.

하늘에 끝없이 펼쳐진 별들처럼.

그들은 나를 자루처럼 집어 던졌다. 트럭의 짐칸이었다. 트럭 냄새가 났고 트럭 소리도 났다. 어둠 속에서도 알 수 있었다. 두 손은 등 뒤로 꽉 묶였다. 내 옆으로 한 사람이 더 던져졌다. 도로 시일 것이다.

트럭이 부르릉거렸다. 시동이 걸리자 엔진이 생명을 얻었다. 아빠는 엔진에 대해 여러 가지 이야기를 해 주었다. 하지만 냄새 얘기는 하지 않았다. 엔진의 냄새. 기침을 유발하는 배기가스. 아빠가 내게 해 주지 않은 말은 그것뿐이 아니었다. 아빠는 내가 생각했던 아빠가 아니었다. 그렇다고 패트릭이 말한 그대로도 아니었다.

패트릭이 말한 나쁜 얘기들은 어떻게든 잊으려고 안간힘을 썼다. 이제는 모두가 떠나고 없기 때문이다. 나와 내 옆의 이 시체만 남았을 뿐이다. 패트릭의 말을 기억하며 곱씹어 봤자 가슴에 비수를 꽂는 나쁜 기억이 될 뿐이다.

패트릭은 구더기가 감자에 구멍을 내듯 내 머리에 구멍을 뚫고 들어왔다. 밖에서 보면 그다지 변한 게 없지만 속은 깡그리 먹어 치워 버렸다.

'중요한 건 네 머릿속에 있는 것들이야, 월로. 그건 네가 허락하지 않으면 아무도 함부로 건드릴 수 없단다. 좋은 것은 바다 위의 배처럼 머릿속에서 옮겨 놓을 수 있지. 아무도 손대지 못할 자리에다 그걸 옮겨 놓으려무나.'

트럭이 빠르게 달렸다. 가끔 왼쪽이나 오른쪽으로 기울어지기도 했다. 어둠 속에서 시체가 내 쪽으로 굴러왔다. 시체가 말을 하려고 했다. 입안 가득 피를 머금고 있는 것처럼 캑캑거리며, 말하는 게 쉽지 않은 듯 간신히 입을 열었다.

"너, 누구?"

"저는 월로 블레이크예요."

나는 조그맣게 속삭였다.

"월로? 나야."

"칼럼!"

나는 멍들고 상처 입은 몸을 뒤집었다.

"그들이 도로시를 어떻게 했지?"

칼럼은 목이 잠긴 듯 쉰 목소리로 물었다.

"그들이…… 도로시를 죽였어요."

"확실한…… 얘기야?"

"제 눈으로 봤어요."

귓가에 칼럼의 한숨 소리가 들렸다. 트럭 짐칸 바닥에서 우리 둘의 머리는 거의 맞붙어 있다시피 했다.

"네가 알아야 할 게 있어. 내가 말하지 못했어. 네 아빠는……."

"알아요. 아빠가 누구인지 알아요."

트럭이 급하게 우회전을 했다. 칼럼은 몸이 팽팽하게 긴장되어 있었다.

"우릴 어디로 데려가는 걸까요?"

"그들은 널 죽일 거야, 월로……. 넌 그들에게 중요한 사람이야……. 네가 가지고 있는……."

칼럼은 목구멍 깊은 곳에서부터 거룩거룩 하는 소리가 났다. 그
리고 기침을 토해 내는 소리가 들렸다. 칼럼은 컥컥거리며 피를
쏟아 냈다.

"넌 빠져나가야 해. 빠져나가야……."

다시 기침이 칼럼의 온몸을 덮쳤다.

"가서 배를 타야 해."

"배요?"

"내 신발 안에 면도칼이 있어."

나는 칼럼의 목소리가 잘 들리지 않아서 그의 얼굴 가까이 다가
가야 했다. 차가운 트럭 짐칸 바닥에 얼굴을 대고 상처 입은 칼럼
에게 가까이 다가갔다.

"뭐라고요?"

"내 신발. 거기에 면도칼이 있어."

"그런데 그 배는 뭐예요?"

"배. 섬으로 가는 배."

"어떤 섬요?"

"멀리, 월로……."

"도로시 말로는……."

"도로시는…… 자세히 몰라."

"배에 대해서 말인가요?"

"그런 건 중요하지 않아."

"야콥 할아버지는요?"

"야콥이라는 사람은 몰라."

칼럼이 한 마디씩 할 때마다 꺽꺽거리는 고통의 소리가 흘러나왔다.

"야콥은 들어 본 적 없어."

"배는 어디에 있는데요?"

칼럼은 비명을 질렀다. 깊고 거친 숨을 힘들게 내뱉었다.

"할렉 캐슬 아래쪽 해변. 해빙이 끝나기 전에 모두들 떠날 거야. 날 위해 네가 해 줄 일이 있다. 나를 기다리는 사람이 있……, 쿨럭쿨럭. 내게 아주 소중한 사람이야. 넌 그들에게 가야 해."

"하지만 아저씨는요?"

"배야, 윌로. 네 아빠가 바랐던 것처럼."

"아빠가 뭘 바랐는지 저는 아는 게 없어요."

"잘 들어, 윌로……."

칼럼의 목소리가 너무 작아져서 나는 더 가까이 가야 했다.

"너무 위험한 일이라서 아빠가 네게 말할 수 없었을 거야. 하지만 배는 준비되어 있어. 넌 있는 힘껏 노력해서 꼭 빠져나가야 해. 그리고 그 애를 도와줘, 제발. 우린 네가 필요해."

"그 애요? 그 애가 누구예요?"

"내 딸. 딸애가 날 기다리고 있……."

트럭이 속도를 늦추었다. 밖에서 목소리가 들렸다. 트럭이 완전히 멈춰 섰다. 발소리가 들렸다. 나는 가만히 누워 있었다. 트럭 뒤에서 발소리가 났다.

지금인가? 지금이…… 끝인가? 나는 눈을 감았다.

"수감자 둘입니다."

"어디로 가고 있지?"

"와일파 발전소입니다."

"통과."

발소리들이 멀어져 갔다. 트럭이 출발했다.

"칼럼? 칼럼?"

"확인을……."

칼럼의 몸에서 피가 콸콸 쏟아져 나왔다. 소리가 들렸다. 칼럼이 기침을 했다. 온몸으로 구역질을 했다.

"칼럼, 우리 아빠……."

칼럼의 다리가 트럭 바닥에서 허우적거렸다. 칼럼의 입에서 고음의 괴상한 소리가 흘러나왔다. 나는 몸을 버둥거렸다. 앉으려고 안간힘을 썼다. 트럭이 모퉁이를 도는 바람에 나는 뒤로 넘어져 버렸다. 칼럼의 입에서 한숨이 나왔다.

"내 딸이 배에 타도록……."

"기다려요!"

나는 일어나 앉아 몸을 버둥거렸다. 칼럼의 몸이 내 뒤에 닿았다. 손에 닿은 바지의 거친 천이 느껴졌다. 칼럼의 다리를 더듬었다. 무릎이 피에 젖어 축축했고 단단한 정강이가 잡혔다. 나는 몸을 뒤로 기댔다. 이제 손이 칼럼의 신발에 닿았다. 퉁퉁 부은 손가

락으로 구두끈을 더듬었다. 매듭이 만져졌다. 끈을 잡아당겨 풀었
다. 어둠 속에서 토끼 덫을 묶듯이.

칼럼의 다리가 뻣뻣해지더니 갑자기 홱 움직였다. 나는 매듭을
풀던 손을 치웠다. 칼럼은 껀껀거리며 숨을 몇 번 쉬더니 누더기
천 조각처럼 축 늘어졌다.

칼럼의 마지막 순간이었다. 어둠 속이지만 소리로 느낄 수 있었
다. 이렇게 가까이에서 누군가가 죽은 것은 처음이었다. 마치 촛
불이 꺼지는 순간 같았다. 양초는 마지막 연소로 연기와 고약한
냄새를 피웠다.

이 키 큰 남자의 마지막 연기는 어디로 갔을까? 내게는 보이지
도, 느껴지지도 않았다.

'아, 이렇게 죽는구나.'라는 생각이 들었던 때가 있다. 판가드의
동굴에서였다. 동굴 안에서 불빛도 없이 길을 잃었을 때였다. 산
속으로 파고든 깜깜한 통로 안에서 나는 길을 잃었다. 내가 거기
에 있다는 사실을 아는 사람은 아무도 없었다. 산은 천 년에 한 번
씩 숨을 쉬는 듯 아주 천천히 그리고 조용하게 숨을 쉬었다. 게다
가 별도 없었다. 동굴의 어둠 속에는 하늘이 없었다. 얼마나 시간
이 지났는지도, 언제쯤 소리를 질러야 하는지도 알 수 없었다.

나는 소리를 질렀다. 산에게 외쳤다. 하지만 두려움이 커져서
정신을 잃고 말았다. 차갑게 죽은 돌처럼 덩그러니 쓰러졌다.

다시 깨어났을 때 나는 여전히 살아 있었고 산은 내게 한숨을
쉬며 속삭였다.

'난 산일뿐이야. 그냥 돌덩이지. 네가 겁먹고 있는 대상은 너의 생각이야.'

수천 년 동안 동굴을 지나쳐 갔던 사람들과 토끼와 개와 산의 목소리가 어둠 속에서 내게 속삭였다. 그러자 나는 두려움이 사라졌다. 그리고 느꼈다. 뒤로는 산의 냄새를, 앞으로는 살아 있는 공기의 냄새를. 나는 통로를 기어 빠져나왔다.

그 뒤부터는 어둠을 두려워하지 않게 되었다. 모든 건 내 머릿속의 생각일 뿐이었다.

나는 결심했다. 여기서 빠져나가리라. 그렇지 않으면 그들이 나를 죽이거나 자백하게 만들 것이다. 그건 확실했다. 나는 그들이 어떻게 하는지 보았다. 도로시의 모습이 떠올랐다. 온통 상처를 입은 채 감옥 천장에 매달려 있던 도로시. 그 장면을 떠올리니 눈에서 불이 나는 것 같았다.

칼럼의 신발을 벗기고 면도칼을 찾아야 한다. 이름 말고는 아는 게 없는 이 사람의 신발을 벗겨야 한다.

나는 눈을 감았다. 손끝에 구두끈이 느껴졌다. 매듭을 찾아 손을 옮겼다. 머릿속에 매듭의 그림을 그렸다. 조금씩 매듭을 느끼며 손가락을 움직였다. 풀었다. 끈이 풀렸다. 발에서 신을 벗겨 냈다. 신발 안은 아직 따뜻했다. 따뜻하고 축축했다. 나는 손가락으로 신발 안을 더듬다가 신발 밑창을 잡아뗐다.

단단한 금속 조각이 만져졌다.

나는 거의 감각이 없는 손가락으로 면도칼을 꺼내서 밧줄을 갉기 시작했다. 한 가닥이 끊어졌다. 한 번에 하나씩. 지금 필요한 건 오직 인내심뿐이다. 왜냐하면 돌처럼 어둠 속에 던져지는 그날이, 오늘이 되는 건 싫기 때문이다.

마침내 밧줄을 다 끊었다. 입김을 불어 손을 녹였다. 피가 다시 돌자 면도칼을 쥐고 발목의 밧줄을 갉아서 끊었다. 칼럼의 얼굴 가까이 내 얼굴을 댔다. 거친 수염이 느껴졌다. 목에 손가락을 대어 보았다. 이제 더 이상 흘러나올 피도 없는 듯했다. 맥박이 뛰지 않았다. 얼굴을 가까이 대고 있는 건 낯선 느낌이었다. 그게 어떤 거였는지 기억도 나지 않았다.

칼럼의 발에 다시 신발을 신겨 주었다. 맨발로 놔두는 건 옳지 않은 것 같았다. 그리고 어둠 속에서 칼럼의 눈을 감겨 주었다. 도시에서 온 여자가 죽었을 때 매그다가 그랬던 것처럼.

'죽은 사람이 너를 데려가지 못하게 눈을 감겨 줘.'

그리고 트럭이 멈출 때마다 나는 상상했다. 얼굴 없는 어떤 사람이 나를 끌어 내려서 침엽수 농장의 시체 구덩이에 던져 넣는 것을.

온몸에 소름이 돋으면서 맥박이 빨라졌다. 아픔이 느껴지지 않았다. 머릿속의 중얼거림도 멈추었다. 오직 빠져나가야 한다는 생각만 들었다. 손가락 사이에 면도칼을 끼워서 트럭 짐칸의 캔버스 덮개에 대고 죽 그었다. 가죽을 자를 때처럼. 그을 때마다 골이 깊어졌다. 천이 조금 찢어지면서 손등으로 찬 공기가 느껴졌다. 나는 계속했다. 캔버스에 대고 긋고, 긋고, 그었다. 천이 뚫릴 때까지.

마침내 비스듬히 잘린 캔버스 덮개의 틈으로, 어둠을 밝히는 가로등 불빛이 지나가는 게 보였다. 찬 공기가 내 숨을 홱 낚아채 갔다. 도로에는 여전히 단단하고 하얀 얼음덩이들이 보였다. 트럭은 빠르게 달렸고 엔진 소리는 시끄러웠다. 도로 양쪽 편에는 어둠 속에 나무가 줄지어 서 있었다.

두려움에 빠져 다리를 떨고 있을 시간이 없었다. 트럭이 급하게 오른쪽으로 방향을 틀었다. 까만 밤 속에 하얗게 솟은 눈 둑이 시야에 들어왔다.

나는 펄쩍 뛰어내렸다.

내가 떨어진 곳은 눈 더미의 가장자리 부분이었다. 트럭이 빨리 비켜 준 덕분에 목숨을 건질 수 있었다. 나는 눈 더미에 부딪치고 굴러서 도로에 벌렁 나자빠졌다. 트럭은 부릉부릉 멀어져 갔다. 나는 움직이지 않고 누워 있었다. 얼음 때문에 등이 차가웠지만 가만히 누워서 트럭 불빛이 어둠 속으로 사라질 때까지 기다렸다.

불빛이 사라지자 나는 둑을 기어 올라갔다. 나무들 사이로 뛰어들어서 차갑고 딱딱한 땅바닥에 털썩 주저앉았다. 주먹으로 온몸을 수천 대쯤 맞은 기분이었다. 잠이 내 이름을 부르며 손짓했다. 나는 정신을 바짝 차리려고 안간힘을 썼다.

칼럼의 신발. 따뜻했던, 따뜻하고 축축했던 신발. 칼럼은 죽기 전에 내게 부탁을 했다. 그 말이 내 눈시울을 다시 뜨겁게 만들었다.

나는 선택의 기로에 서 있었다. 누군가를 두고 왔기 때문이다, 도시에.

메리.

머리 위로 거대한 전력 공급선 철탑이 다리를 벌리고 서 있었다. 전력 공급선이 웅웅거리는 게 느껴졌다. 피부가 얼얼했다. 까만 밤하늘은 구름 한 점 없이 맑았고, 그 속에서 별들이 반짝이고 있었다. 별은 수천 마일 떨어져 있다. 아득히 멀리.

"너, 위대한 존 블로빈의 아들. 들개처럼 언덕을 달리던 아이. 네 아빠는 널 사랑하지 않았어, 윌로."

패트릭의 말이 머릿속에서 맴돌았다.

"널 사랑하지 않았어, 윌로."

* * *

배수로는 얼었다. 눈으로 가득 차 있었다. 쌓인 눈 위로 가시 돋친 나뭇가지들이 튀어 올라 있었다. 여우 냄새가 났다.

트럭에서 뛰어내린 뒤로 얼마나 멀리 왔는지 알 수 없었다. 지금은 도로를 벗어나 숲길로 가고 있었다. 내 발자취는 지워지지 않은 채 고스란히 남았다. 눈이 내려 덮어 주면 좋을 텐데, 눈도 내리지 않았다. 해빙기이니 어쩔 수 없는 일이다. 이제 그들이 곧 뒤따라올 것이다.

나는 나뭇가지들을 헤치며 계속 앞으로 나아갔다. 몸이 쉬게 해 달라고 비명을 지를 때까지. 잠시 배수로에 기대어 쉬었지만 잠은 오지 않았다. 자꾸 꿈만 꾸었다. 꿈인지 현실인지 구분이 안 가는, 실감 나는 꿈이었다. 꿈이었지만 촉감을 느낄 수 있었다. 소리도 들리고 맛도 느껴졌다.

다시 매그다와 아빠가 도토리를 줍고 내가 나무를 타고 오르던 때로 돌아갔다. 나는 두 사람에게 소리를 지르고 있었다.

"늑대예요! 늑대들이 오고 있어요, 아빠!"

온 사방에서 늑대가 다가왔다. 나는 소리쳤다.

"어서 올라와요! 어서요!"

머리를 낮추고 날카로운 이빨을 드러낸 늑대들이 군침을 흘린 채 으르렁거리며 기어 왔다. 하지만 아빠는 늑대를 보지 못했다. 매그다도 자루에 도토리를 담느라 여념이 없었다.

"늑대가 오고 있어요! 올라와요!"

나는 있는 힘껏 고함을 질렀지만 아무리 용을 써도 목소리가 나오지 않았다. 모든 것이 희미해지더니 으르렁거리며 딱딱 맞부딪치는 늑대의 턱만 또렷하게 남았다. 아빠는 더 이상 보이지 않았다. 매그다도 보이지 않았다. 그런데 매그다의 비명 소리가 들렸다. 뛰어내려서 두 사람을 구해야 한다.

새 한 마리가 주의하라는 듯 울어 댔다.

"후윗! 후윗! 후윗! 후윗!"

어서 두 사람을 구해야 한다.

"아빠!"

나는 벌떡 일어나 앉았다.

* * *

어쩐지……. 내 꿈속에서나 일어날 일이었다.

하늘이 밝아지기 시작했다. 내 소리에 놀랐는지 머리 위 우거진 나뭇가지 사이로 검은 새 한 마리가 푸드덕 날아올랐다.

후윗! 후윗! 후윗!

* * *

나는 숲에서 기어 나왔다. 들판이 보였다. 언덕을 가로질러 군데군데 눈과 얼음이 잔뜩 쌓여 있었다. 눈이 녹기 시작한 곳에는 작은 섬처럼 풀들이 삐죽삐죽 돋아 있었다.

온몸이 구석구석 안 아픈 곳이 없었다. 축축한 추위가 몸을 파고들었다. 몸이 덜덜 떨리고 치아가 결코 멈추지 않을 것처럼 딱딱 맞부딪쳤다.

멀리 도로에는 전력 공급선 철탑들이 서쪽으로 죽 늘어서 있었다. 그리고 나는 아직 살아 있었다. 들판 너머에는 참나무 숲 뒤로 낡은 건물의 깨진 지붕이 솟아 있었다.

나는 몸을 일으켜 산울타리 옆으로 갔다. 산울타리 높이로 몸을 수그린 채 배수로를 따라 뛰었다. 들판을 가로질러 키 큰 나무들이 있는 곳으로 달려갔다. 그리고 풀이 돋아난 자리에 주저앉았다. 나는 풀을 뜯어서 입에 쑤셔 넣었다. 아픈 개들이 그렇게 하는 것처럼.

나무 아래에 앉으니 기분이 좋아졌다. 잘 자란 나무들이었다. 크고 튼튼하게 자란 참나무의 잎 없는 가지들이 위로 쭉쭉 뻗었다. 물푸레나무와 단풍나무도 높다랗게 자라고 있었다. 땅에서 올라오는 흙냄새가 참 좋았다. 숲은 오르막길로 이어져서 들판까지 뻗었고, 산울타리는 동쪽으로 뻗어 나가 있었다.

숲 가장자리에서 시작된 낮은 돌담이 평야를 가로질러 집이 있는 곳까지 뱀처럼 이어졌고, 아침 햇살을 받은 나무들이 긴 그림자를 뽑아내었다. 이제 그 집이 제대로 보였다. 언덕에서 캔 큰 돌들을 차곡차곡 쌓아 벽을 올리고, 창문의 가장자리는 네모난 돌들로 둘러놓은 집이었다. 정말 집다운 집이었다. 하지만 지붕은 한쪽 끝이 무너졌고, 딱총나무와 물푸레나무가 집 안으로 뻗어 들어가 있었다. 창문은 널빤지로 꽉 막아 사용할 수 없게 되었다. 엄청난 눈 더미가 집 뒤쪽의 처마까지 쌓여 있었다. 마당에는 무너져 내린 헛간과 낮은 가축우리가 자리를 잡았다. 잘하면 먹을 것이 있을지도 모르고 잠시 몸을 숨길 수도 있는 곳이었다.

가축우리에서 번뜩 하는 갈색빛이 내 눈을 사로잡았다. 다행히 산비탈 쪽으로 달려가는 작은 암여우였다. 그런데 암여우가 무얼 보고 달아났을까?

그때 암여우가 본 것을 나도 발견했다. 멀리 떨어진 곳의 나무 사이로 작은 점들이 내려오고 있었다. 그 점은 개를 거느린 군인들이었다. 목줄이 팽팽해질 대로 팽팽해진 개들은 땅에 코를 대고 기다시피 내 냄새를 찾았다.

이제 곧 나를 향해 달려올 것이다.

당장 도망쳐야 했다. 나는 달리기를 처음 해 보는 사람처럼 허둥지둥 달리기 시작했다. 발을 헛디디며 돌담을 따라 달렸고, 다시 나무들 사이로 들어갔다가 집 위쪽으로 방향을 틀었다.

숲에서 나와 남쪽으로 달렸다. 위쪽 산비탈에서 작은 냇물이 흐르고 있었다. 녹아내린 얼음물이 까만색 바위 위로 흘러넘쳤다. 나는 냇물로 뛰어들어 물살을 거슬러 올라갔다. 내 냄새의 흔적을 지워야 했다. 물은 얼음처럼 차가웠다. 부츠로 물이 스며들었다. 차가워서 발가락이 불타는 듯 아팠다.

하지만 계속 달려야 했다. 살기 위해 토끼처럼 뛰어야 했다. 개와 군인들이 곧 언덕 위로 올라올 것이다. 꼭대기쯤에 다다랐을 때 나는 무성하게 자란 풀밭에 엎드렸다. 물가의 풀밭에 엎드려서 동물처럼 냇물을 마셨다. 헐떡이는 숨을 고르며 잠시 쉬었다. 다리가 아팠다. 등도 아팠다. 온몸이 아팠다. 하지만 바람을 타고 개 짖는 소리가 들려왔다. 찢어질 듯 크게 짖어 대는 것이 아마도 내 흔적을 찾은 모양이었다. 덜컥 겁이 났다.

나는 몸을 일으켰다. 물이 뚝뚝 떨어졌고 소름이 끼치도록 추웠다. 냇가에서 떠나 위쪽으로, 황무지가 있는 위쪽으로 달렸다.

허브나무들이 허벅지 높이까지 자라 있었다. 산울타리처럼 무성했다. 나는 풀 사이에 이리저리 다져진 사슴 길을 따라 달려갔다. 더 높은 곳으로 올라가야 했다. 시야가 트인 곳으로. 우뚝 솟은 바위들로 뒤덮인 민둥산의 평평한 높은 지대로. 눈과 얼음과 비와 바람 때문에 닳고 닳은 차가운 바위산으로. 땅에서 솟아오른 바위들이 '이곳이 네가 찾는 곳이란다. 애야. 네 발밑에 꽁꽁 얼어붙은 채 웅장하게 도사린 바위, 네가 찾고 있는 게 바로 나란다. 두말하면 잔소리지.'라고 말하는 곳으로.

바로 그곳이 내가 가야 할 곳이었다.

* * *

왜 그들은 나를 잡으려고 할까? 왜 아빠는 내게 아빠의 정체를 말해 주지 않았을까? 사람들의 이야기 속에 등장하는 아빠는 꼭 로빈 후드 같았다.

하지만 아빠는 로빈 후드가 아니다. 아빠는 내 아빠일 뿐이다.

아빠는 내게 배를 타고 섬으로 갈 거라는 얘기는커녕 배의 'ㅂ'도 이야기해 준 적이 없다. 그리고 지금 내 질문에 대답해 줄 아빠는 여기에 없다.

나는 잡목들이 드문드문 자란 곳에 웅크리고 앉아 잠시 숨을 골랐다. 언덕 아래를 내려다보았다. 개들이 짖는 소리가 다시 들렸다. 컹컹거리는 소리를 들으니 두려움이 엄습했다.

언덕 위를 쳐다보았다. 잡목들 위쪽으로 얇은 눈얼음이 흙을 덮었다. 일어나서 시야가 트인 곳으로 가야 했다.

오르막길의 서쪽에는 울퉁불퉁한 바위산이 있었다. 힘껏 달려 단숨에 바위산을 올랐다. 언덕의 끄트머리였다. 산비탈이 언덕 밑으로 깎은 듯 가파르게 펼쳐져 있었다. 바람이 사정없이 불어와 얼굴을 때렸다.

그리고 보았다. 건너편 멀리, 얇은 안개에 덮인 에이폰에덴 계곡. 그 광활한 광경이 한눈에 들어왔다.

나는 두 손을 가슴에 얹었다.

트로스피니드 호수의 잔잔한 물이 거울처럼 하늘을 비추었다. 멀리 북쪽 호숫가의 짙푸른 침엽수 농장은 들판에 이끼가 깔려 있는 것처럼 보였다. 거인처럼 우뚝 솟은 글리더파크 산과 글리더 포르 산. 하얗게 눈 덮인 라이녹스 봉우리. 그 뒤에는 남쪽으로 산들이 솟았고 북쪽으로 민둥산 판가드가 웅크리고 있었다. 그 모든 것이 회색과 보라색만으로 그려진 채 웅장하고 장엄하게 솟아 있었다. 그리고 그 위로 드넓은 파란 하늘과 줄지어 늘어선 구름이 지표면에 거대한 그림자 놀이를 하고 있었다.

내가 서 있는 곳에서는 모든 것이 보였다. 우리 집도, 산 너머 바다도.

하지만 그 아래쪽에는 도시로 이어진 도로가 있었다.

* * *

나는 재빨리 비탈길을 내려갔다. 바람이 세차게 불어와 귀를 때렸고 조금씩 쌓인 눈이 발을 시리게 했다. 아래쪽 멀리 초록색과 갈색의 키 작은 허브나무들이 보였다.

또다시 개 짖는 소리가 들렸다. 아직도 내 뒤를 쫓고 있었다. 잔뜩 독이 오른 개들과 얼굴 없는 덩치 큰 군인들이 빠르게 다가왔다.

길을 찾아야 한다. 잡목들 속으로 깊이 파고들었다. 발이 산비탈 아래로 빠졌다. 언덕 꼭대기를 올려다보았다. 바위 사이로 시커먼 형상들이 움직이고 있었다. 나는 우거진 산사나무 밑으로 몸을 숨겼다. 그 앞에서 작은 샘물이 흘러나오고 있었다. 개를 끌고 온 남자들이 산비탈에서 내 냄새를 찾아냈다. 들려오는 소리로 알 수 있었다. 나는 나무들을 헤치고 물속을 첨벙거리며 달렸다. 에이폰에덴 계곡의 평평한 지대로 내려갔다. 갓 돋아난 빽빽한 풀들 덕분에 젖은 부츠를 신고도 발이 시리지 않았다.

이제 햇살이 강해졌다. 꽤 더운 햇살이었다. 관목 숲에서 딱새와 찌르레기가 지저귀었다. 길게 자란 풀잎에서 곤충들이 뛰어오르며 축축한 땅 위를 맴돌았다.

오래된 바위벽이 서쪽으로 꿈틀꿈틀 이어지다가 웃자란 산울타리 뒤로 사라졌다. 그때 땅이 마구 흔들렸다. 거대한 소리가 발밑에서 들려왔다.

소리가 점점 커졌다. 땅에서 천둥이 치는 것만 같았다. 들판을 구불구불 가로지르며 유유히 흐르는 개울에서 회색 왜가리 한 쌍이 커다란 날개를 펼치며 하늘로 날아올랐다. 수천 개의 발이 계곡에서 뛰는 것처럼 쿵쿵 울리는 소리가 났다. 지진이라도 일어난 것처럼 우레 같은 진동이 북쪽 방향에서 전달되었다.

두 다리가 벽돌처럼 느껴졌다. 무겁고 아팠다. 개들이 울부짖었다. 개들은 여전히 내 냄새를 쫓고 있었다. 나는 거센 폭풍이 휘몰아치는 것처럼 흔들리는 땅과 굉음의 벽을 향해서 어쩔 수 없이 허둥지둥 달려갔다.

절벽을 따라 걷다가 관목 숲으로 들어갔다. 풀밭 위에 서 있는 작은 나무 뒤에 앉아 비틀린 나뭇가지 사이로 주위를 살폈다. 말 한 마리가 쏜살같이 지나갔다. 그리고 또 한 마리가 지나갔다.

엄청나게 많은 말이 에이폰에덴의 초원을 질주했다. 동굴 벽에서 본 그 그림처럼. 들판이 동물들로 생기를 찾았다. 조랑말 사육사들이 눈 녹은 계곡의 비옥한 목초지에서 풀을 뜯기려고 도시에서 말 떼를 몰고 온 것이었다.

"이랴!"

말 떼를 모는 한 사육사가 탄 말에는 양가죽 안장에 자루들이 걸려 있었고 둘둘 만 침구가 뒤쪽에 묶여 있었다. 그는 말가죽 코트를 바람에 펄럭이며 말등자(*말을 타고 앉아 두 발로 디디게 되어 있는 물건.)를 밟고 서 있었다. 한 팔을 높이 들어 가죽 채찍을 휘둘렀다. 햇볕에 검게 그을린 얼굴에서 집중하는 표정이 엿보였다.

"이랴! 이랴!"

사육사들의 외침이 들판에 울려 퍼졌고 말발굽 소리가 땅을 뒤

흔들었다. 무리에서 빠져나온 조랑말 몇 마리가 내가 숨어 있는 곳 근처에서 땅에 코를 대고 풀을 뜯었다.

나는 일어나서 조랑말들 사이로 다가갔다. 조랑말들이 움찔하며 눈을 동그랗게 떴다. 그리고 몸을 일으켜 달아났다. 땀이 목에 송골송골 하얗게 맺혀 있었다. 냄새가 났다. 조랑말의 좋은 냄새.

나는 산사나무 지대로 전진해서 쭈그리고 앉았다. 사육사들은 여전히 말을 몰면서 채찍을 휘두르고 소리를 질렀다. 말들이 쏜살같이 달렸다. 말발굽에서 튄 진흙이 옆구리에 덕지덕지 붙어 있었다. 수천 마리의 말과 망아지들이 골짜기를 가로지르며 달려갔다. 그 말발굽 소리와 땀 냄새는 지금의 내게 꼭 필요한 것이었다.

내 발자국과 냄새를 깨끗이 덮어 줄 것이다.

34

보름달이 떠올랐다. 달은 바위 위에 떠서 얼음처럼 차갑게 번뜩였다. 제법 따뜻했던 낮이 서리가 내릴 것 같은 밤으로 변했다. 하늘은 맑고 드넓었다. 멀리 언덕 아래에 불빛이 보였다. 고기 굽는 냄새가 풍겨 왔다.

작은 숲에 혼자 덩그러니 놓인 낡은 돌 오두막 옆에서 사육사들이 텐트를 치고 쉬고 있었다. 도시에서 온 말과 소들이 어두운 들판 곳곳에서 이따금씩 조용한 울음소리를 내었다.

나는 골짜기를 건너온 이후 계속 바위에 기대앉아 있었다. 동물들이 달릴 때 함께 달려서, 울타리에서 개울까지 절뚝거리며 건넜고 곧장 라이녹스의 작은 언덕까지 왔다. 너무 지쳐서 아무 생각도 들지 않았다. 말 떼와 소 떼가 내 발자국을 짓밟았고 내 냄새를 감추었다. 더 이상 개 짖는 소리가 들리지 않아서 조금 쉴 수 있었다.

불빛 쪽에서 음식 냄새가 흘러왔다. 배가 너무 고팠고 손가락 하나 까딱하기 힘들 정도로 지쳤다. 한 발짝도 움직일 수 없었다. 온몸이 쑤셨고 숨 쉬는 것조차 아팠다. 밤이슬이 내리니 더 심했다.

* * *

예전에 아빠와 매그다와 함께 라이녹스의 이쪽 편으로 넘어와 본 적이 있었다. 아빠는 우리를 데리고 산에서 내려와 계곡도 보여 주었고 새알을 구하는 법도 알려 주었다. 내가 정말 어릴 때였다. 그때는 여름이었다. 추운 여름이었다. 그때는 우리 집에 조랑말도 있었다. 나는 조랑말에 올라 줄곧 앨리스를 감싸 안았다. 아빠는 조랑말 머리를 잡고 이리저리 이끌어 갔다.

"저걸 봐라, 얘들아."

아빠는 에이폰에덴을 가리켰다.

"언젠가 저곳이 초록색으로 뒤덮이고 날씨가 따뜻해질 거야. 그리고 햇볕이 여름 내내 길게 비출 거야. 잘 기억해 둬. 그런 날이 오면 우리는 산을 내려와서 저기 아래에다 농장을 꾸릴 수 있을 거야."

"애들이 너무 헛꿈 꾸게 만들지 말아요, 로빈."

매그다가 말했다.

"헛꿈이 아니지. 그건 희망이……."

그때 내가 조랑말에서 내렸다. 키 작은 허브나무들 틈에서 새 둥지를 발견했기 때문이다. 둥지에 다가가자 들꿩이 푸드덕 날아올랐다. 그리고 끼이익 끼이익 하고 날카롭게 울며 황야 지대로 날아갔다.

"아빠, 보세요! 새알이에요!"

앨리스가 조랑말에 앉아서 소리쳤다. 둥지 가득 새알이 담겨 있었다.

* * *

하지만 아빠는 지금 여기에 없다. 아빠가 지금 내 옆에 있다면, 이렇게 이른 시기에 파릇파릇 풀이 돋아난 들판과 그걸 뜯어 먹는 저 말들을 기분 좋게 바라보고 있을 텐데. 아빠는 그 얘기를 계속 반복했을 것이다. 듣는 사람이 지루해서 죽을 지경이 되도록.

지금 떠오르는 생각은 산을 안전하게 넘어가는 것뿐이다. 사람들의 입에 숱하게 오르내리던 그 배가 있는 곳으로. 아빠가 내게는 말해 주지 않았던 그 배가 있는 곳으로. 산은 평소와 다름없었다. 달라진 것은 나였다. 그리고 변화가 다가오고 있었다. 나는 가까이에서 보았다. 먼지, 연기, 트럭들, 변화에 대한 두려움을. 아빠는 수년 동안 둥지에 앉아 있는 새처럼 산에 앉아 있었다. 눈

앞에 닥치기 전까지는 그런 일들이 다가오리라는 것을 알지 못했다.

사람들은 모두 책에서 본 아빠를 로빈 후드로 생각했다. 패트릭은 아빠의 책을 갖고 있었다는 사람들에 대해 말했다. 동양이 아니라 서양을 바라보던 사람들. 계획을 세우고 음모를 꾸몄던 사람들.

무슨 계획과 음모를 꾸몄던 것일까? 아빠는 내게 계획이나 음모에 대해 말해 준 적이 없었다. 그저 토끼 덫을 묶는 법, 귀리를 심는 법을 알려 주었고 여러 가지 교훈을 알려 주었을 뿐이다. 그리고 나는 언제나 이 산이 내 집이라고 생각하면서 살았다.

아마 아빠는 알고 있었을 것이다. 분명하다. 배에 대해 몰랐을 리가 없다. 아빠가 이름을 바꾸고 산에 숨어 지냈다는 건, 정부가 아빠를 찾으면 문제가 생긴다는 사실을 분명히 알고 있었다는 뜻이다. 그런 생각이 들자 조금씩 상황이 이해되기 시작했다. 매년 여름이면 모든 어른들이 참여했던 조용하고 진지한 바르무스 마을 회의. 항상 뭔가에 대비하는 듯했던 아빠의 말투. 늘 입에 달고 살았던 이야기들. 세상이 변할 거라는 둥, 눈이 녹을 거라는 둥, 모든 것이 예전대로 돌아갈 거라는 둥.

하지만 눈이 녹을 거라면서 아빠는 왜 배를 타고 떠나기를 바랐던 것일까? 그 배는 어디로 가는 것일까?

패트릭의 말로는 사람들이 동양을 바라보아야 했는데 모두가 서양을 봤다고 했다. 하지만 서쪽에는 거대한 바다밖에 없다. 언젠가 아빠가 지도를 그려 준 적이 있다. 넓은 바다와 물을 뿜는 고래와 넘실대는 파도 그림이었다. 텅 빈 넓은 바다를 떠올리니 내 두 발을 나무처럼 흙 속에 깊이 파묻고 싶어졌다. 정말로.

* * *

여자들과 아이들이 조랑말을 타고 들판을 가로질러 천천히 다가왔다. 조랑말에는 솥과 냄비와 천막들이 잔뜩 실렸고 아이들도 그 틈에 끼어 타거나 매달려 있었다. 여자와 아이들이 몇 명씩 흩어졌다. 자신의 남자가 어디에 텐트를 쳤는지 알고 있는 것처럼 하나하나 잘도 찾아갔다. 작은 모닥불들이 타오르기 시작했다. 사육사들이 모닥불 옆에 털썩 주저앉았다. 온종일 힘들게 말 떼를 모느라 지쳤을 것이다.

텐트에 도착한 여자는 조랑말의 안장을 내리고 땀이 난 옆구리를 풀 수세미로 문질러 주었다. 그리고 차가운 밤공기를 생각해 조랑말의 등에 담요를 덮어 주었다. 다 해진 옷을 입은 아이들은 땅바닥에 앉아서 막대기로 옥신각신하며 장난을 쳤다.

나는 그 장면들을 빠짐없이 지켜보며 바위틈에 앉아 있었다. 아직은 아무도 나를 쫓아오지 않았다.

메리는 아빠가 조랑말 사육사였다고 했다. 메리의 아빠는 여름이 끝나갈 무렵의 어느 날 판자촌의 천막집으로 돌아가는 대신 언덕으로 말고삐를 돌리기도 마음먹었을 것이다. 메리가 지금 수천 마일은 떨어져 있는 것처럼 아득하게 느껴졌다. 그동안 내가 알고 있던 것들이 점점 내 뒤로 멀어져서 더 이상 보이지 않게 된 것 같았다. 왠지 내가 모든 것으로부터 단절된 기분이었다. 그리고 고통과 두려움과 배고픔이 내 머릿속을 가득 채우며 시끄러운 소리를 냈다. 다른 것은 들어갈 자리가 없었다.

배를 채워야 했다. 저 사람들 사이에 앉고 싶었다. 그들의 이야기를 듣고 활활 타오르는 모닥불의 따뜻함을 느끼고 싶었다.

나는 그런 생각을 하면서 둑 아래로 기어 내려가고 있었던 모양이다. 자갈 비탈길에서 발을 헛디디면서 정신이 들었다. 미끌미끌한 자갈에 미끄러지면서 넘어진 것이다. 비탈길 아래로 자갈들이 굴러떨어졌다.

"아빠! 아빠! 개들이야!"

한 아이가 외쳤다. 불가에 앉아 있던 남자들이 벌떡 일어났다. 여자는 비명을 질렀다.

"저는 개가 아니에요."

나는 땅에 누운 채 소리쳤다. 몸이 아팠다.

"개가 아니에요."

머리색이 검은 남자가 엽총으로 나를 겨누면서 비탈 위로 올라왔다.

"아빠, 아빠. 산적이야?"

수염이 덥수룩한 그 남자는 나를 뚫어질 듯 바라보았다.

"길을 잃었어요. 우리 텐트를 못 찾고 있어요."

"길을 잃었다고?"

"새알을 찾아다니고 있었어요. 여동생과 언덕 위에서요. 그리고 어두워졌는데 길을 못 찾겠어요. 저는 산적이 아니에요."

아이를 업은 통통한 여자가 다가왔다.

"어머나, 그냥 애잖아요. 산적이 아니에요. 저런, 다쳤나 봐요. 얼굴이 온통 푸르죽죽해요. 애야, 오늘 밤엔 우리와 지내는 게 낫겠어. 안 그러면 여기서 얼어 죽는단다. 휴, 애한테 담요를 갖다 줘요. 총은 내려놓고요."

"산적 아니야, 엄마?"

"아니야. 그냥 형이야. 막대기는 그만 내려놓고 담요를 가져오렴."

여자가 다가오더니 나를 부축해서 모닥불 옆으로 데리고 갔다. 그리고 제법 크고 뜨끈뜨끈한 고기를 내 손에 쥐어 주었다.

"배고프면 먹도록 해."

맛있었다. 아이들은 내 뒤에 앉아서 큰 소리로 재잘댔다. 남자들은 실룩거리는 모닥불 너머로 나를 바라보았다. 휴가 입을 열었다.

"식성을 보니 아주 큰 새와 싸워서 새알을 구해야겠구나. 여동생은 어디 있지?"

"제가…… 동생이 앞서 달려갔어요. 저는…….."

"배가 고팠고, 그렇지? 좋은 코트를 입고 있구나. 아무래도 이 탈자들이 만든 것 같은데. 산에서 발견했니?"

"애 좀 놔둬요, 휴."

나는 고기를 뜯어 먹다가 멈추었다. 불가에 앉은 남자들이 나를 쳐다보고 있었다. 휴가 다시 말했다.

"걱정 마라. 오늘 밤은 여기서 자도록 해. 아무것도 훔치지 않고 아침에 떠나면 된다. 돌아가서 네 여동생을 찾는 게 더 나을 테니까. 그렇지?"

휴는 마시던 술잔에 남은 술을 불에 뿌렸다. 모닥불이 피식거리며 타올랐다.

"말썽만 일으키지 않으면 돼. 그게 다야."

휴는 무릎 위에 총을 올려놓았다. 그리고 불 건너편에 앉아 있는 아이들에게 손짓했다.

"한 잔 갖다 주렴, 타프."

얼굴이 꾀죄죄한 남자아이가 다가와서 내게 술잔을 내밀었다. 톡 쏘는 쓴 냄새가 났다.

"그걸 마시면 푹 잘 수 있을 거야. 말썽은 안 돼. 내가 지켜볼 거야."

나는 입안 가득 따뜻한 음식을 오물거리며 고개를 끄덕였다. 그리고 술을 마셨다.

* * *

술을 마시자마자 곧바로 잠이 든 모양이었다. 등이 시려서 눈을 뜨니 새벽이었다. 내 신발이 불씨만 남은 모닥불 옆 막대기에 거꾸로 걸려 있었다. 진흙이 깨끗이 털려 있었다. 그 옆에는 음식이 담긴 주머니가 걸려 있었다. 나는 일어나 앉았다. 모닥불 주위에 남자들이 담요를 덮고 누워 코를 골았다. 여자들과 아이들도 마찬가지로 덮개를 덮고 가까이 옹송그리고 누워 있었다. 여자아이 하나가 눈을 떴다. 졸리는 눈으로 웃더니 엄마 쪽으로 돌아누웠다. 두 다리를 묶어 둔 조랑말들은 고개를 숙인 채 서 있었다. 고개를 돌리니 라이녹스의 비탈들이 보였다.

수염이 덥수룩한 휴가 손에 총을 쥐고 바위에 앉아서 망을 보고 있었다.

나는 부츠를 신었다. 부츠 속이 보송보송하고 따뜻했다. 음식이 든 주머니도 집어 들었다. 휴가 내게 손짓했다. 나는 휴가 앉아 있는 바위 쪽으로 기어 올라갔다.

"군인과 개들이 밤새 계곡을 수색하더구나. 나라면 산으로 돌아갈 거야."

휴는 가죽 물통을 내게 건네주었다.

"잘 보관해라. 필요할 거다."

휴는 봉우리들 사이의 평평한 길을 가리켰다.

"저 길이 가장 좋아. 길을 따라 올라가면 오래된 계단인 로만스 텝스가 나온단다. 네가 원하는 걸 찾길 바란다, 꼬마 이탈자."

휴는 꼬챙이로 이를 쑤셨다.

"슬슬 움직이는 게 나을 거야. 그들이 돌아올 테니까."

나는 산길로 천천히 발을 옮겼다. 멀리 들판에는 모닥불 연기가 피어올랐고 말갛게 솟아오른 아침 해가 다시 강한 햇살을 비추었다. 축축한 초원 위로 안개가 자욱이 드리워졌다. 들판의 동물들은 초록빛 천에 수를 놓은 점처럼 보였다.

음식 보따리와 물통을 어깨에 지고 있으니 마음이 든든했다. 이제 산 냄새가 났다. 산이 나를 부르고 있었다.

키 작은 허브나무들과 축축한 고사리들 사이를 지나 계속 걸었다. 그 길을 따라가니 오래 다져진 길이 나왔다. 깨진 돌판들이 고대의 계단처럼 꾸불꾸불 산으로 이어졌다. 길은 서쪽 아래 사임베컨에 있는 호수로 이어졌다. 거기에 가면 바다로 흘러가는 도랑과 숲을 만나게 될 것이다.

머리 위로 바람을 타고 독수리 한 마리가 빙빙 맴을 돌았다. 고개를 들어 보니 왼쪽 편에 거대한 바위들이 솟아 있었다. 추운 그늘에는 눈 더미들이 쌓여 있었다. 나는 길가에 앉아서 잠시 쉬며 물을 한 모금 마셨다. 발가락을 꼼지락거렸다. 잘 마른 부츠를 보니 어제 일들이 하나하나 떠올랐다.

그런데 땅바닥에 말 발자국이 있었다. 길 위쪽을 훑어보았다. 한 마리가 아닌 것 같았다. 마구 뒤섞인 발자국들이 언덕으로 향하고 있었다. 그 위에는 목초지가 없는데 말이다.

작은 발자국은 없었다. 망아지는 없다는 뜻이다. 분명 남자들이 말을 타고 있었을 것이다. 말을 타고 산을 오르는 남자들, 조랑말 사육사들이 틀림없었다. 그들은 저 위에서 뭘 하려는 것일까?

나는 발자국을 따라갔다. 발자국은 오래된 돌계단이 시작되는 곳으로 이어졌다. 길 여기저기에 진흙이 떨어져 있었다. 계단을 올라가니 흐르는 냇물 위에 아치형으로 놓인 작은 돌다리가 나왔다. 돌다리 건너편에는 뒤틀린 가시나무 한 그루가 혼자서 덩그러니 강한 바람을 맞으며 자라고 있었다. 옛날 사람들은 항상 뭔가를 쌓고 짓느라 바빴던 것 같다. 여기 라이녹스 위까지 말이다.

나는 말 발자국을 계속 따라갔다. 심술궂은 바람 때문에 얼음처럼 차가운 돌들이 평평하게 깎여 있었다. 높이 올라갈수록 바람이 더 차가워졌다. 땅바닥에는 아직 눈이 남았다. 해빙은 산꼭대기에 어울리지 않는 말이었다.

산꼭대기는 언제나 겨울이었다.

* * *

언덕 위로 추운 길을 한참 동안 걸었다. 그런데 고사리와 허브 나무들이 자란 곳에서 발자국을 놓치고 말았다. 그냥 사라지고 없었다. 하지만 지금 당장은 산길을 넘어가는 수밖에 없었다.

나는 험준한 바위들 틈에 섰다. 아래쪽으로는 아직 사임베컨의 호수가 보였다. 물 위에 살얼음이 덮여 있었다.

이제는 계속 내려가야 했다. 아래로, 아래로. 아래쪽 멀리 떨어진 곳에 바다가 있었다. 멀리 남쪽에 바르무스 어귀가 있었고, 북쪽에는 할렉의 버려진 집들이 보였다. 바닷가에는 커다란 낡은 성이 쭈그리고 앉은 두꺼비처럼 홀로 서 있었다. 내가 가야 할 곳이 바로 거기였다.

말은 아직도 보이지 않았다. 하지만 내가 잘 아는 산과 바위와 바람 속에 서 있는 것이 나쁘지 않았다. 가만히 있으면 깨끗한 산이 나를 말끔히 씻겨 줄 것 같았다. 더 이상 내가 혼자 남았다는 것과 대장이 되어야 하는 것을 목메게 부르짖을 필요가 없을 것 같았다. 이런 순간에는 누구든 기도가 하고 싶어질 것이다. 이런 순간에는 기도가 나에게 노래를 불러 주기 시작할 것이다. 비록 나쁜 사람들이 나를 물속 밑바닥으로 끌어 내리려고 소용돌이를 일으키더라도.

나는 바위를 타고 내려갔다. 개울 건너편에는 나무들이 빽빽하게 자라고 있었다. 물가로 내려가 세수를 하고 물병을 채웠다. 온몸이 쑤시고 피곤했다. 코트를 추어올려 옆구리를 살펴보았다. 갈비뼈 위에 시퍼런 멍이 들었다. 판가드에 있는 내 비밀 장소가 여기서 가까우면 얼마나 좋을까. 그러면 동굴 통로로 기어 들어가서 촛불을 켜고 기도를 한 뒤 산의 영혼이 들려주는 얘기를 들으며 조금 쉴 수 있을 텐데.

지금 내 안에는 아주 거대한 먹구름 층이 형성되어 있었다. 그동안 일어났던 모든 일들, 아빠와 매그다와 메리와 쌍둥이 동생들, 감옥 방에 매달려 있던 도로시, 그 시커먼 먹구름 안에 머물러 있는 폭풍은 그대로 두면 조만간 맹렬히 휘몰아칠 것이다.

나는 물통을 들고 그늘진 도랑 쪽으로 발걸음을 옮겼다. 내 의지와는 상관없이 발이 알아서 한 걸음씩 떼고 있었다. 내게 뭘 해야 하는지 울프가 알려 주는 것도 아니었다. 그냥 아주 거대한 공허함이 나를 움직이게 만들었다.

호수 입구의 큰 돌로 기어 내려갔다. 아래쪽으로 바위 사이로 쏟아진 물이 강물을 이루며 흘렀다. 이끼 낀 나무들 아래는 어둑어둑했다. 하지만 서리 내린 고사리 더미 위에는 나뭇가지 사이로 비친 가느다란 햇살이 남실댔고, 까맣게 젖은 강둑의 돌들도 반짝였다. 해빙기는 모든 것이 마법처럼 느껴지는 시기였다.

갑자기 밤에 도둑이 든 것처럼 두려움이 목구멍을 꽉 죄어 왔다. 내가 바다에 도착하기 전에 배가 떠나 버리면 어떻게 해야 할까? 그때는 어떻게 할까?

아직 새순이 돋지 않은 앙상한 나뭇가지들이 마른 강바닥으로 아치처럼 드리워졌다. 해빙으로 흘러내린 물이 많아지기 시작했다. 조금씩 쌓인 눈 위로 물이 똑똑 떨어져 그 자리에 작고 노란 구멍이 생겼다. 숲에 비가 내릴 때처럼.

물까마귀가 수면 가까이 날다가 바위에 앉았다. 꼬리를 반짝이며 몸을 까딱까딱거렸다. 그러다가 나를 보고 깜짝 놀라며 푸드덕 날아갔다. 나는 하얀 눈과 질척한 갈색 잎들이 붙은 강둑을 미끄러져 내려갔다. 물가에서 가까운 마른 강바닥을 따라 걸었다.

그때였다. 나뭇가지 그림자 아래에서 뭔가가 움직이는 것이 보였다. 멀리 앞쪽 편에. 조랑말을 타고 가는 사람이었다.

그 사람은 조랑말의 엉덩이에 손을 얹은 채 조금씩 몰고 가면서 주위를 두리번거렸다. 그리고 모퉁이를 돌아 사라졌다. 나는 다시 강둑 위로 올라갔다. 그리고 조용히 따라갔다. 가파른 강둑을 올라갈 때나 눈을 헤치며 힘겹게 산마루를 걸을 때처럼 심장이 마구 쿵쾅거렸다.

걸음을 멈췄다. 심호흡을 하면서 심장을 진정시켰다. 다시 도랑 쪽에서 움직임이 잡혔다. 통통한 회색 조랑말이 나무들 사이로 쑥 들어갔다. 다른 말이나 사람은 없었다. 그 사람은 고개를 숙여 나뭇가지 아래로 들어갔다.

나는 되도록 조용히 발을 디뎠다. 나무가 그다지 빽빽하게 자라지 않은 곳이라서 그 사람이 잘 보였다. 그 사람은 소녀였다. 조랑말에 앉은 모습이나 두리번거리는 모습이 그랬다. 모자 밖으로 늘어진 머리카락이 보였다. 소녀가 뒤꿈치로 조랑말을 꾹 찌르자 조랑말이 빠른 걸음으로 걸어서 드문드문 눈 쌓인 곳을 지나 작은 웅덩이 옆의 빈터로 갔다.

내 심장은 더 빠르게 뛰었다.

나무 사이로 소녀가 뒤를 돌아보는 모습이 보였다. 한 손으로 얼굴을 쓸어 올렸다. 그리고 조랑말의 목에 매달아 둔 자루를 만지작거렸다. 나는 몸을 수그린 채 더 가까이 다가갔다. 그런데 그만 발밑에서 나뭇가지가 뚝 부러졌다. 조랑말이 그 소리를 듣고 귀를 쫑긋 세웠다. 소녀도 허리를 꼿꼿이 세우고 주위를 둘러보았다. 나는 아주 가까운 거리까지 가서 크게 말했다.

"저기요."

소녀는 겁을 먹은 듯 몸을 움츠렸다. 모자 속의 동그스름하고 창백한 얼굴이 내 쪽을 향했다.

"누구예요? 어디에 있어요?"

소녀는 말고삐를 잡고 있던 두 손을 모았다. 나는 강둑을 내려 갔다. 그리고 나무들을 지나 공터 쪽으로 갔다.

"거기 누구예요?"

소녀의 목소리는 두려움에 가득 차 있었다.

"누구냐고요?"

작은 조랑말이 발을 굴렀다.

"어디 있는지 안 보여요. 아빠예요? 누구예요?"

하지만 나는 '그 소녀'의 얼굴이 선명하게 잘 보였다. 나는 코트의 모자를 벗었다. 그리고 나무 사이에서 걸어 나갔다.

온 세상이 그리고 그 안의 모든 것이 가느다란 햇빛 속에서 빛나고 있었다. 지금 막 태어난 것처럼. 나는 입을 열었다.

"메리, 나야."

35

메리가 미끄러지듯 조랑말에서 내려섰
다. 그리고 내게 다가왔다.

"윌로?"

메리는 눈이 동그래졌다. 그리고 따뜻한 손으로 내 얼굴을 만
졌다.

"다시는 못 볼 줄 알았어요, 윌로."

하지만 메리는 금세 손을 떼며 어두운 표정을 지었다.

"날 두고 갔죠. 왜 말도 없이 갔어요?"

"미안해."

"우린 친구라고 생각했는데."

"친구 맞아, 메리. 그러지 마."

"왜 갔어요?"

"얘기가 길어. 그런데 넌? 넌 빈민촌에서 빠져나온 거야?"

"다른 사람들과 같이 빠져나왔어요."

"다른 사람들? 왜?"

"배요. 우린 배를 타러 갈 거예요. 아빠를 기다리고 있어요."

"아빠?"

"우리 아빠가 올 거예요. 약속했어요."

"너희 아빠는 돌아가셨어, 메리. 잊었어? 산에서 돌아가셨어. 오지 않을 거야."

"아니에요. 아빠는 살아 있어요. 죽지 않고 돌아왔어요."

"돌아왔다고?"

"그래요. 그날 음식을 구하러 나간 날, 갑작스런 돌풍을 만나서 길을 잃었대요. 당신이 나를 처음 본 날이요."

메리는 조용히 다가왔다.

"다시 보게 될 줄은 몰랐어요, 윌로."

머릿속에 뜨거운 바람이 불었다. 우리는 가까이 섰고 메리는 말 고삐를 잡고 있었다.

"아빠가 그 작은 집에 돌아왔을 때는 토미밖에 없었죠. 개들이 토미를 먹어 치웠죠. 아빠는 개들이 나도 먹어 치웠다고 생각했어요. 그래서 빈민촌으로 돌아왔대요."

"어떻게 지냈어?"

"파이퍼 할아버지 집에 있으면서 당신을 기다렸어요. 하지만 결국 당신이 영영 가 버렸다는 걸 알았어요. 빈스가 맥줏집에 일자리를 마련해 주었어요. 먹고 지낼 만큼 돈도 벌었고 잠잘 곳도 있었어요. 그러다가 아빠를 다시 만나게 되었어요. 아빠는 모든 것을 알고 있었어요. 배가 언제 가는지도 알았고, 모든 것을 알았죠. 그리고 아빠는 조랑말을 구해서 다른 사람들과 함께 나를 여기로 보냈어요. 아빠가 올 때가 지났는데……. 하지만 분명히 올거예요. 아빠가 약속했……."

"어디쯤 오고 있을 것 같아?"

"모르겠어요. 도시로 돌아가야 한다고 했어요. 데려올 사람이 있다고 했어요."

"누구를?"

"존 블로빈의 아들이요. 존 블로빈의 아들을 데려와야 한다고 했어요."

* * *

"배, 배가 준비되었어. 도망쳐야 해. 그리고 그 애를 도와줘, 제발. 내 딸, 딸애가 나를 기다리고 있어……."

* * *

내 머릿속에서 먹구름의 그림자가 점점 커졌다. 그때 메리가 내 표정에서 뭔가를 읽은 것 같았다. 아빠에게 나쁜 일이 생겼을지 모른다는 불안한 표정이 메리의 입가를 스쳤기 때문이다.

"칼럼 거티?"

"맞아요, 칼럼 거티예요. 그걸 어떻게 알아요, 월로?"

웅덩이 옆의 그늘진 공터에 시간이 멈춰 섰다. 메리에게 사실을 알려 주어야 했다. 그 사람, 칼럼은 메리의 아빠였다. 메리의 아빠는 산적이 아니었다. 메리는 판가드에서 내게 말했다. 하지만 그때 나는 그 말을 믿지 않았다.

"아빠는 죽었어, 메리."

"아니에요, 월로. 죽지 않았어요. 아빠는 살아 있어요. 아빠는⋯⋯."

이제 메리의 얼굴에 그늘이 완전히 내려앉았다.

"칼럼 거티, 그는 오지 않을 거야."

메리는 돌아서더니 물가로 걸어갔다. 두 손으로 얼굴을 감쌌다. 나도 고개를 돌렸다. 조랑말이 고개를 숙여 나뭇잎에 코를 대고 킁킁거렸다.

"어떻게 알아요?"

메리의 목소리는 아주 작았다. 물속에서 웅얼거리는 것처럼.

"메리."

나는 메리에게 한 발 다가섰다.

"네 아빠가 내게 널 찾으라고 말했어."

"어떻게 알아요?"

메리가 돌아섰다. 눈이 빨갛게 충혈되어 있었다.

"난……."

"어떻게 아냐고요, 월로!"

나는 메리에게 더 다가갔다.

"미안해. 정말 미안해."

나는 손을 내밀었다.

"내 말을 믿어. 얘기할 시간이 없어, 메리. 시간이 별로 없어."

하지만 메리는 내 이야기는 안중에도 없었다.

"우린 서둘러야 해, 메리."

"아빠가 죽은 걸 어떻게 아냐고요?"

메리는 갓 심은 묘목처럼 흔들렸다.

"네 아빠가 데리러 온 사람이 나였어. 칼럼이 네 아빠인줄은 전혀 몰랐어. 지금까지도."

"산에서 봤어요?"

"아니, 메리. 도시에서."

"아빠가 왜?"

"나를 데리러 왔는데, 그때 우리는 붙잡혔어. 그들은 우리를 잡으러 여기에 올 거야. 얼른 배를 타야 해. 가야 한다고."

구름이 갈라졌다. 이제는 메리의 내면에서 폭풍이 일어났다. 바다를 이룰 것처럼 많은 비가 쏟아졌다. 메리는 젖은 자갈밭에 주저앉았다. 아빠를 부르며 목 놓아 울었다. 나는 메리를 일으켜 세웠다.

"누가 아빠를 잡아갔어요, 윌로? 무슨 일이 일어난 거예요? 아빠 없이는 못 가요. 난……."

"왜 그런 일이 일어났는지는 나도 잘 몰라, 메리."

나는 메리가 쓰러지지 않도록 꼭 부축했다.

"지금껏 일어난 수많은 일에 대해 아무도 내게 말해 주지 않았어."

"왜 당신을요?"

"왜냐하면…… 난……."

"왜냐하면?"

"왜냐하면 우리 아빠 때문이야, 메리. 아빠도 죽었어. 우리 아빠도 죽었어. 이제 너와 나뿐이야."

"왜 아빠가 당신을 데리러 갔냐고요, 윌로?"

"우리 아빠가 존 블로빈이야, 메리. 그래서 네 아빠가 나를 데리러 왔던 거야. 내 잘못은 아니야."

메리는 젖은 눈으로 내 얼굴을 보았다.

"존 블로빈? 당신이, 당신이 존 블로빈의 아들이라고요?"

"그래."

"하지만 당신은?"

* * *

"왜 네 아빠가 네게 실망했는지 알 만해. 너, 위대한 존 블로

빈의 아들. 들개처럼 언덕을 달리던 아이. 존 블로빈의 얼간이
아들."

"이제 얘기할 시간이 없어, 메리. 우린 가야 해. 늦기 전에 배를
타야 해."

"못 가요, 윌로. 아빠가 없잖아요."

"내가 있잖아."

하고 싶은 말이 아주 많았지만 큰 슬픔에 빠진 사람에게는 어
떤 말도 도움이 되지 않는 법이다. 우리는 계속 가야 했다. 아직은
끝나지 않았다. 날씨가 추워지면 옷깃을 바짝 세우고 바람을 피해
몸을 숙이는 게 옳았다.

나는 메리를 조랑말에 태우고 고삐를 끌었다. 조랑말은 바위투
성이의 마른 강바닥을 따라 발걸음을 옮기면서 힝힝거렸다. 우리
내면의 시커먼 먹구름 속에서 어떤 움직임이 움트기 시작했다.

조랑말의 몸은 따뜻했다. 작고 멋진 조랑말이었다. 그리고 튼
튼하고 활기찼다. 뻣뻣하고 숱 많은 갈기는 목덜미 양쪽으로 길게
흘러내렸다. 그 갈기 안에 메리가 손을 묻고 있었다. 메리도 따뜻
했다. 그 따뜻함이 메리를 부축하고 있는 내 팔로 전해졌다.

'넌 이제 혼자야, 윌로.'

나는 재빨리 뒤돌아보았다. 아무도 없었다. 하지만 울프는 내가

대장이 되어야 한다고 말했다. 메리를 위해서.

"서둘러야겠어. 배가 우리를 두고 떠나면 어쩌지?"

나는 조용히 말했다.

"너나 나나 삶이 온통 슬픔투성이야. 하지만 배는 누군지도 모르는 아이 둘을 위해 기다려 주지 않을 거야."

메리가 조랑말을 세웠다.

"난 가고 싶지 않아요, 윌로. 이제 내겐 아무것도 없어요."

"하지만 가야 해, 메리. 이 나무들한테 기댈 거야? 나무는 떠나지 않겠지."

메리는 다시 한바탕 울음을 쏟아 내기 시작했다. 나는 메리를 안장에서 내려 주었다. 메리는 둥지에서 떨어진 아기 새 같았다. 눈 덮인 산의 부서진 풍력발전기 안에서 꽁꽁 얼어붙은 채 오들오들 떨던 깡마른 메리가 생각났다. 내가 메리를 업고 눈을 헤치며 걸어갔을 때 메리는 두 팔로 내 목을 꼭 감쌌다. 그날 메리가 죽지 않은 것은 기적이었다. 메리는 의외로 강한 아이였다. 나는 그걸 알고 있었다.

"메리, 넌 그냥 누워서 포기할 사람이 아니야. 우린 배가 있는 곳으로 가야 해. 배가 어디로 우리를 데려가든⋯⋯."

나는 더 이상 메리의 눈물 젖은 얼굴을 볼 수가 없었다.

"머나먼⋯⋯."

메리는 먼 곳을 응시하며 말했다.

"⋯⋯섬이에요. 배는 우릴 먼 곳으로 데려갈 거예요. 안전한,

여기서 멀리 떨어진 곳이죠. 아빠가 그랬어요. 그리고 새로 시작하게 될 거라고 했어요. 모든 것을 새로……."

"그래, 그게 네 아빠가 네게 바라는 거야. 네가 배를 탈 수 있게 해 달라고 나한테 말했어."

"아빠가 그렇게 말했다고요?"

"네 아빠가 옳았어, 메리. 여긴 우리를 위해 남아 있는 게 없어. 안 그래?"

"맞아요."

머릿속에서 도로시의 모습이 불타올랐다. 패트릭, 내 얼굴을 짓밟고 있는 패트릭의 발. 패트릭이 말한 것들, 패트릭이 했던 일들. 우리 아빠에게, 매그다에게. 그 모든 것이 사라져 갔다.

그때 메리가 다가왔다. 나는 메리를 껴안았다. 조랑말이 우리 옆에 조용히 서 있었다.

"사람들이 그렇게 나쁜 줄은 몰랐어요, 월로."

"모두가 나쁘지는 않아."

"알아요. 하지만 잊을 수가 없어요."

메리가 내 목에 얼굴을 묻었다.

"왜 우리를 해치고 싶어 할까요?"

"우리 같은 사람을 싫어해. 그들은 겁을 먹고 있거든. 우리가 해낼까 봐 두려워하지. 그래서 우리가 가야 하는 거야."

메리는 내 귓가에서 조용히 울었다. 내 목에 팔을 감고서. 주위의 나무들이 마치 처음 보는 나무인 것처럼 뚜렷하게 보였다. 저

나무들 아래에 세상이 있고, 그 아래로 물이 졸졸 흘렀다. 그리고 내 품에는 메리가 있었다.

"항상 네 생각을 했어, 메리……. 산에 있는 집으로 널 데려다 줘야 한다고 생각했지."

"왜 날 두고 떠난 거예요? 이해할 수가 없어요."

"모르겠어. 내 안에 있는 개가 일어났어. 언덕에서 내려와서 나를 불렀어. 그리고 나서는 때가 너무 늦어 버렸지. 네게 돌아가야 한다는 걸 알았지만 너무 늦어 버렸어. 여러 사건이 일어났지. 난 도시에 갇혀 버렸어. 하지만 너에 대한 생각은 멈춰지질 않았어. 난……."

갑자기 조랑말이 놀라서 움찔했다. 마른 강바닥에 있는 돌들이 강물 쪽으로 굴러갔다.

"무슨 소리예요, 윌로?"

발에 물이 튀었다. 조랑말이 힝힝 울었다. 이상한 소리가 협곡 아래에서 들려왔다.

"빨리, 메리! 강둑 위로 올라가."

"윌로! 뭐예요?"

소리가 더 커지고 땅이 흔들렸다. 무엇이 다가오는지 알 것 같았다. 내가 너무 바보처럼 굴었던 것을 믿을 수 없었다.

"해빙수야, 메리!"

말고삐를 놓치는 바람에 조랑말이 강둑 위로 뛰어올랐다.

물이 바윗돌 사이로 쏟아졌다. 그리고 소리, 그 소리는 마치 무시무시한 짐승의 울음 같았다. 강의 모퉁이 저쪽에서 물이 흘러오고 있었다.

"메리!"

나는 메리의 손을 잡았다. 그리고 메리를 강둑 위의 높은 지대로 밀어 올렸다. 나도 나뭇가지를 붙잡고 기어올랐다. 해빙수가 우르르 쾅 소리를 내며 호수에서 터져 나왔다.

메리가 젖은 잎을 밟고 미끄러졌다. 하지만 손을 뻗어 나무둥치를 잡고 나에게 매달렸다. 나는 소리를 질렀지만 내 목소리는 콸콸 쏟아지는 물살에 묻혀 버렸다. 호수에서 우르릉 콰쾅 소리와 함께 쏟아진 해빙수는 폭포처럼 거대한 물의 벽을 만들면서 협곡을 채웠다. 해빙수가 넘쳐흘러 나무 사이로 돌진했다. 그 어떤 것도 물살을 막을 수 없었다. 해빙수가 지나간 자리에는 아무것도 남지 않을 것 같았다.

나는 그 광경을 보면서 숨이 멎는 듯했다. 해빙수가 산처럼 쏟아지며 온통 치고 때리고 부수었다. 강바닥에 돌과 얼음이 탑처럼 쌓였다. 해빙수는 도랑을 들이받았고 나무들을 완전히 에워싸며 뿌리째 뽑아 버렸다. 커다란 나무가 성냥개비처럼 부러졌다. 엄청난 폭풍처럼 협곡을 쓸어내리고 강둑을 덮었다. 강한 물살로 생긴 물보라가 얼굴에 튀었다. 때리고 찢고 으르렁거리며 결코 막을 수 없는 기세로 쏟아져 내렸다.

"윌로!"

메리가 비명을 질렀다. 소리는 들리지 않고 입이 벙긋벙긋하는 것만 보였다.

나는 온 힘을 다해 메리를 끌어당겨서 비탈 위로 끌어 올렸다. 옆에 있는 조랑말이 큰 소리로 울부짖으며 쿵쿵 발길질을 해 댔다. 콧구멍이 나팔 모양으로 커졌다. 나는 조랑말의 옆구리에 느슨하게 매달린 등자를 잡았다. 바로 그때 사임베컨의 얼음물이 강둑에 맞서 부르르 떨다가 벌컥 쏟아져 내리며 우리가 서 있는 곳의 바로 아래를 들이받았다.

조랑말이 거품을 물고 힝힝거리며 날뛰었다. 조랑말의 몸이 높이 솟구칠 때 우리 몸도 덩달아 들썩거렸다. 우리는 젖은 땅바닥에서 가쁘게 숨을 쉬었다. 발 아래로 거대한 나무가 물살에 휘말려 떠내려갔다. 엄청난 물살이 강둑을 쿵 들이받자 거대한 나무둥치는 막대기처럼 두둑 부러졌다. 성난 물살은 진흙과 얼음으로 범벅이 되어 계곡을 향해 세차게 흘러갔다.

진작 알았어야 했다. 이맘때는 마른 강바닥에 내려가지 말아야 했다. 해빙기에 해빙수가 흘러갈 길로 다니는 건 누가 봐도 위험한 일이었다.

우리는 숨을 헐떡이며 강둑 위에 누웠다. 갑자기 웃음이 폭풍처럼 터져 나왔다. 내 안의 시커먼 먹구름이 콰쾅 입을 연 것이다. 비가 쏟아져 내리는 게 느껴졌다. 웃음은 안쪽 깊숙한 곳에서 뿜어져 나왔다. 나는 눈물이 날 정도로 한바탕 웃어 젖혔다. 안전하게 메리와 강둑 위에 나란히 누운 채였다. 내 안에 있던 모든 두려움, 상처, 고통, 즐거움이 웃음과 함께 터져 나왔다. 내면 깊숙한 곳에서. 강둑 아래에서 소용돌이치는 물살의 소리 위로 웃음소리가 크게 울려 퍼졌다. 웃음과 함께 모든 것이 넘쳐흘렀다.

"뭐예요? 왜 그래요, 윌로?"

나는 아무 말도 하지 않고 메리 쪽으로 고개를 돌렸다. 그리고 창백한 메리의 얼굴에 손을 얹었다. 그때 토끼를 발견했다. 강 쪽에서 달려 나오고 있었다.

"쉿! 저길 봐, 저기."

나는 메리의 손을 잡았다. 마치 세상에서 가장 자연스러운 일인 것처럼.

"저기! 토끼가 있어."

커다란 갈색 토끼가 속이 빈 산사나무 안으로 달려갔다. 옆에 아기 토끼도 있었다.

"어서, 메리."

나는 몸을 숙였다.

"저기 봐, 아기 토끼도 있어."

토끼들은 산울타리 아래로 사라졌다. 우리는 몸을 낮추고 키 작은 나무들 사이로 기어갔다. 나뭇가지들을 헤치자 밝은 곳이 나왔다. 우리가 나온 곳은 높고 평평한 바윗돌 위였다. 바다로 쭉 이어진 평평한 길이 보였다.

"저길 봐요, 윌로!"

바다는 눈에 꽉 찰 만큼 넓게 펼쳐졌다. 하늘이 우리를 감쌌다. 수평선은 둥그렇게 굽어 있었다. 아빠의 목소리가 들리는 것 같왔다.

'지구가 둥글기 때문에 굽어져 보이는 거란다, 윌로.'

이 위에 있으니 확실하게 잘 보였다. 거대하고 완전한 세상이었다. 하늘은 맑았고, 드문드문 구름 몇 가닥이 세상의 끄트머리에 떠 있었다. 거대하고 드넓은 세상, 나의 세상이었다.

"저기예요! 바닷가요. 저걸 봐요!"

메리가 외쳤다.

나도 금방 찾을 수 있었다. 숨길 수 없는 한 가닥의 모닥불 연기 그리고 사람들. 사람들은 바닷가에 옹기종기 모여 있었다. 그 너머, 햇살 아래 반짝이는 바다에는 배들이 정박해 있었다. 바람에 펄럭이는 돛이 보였다. 은빛 날개 같았다. 작은 돛단배가 해변으로 다가왔다.

"윌로, 배예요."

메리는 아주 조용히 말했다. 아직 메리의 손이 내 손 안에 있었다. 부드럽고 따뜻했다.

"우리는 늦지 않았어요."

그런데 불꽃이 내 머릿속으로 뜨겁게 불어닥쳤다. 다가오는 봄의 냄새에 실려 있었다. 목소리가 들렸다. 결국 울프가 나를 따라 산을 내려온 모양이었다. 그 목소리들이 내 안에서 찢고 당기고 굴렀다.

나는 메리 쪽으로 고개를 돌렸다. 햇빛이 키 작은 나무들로 가득한 봉우리를 비추었다. 언덕은 연한 초록색과 적갈색으로 덮여 있었다. 나무들 너머에서 강물이 소용돌이치는 소리가 들려왔다. 그리고 메리가 있었다. 메리가 바로 내 옆에 기대앉아 있었다.

"어서요. 늦지 않게 갈 수 있어요, 윌로. 배가 아직 있어요. 어서 가요!"

나는 벌렁 드러누웠다. 얼굴에 햇볕이 쏟아졌다.

"윌로! 어서요."

그래, 곧 적갈색 허브나무가 곤충들의 울음소리로 가득해지겠지. 풀은 부드럽고 달콤하고 무성하게 자랄 거야. 개들은 강아지를 많이 낳을 거고, 새들은 고사리 풀밭 둥지에 알을 낳을 거야. 땅을 파서 흙을 뒤집고 겨울에 먹을 귀리를 심을 시기야. 담요를 빨고 깔개를 털어야 할 때야. 지붕을 수리하고 염소들을 우리에서 내보낼 때지. 흙냄새를 들이마시면서.

"윌로?"

"잘 봐, 메리. 완전한 세상이야. 바로 여기야."

"우린 저 아래로 내려가야 해요, 윌로. 배가 떠나기 전에요."

"그게 더 나을까, 메리? 배가 어디로 가든, 여기보다 나을까?"

"무슨 말인지 모르겠어요. 우리를 데려다줄 배예요. 섬으로요. 새로운 시작이 펼쳐지는 곳, 안전한 곳으로요."

"안 보여? 여기에 다 있어. 여기가 바로 우리가 있을 곳이야. 산이 있고 나무가 있는 곳. 저 너머에 계곡이 있고 드넓은 하늘이 있는 곳. 얼음은 물이 얼어붙은 것일 뿐이야, 메리. 그 사실을 큰 소리로 분명하게 외쳐야 해. 여기가 그 섬이야. 네가 있고 내가 있는 이곳. 섬은 바로 여기야. '우리 안에' 있어. 이제야 알겠어. 머릿속에는 얼마든지 좋은 생각을 심을 수 있어. 바다에 떠 있는 저 배처럼, 우리에게 희망을 주는 어떤 생각을 품으면 아무도 그걸 손댈 수 없어. 스스로 그 생각을 떨쳐 버리지 않는 한. 이제 알겠어."

메리는 배가 정박해 있는 곳을 보았다. 메리는 가까이, 아주 가까이, 숨소리가 느껴질 만큼 가까이 앉았다. 우리는 아직도 손을 잡고 있었다.

"무슨 말인지 모르겠어요."

"배에 뭐가 있든 아마 결국엔 다를 게 없을 거야. 우리가 배를 타더라도 그들이 우리를 죽이면 마찬가지가 되는 거야. 그때는 그들이 이기는 거지."

기나긴 침묵이 흘렀다. 하늘을 지나가는 바람 소리와 나무 움직이는 소리만 들렸다. 하지만 지금은 시끄럽게 소리를 내는 게 아니었다. 그냥 부드럽게 바스락거리고 있었다.

이윽고 메리가 속삭이듯 조그맣게 말했다.

"우리는 남쪽으로 가면 될 거예요."

나는 메리를 돌아보았다. 젖은 이마에 늘어진 머리카락을 쓸어 넘겨 주었다.

두려웠다. 강한 두려움이었다. 머릿속에서 먹구름을 가르고 비추는 태양처럼 아주 강했다. 확실한 것은 아무것도 없었다. 하지만 새로운 날들이 눈앞에 펼쳐져 있었다.

"그래, 메리. 우리에겐 조랑말도 있잖아. 남쪽으로 가면 될 거야. 거기서 집을 찾고, 귀리를 심고, 장작을 베고, 새롭게 시작하자. 희망의 횃불이 되어야겠지. 우리가 아니면 누가 되겠어?"

모든 것이 지금 이 순간 속에 있었다. 세상을 두루 바라보는 것만으로. 말하고 믿는 것만으로.

"그리고 당신은 날 떠나지 않을 거죠?"

나는 메리의 눈을 바라보았다.

"그래, 메리. 안 떠날 거야."

메리는 한 발 물러서서 나를 쳐다보았다.

"약속해요?"

내 안에서 바람이 불었다. 담화 시간의 목소리였다.

＊ ＊ ＊

"낙관주의! 우리 모두 그런 이야기를 나눠야 합니다. 불가에 둘러앉아 마을 회의를 할 때, 담화 시간을 가질 때, 우리는 이 선물을 아이들에게 물려주어야 합니다."

＊ ＊ ＊

"그래, 메리."

나는 메리에게 말했다.

"약속해."

* * *

그리고 그건 내 목소리였다. 그건 항상 내 목소리였다. 토끼의 목소리도 아니고, 울프의 목소리도 아니다. 아빠의 목소리도 아니다. 그 누구의 목소리도 아니었다. 바로 내 목소리였다.

_1._ 어디서 영감을 얻어서 『겨울뿐인 미래』를 쓰게 되었나요?

글쎄요, 믿을 수 없을 만큼 추운 겨울을 현대식 난방 시설이 없는 집에서 지내며 글을 쓴 적이 있어요. 벽난로에 넣을 장작을 패고 눈 속에 파묻힌 자동차를 끌어내면서 지냈죠. 그때의 경험에서 영향을 받았어요. 그리고 『겨울뿐인 미래』의 구상과 설정은 대부분 저의 다양한 여행에서 나온 것 같아요.

저는 20대 시절에 러시아 남부의 캅카스 산맥에서 목재를 구매하는 일을 했어요. 그 일이 동유럽과 아르메니아 여행으로 이어졌죠. 그곳들은 비행기에서 내리는 순간 마치 집에 도착한 듯한 냄새가 났어요.

『겨울뿐인 미래』를 구상한 곳은 웨일즈였어요. 하지만 이상하게 들릴지는 몰라도, 이 작품 속에 등장하는 여러 배경과 딜레마는 제가 살았던 곳이나 만났던 동네 주민들, 혹은 슬기롭게 견뎌 냈던 힘겨운 경험들을 바탕으로 했어요. 제가 러시아로 옮겨 갔을 시기는 소련이 붕괴된 지 얼마 지나지 않았을 때였어요. 그때 저는 사회가 자유낙하 하는 것을 보았지요. 당시에는 그런 사실을 몰랐지만 돌이켜보면 그 경험들 덕분에 『겨울뿐인 미래』 집필에 열정적으로 뛰어들 수 있었던 것 같아요.

서구 문명에 약간의 금이 가면 어떻게 될까? 우리가 당연하다고 여기며 누리는 것들이 사라진다면 무슨 일이 일어날까? 저는 이 시나리오에 대한 감명 깊은 이야기를 쓰고 싶었어요. 하지만 세부적으로 들어갔을 때 하마터면 길을 잃고 판타지의 세계로 들어갈 뻔했죠.

2. 독자들이 『겨울뿐인 미래』를 읽고 가장 기억해 주길 바라는 점은 무엇인가요?

우리는 모두 살아남는 능력을 갖고 있어요. 하지만 어떤 식으로 살아남을까요? 그 재난의 시대에서 우리가 무엇에 의지할 수 있을까요? 독자들이 이 책을 읽고 진지하게 고민해 주었으면 좋겠어요.

3. **글은 주로 어디서 쓰나요?**

　　　　　　　　　어디서든 글을 쓰지만 가장 편안한 곳
은 집이에요. 제 집은 남서 프랑스의 숲이 우거진 높은 산골
짜기에 있어요. 장작불이 따뜻하게 타오르고, 겨울에는 눈이
수북이 쌓이죠. 하지만 여름을 지내는 동안 추울 때 쓸 장작
을 팰 수 있어요. 유비무환(有備無患)이라고 할까요, 고진감
래(苦盡甘來)라고 할까요? 희망이 승리하죠.

4. **『겨울뿐인 미래』가 디스토피아 문학(*사회의 부정적인 모습을 픽션으**
로 그림으로써 현실을 비판하는 문학 작품. 주로 암울한 미래상을 그린
다.)이라고 생각하나요? 혹시 그렇다면 이유는요? 아니라면 아닌
이유는요?

이 책이 전반적으로 디스토피아 문학의 자질을 많이 가지고 있다는 건 알아요. 잔혹한 미래의 모습이나 개인 자유의 억압 등이 그렇죠. 하지만 오늘날에도 세계의 많은 사람들이 그런 조건하에서 살고 있어요. 디스토피아라는 게 우리가 정상이라고 믿던 사회가 부서지기 쉬운 세상으로 변해 버리는 것을 말하죠. 그런 의미에서 저는 『겨울뿐인 미래』가 디스토피아 문학으로 분류되는 걸 바라지 않아요. 그렇긴 하지만 디스토피아 문학은 분명, 강력한 힘을 지닌 장르라고 생각해요. 독자들이 장르를 따지지 않고 즐겼으면 좋겠어요.

5. 윌로에게만 들리는 목소리, 울프의 존재는 독특하고 인상적인데요. 울프는 어디서 착안했나요?

울프의 존재감은 처음 몇 단락에서 결정적으로 드러나죠. 그 뒤로는 윌로가 다른 세계와 맞닥뜨리고

끔찍한 상황을 겪으면서 함께 성장해요. 저는 우리 모두에게
'자기만의 울프'가 잠재되어 있다고 생각해요. 하지만 우리
는 잘 모르죠. 그러나 노력하면 찾을 수 있을지 몰라요.

6. 이 책의 등장인물 중 한 사람과 추운 겨울을 보내야 한다면 누구를
선택하겠어요?

매그다. 윌로의 새엄마인 매그다는 유능
하고, 숭고하고, 이야기도 많이 알고 있어요. 제 생각에 그렇
다고요.

7. 『겨울뿐인 미래』를 쓰는 동안 난방은 어떻게 해결했나요?

벽난로에 잔뜩 넣은 장작이 몸을, 봄이
올 거라는 희망이 마음을 따뜻하게 해 준 것 같아요.

　　　　　　지난달 스위스 융프라우를 두 눈에 담고
왔다. 유럽의 지붕이라는 별명이 붙은 융프라우는 빼어난 자연경
관과 만년설 등으로 유네스코 세계자연유산에 등재된 곳이다. 하
지만 평생 한 번 갈까 말까 한 유럽 여행, 그것도 겨울 여행에 눈
덮인 스위스 산봉우리를 포함시키는 일은 추위라면 몸서리치는
나로서는 감히 엄두조차 내지 못할 일이었다. 작년 겨울이었다면
한 치의 고민도 없이 다른 북유럽이나 동유럽 국가들처럼 스위스
도 마땅히 괄호 밖으로 끄집어냈을 것이다. 그랬던 내가 유럽에서
가장 높다는 그 눈 덮인 봉우리에 꼭 가 보고 싶어졌다. 그건 바로
윌로 때문이었다.

　이 책의 저자 소피 크로켓은 실제로 2009년 겨울을 보내면서
'겨울이 끝나지 않으면 어떡하지?'라는 걱정과 물음에서부터 이
작품을 구상하기 시작했다고 한다. 저자는 20대 때 러시아에서
목재상 일을 했고, 아르메니아를 비롯한 동유럽에서 지냈던 많은
경험을 이 작품의 배경 설정이나 묘사의 밑바탕으로 삼았다. 덕분
에 이 작품은 장면마다 생생하고 현장감 넘치는 표현과 묘사들이

가득하다. 아울러 치밀한 세계관과 강렬하고 선이 굵은 서사, 여성 작가로서 섬세한 심리 묘사가 압권이다. 게다가 저자는 인터뷰를 통해 이 작품이 디스토피아 문학으로 읽히는 것을 부정했지만, 영화 〈투모로우〉나 〈설국열차〉처럼 빙하기가 닥친 미래를 배경으로 한 포스트 아포칼립스(*인류의 종말 이후의 사회를 그린 장르.)를 그리고 있다는 점은 분명하다. 『겨울뿐인 미래』의 인기에 힘입어 후속작 『One Crow Alone』까지 출간되어 사랑을 받고 있으니 이 작품의 완성도와 대중성은 두말하면 잔소리일 터이다.

문득, 정말 그런 세상이 오면 어떻게 될까? 하는 생각이 든다.

스마트폰이나 컴퓨터, 인터넷, 텔레비전은커녕 전기조차 없는 세상. 수돗물이 나오는 수도꼭지도, 밸브만 돌리면 되는 도시가스나 난방 시설도 없는 세상. 물을 길어다가 먹고 땔감을 때서 음식을 끓이고 자동차 대신 마차를 타고 다녀야 하는 세상. 하루가 멀다 하고 몰아쳐 쌓이는 눈으로 꽁꽁 얼어붙은 얼음덩어리 같은 세상. 그런 세상이 온다면, 정말이지 우리는 어떻게 살아야 할까? 하루 이틀로 끝나는 폭설도, 두세 달이면 이별할 겨울 한파도 아닌, 끝 모를 눈 폭탄과 얼음 광풍 속에서 인간은 한계를 극복하고 또 극복하다가 그대로 자연 그 자체가 되어 버릴지도 모른다. 겨울이 끝나지 않는 세상에서 기존의 물질문명에 길들여진 사람들이 겪을 당혹스러움과 고통과 분노와 절망감은 생각만 해도 몸서리가 쳐진다.

하지만 이 이야기가 소설이나 영화 속에서만 등장하는 픽션일 뿐이라고 생각하면 오산이며 상당히 위험한 발상이다. 인터넷 검색 사이트에서 폭설, 한파, 빙하기 같은 검색어 몇 자만 입력해 보아도 지구 곳곳에서 이와 비슷한 일들이 실제로 일어나고 있음을 알 수 있다. 수은주가 영하 40도 아래로 떨어지고 폭설로 도로가 폐쇄되고 전기 및 도시가스가 끊겨 수만 명의 주민들이 발을 동동 굴러야 했다는 이야기는 2014년 1월에 캐나다와 미국에서 실제로 벌어졌던 일이다.

아무리 '이 또한 지나가리라'를 외치며 빌어도 눈은 그치지 않고, 어제나 그제처럼 오늘 아침 역시 털끝만큼도 변함없이 새하얀 세상이 있다. 그리고 그곳에서 어느 날 갑자기 혼자가 된 윌로는 어둡고 황량하며 기아와 폭력과 공포가 가득한 세계와 마주하면서 생존과 성장을 위해 몸부림친다. 윌로의 이야기는 자연과 에너지의 소중함을 곱씹게 해 주는 환경소설이라는 점에서 남녀노소 모두가 꼭 한 번 읽어 보아야 할 것이다.

융프라우의 눈 덮인 계곡마다 옹기종기 자리 잡은 마을들이 창문 가득 따스한 빛을 환하게 밝히던 새벽 풍경. 그 그림 같은 평화로움이 부디 대대손손 이어지기를 온 마음을 다해 기원한다.

김경숙

겨울뿐인 미래

| 펴낸날 | 초판 1쇄 2015년 12월 5일 |
| | 초판 2쇄 2016년 12월 30일 |

지은이	소피 크로켓
옮긴이	김경숙
펴낸이	심만수
펴낸곳	(주)살림출판사
출판등록	1989년 11월 1일 제9-210호

주소	경기도 파주시 광인사길 30
전화	031-955-1350　　　팩스 031-624-1356
홈페이지	http://www.sallimbooks.com
이메일	book@sallimbooks.com

ISBN　978-89-522-3287-8　43840
살림Friends는 (주)살림출판사의 청소년 브랜드입니다.

※ 값은 뒤표지에 있습니다.
※ 잘못 만들어진 책은 구입하신 서점에서 바꾸어 드립니다.

이 도서의 국립중앙도서관 출판시도서목록(CIP)은 서지정보유통지원시스템 홈페이지
(http://seoji.nl.go.kr)와 국가자료공동목록시스템(http://www.nl.go.kr/kolisnet)에서
이용하실 수 있습니다.(CIP제어번호: CIP2015031127)

책임편집·교정교열 **최진우**